VARIATIONS DE PAUL

"Domaine français"

DU MÊME AUTEUR

REQUIEM POUR LOLA ROUGE (prix de la Vocation), Grasset, 2010 ; Babel n° 1706.
LA VIE QU'ON VOULAIT, Grasset, 2013.
EROICA, Grasset, 2015 ; Babel n° 1525.
L'INVENTION DES CORPS (prix de Flore, prix des Rencontres à lire), Actes Sud, 2017 ; Babel n° 1617.
LE GRAND VERTIGE (prix Mottart de l'Académie française), Actes Sud, 2020 ; Babel n° 1827.
PARTIR LÉGER (chroniques 2019-2020), Babel n° 1713.

ISBN 978-2-330-16924-4

PIERRE DUCROZET

Variations de Paul

roman

ACTES SUD

À mon père, ma mère et mon frère,
pour la musique et pour la joie.

PREMIER MOUVEMENT

Paul est allongé dans l'herbe. Le vent marin se glisse entre ses pieds nus. Il porte un tee-shirt blanc, un pantalon noir, il écarte les bras. Dans son château de bord de mer, toutes les portes sont ouvertes. Paul se lève à l'heure qui lui chante, il fait quelques pas dans le jardin s'il a dormi à l'intérieur, il salue les vagues qui viennent caresser les roches, puis il s'allonge dans l'herbe haute et il ferme les yeux, prolongeant un peu ce temps délicieux où l'on flotte encore entre les rêves et les couleurs à venir. On n'est qu'à moitié là, on arrivera bien assez tôt. Paul place ses mains sous ses cheveux mi-longs. Il inspire l'air salé. Et alors tout commence.

Au début ce n'est qu'un picotement léger, à peine un frémissement au niveau du bras gauche et des doigts de pied. Paul rouvre les yeux un instant, la lumière abricot sinue entre les oliviers du jardin, l'instant s'étale. Il sait la déflagration à venir. Il se croit prêt ; on ne l'est jamais. Le chuchotis parcourt sa jambe, arrive au bassin, se glisse dans la colonne et file droit jusqu'au cou. Paul laisse faire. Il sent son corps disposé à accueillir la vague. Il n'en connaît jamais à l'avance la teinte ni la puissance. Il s'allonge quand même et on y va.

Et alors elle jaillit. C'est sous la poitrine qu'elle se déploie d'abord, ample et sauvage, venant se briser contre la digue des côtes alignées, rompues à l'exercice mais qui menacent pourtant toujours de plier. Son cœur tape dans sa cage. La chose reflue, le corps se cabre et se tient prêt, il sait qu'elle reviendra et la voilà déjà. C'est dans le bas-ventre qu'elle rue alors, bouillonnante, écumeuse, chargée de mille couleurs, Paul ferme les yeux et avale le torrent, dont il aime l'arôme amer et tranchant, la face rugueuse. Il en reçoit depuis toujours toute la violence, qui l'aura tordu et plié mais l'aura peut-être, au bout du compte, maintenu debout.

Sous sa peau tout bouge à présent. Ses organes refluent, son sexe se durcit, prenant lentement de l'ampleur contre sa cuisse, son cou se raidit, ses yeux s'agitent sous leurs fins rubans de peau. Paul est allongé dans l'herbe perlée de rosée. Tout s'anime et chatoie en lui comme dans une cathédrale, les pigments et les lumières jaillissent de tous côtés, il sent ses pores entièrement ouverts et tout y entre.

Et alors une brûlure, là, dans l'estomac. Quelque chose est allé heurter ce recoin, son angle mort, le plus disposé à recevoir et encaisser les chocs, les violences, les défaites. Les vagues et les sillons qui affluent connaissent leur chemin. Paul a mal tout à coup et se plie. Puis la chose repart ailleurs et son corps à nouveau s'ouvre sur l'herbe et l'été.

Paul a appris à sentir avec précision dans son être ce qui tremble et ce qui vit. Il parvient à visualiser le parcours de la vague en lui. Il sent son œsophage se tendre à l'arrivée de cette teinte mauve, son cœur battre lorsque la cavalerie tonne, ses poumons s'ouvrir pour recevoir les violons et la neige, sa gorge se serre, ses épaules se nouent, et l'ensemble – fusils cormorans chandelles et plantes grimpantes – virevolte dans son cerveau en toile fuselée.

Pendant des minutes, des heures peut-être, Paul Maleval demeure étendu là, dans son château de bord de mer, se laissant labourer et traverser, rempli à ras bord. Puis finalement, son ventre le rappelle au monde ; il se lève et se dirige vers la cuisine. Il dépose alors sur le plateau les fromages corses, le jambon, le citron, le pamplemousse et les poires, avec sur le côté une tasse brûlante de café et un verre d'eau. Il pose l'ensemble sur la petite table en bois du jardin. Il jette un œil à la mer, qui continue à battre sa mesure secrète.

Paul avale un bout de chèvre frais avec une cuillère de miel. Puis, au bout de longues minutes qu'il étire comme des élastiques, il se lève et fait un pas à l'intérieur. Et alors seulement, d'un geste qu'il espère dégagé, presque indifférent, il s'approche des platines et éteint la musique.

Lorsque Paul meurt pour la première fois,

il vient à peine de naître. Partout autour de lui s'élèvent des cris, il s'étouffe, il est coincé ; quelle étrange manière de commencer. Dans cette salle d'accouchement de la clinique de la Croix-Rousse, à Lyon, le cordon ombilical, qui l'a jusqu'alors maintenu en vie dans le ventre de sa mère, s'enroule autour du bébé qui ne porte pas encore de nom. S'enrouler une fois est habituel, le médecin-chef Patrick Tournier ne s'en inquiète pas, mais deux fois cela devient dangereux, la respiration est balbutiante, ce sont les premières bouffées du monde, le bébé peut s'asphyxier, comme c'est le cas aujourd'hui, ce samedi 5 juillet 1947. Dans la torpeur de cette salle rudimentaire les infirmières s'agitent sur les dalles en céramique blanche, elles semblent glisser, légères, mais c'est une illusion en réalité elles cavalent. On est pourtant habitué à ces cordons autour du cou, il faut toujours rassurer les mères, pas d'inquiétude madame c'est tout à fait normal, la sage-femme glisse son doigt sous le nœud formé au cou, libère l'étreinte et l'enfant sort, peut-être un peu bleui mais sans dommages ; or cette fois-ci l'enfant est immobile et Anne, la sage-femme, sait que quelque chose ne va pas, la mère souffle plus fort et crie au ciel, l'infirmière lui dit de se calmer, tout est en ordre, les curseurs montent mais tout va bien se passer, Sarah se mord les lèvres et pousse, le bébé reprend le bon chemin, la sage-femme guette ce cou qui l'inquiète, le père, Antoine, suant à grands flots dans son costume étroit, tient valeureusement la main de sa femme. Sarah pousse à nouveau et la sage-femme sent quelque chose. Allez allez ! elle sait qu'ils disposent d'une poignée de minutes pour ôter le cordon du cou, lequel demeure hors d'atteinte. Sarah crie, le médecin-chef ouvre la fenêtre, quelle chaleur, Paul crierait s'il pouvait, à quoi bon sortir si c'est pour ce ciel morne et ce sol en céramique, il n'était pas si mal dans le liquide amniotique, baignant dans les eaux profondes, dont on l'expulse déjà, et le ruban avec lequel il aimait jouer s'entortille autour de sa tête, qu'en faire, il glisse vers quelque part, il a mal sans même le savoir, ça y est une main l'attrape, qui, malhabile, ne fait qu'accentuer davantage la pression autour de son cou, son petit corps se contracte, le cordon peine à l'alimenter en sang oxygéné, la circulation se coupe, le cœur bat fort pour pomper le sang rare, les poumons cherchent quelque chose qu'ils ignorent. Le plafond est beige, les murs blancs, les rues calmes sur cette colline qui surplombe la ville, dans la salle qui manque décidément d'aération les rythmes cardiaques s'accélèrent, sauf celui du bébé qui s'arrête.

Mais personne n'en sait rien pour l'instant, et on continue à pousser, encourager, tenir, espérer. Enfin, dans un dernier coup de semonce, celle qui se voudrait une nouvelle fois mère mais ne l'est encore qu'à moitié offre la tête non couronnée à Anne, qui s'empresse de soulever le cordon et de le couper. L'enfant sort. À ce stade-là, ce n'est plus du violet, c'est du gris-noir pâle ; en voyant la chose, le père tombe en arrière. Anne tient l'enfant dans ses bras, la tête toute boursouflée dans sa paume droite, et alors, sans le tourner ne serait-ce qu'une seconde vers la mère, elle court et pousse violemment la porte battante, remonte le couloir, tourne à gauche, elle court mais elle manque singulièrement d'entraînement, elle pousse malgré tout la porte devant elle, le cœur s'est arrêté crie-t-elle, Clément c'est à toi. Le long type, blouse blanche et cernes profonds, attrape le bébé, il sait qu'il a trente secondes devant lui, pas plus, c'est son boulot, il fait ça toute la journée, une fois sur trois ça part à la morgue, ses mains sont précises, véloces, d'une efficacité sans pareille, Anne reprend son souffle sur le côté, l'enfant est déjà sur la table d'opération. Clément pose la plaque C1, la plus petite, sur le torse du nouveau-né, il appuie sur le secteur, bam, le corps frêle se soulève, deuxième secousse, quelle décharge pour un tel oisillon, on entend un bruit. Anne s'approche. Ce n'est pas un cri, pas un geignement, à peine un son mais il vient de l'enfant. Clément dit recule un peu. C'est là qu'il faut que ça tienne. Personne ne bouge. Une seconde. Deux. L'air est moite. Clément Carlier voit, à la position du nouveau-né, qu'il est reparti vers les limbes, or il est payé pour sauver des vies alors il relance la machine, c'est une manivelle reliée à un écheveau de câbles, une nouvelle machine qu'on a reçue au lendemain de l'armistice, Anne retient son souffle, le bébé est désormais bleu nuit, il est loin déjà c'est fini pour lui, ç'aura été une bien courte expérience sur la Terre, on le jettera à la fosse aux chiens, là où on avait empilé tous les fusillés et les mutilés de la guerre, Anne s'approche, il faudra l'annoncer à la mère, relever le père, ils repartiront sous les platanes en fleur vers leur petite vie, leur appartement aux murs blancs, leurs meubles sans éclat. Clément abaisse une dernière fois la manivelle, pour l'honneur. C'est fini. Il s'approche. Un cri rauque, fluet, comme une salve d'honneur, s'élève du corps brisé. Il pose sa main sur le torse. Le cœur bat. Clément prend l'enfant dans ses bras, le regarde. Son corps se contracte, se tend vers quelque chose, le souffle reprend. Ce gosse est un guerrier.

Anne repart vers la salle d'accouchement. La mère tend les mains vers la chose, qui se teinte lentement de rose. Le père, qui a passé une dizaine de minutes dans les sphères, est à peine revenu. Il s'élance vers l'enfant. Anne et l'équipe échangent des regards. Ils savent que cela tient du miracle. Cette inspiration désespérée, bouffée d'air ultime qui emporte le morceau dans un sens ou dans l'autre, vers le ciel ou les profondeurs, l'enfant l'a lancée comme un réflexe, une dernière pulsion de vie, qui tout aussi bien l'eût emmené ailleurs, vers le dedans, si la bouffée n'avait atteint sa cible. Mais le voilà, donc, ses mains reprennent vie, ses pieds gigotent au ralenti, il fait toujours aussi moite dans cette salle de la clinique de la Croix-Rousse mais on respire un peu mieux déjà. Sarah se tourne vers Antoine, regarde, regarde-le. Dieu qu'il est laid. Je sais que tu le penses aussi, et tu souris, et je souris, oui il est affreux mais il est en vie.

Cette mort, Paul n'en porte pas de marques au cou, ni ailleurs, il en est sorti frais et vaillant, mais il la trimballe comme une légende familiale, un mythe originel qui lui plaît bien. Sa mère lui en livrait souvent le récit, en variant les détails, le cordon toujours plus serré et la renaissance plus glorieuse. La dramaturgie faisait son effet, on retenait souvent ses larmes, on haletait avec le bébé. Le père, lui, demeurait à terre, dans les rires et la quête d'attention, alors que tout autour de lui menaçait de périr. Sarah concluait par l'instinct de vie du petit, quelle histoire, répétait-elle en posant sa main douce sur sa joue, quelle histoire et te voilà.

Paul pense à sa mère et à sa naissance dont il aurait, sans le mythe, tout oublié, assis au comptoir de ce bar sur la 14e Rue, à l'angle d'Union Square, New York, où il vit depuis quelques mois. Les rues crépitent comme chaque jour. Paul observe la danse, pas menus et grandes foulées. Il habite un peu plus bas, dans l'East Village, un de ces appartements foutraques et insalubres qui y prolifèrent. Tout est à même le sol, les fringues, les disques, les livres, les assiettes, et les gens s'assoient là, à côté, où ils peuvent.

Nous sommes en 1974, Paul Maleval a vingt-sept ans. Il est assis comme chaque jour ou presque à cette table patinée, s'enroulant dans les vapeurs de tabac froid. Il est tôt, 11 heures à peine, on enterre encore les cadavres de la veille. Paul souffle sur son café et contemple la journée à venir. D'ici on ne fait que deviner le tumulte du dehors, la lumière tendre du matin et le ballet des passants s'arrêtent aux rideaux en velours tirés sur la salle, dans un coin le billard troué par endroits, la queue orpheline là sur le côté, et derrière un juke-box bien muet tout à coup. Paul se concentre. Il fait le vide avant d'aller emplir son être de tous les sons et de toutes les vies dont cette Babel déborde. La vigilante serveuse, anticipant sans un regard sa tasse vide, la remplit avant qu'il n'ait pu esquisser le moindre geste. Il lui sourit, il sait qu'il ne pourra plus rien boire ni manger jusqu'à ce soir, ce café était déjà un caprice de trop. Paul observe la table entaillée de signes cabalistiques, de déclarations d'amour et d'obscénités diverses. Il a douze dollars en poche. Il vit dans la reine des villes. Il se lève. Il se sent plus libre que jamais.

Toute la journée il s'emplit des sons de New York. Tout résonne à ses oreilles, du klaxon au rouleau de paroles du vendeur de journaux, toutes les musiques et toutes les langues, l'hindi fait tournoyer les vocales dans ses oreilles, l'espagnol colore l'air, l'anglais rue, le russe fend, l'italien l'entraîne dans sa danse, ses écoutilles sont grandes ouvertes et tout y entre.

Alors qu'il dépasse la Deuxième Avenue, une discrète et lointaine mélodie l'arrête. Ce n'est qu'à peine une harmonie, quelques sons qui se détachent du fracas général, quatre notes cristallines mais elles se sont glissées en lui. Paul fait un pas en direction de la boutique. Il n'y a plus de marche arrière possible. Il les connaît, ces notes. Dans sa tête elles dansent depuis toujours.

L'allée de platanes est droite sous le ciel. La mère et le fils jouent avec les ombres mouvantes des branches. Puis la mère le dépose dans la poussette et avance le long de l'allée. Le frère marche quelques pas devant.

L'enfant reprend chaque jour une forme humaine. On l'a appelé Paul, ça valait pour Verlaine comme pour le Nouveau Testament, pour Antoine comme pour Sarah c'était parfait. Paul est un enfant solaire, qui tend la main, sourit, bat des pieds. Il retrouve chaque matin son grand frère, Jérémie, lequel passe lentement ses doigts sur son visage. Paul s'allonge près de la vitre de l'appartement, celle qui donne sur la montée Saint-Sébastien, il toise les passants, qu'il ne distingue pas encore mais semble regarder, c'est déjà bien.

Le monde est alors une pâte immense, malléable, offerte. Tout est devant lui, inatteignable mais là, disposé sur des plateformes toutes également vastes et désirables. Paul babille, son désir est pur et infini car sans objet, sans levier, sans accroches – les siennes, qu'il n'appelle pas encore mains, s'agitent à quelques centimètres de sa poitrine, tout le reste est flou, derrière, miraculeusement jailli de terre. Sa curiosité et sa soif de monde ne connaissent pas de limites.

Nous sommes au milieu du XXe siècle, sur les pentes de la Croix-Rousse, à Lyon, France. C'est un bord du monde comme les autres, bleu humide et recouvert de givre. Les jours ne se détachent guère les uns des autres, formant des blocs secs, froids, épais. Un quartier en pente est un gage d'aventures, il y a un sens et il y a des passages, et Antoine Maleval l'aime pour cela. Il a grandi dans la campagne bressane avant d'arriver à dix-huit ans sur les berges du Rhône, dans une pièce vétuste donnant sur une impasse. Il a grimpé avec Sarah les marches de la colline il y a cinq ans déjà. Ils ont d'abord vécu sur le plateau, rue Villeneuve, avant d'emménager dans cet appartement de la montée Saint-Sébastien, deux chambres murs blancs et parquet, un salon, une cuisine plongée dans le froid hiver comme été, ils s'y sentent bien, il y a derrière la grande lampe du salon un recoin de figurines mortuaires de Polynésie, une bibliothèque de livres d'aventures, de polars et de romans russes de la fin du XIXe, des fleurs disséminées. Sarah sait l'emplacement des choses, le mouvement qui doit circuler dans les pièces, elle le bâtit en opposition au chaos absolu qui régnait chez ses parents, à Graz puis à Vienne, où elle a grandi. Arrivée à dix-neuf ans à Lyon, dans la solitude et le vent glacé du quai no 2 de la gare de Perrache, un jour d'avril, elle n'en est plus repartie. Elle a commencé à travailler au lycée Louis-Pasteur, où elle enseignait l'allemand à des garçons en uniforme et aux chaussures lustrées, qui écoutaient la langue de l'ennemi en rêvant d'impératrices en jupons et de vastes prairies sous la lune. Elle errait le jour dans les rues de la ville, promesses de futurs multiples et prolifiques. Alors qu'elle buvait des bocks un soir, dans un bistrot enfumé du Vieux-Lyon, rue Lainerie, elle fit la rencontre du pianiste qui jouait chaque fin de semaine de 21 h 30 à 22 h 30, pause bière et cigarette, puis finale de 23 heures à minuit, éventuellement un peu plus si le public était en forme. Antoine Maleval a des cheveux bruns raides et des mains plus courtes que prévu, mais elles glissent avec tant d'élégance et de douceur sur les touches blanches et noires que Sarah vacille au troisième verre – et pourtant, elle sait tenir la distance. Sa voix est grave, ses mouvements précis, il porte une veste en tweed verte qui ne lui va pas du tout, mais le sourire qui traîne à ses commissures indique peut-être qu'il s'en fout, ou bien qu'il le fait exprès. Antoine se rassoit au piano, Sarah et ses amis commandent une nouvelle tournée, et c'est la neige qui virevolte autour d'elle, les flocons précis et épais de son enfance, passée dans les champs et à la fenêtre à écouter les concertos pour violon de Mozart que son père ne cessait de placer sur le tourne-disque, son frère, sa sœur et elle préparent le feu de bois et le père met ce soir le concerto pour piano n° 19, les flocons s'arrêtent dans l'air, tout revient aujourd'hui sous ses mains légères, coton en pluie, rivières perdues, sa famille est quelque part, loin d'ici, elle veut le neuf mais l'ancien est là qui tout à coup la bouleverse, elle reprend un verre.

Sarah revient une semaine plus tard dans le bar, le pianiste est là sur son tabouret recouvert d'une fine couche de velours, il vit un fleuve plus loin, ils vont manger ensemble un soir dans un de ces bouchons si patiné par le temps qu'il semble sortir d'une boîte de sardines, dans un geste qui l'étonne elle-même, elle lui prend la main, elle se sent seule et le vin a des accents de mûre, l'autre main en réponse serre la sienne.

— Cette note me fait toujours penser au soleil je sais pas pourquoi.

Elle le regarde. Elle comprend ce qu'il dit.

Lorsque l'ennemi politique par atavisme devient l'adversaire décisif, Sarah Neubauer doit abandonner son poste. Les jours de 1940 s'égrènent comme des raisins âpres et secs, 1941 est pire encore, elle retrouve finalement un poste de professeur, mais de français cette fois-ci, le sien est parfait, les enfants des pentes sont crottés, l'angoisse court comme une mauvaise herbe sur les trottoirs inclinés, mais ses soirs et ses matins avec Antoine sont toujours d'une surprenante douceur, ils rient, ils détaillent les gouttières et le ciel, ils jouent du piano, ils chantent des airs tristes et absurdes, ils lisent ensemble, les pieds sur le radiateur, lequel goutte en cadence, ploc, ploc, Stevenson les emmène et le ploc les ramène, ce sont des jours graves pour le monde mais légers pour eux, jamais ils ne s'expliqueront pourquoi, comment, alors que l'édifice flambe, ils parviennent à vivre et à s'aimer, c'est insensé – la lutte et la guerre, qu'ils suivent, qui les désespèrent, leur donnent par ailleurs du courage et de l'élan, le mal qui guette leur ordonne de se tenir droits, d'espérer dans la nuit, et d'attendre le bon moment pour contre-attaquer. Antoine a grandi dans une famille de paysans rouges par inertie et habitude, et Sarah dans une famille de protestants viscéralement républicains. Ils connaissent leur camp. Leur heure viendra. En attendant, ils ravivent le feu qui crépite dans le salon et rêvent d'îles mauves perdues dans des brumes.

— Là ! Aaarghh !

Paul articule mal mais son bras tendu indique bien le héron qui coule sur les eaux du petit lac au centre du parc de la Tête d'Or.

Antoine a coupé sa moustache, taillé sa barbe, et il est allé chercher du travail. Le piano-bar, ça commence à bien faire, il se couche tard et ivre, une odeur de tabac froid enroulée dans sa veste et sous sa peau, il voudrait passer la soirée avec Sarah, Paul et Jérémie, avoir le temps de composer, il a des airs plein la tête mais il ne parvient pas à les saisir, à les plaquer au sol, à les fixer sur une portée.

Des choses flottent et tu ne les vois pas.

Paul a deux ans et demi, il cavale de long en large dans l'appartement devenu trop petit pour lui. Il suit la tête blonde et rieuse de son frère tout le jour, c'est son soleil épi de blé, ils grimpent aux arbres, ils courent dans l'allée. La ferme familiale, elle, est un territoire qui se plie et se déplie, ils ne vont jamais très loin mais cet espace pourtant circonscrit leur est terrain de jeu infini. L'odeur qui règne dans l'étable, mélange de purin frais et de bouse de vache, de foin et d'animal repu, les enivre. Jérémie le prend par la main et c'est la grande vie dedans.

Partout des sons perçants cristallins, des éclats de verre dans l'oreille.

Paul court sur les lattes du couloir et tout à coup s'arrête. Il a entendu le bruit annonciateur, il sait que son heure arrive. La main de sa mère a déplacé l'aiguille. Il y a toujours un moment de silence, comme suspendu, avant. La lumière du dehors lui entre dans l'œil droit. Ce que sa mère place sur la boîte en bois brut, il n'en connaît pas le nom. C'est une chose ronde et qui tourne. Sa mère aussi commence à tourner sur elle-même. Il voit les pas dans la neige, le petit balcon qui donne sur la place gelée, il entend le piano qui court sur les étendues, Paul fait un pas, sa mère danse, il est dans ses jupes, il tombe à nouveau sur le tapis, le piano est gelé, le fleuve blanc et noir, il est là, dans le salon, il ne partira pas, sa mère toujours dansera, et le piano, le piano court. Les premiers jours sont d'épais fétus de paille dont on ne s'éveillera pas, on vivra là-dedans pour toujours, c'est sûr.

Toujours sa vie Paul la vivra au présent, l'entendra au présent, l'écrira dans l'instant. Il ne déteste pas les autres temps mais il ne sait pas les employer. Une histoire vieille de dix ans, il la racontera au présent de l'indicatif comme si elle se déroulait sous ses yeux. Il fera de même pour l'avenir, puisque tout est là partout et dans le même temps.

Paul apprend quelques années plus tard que ces notes des premiers jours, ce sont les concertos pour piano de Mozart, peut-être les numéros 9 et 21, les nocturnes de Chopin, la joie Vivaldi. Sa mère les a emportés un jour dans sa valise et les voilà qui revivent sur ce tourne-disque – la caisse en bois brut s'appelle donc comme ça, il l'apprend là aussi un jour de mai comme les autres –, et ils tournent et l'emportent vers des pays de neige et de cathédrales plongées dans la nuit. Autour de lui les façades pastel de la Mitteleuropa qu'il arpentera plus tard, au milieu desquelles sa mère a grandi. Il entend les calèches qui heurtent les pavés de guingois, le souffle chaud des chevaux, le bruit des passants emmitouflés dans de longues capes en vison – on exagère peut-être, il ne peut pas entendre tout cela, mais plus tard c'est bien ainsi qu'il associera les arabesques de Mozart et les senteurs de Vienne, les costumes et les pavés, les chocolats brûlants dans de larges tasses en porcelaine. Et il aura raison car tout cela flotte déjà derrière la valse folle des touches, et tout à coup apparaît la clarinette, flûtée, chantante, et les rennes sortent au galop de la forêt, et la mère de Paul est là qui danse, le disque tourne et le monde avec lui.

Paul est un garçon rieur, insouciant, léger, traversé de nuages qui aussitôt s'évaporent. Il entend des choses autour de lui qu'il sait à présent identifier, les pneus épais des petites voitures qui peinent dans la montée, les sabots lourds des chevaux qui frappent le pavé, la glace qui se fend, les portes qui grincent.

Le temps est long, épais, juteux comme les fruits qu'il se fourre dans la bouche. Aucune question n'habite son territoire. Il y a des où, des moi, des toi mais pas de pourquoi, ils ne lui sont pas utiles dans cet espace-là.

Paul pose une main sur le rebord de la table ronde sur laquelle repose le tourne-monde, il observe le cercle, les fines rainures qui sillonnent le disque, l'aiguille qui trace son sillon entre ces lignes, et il voit les notes, celle-ci est rouge vif et celle-là jaune canari, elles s'enchaînent vite et Paul observe les murs changer de texture à mesure, des formes se succèdent comme projetées en l'air, le violon lance des étincelles dans sa cavale pizzicato, et Paul voit les teintes, les aplats, les creux, ce ne sont pas seulement des sons qui flottent et cherchent leur chemin dans l'air, ce sont aussi des dessins précis, des couleurs qu'il ne choisit pas, qui s'imposent, le timbre, la voix, l'acuité en décident, et sur le mur du salon des cavalcades furieuses se surimpriment à la lumière fine de ce mois de juillet, des danses légères et des walkyries, des marionnettes devenues folles ou des rideaux de pluie dont les ombres s'emballent. Ainsi s'établit le monde de Paul, dans une parfaite normalité, nos délires et nos excentricités s'imposant à nos yeux avec autant d'évidence que l'air que nous respirons.

Tout le jour des formes se dessinent, rires rouge balançoire crac bim gravier dans les chaussettes et mal partout et un, deux bras et jambes, aïe, des mouvements baignant dans une lumière oblique, ricochant sur les trottoirs. Un tel afflux de textures et de figures dans un corps si petit, qu'en dire si ce n'est qu'il est puissant et qu'il ravage tout, et Paul pleure parce que le puits déborde, il vit de trop-plein et de déséquilibres, de glissades entre des meubles. Donnons leurs noms, d'ailleurs, car ils contiennent alors le monde entier : armoire en pin, étagères en bois lustré, cuisinière, four, malle aux trésors, tabouret, piano noir, caisson, lavabo et table basse.

La percée dans le monde est donc celle-ci. Bien sûr tout se joue là, dans ce maillage si fin d'émotions et d'éraflures, mais nous n'en saurons rien, comme Paul lui-même peinera toute sa vie à essayer de démêler ce qui vint d'ici et ce qui se tissa là ; peu importe, pense-t-il finalement, assis au bord de sa vie, nous ne serons jamais nos propres procureurs.

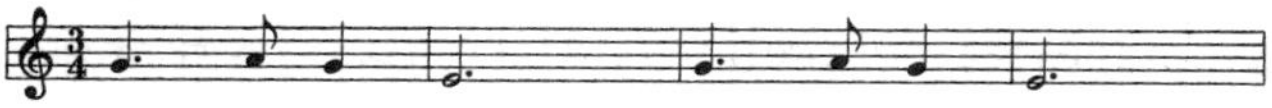

Stille Nacht, heilige Nacht
Alles schläft, einsam wacht
Nur das traute hochheilige Paar.
Holder Knabe im lockigen Haar,
Schlaf in himmlischer Ruh !
Schlaf in himmlischer Ruh !

Le chant s'élève en une note aiguë, déchirante, est-ce un *la* ou un *fa*, Sarah le sait mais n'y pense pas, car la note déplace quelque chose en elle, debout là dans ce chœur, à côté de ses congénères en jupe, les jambes secouées par le froid du temple qui lui ronge les os. Sarah Neubauer a onze ans et on ne la laisse pas enfiler un pull, la voix doit s'élever délestée de tout poids et sans entraves, le pasteur reprend son prêche, il porte une moustache fournie et une toge noire, c'est son père.

Stille Nacht, heilige Nacht
Gottes Sohn, o wie lacht
Lieb' aus deinem göttlichen Mund,
Da uns schlägt die rettende Stund'.
Christ in deiner Geburt !
Christ in deiner Geburt !

Sarah, cheveux noirs bouclés, le visage harmonieux et rond traversé par un long sourire, chante. Sa voix pure d'adolescente s'élève le long des pierres de la Kreuzkirche, l'église protestante en bordure du Volksgarten. Elle sent sa colonne d'air s'emplir, la note jaillir sous son nez, elle ferme les yeux. Toutes les choristes font de même, l'église flotte au-dessus de la ville, tout est calme et blanc, Sarah reprend :

Stille Nacht, heilige Nacht
Alles schläft, einsam wacht
Nur das traute hochheilige Paar.
Holder Knabe im lockigen Haar,
Schlaf in himmlischer Ruh !
Schlaf in himmlischer Ruh !

Sarah vit une enfance heureuse dans cette maison jaune aux tuiles claires, à Graz, dans le Sud-Est de l'Autriche, entre un grand frère turbulent et une petite sœur rieuse, elle est le ciment qui fait tenir ce branlant édifice debout, la fine couche de raison qui équilibre le chaos. Or la raison ne lui est pas plus naturelle qu'à ses parents, ses émotions affleurent à chaque minute, qu'elle doit sans cesse réfréner car elle se sait investie d'une mission. Ses parents font de grands mouvements des bras pour calmer les ardeurs de l'aîné et les excès de la petite, mais rien n'y fait, personne n'y croit. Le père, Rainer, qui aspire au statut de respectable pater familias, est le pasteur de ce quartier du centre-ville comptant une douzaine de milliers d'âmes. Sa culture est vive, son esprit alerte, il manie l'humour et l'allégresse, toutes choses qu'il se réserve et dont il se veut l'unique propriétaire. Son pré carré est large – les Lieder de Schubert, les poèmes de Goethe, les tableaux de Raphaël et les messes de Haendel – mais il lui est propre, on ne peut s'en approcher sans dommages.

Son territoire contient tout ce qui brille et jusqu'au journal du jour, pourtant incarnation du prosaïque, qui ne peut être lu ni touché, le matin, par d'autres mains que les siennes. Il a le droit, en tant que père de famille, à la primauté de l'information, quelle qu'elle soit, il lui faut la lire en premier car une nouvelle éventée ne vaut plus rien.

Seule la Bible est autorisée à voyager de mains en mains. Plus elle est lue, plus son rôle s'en trouve affermi. L'exemplaire de Rainer est imprimé sur un papier in-folio supérieur, si délicat qu'il lui faudrait des gants pour le manier. À défaut, il pose l'objet sur sa table en bois de peuplier, dans la petite alcôve à côté de sa bibliothèque, il s'assoit sur le prie-Dieu recouvert d'un drap blanc au fin liseré, il ouvre l'Ancien Testament et plonge dans les grandeurs. Tous les murs de la maison doivent être tendus vers son étude. Si quelque chose tremble, ou s'agite, sa plongée en sera troublée, son élévation lestée d'un poids irrémédiable.

Sa femme, Rosa, est une âme solaire et légère qui, sous les jougs successifs, n'a pu se déployer comme elle l'aurait dû. Son rire fait trembler les murs mais elle est priée de se taire, d'essayer de contenir ce gosse qui fout tout par terre.

Sarah navigue dans ce turbulent chalutier avec aisance. Elle assume déjà, comme sa mère, que son rôle sera d'appui. Elle se sent à l'abri dans cette position, qui lui laisse une marge de manœuvre pour développer sa passion.

Nous sommes en décembre 1931, Sarah se tient droite dans l'encadrement de la grande porte du temple protestant. Comme toutes les filles, elle a le droit, voire le devoir, de prendre part au chœur de la paroisse, qui, les dimanches, entre les prêches enlevés de son père, élève le long des pierres les airs de Bach et les chants populaires nés dans les montagnes voisines ou celles du Croissant fertile.

Sarah est autorisée à chanter parce que les femmes ont été dotées d'un organe soyeux, de cordes vocales délicates, à l'image de leur corps. Le reste est réservé aux vigoureux. Dans l'ombre, pourtant, Sarah développe une passion pour les nocturnes de Chopin, qu'elle joue sur le piano droit du salon. Elle actionne la petite manivelle de la sourdine, s'assoit sur le tabouret usé aux bords et tente de reproduire ce qu'elle a entendu le matin à l'église.

Mais, ici comme ailleurs, les Lieder et les concertos servent avant tout à exercer le pouvoir, à inclure et à exclure. La musique est le domaine choisi des hommes grands et blancs, des adultes qui déjà savent et n'apprendront rien de plus de ces corolles de notes.

Sarah ne porte pas l'ambition de *faire* ni de *devenir*, toutes choses réservées à ses longs camarades au teint de cire. Elle voudrait simplement être et ça lui semble déjà beaucoup.

Et puis elle lit. Partout, tout le temps, elle se prend les pieds dans le tapis, elle manque de s'empaler dans le bus scolaire, il y a toujours un livre entre elle et les choses. Ses parents lui demandent de les laisser reposer sur la petite table de nuit, tu lis beaucoup trop déjà, c'est mauvais pour tes yeux.

Alors la nuit, lorsque tous les feux et les âmes sont éteints, elle se lève à tâtons et s'approche du bureau de son père. Elle tourne la poignée avec une infinie précaution, s'approche de la bibliothèque, pose un pied sur la petite échelle en noyer. Là, devant elle, les trésors des siècles. Des noms brillent sur les couvertures, qu'elle chuchote dans sa tête : Heinrich Heine, Fedor Dostoïevski, Jane Austen, Honoré de Balzac, Charles Dickens, Friedrich Schiller. Des mondes dansent.

Elle attrape délicatement le volume intitulé *L'Idiot*, redescend et s'assoit dans le fauteuil en cuir de son père recouvert d'une peau de mouton. Elle le fait aller un peu d'avant en arrière, sans un bruit, puis ouvre le livre. Sarah est plongée tout de suite dans ce wagon qui trace sa route entre les pins, devant un homme au visage sombre et un prince. Ils parlent, elle les écoute. Le vent cingle aux fenêtres.

Rogojine demande au prince Mychkine d'où il vient, quand Sarah sent une main se poser sur son épaule. Elle tressaille. Derrière elle, son père sourit. Sarah est déjà debout, les pommettes rouges, tremblantes. Je voulais, je, je pouvais pas dormir alors. C'est pas grave, dit son père, continue. Sarah se rassoit lentement. Elle rouvre le livre. Tu me le lis ? demande son père. Sarah, d'une voix blanche, reprend le récit. Dans le train, les yeux de Rogojine lancent des flammes. Une femme aux contours évanescents vient s'asseoir dans le wagon. Le prince Mychkine chuchote quelques mots à l'oreille de Nastassja Filipovna, dont la robe flotte autour du samovar. Et alors Rainer pose à nouveau sa main sur l'épaule de sa fille, et dans cette étreinte, douce, ferme, Sarah ne saurait distinguer l'amour de la colère.

Stille Nacht, heilige Nacht
Alles schläft, einsam wacht
Nur das traute hochheilige Paar.
Holder Knabe im lockigen Haar,
Schlaf in himmlischer Ruh !
Schlaf in himmlischer Ruh !

Paul entonne le même chant de Noël, vingt et un ans plus tard, à cheval sur les genoux de sa mère qui n'a plus froid, et la même quiétude le traverse, la même énigme aussi, pourquoi les choses flottent-elles ainsi, pourquoi toutes ces lumières dehors et ce sapin à facettes, pourquoi ce cadeau sous la cheminée et la pureté de ce chant ? Paul a enfilé ses grandes chaussettes rouge et blanc, il sait le faire seul à présent, ses cheveux frisent sur sa tête, son père s'assoit au piano pour prolonger l'air qui s'élève du grand cercle noir, les deux enfants se jettent sur le sapin qui leur pique les jambes, il n'y a pas de temps, pas d'hiver, pas de point tracé sur la grande roue.

Antoine fait chavirer le piano, entraînant les soixante-quatre touches vers le swing, le fox-trot, il fait le clown pour ses fils, ralentit brusquement en tango, puis lance sa voix grave vers un blues, tout ce qu'il enseigne à longueur de journée à d'empotés enfants de la bourgeoisie, entre les remparts d'Ainay et la place Poncet, sur les moquettes d'époque il tâche de ne pas appuyer sa godasse, gammes de *sol* et de *ré*, arpèges imbéciles, les élèves regardent ailleurs, rien à faire ici, aucune vie, déjà, entre ces mains d'enfants, alors aujourd'hui chez lui, ce 24 décembre, Antoine lance les chevaux, Paul sur une cuisse et Jérémie sur l'autre, et il chante comme une Castafiore, et Sarah rit, et dehors tout le monde s'affaire parce qu'il est l'heure.

Illuminations

Mais la pause enchantée dure peu et les jours redeviennent vite âpres et coupants, on semble ne jamais devoir sortir de la torpeur ; tout repart pourtant, l'industrie lyonnaise galope à nouveau, les oripeaux de soie sont demeurés au placard, le nylon les a remplacés, on est depuis des années en plein dans le récit de l'après, lavé des scories de la guerre, nous avons tous été héroïques, repartons légers vers l'avant, le progrès, la modernité. Sarah enseigne à présent sur le plateau de la Croix-Rousse, dans une institution catholique (si son père savait) qui sent l'oignon frais et le genièvre, Antoine va de maisons en spacieux appartements, rentrant vite chez lui pour composer son grand œuvre, lequel s'arrête le plus souvent, à l'heure violette, au bord de ses doigts. Il en rêve la nuit dans d'étranges délires dont il ne se souvient plus une fois la lumière venue. De ces symphonies folles et sublimes il ne reste rien au matin. À peine le souvenir sec de ce qui aurait pu être.

Paul a sept ans, huit ans, et il découvre enfin l'ivresse des rues, il ne devrait pas être là mais il s'en fout, ses parents font mine de ne pas le savoir et son frère le guide dans l'écheveau délirant qui s'ouvre sous leurs pieds. Pour aller à l'école, rue des Tables-Claudiennes, mille chemins s'offrent à eux, chaque jour ils renversent le dessin. Leur préféré : celui qui, à travers le maillage de traboules, d'ombres en demi-teintes, de pavés déchaussés, de silences à peine brusqués, de tunnels, d'aventures, de rats et d'enfants terribles, mène de l'autre côté du miroir. Qui a eu le génie de percer ces travées entre les cours, les rues, les édifices ? Paul a déjà décidé qu'il passerait sa vie enroulé dans ces odeurs de pisse et de bitume.

Paul a neuf ans et dans son oreille s'insinue le monde entier : les cahots des camions-poubelles, les tuiles qui se déchaussent, les chaussures qui crissent sur le pavé mouillé, le roulis des cabas, le crieur public qui déroule les nouvelles du monde d'une voix de stentor, insurrection à Budapest, nationalisation du canal de Suez, les chefs des pays non-alignés, Nasser, Nehru et Tito, se retrouvent à Brioni.

Il y a certes l'immense raffut du dehors mais il y a surtout le tonnerre du dedans, qui jamais ne cesse. Quelque chose dans sa poitrine s'installe et se déploie. Quel est ce tic-tac infernal, galop sans repos qui le porte et le submerge ? Quel est ce rythme ba ba dam, ba ba dam, qui rue en lui du matin au soir ? Paul pressent, de manière encore confuse, qu'il est porté par une vague plus ample et puissante que lui-même, qui vient de plus loin. Il en vomit parfois, quand le sabot dérape, et tombe alors, se relève, repart. Mais il cavale le plus souvent emporté par la houle, ne s'arrêtant qu'à la fin du jour.

Et c'est alors qu'a lieu un double miracle. Septembre 1957, Paul a dix ans. Son corps s'allonge comme une plante grimpante, il court genoux écorchés dans les champs de blé et les chemins de terre. Il a un bâton de bois, taillé usé limé, personne n'y a droit c'est le sien, il marche comme ça sur les sentiers, roi immense appuyé sur son sceptre ceint d'une fleur de lys. Ils passent, son frère et lui, l'été dans la ferme de leurs grands-parents, en Bresse, à traquer d'invisibles filles, des papillons moins farouches, à nourrir les ânes de chardons, à guetter entre les hautes feuilles l'orange vif des renards. Ils rentrent à la ville aiguisés comme des lames, les mollets vifs, les muscles affûtés. Une nouvelle année à l'école de la rue des Tables-Claudiennes s'annonce, une éternité d'odeurs de craie et de salles humides, de camarades se croyant malicieux et de professeurs bouffis de certitudes.

Un matin, Antoine, déjà cravaté, leur dit ce soir je vous emmène quelque part. Dans la nuit ecchymose, descendant les pentes vers la place des Terreaux plongée dans la brume, Paul tient la main de son père. Son frère et sa mère sont derrière. Dans la rue Lanterne, une petite porte rouge s'ouvre sur une déflagration de mouvements et de cris. Paul ne cherche pas à distinguer quelque chose au milieu de ce fatras ; c'est une salle, les gens vont et viennent, des verres à la main, il y a des chaises, une scène mais il y a surtout ceci : un son strident, métallique, immédiatement jaune-orange à ses oreilles, qui file, droit, avant de monter et de glisser en spirales, et Paul bouche ses oreilles qui sifflent, avant d'ôter lentement ses mains pour laisser entrer à nouveau le flux safran. Tous ses organes remuent. C'est le monde entier qui entre en lui à travers cet escalier de notes inconnues. Le bruit vient de là. Le type se tient debout mais son corps part vers l'arrière. Dans sa bouche un assemblage de morceaux dorés dont il ignore le nom, qui s'évase vers le bas avant de repiquer à la pointe – Paul a déjà vu un saxophone sur des images, il en a entendu l'attaque au microsillon, mais pour la première fois, l'incroyable enchevêtrement de formes, tubes clés et pavillons, fait corps avec le bruit qui en sort. L'objet rencontre le son. Paul ne bouge plus. Le type souffle, d'un trait, jusqu'à vider entièrement ses poumons, inspire tout l'air de la salle avant de le lancer à nouveau. Des gens s'agitent autour. Paul plonge dans l'or.

Dès lors il ne pense plus qu'à cela. Paul veut souffler lui aussi, il veut écouter les bourrasques, il veut tout connaître sur ce qu'on appelle visiblement le jazz, parce qu'il faut un nom à ce qui échappe et rue comme un sauvage. Il trouve un *Jazz magazine* chez le vendeur de journaux de la rue des Capucins, mais pas une thune alors il en fait un tube, le glisse à l'intérieur de sa veste, ressort les yeux en l'air – sur le banc de Croix-Paquet il dévore les photos et les textes sans rien y comprendre, invraisemblable charabia quand le souffle était si pur ; mais il y a, au milieu, des titres de disques, alors il court chez Anthony, le disquaire de la rue des Carmélites, qui le regarde comme un basset, ah désolé mon p'tit, on n'a rien de tout ça, et Paul repart en clopinant ; les disques, il les imaginera. Quelque part, dans des villes dangereuses recouvertes d'une couche de givre, des hommes expirent dans des instruments à bec, dessinent des nuits durant d'insensées arabesques, qui les laissent au matin exténués et raides, sans un rond, claudiquant sur les trottoirs vers leurs misérables cahutes. La ville les avale. Paul les imagine, il suppose leurs défaites, il devine leurs éclats, et il s'endort comme ça.

Trois semaines plus tard, une autre illumination achève sa métamorphose. À la sortie de l'école, à l'angle où toujours ils se retrouvent avant de rembobiner le fil des traboules, Jérémie lui dit on rentre pas aujourd'hui. Dans ses yeux la petite flamme de défi et d'excitation qu'il lui connaît. OK, dit Paul, et ils filent vers le centre.

Oh ils étaient si souvent passés devant qu'ils avaient fini par ne plus y penser. De toute façon, on ne peut pas. Plus tard, pour l'instant on n'a pas le droit. Et puis Jérémie en a eu marre, il s'est dit on y va quand même, alors ils descendent et passent le pont Lafayette, arrivent tous les deux devant la Fourmi, le cinéma de la rue Corneille. Paul lui souffle t'es dingue, on n'a pas une thune, son frère lui dit attends, tu vas voir. Ils s'éloignent des affiches sur lesquelles s'embrassent d'immenses visages au teint hâlé, tournent au coin de la rue ; on s'arrête là. Jérémie sifflote, regarde le ciel, fais comme moi frangin. Ils attendent comme ça un moment. Puis la petite porte en métal s'ébranle, des gens en sortent et retrouvent, un peu chancelants, la lumière crue du dehors. Jérémie et Paul se glissent sur le côté et remontent les marches à contre-courant. C'est là que vient la partie la plus ardue, Jérémie le sait ; il retient du pied la porte battante, attrape la main de son frère ; ils entrent. Les deux grands rideaux lentement se referment. C'est fini, les enfants, il faut sortir, dit le garçon de salle. Oui on sait, dit Jérémie, on a juste besoin d'aller aux toilettes, enfin surtout lui, il peut pas se retenir. Paul penche son regard vers le sol, le garçon de salle secoue le rideau, OK alors faites vite, ils sont déjà dans le couloir, ils courent vers les toilettes et bifurquent au dernier moment vers la salle plongée dans le crépitement des tirs de flingues. Les deux frangins se jettent sur les moelleux sièges en velours rouge groseille et la grande vie commence. Deux heures plus tard, ils ressortent à leur tour sur le trottoir, essorés, remplis à ras bord de fumées d'Apaches, de cavalcades, de Colt à la ceinture et de roches canyons. Les rues leur paraissent bien corsetées tout à coup, dans leurs teintes blanc cassé, et pourtant elles deviennent au même moment promesses de tout.

Un tir à deux temps vient de précipiter Paul dans un double mouvement, à jamais noué : le son et l'image, la musique et les histoires. Ce qui naturellement naissait dans son cerveau à l'écoute des instruments vient s'incarner dans le monde physique. Brusquement tout concorde, sons, mouvements, formes et couleurs, un cœur avide de hauteurs.

Paul fait quelques pas. Son frère n'est plus à ses côtés et des tours fuselées se dressent vers le ciel. Il est un adulte à présent et il marche dans New York. Il avance, pose sa main sur un poteau, dur métal, il ne rêve pas. Il pose un pied devant l'autre. Ce n'est pas possible, et pourtant si, il vit dans le film, il y a toujours vécu. La ville gronde et il avance.

Dans les tubes,

Paul cavale. Tout n'est plus que jazz et crépitements à ses oreilles. C'est tout d'abord ludique, jaune vif partout et fête. Il y a dans ces airs fluets, ces enchaînements insensés de notes, ces traversées de gammes et de fleuves une joie si contagieuse que Paul en est transformé. Dès qu'il rentre chez lui, il court vers le tourne-disque, place la grande galette noire sur la surface plane et c'est parti

Yes M'aaam poppa's got the heebie-jeebies bad, ay
Eef, gag, mmmff, dee-bo, duh deedle-la bam
Rip-bip-ee-doo-dee-doot, doo
Roo-dee-doot duh-dee-dut-duh-dut
Skeep, skam, skip-bo-dee-dah-dee-dat, doop-dum-dee

Paul monte à bord d'un cargo longue distance, échange des blagues avec les prostituées dans les ruelles poussiéreuses de La Nouvelle-Orléans, claque sa main dans celle des gamins aux poches trouées. Derrière les notes Paul traque les histoires de bandits et de saloons, de flingues et de fuites dans le désert – et celle de Louis Armstrong, dont la partition s'échappe et qui improvise les paroles d'*Heebie Jeebies* :

Roo-dee-doot duh-dee-dut-duh-dut
Skeep, skam, skip-bo-dee-dah-dee-dat, doop-dum-dee

Cette histoire, Paul l'a lue dans un *Jazz magazine*, qu'il a dû finir par acheter chez le marchand de journaux, après s'être fait choper, la main dans la veste, avec un hors-série spécial *Les Origines du jazz, voyage dans le bayou*. Il y en avait plein d'autres encore, des récits de nuits sans lune, d'arrestations, de femmes démentes et de solos sans fin.

Paul passe et repasse sa main sur les photos des magazines et les pochettes des disques étalés sur le parquet du salon.

Une jeune femme, soixante-deux ans plus tard, regarde ces mêmes 33 tours, assise dans l'une des pièces de son appartement berlinois. Elle effleure les pochettes caressées, mille mondes plus tôt, par Paul, devinant les rêves d'aventures, les mirages jaillis de ces viatiques aux angles carrés. Sous ces morceaux délimités de réel, Chiara devine l'infini, passant et repassant la surface fine de ses doigts sur le chapeau de Thelonious Monk et le visage apollon de Chet Baker juste avant que la vie ne l'avale. Puis elle lève les yeux et rit, une bière tiède à la main. Après tant de révolutions autour du soleil nous y revoilà. Je place les mêmes cercles noirs sur des platines, je les croise, les mélange, j'arrête net et repars ailleurs, je fais tourner les mêmes planètes infiniment sur d'autres orbites – et elle se lève justement, attrape le saxophone or qu'elle mêle à des basses lourdes de hip-hop, les planètes tournent et nous nous tenons droit.

Et Paul relance sur sa platine la voix d'Armstrong, qui dimanche comme lundi le fait danser sur le tapis, et son cœur bat vite, comme toujours, c'est ce qu'il sait faire, tout l'emballe, tout le meut.

Pam pa pam pa pam papa pam pa pam papa pam

On ne sait jamais trop si c'est normal ou pas, ce moteur, là, qui détale ; Paul l'assimile aux plaisirs, aux surprises, à tout ce qui, jour après jour, l'entraîne et le mêle à cette étrange et épique traversée à laquelle il ne comprend pas grand-chose.

Paul se demande pourquoi ce cœur bat si fort. Est-ce le batteur qui en a décidé ainsi, est-ce que, à force de plonger dans ces morceaux-là, son cœur s'est fondu dans leur rythme vif et dissonant ? Lorsqu'il essaie de se souvenir, il ne trouve que ce rythme effréné, partout, tout le temps et dans tous les sens.

— Ce type, là, c'est le batteur, lui dit son frère en pointant le doigt vers la pochette du *Live at the Village Vanguard* d'Elvin Jones. C'est le maître du jeu. C'est lui qui fixe les règles de l'histoire. Les autres n'ont plus qu'à le suivre.

Paul est debout devant le tourne-monde, dans le salon de son enfance, et la cavalcade de son cœur rencontre son double, son équivalent, son cavalier : le galop de la batterie, étrange assemblage de cymbales, de caisses et de pédales sur lesquelles tambourine un cheval du diable monté sur ressorts, et qui tape et qui crie et emmène le monde avec lui, prenant pour nom Max Roach ou Art Blakey, peu importe, ce ne sont que d'éphémères incarnations d'un Chronos rendu fou, je suis le temps et le temps est une maladie incurable, disent-ils à chaque battement, je ne cesserai pourtant de taper jusqu'à l'avoir dompté, je le ferai rentrer de force dans la mesure, au prix de cavales désolées, il aura ma peau, bien sûr, toujours, il aura ma peau mais j'y vais quand même et je mène la danse.

Le soir, Paul est allongé dans le lit superposé, son frère dort en bas. Les montants sont en bois, il y a des affiches de sportifs tout autour, sous ses yeux ça danse.

Ba bam ba bam pi ba bam ba bam pi ba bam

L'animal en cage dans sa poitrine galope, comme toujours mais là ça déborde.

Ba bam ba bam pi ba bam ba bam pi

Il inspire lentement, relâche par le nez, il place ses doigts sur une narine, inspire tout l'air par l'autre,

Ba bam ba bam pi

pose son index sur l'autre narine, relâche.

Ba bam ba bam pi

C'est un peu mieux. Il continue. Jusqu'à ce que

Ba bam ba bam piiiii

pointe aiguë droit dans la poitrine il serre les dents retient son cri.

Sur un autre lit, dans une autre vie, Paul est allongé dans le grand blanc. Des médecins vont et viennent, qu'il ne voit pas. L'un des cardiologues vient d'expliquer à Paul ce que signifiait un souffle au cœur, une diastole, une systole – d'un côté le cœur se dilate et se remplit de sang, de l'autre il se contracte et relâche le sang dans les artères, c'est pas compliqué, sauf que, chez vous, ça fonctionne moyennement. Paul a regardé le médecin d'un air absent. Lequel a poursuivi, déroulant un brillant diagnostic de sa situation actuelle. Paul Maleval flotte loin de tous ces mots qu'on lui offre, comme une bénédiction médicale, il louvoie entre des poulpes lents aux mille tentacules, relâchant l'oxygène par les narines. Un cachalot long de quinze mètres passe lentement devant lui, dans un souffle. Le médecin conclut, s'approche de Paul, être sûr qu'il a bien saisi, oui oui, avant de repartir vers d'autres passionnants malades aux retorses complications. Paul ferme les yeux et plonge plus avant.

À l'intérieur de lui c'est une

flambée de couleurs incertaine et emmêlée, ça Paul le sait. Il est sauvage, ardent, insoumis ; c'est un enfant perdu sans les bras de sa mère. Il est violent, extrêmement doux, il ne croit en rien, il croit en tout.

— Arrêtez une seconde tous les deux, dit Sarah. Il faut aussi parfois se laver dans un bain.

— Ah bon.

Les deux frères sont inséparables, ils courent sur les lattes du parquet jusqu'à ce qu'elles craquent de douleur, ils tournent tout en dérision, rien n'a d'existence assez stable et puissante pour leur résister.

— Vvvvshiooooou.

Plein hiver, ils se sont fabriqué des luges avec des sacs en plastique dans la ferme. Ils prennent tout l'élan possible et se lancent du haut de la pente, ils glissent à toute blinde sur le cul, traversent le potager, dévalent dans la cour, défoncent la barrière du fond, arrivent sur la route, évitent un camion, s'écrasent dans le fossé.

— On refait ?

Paul est excessif, angoissé, passionné, versatile, ultrasensible, obsessionnel, visionnaire, indifférent, ardent, lunaire – oui, cela fait beaucoup, mais on porte bien dans nos sacs tous ces adjectifs discordants, dont l'écart même nous constitue. S'il le perçoit, dans les premières années, comme une indémêlable pelote de flux contraires, cet écheveau devient vite sa colonne, son unité. Être tout et son contraire lui semble une intéressante manière de vivre. Paul se tient là, Lyon 1959, Paris 1967, Manchester 1979, Paris 1996, cap Corse 2020, et sa silhouette se tient fixe dans ce déséquilibre constant, cette marche à douze temps qui le secoue d'arrière en avant. Il l'a compris tôt, il avance depuis dans cette mesure-là.

Ce mercredi 8 avril 1959 (les calendriers aux motifs floraux affichés au mur nous aident à nous repérer), Paul a douze ans et il a faim, il a soif, il veut partir loin et sentir des choses nouvelles sur sa peau. C'est trop tôt pour le faire, il le sait, mais quelque chose brusquement l'étouffe, dans cet appartement, dans cette vie, il veut davantage, sans que ce davantage ne prenne encore une forme quelconque.

Son vrai pilier sera celui-ci : le désir. Ce qu'il voit ne lui suffit pas, ne suffira jamais, il le perçoit déjà comme une malédiction et comme un moteur – de satisfaction il ne trouvera pas, ou bien partout là où il y en a, et ça fait beaucoup. Il ressemble déjà à un chien piaffant sur le côté de la route, langue pendante, légèrement ridicule.

Pourquoi veut-on d'ailleurs comprendre quelque chose à Paul ? Pourquoi lui, et pourquoi nous ? Peut-être le saurons-nous à la fin, et encore. Mais on pourrait d'ores et déjà peut-être établir ceci : quelque chose semble s'être joué en lui qui mérite que l'on s'y attarde. Une vie se suffit à elle-même, seule, reliée, expérimentation unique, mais il y a aussi tout ce qui s'y noue, s'y joue, et dépasse largement son cadre et ses bornes piquées dans le temps. Dans chaque vie se joue le destin de l'espèce entière ; et il ne s'y joue, par ailleurs, absolument rien du tout. C'est dans cette tension qu'une existence vaut, et en cela, aucune n'a plus de sens qu'une autre.

Si l'on se penche pourtant davantage sur certaines, on distingue bien, à l'œil nu, que tant de satellites, de sons, de textures, d'amas de matières, de vortex, de bruits et d'éclats se sont agglomérés en elles, tant de fracas, qu'elles prennent un sens autre, plus large et plus profond qu'un seul trait dans le vide. Comment, pourquoi ? On n'en saura rien, on continue pourtant à vouloir percer le mystère, qui, pendant ce temps, s'épaissit.

Paul se situe toujours ici et ailleurs. Il est poreux, un pied baladeur et l'autre fermement accroché dans le seul temps qu'il connaîtra jamais entièrement : le présent.

Rapprochons un peu la focale pour observer son visage. Le rond tracé, qui de loin semblait parfait, s'avère légèrement ovale, harmonieusement posé sur l'ensemble, peau douce et nez anguleux, surmonté d'un halo de boucles brunes volages, aériennes. Dans chaque œil flottent des vapeurs bien distinctes : dans le droit règne la joie, noisette et vive, doublée d'une malice certaine dans l'angle de l'iris. Dans l'œil gauche, en revanche, et peut-être par souci d'équilibre, on discerne sans mal de puissantes ombres de mélancolie, une inquiétude discrète mais ferme, les larges sillons fendillant les fibres musculaires autour de la pupille nous indiquent une tristesse. Mais qui domine, alors, de l'œil gauche ou du droit ? Dans les gestes de Paul, dans son appétit de vivre, ses sauts constants d'un coin à l'autre, l'œil droit semble aux commandes. Mais le soir, lorsque les barques rôdent, poussées par des voiles noires, le gauche reprend le contrôle et bat sa mesure.

Ses doigts, d'une étonnante finesse, courent sur les murs, ses jambes de danseur sautillent, son corps s'allonge chaque jour davantage. Paul est une liane sans jungle. Il écarte les murs chaque jour pour faire de la place aux jaguars et aux palmes.

Les années de lycée passent ainsi, dans une brise. Il y a des amourettes, des portes claquées au nez, des embrasements passagers. Paul n'est jamais sûr d'y croire. Il y a dans l'indolence adolescente quelque chose qui le gêne. Il sent bien qu'il boite, comme tous, qu'il cherche sa forme, son corps le lui rappelle à chaque pas. On pourrait trouver ce boitement touchant ; il en est, lui, exaspéré. Il veut du vrai, du vif, des silhouettes définies. Il obtient le bac sans réviser. Il passe l'été au bord d'un lac, dans une colo joyeuse et turbulente. Dans la torpeur de juillet, ses rêves se troublent. Au petit matin, il ouvre la tente d'un geste sec, avale tout l'air qu'il peut, affolé de chaleur, au bord de l'asphyxie. En reprenant son souffle, il observe les montagnes au loin. La journée s'annonce longue.

Départ dans le noir

Un homme roule dans une voiture de location. Les paysages défilent, d'une confondante banalité, petits vallons accueillant quelques maisonnettes oubliées, il est habitué. Il roule en silence. Le contact du similicuir sous ses doigts l'apaise. Ses joues sont creusées, ses yeux rougis. Il porte les cheveux longs, d'un blanc cendre éclatant, qu'il enduit régulièrement de lotions, principalement italiennes. Aujourd'hui son regard est aussi droit que les plaines devant lui, comme lavé par les pluies et l'horizon. Une cicatrice sillonne sa joue droite.

Il est arrivé il y a quelques heures à l'aéroport d'Orly, en provenance d'Ajaccio. Il a traversé, dans cette nuit disgracieuse au crachin détestable, le sous-sol de l'aéroport, niveau moins 3, les agences se succédant à chaque aile. Au niveau de la lettre G, il a tourné à droite, sa petite valise a couiné légèrement au passage. Il est entré à petits pas ténus dans la cahute en préfabriqué de location de voitures. Bonsoir monsieur, a dit l'agent en chemise rouge, j'espère que vous avez fait bon voyage. Il le regarde sans ciller. Chemise rouge ; une certaine idée de l'enfer. Vous avez réservé une Ford Fiesta, c'est bien cela ? Eh bien c'est votre jour de chance ! – s'il savait – a dit l'agent d'une voix jaillissant sans raison dans les aigus. Il poursuit, alors je vous explique il y a une promotion sur les Zoé, mais l'homme ne l'entend pas. Une immense fatigue s'abat lentement sur lui, comme une pluie d'hiver, entraînant son corps vers le sol. Il se mord la joue et ouvre grandes les paupières. L'agent fait tinter des clefs devant lui, un sourire béat aux lèvres. L'homme trace une absurde signature, en aucun cas la sienne, à l'endroit indiqué par le doigt, prend les clefs et repart vers les allées flanquées de lettres.

Il comprend, en essayant vainement de démarrer, que la surprise célébrée par le vendeur n'était autre que cela : une voiture électrique. Automatique ! Sans un bruit ! avait-il crié, ça lui revient maintenant. Écolo, en plus, avait murmuré l'homme en retour. L'agent l'avait regardé, interloqué. Ah oui, vous avez raison, en plus !

Il s'agit maintenant de mettre la machine en route. Il appuie sur le bouton, presse le frein en même temps, les voyants s'allument, rien ne bouge. Il est 22 h 45 sur la Terre et l'homme ne se sent tout à coup plus capable de rien, ni d'aller voir l'agent, ni de continuer à chercher la manière dont fonctionne cette machine. Il ferme les yeux. Il va tout abandonner – non, une voiture électrique est la plus simple et pratique de toutes, ça doit être un truc enfantin. Il appuie sur le bouton. Il pose son pied sur l'accélérateur. La voiture glisse vers l'avant.

Le monde moderne est une bénédiction. On ne sent rien. On n'entend rien. Il passe sous la barrière qui s'est levée devant lui. On est dans un parking fléché quelque part sous terre. Le ciel qu'il découvre alors, après avoir détricoté les virages jusqu'en haut, est d'un gris de caverne. Il passe un rond-point, deux ronds-points, faisant un tour de trop pour goûter encore le velouté du clignotant, délicate sauterelle retombant sur ses pattes, avant de prendre la sortie vers l'autoroute A4.

L'homme roule dans le silence des plaines. Ses gestes sont d'une lenteur extrême, l'intérieur de la voiture, matelassé d'un cuir gris-noir d'ébène, baigne dans une ouate. On avance, on pourrait tout aussi bien reculer. Les paysages défilent dans une indifférence parfaite. Aucun bruit de piston, de moteur, de fusion, pas le moindre reflux à la surface, son pied est sur la pédale, il n'appuie pas, ne force pas, il file dans les territoires.

Il a vu l'écran tactile sur lequel pourrait apparaître magiquement, s'il le souhaitait, mille radios, mille voyages. Mais non, impossible, il ne pourrait pas tenir. Alors il roule dans le silence, les deux mains sur le volant.

Et tout à coup

les choses s'accélèrent. Paul s'en va. Il est l'heure passée déjà. Il ouvre la porte un sac à la main il n'emporte pas grand-chose mais les phrases les mirages se bousculent en lui il faut faire vite alors il y va. Quelque chose l'attend là-bas, partout, et s'il reste dans ce cocon délicieux et chaud rien d'autre que l'amour n'adviendra. C'est beaucoup ; ce n'est pas assez. Il pourrait, pourtant, il les adore tous les trois, mais ils finissent par l'emmerder à force de tant de bienveillance, il lui faut des brûlures sur la peau s'il veut survivre, accélérer encore ce cœur pourtant rapide déjà, s'il veut vivre il lui faut l'afflux et l'excès. Il en mourra peut-être, peu importe, il est prêt. (Il est beaucoup trop lyrique – à son âge c'est courant.)

Tout à coup les phrases s'accélèrent et c'est ce qu'il attendait d'elles.

Le train pour Paris part à 10 h 02. Il embrasse ses parents, son frère, il serre les mâchoires, pour vivre sa vie il lui faudra être fort, il l'a déjà compris. Il s'assoit sur le siège en cuir dur. Le train s'ébranle, son père agite les bras, Jérémie prend sa mère dans les siens, Paul a dix-neuf ans et il sait que le moment est venu. S'il ne l'attrape pas au vol, peut-être ne trouvera-t-il plus jamais la force de le faire.

Il débarque dans le froid sec et inhospitalier de la capitale. Une chambre l'attend dans le 10e arrondissement, derrière la gare de l'Est, laquelle s'ouvre sur une odeur de détergent et d'absence. Il y a une famille autour qui l'accueille. La grande ville s'étend à ses pieds.

Paul s'y rue. C'est un fracas constant d'illusions et de rêves, un spectacle infini de trottoirs et de boutiques, de cafés, de visages, qui de tous côtés jaillissent et se mêlent en une mystérieuse pelote ; Paul est pris dans le tourbillon.

Il a commencé à étudier les lettres modernes à la Sorbonne – en réalité, saisi par ce flux constant de formes et de silhouettes, il n'a encore guère trouvé le temps d'y aller.

Il se lance finalement. Les amphis sont traversés de courants glacés, il y apprend des choses sur Baudelaire qu'il aurait préféré ne pas savoir, et rien sur Balzac alors qu'il est tout ouïe. Les livres et leurs mystères semblent rester sur le seuil de l'amphi, ici on parle d'autre chose, mais de quoi ?

Et un jour, alors qu'il se dirige, en retard comme toujours, vers le cours magistral de grammaire, il se rend compte que non seulement il n'y a jamais posé un pied, mais qu'il n'a pas la moindre idée du lieu où il se déroule.

— Excuse-moi, je cherche l'histoire de la grammaire.

— C'est dans l'amphi B2, suis-moi j'y vais aussi.

Le type porte une veste lâche, des chaussures à pointe pourries, il pousse la porte de l'amphi : plein. Paul s'assoit à côté de lui, tout en haut des gradins.

Quelques brillants exemples de négation restrictive plus tard, le gars se penche vers Paul et lui dit, ça a l'air de t'emmerder toi aussi. Y a rien de plus casse-couilles que la grammaire. Peut-être le droit constitutionnel, et encore. Viens on se casse. Il y a un moment de silence, caressé au loin par quelques conjonctions et autres synecdoques. Puis d'un bond les deux garçons se lèvent et disparaissent derrière la porte battante.

Une demi-heure plus tard, celle d'un appartement s'ouvre. Jonathan habite là, par un miracle inexpliqué il vit seul dans ce quatre-vingt-dix mètres carrés, rue des Petits-Champs, dont il a hérité, Paul l'apprendra plus tard, de sa famille décimée. Paul fait un premier pas sur ce parquet qui grince, il inspire l'odeur d'encens frais et d'humidité, il entre dans le lieu décisif. Jonathan attrape deux bières dans une cuisine aussi froide et grande qu'un abattoir, et marche d'un pas lent jusqu'au bout du couloir, dans ce qui a dû être, un temps, le salon, et ressemble aujourd'hui à une navette spatiale, un temple consacré aux dieux morts et vivants. Aux murs, des dizaines de visages dont Paul ne sait rien, des guitares, des noms et des titres qui s'étalent. Et, au fond, deux tourne-disques noirs. Partout, en piles, étalés, en quinconce, entassés, rangés sur les étagères, des disques, des 33 tours, des 45 et même des 78 tours, ceux des premiers temps dans lesquels ne tiennent qu'une chanson ou deux.

Paul se tient sur le seuil. Il n'en a jamais vu autant à la fois. Jonathan en attrape un, il sait lequel et il sait pourquoi, il le place sur la platine. Un son rond, entraînant, parfaitement balancé retentit, un son rêche et agile comme un saut de biche, tout cela dans la même note, toutes guitares, batterie et voiles dehors. Jonathan monte le son, la basse jaillit, précise et lourde, et une voix, puis une autre, rebondissent au même rythme, dans un anglais que Paul devine piquant, sardonique, comme sorti d'un pub un samedi d'été.

Et c'est trop tard déjà, de ce son-là Paul ne sortira plus.

La journée file ainsi, dans une avalanche de bières et de pochettes, que Paul malaxe, caresse, dans lesquelles il plonge.

— T'en roules un ? dit Jonathan.

— Un quoi ?

— Un joint, mec. Putain tu connais rien à rien.

Jonathan ouvre le tiroir de la commode, il faut s'occuper de tout ici. Ses cheveux blonds forment une auréole sauvage autour de son visage traversé de courants alternatifs, comme raccordé à un câble mal branché. Une lumière oblique entre par la fenêtre. Paul sent l'odeur de musc et d'herbe traîner dans la pièce. Il ferme les yeux. Il est là où il devait être.

Le lendemain, Paul est de retour rue des Petits-Champs.

Tout ce qui le fait vibrer dans la vie se concentre ici, dans cet appartement devenu en quelques jours le centre de l'univers. Il a tant de retard à rattraper. Il veut tout savoir, tout écouter.

On grandit bien lentement dans les banlieues du monde. On est à l'abri aussi et on peut cultiver un regard singulier, une manière à soi. On perd par ailleurs les détails et les vagues, tout ce qui peut secouer une société. Un regard acéré ne peut dès lors s'affirmer et les désirs finissent par s'étioler jusqu'à être entièrement engloutis.

Tout occupé par les sons dorés du jazz, ses révolutions et ses coups d'État, Paul n'avait rien vu venir de la déferlante électrique, énergie pure et rocailleuse qui vingt fois déjà a tout foutu à terre et s'apprête à le refaire cent fois encore. Paul n'avait d'yeux que pour les architectures élaborées et les circonvolutions des géants du jazz, méprisant naturellement – snob déjà sans même avoir fait l'expérience de l'arrogance mondaine – les succédanés pop et les mélodies aussi entraînantes que des autos tamponneuses dans lesquelles on se jette. S'il peine encore à saisir la puissance et le feu, tout ce qui bout derrière l'apparente simplicité, il commence à les entrevoir.

Alors, au 15 rue des Petits-Champs, on reprend l'histoire dans l'ordre : Little Richard, le fou génial, le chaloupé Eddie Cochran, Gene Vincent, la grâce Buddy Holly. Jonathan étale les disques par terre, Paul en inspire l'odeur et la fine poussière.

Et puis il y a Elvis, ah le roi Elvis, là on prend le temps, Jonathan place les 33 tours en étoile, il faut écouter et réécouter, plonger dans le détail et la fougue et imaginer ce corps ardent, dit-il, ondulant comme une liane, les rendant folles et fous de désir, cette silhouette sauvage qui met en branle les rythmes nouveaux et éternels, un deux trois un deux trois un deux, et on tournoie et on sinue, la tension monte le rythme augmente, c'est l'histoire du désir et de la chair, du mouvement de la terre, incarnée dans des corps neufs, en premier lieu celui d'Elvis Presley qui ne cesse de tourner et de brûler comme une torche. Paul l'observe s'élever des pochettes, entendant la voix parfaite, le flot ambre. Le grand pendule du temps et du désir en équilibre dans un seul corps qui les rassemble tous.

— Eh toi, gamin !

Le jeune Elvis vient de passer devant le studio de Sam Phillips, comme tous les jours.

— Tu crois que je te vois pas tracer des cercles comme ça – t'es quoi, un vautour ?

— Non m'sieu. J'ai juste une chanson pour vous, c'est tout.

Le technicien du son observe la belle gueule du gamin, traits d'ange, regard bleu.

— Allez viens, y a personne, ça m'occupera.

Elvis s'installe dans le studio, on était en pleine pause-café alors pourquoi pas, ça nous fera une distraction.

Le grand manitou de la musique à Memphis, Sam Phillips, est assis au fond de son studio, il feuillette le journal d'un œil distrait. Tu vas faire quoi, gamin ? demande le technicien. *That's All Right Mama.* Cette vieille scie ? dit Sam Phillips du fond de la salle. Comme tu voudras.

Et alors le gamin commence. Il s'enroule autour du micro et une voix d'un autre monde, d'un temps au-delà de l'histoire sort de la silhouette adolescente. Cette voix n'est pas à lui, et il n'est pas à elle. Rivière chaude et sucrée, basson silex et grave, volutes cigare, naseaux enflés et flot contrôlé ; ce garçon-là a l'âge du monde.

La chanson s'achève.

Sam Phillips lui dit viens.

C'est toujours comme ça que ça se passe, un corps surgit, embrase, déroute et emporte l'affaire. Paul a raté celui-ci, trop jeune encore, emmêlé dans les rues et les jupons de sa mère, mais il découvre alors, douze ans plus tard, l'abrasif ardent guépard, Elvis Presley qui retourne l'histoire comme une crêpe.

— Bon allez on continue, dit Jonathan. Après ça il y a un temps mort, comme si on tardait à s'en remettre.

Paul est assis sur le fauteuil en osier, le plus moche, son préféré. Jeudi 7 décembre 1966, il a cours d'histoire littéraire, ou est-ce de linguistique, peu importe, il n'ira pas, il n'y va plus, il a des matières bien plus importantes à rattraper.

— On reprend dans l'ordre comme ça c'est plus simple, dit Jonathan, tu vois cette femme, là, sur la pochette –

Et Paul est entraîné dans le délire Motown, cheveux épais et voix ailées.

— 1963 mon gars. La soul naissante, les Supremes, écoute-moi ça mec, c'est du cristal, sucre glace et pièce montée.

— Et ça alors ?

Paul se tourne vers le crooner banane dressée.

— Lui il s'appelle Roy Orbison, il aurait dû aller aussi haut qu'Elvis, écoute-moi cette voix de dingue.

De ses cordes vocales jaillissent des fleuves de miel et des colombes.

— Beach Boys my darling, chemises au vent et voix célestes, *Good Vibrations* ça s'appelle, regarde – je viens de l'acheter.

Paul rêvasse au son de la voix de Jonathan, qui se glisse entre les lignes du temps. Il tente de suivre les circonvolutions du rock balbutiant, hésitant encore entre skiffle, doo-wop, soul, folk façon hippie et d'autres appellations plus étranges encore.

Et ça court comme ça tout le jour.

Paul Maleval est assis sur le fauteuil. Il nous faut entrer dans ce temps précis et dans cet espace, plonger dans ses bras, son cou, ses jambes et ses poumons envahis par le liquide abrasif, il nous faut entrer dans ses oreilles comme le font les sons pour bien prendre la mesure de la révolution copernicienne qui le renverse alors.

*

Le lendemain, Paul ouvre la porte de l'appartement, ses bières à la main, il salue son pote et aperçoit une autre silhouette derrière lui. Des cheveux longs ondulent sur ses épaules. Paul s'approche. C'est une fille et un événement. Elle se retourne. Son visage est parsemé de taches de rousseur, discrets flocons sur la peau soyeuse, ses cheveux auburn, peut-être roux, flottent autour d'elle, deux yeux bleu-vert piquants viennent se planter en lui.

— Salut.

Paul essaie de répondre, ses mots forment une pâte dans sa bouche dont rien ne sort, si ce n'est un borborygme indistinct, il se tourne sur le côté et reprend son souffle.

— C'est une amie de la fac, dit Jonathan.

— Enfin, j'y vais plus, dit Laura – c'est son nom.

— Comme nous quoi.

Sa voix, sa voix. Ce timbre mat et ces arabesques qui tout de suite se confondent avec celles des chanteuses qu'ils écoutent tout le jour ; sa voix caramel chaud, sa voix exaspérante, tonitruante, qui louvoie et qui se fêle, sa voix sans cesse répétée et jamais la même ; la voix de Laura Pinelli l'emporte.

Elle a un an de plus qu'eux, vingt, et elle semble avoir vécu mille vies déjà, qu'elle dissimule, par pudeur ou par coquetterie. Elle a grandi à Turin, vécu à Budapest et à Londres, fille d'un diplomate et d'une universitaire, elle est arrivée à Paris il y a six ans et parle un français parfait, mâtiné parfois des reflets mauves du Sud ou d'accents toniques venus d'une contrée nébuleuse. Les deux amis observent, attentifs et surpris, les moindres mouvements du phénomène physique inconnu jusqu'alors : une fille ça bouge différemment, ça dit des choses inattendues, ça danse, ça rit, c'est une bourrasque aux oreilles de Jonathan et de Paul, que l'un espérait et que l'autre n'attendait pas.

— En fait j'ai dû retourner à la fac pour chercher des trucs, des papiers à la con, explique Jonathan le soir à son ami, et alors je l'ai croisée. Je sais pas ce qui m'a pris, je me suis lancé, j'ai senti qu'il n'y aurait pas d'autre occasion, alors j'ai tout mis, l'appartement, les disques, les bouteilles, j'ai fait des blagues bizarres, enfin j'ai tout tenté et ça a marché.

— T'es un putain de génie.

L'irruption de Laura coïncide avec l'arrivée triomphale des Beatles dans leur vie. Rien ne pourra jamais être comparé à ce vent frais, bourrasque, virtuosité et joie qui s'incarnent, allez savoir comment et pourquoi, dans ces quatre amis de Liverpool, John Lennon, Paul McCartney, George Harrison et Ringo Starr, formés à Hambourg et portés par des ailes.

Le groupe devient immédiatement pour Paul la porte d'entrée dans le monde, la grille de compréhension, sa pierre de Rosette. Les piliers de l'épopée se mêlent au corps de Laura et à ses mouvements, précis, denses, *Revolver* s'inscrit dans ses hanches, *Please Please Me* c'est son sautillement, là, quand elle fait un entrechat, qu'elle fait claquer ses pieds en l'air et qu'elle retombe sur le côté, *Rubber Soul* ils sont allongés sur le balcon, sous le ciel, ivres et hilares, et Paul entend de l'orange-brun, des sous-bois lichens et pluie fine, tunnels sous la terre jusqu'au bout et retour. *You've Got to Hide Your Love Away* ils se redressent et titubent, la vie est devant eux, offerte et vibratile. Les chansons prennent forme dans les silhouettes et les gestes de Laura et de Jonathan, dont elles ne se détacheront plus.

Help!
I need somebody
Help!
You know I need someone
Uhuhuhuhuuuu

Paul fait ses premiers pas dans la cathédrale. Tous les albums ne sont pas encore aux murs, nous sommes en 1966, *Rubber Soul* et *Revolver* viennent à peine de sortir, les vitraux brillent de toutes parts, la nef reste encore à construire mais déjà un vent fort vous prend en entrant dans le temple, et on comprend que ce lieu sera imprenable.

La porte se referme derrière eux.

— Les gars, y a un nouvel album !

Laura est assise sur son pouf à elle, Paul est à la fenêtre, Jonathan roule un joint. Il fait froid ce jeudi après-midi, on est arrivés avec peine jusqu'en mars, l'année continue et ils font leurs propres universités, il y a tant de coins, de recoins, d'oubliés, ils se jettent dans la folie James Brown et les chansons retorses de Bob Dylan qui vient d'être intronisé dans le temple des Petits-Champs, ils prennent tout, ils veulent tout, des raretés aux consensuels, de la violence à la douceur, ils sont devenus les meilleurs amis qui soient grâce à ces passeports pour le monde et grâce à ces voix, et ils ne savent plus qui aime qui et lequel est quoi, ils sont tous les trois et c'est une surprise constante d'avancer chaque jour plus avant dans ce temple profane bâti sur des sables mouvants. Ils inventent mille ruses afin de continuer à recevoir une aide de leurs parents pour leurs études, qu'ils investissent en 1) plats et bouteilles mirifiques, et surtout en 2) achats compulsifs chez le disquaire roi de la rue Champollion, sanctuaire païen débordant de joailleries, tombes oubliées de Toutankhamon et pyramides enfin mises à nu. Ils s'y rendent tous les jours, laissent leurs doigts traîner sur les pochettes et les plastiques qui les recouvrent, repartent avec d'infinies promesses sous les bras, courant alors dans les rues qu'ils ne voient plus, avalant les marches les escaliers pour aller déposer le mystérieux cercle noir sur son réceptacle. Alors ils ferment les yeux et ils partent.

Quand ils les rouvrent, ils s'efforcent de suivre le protocole, un silence d'environ deux à dix secondes, puis :

— ah ouais non mais c'est complètement
— bath bath une bombe
— c'est raté les amis complètement raté
— chef-d'œuvre !

En revanche, les blablas des snobs vestes en tweed sont absolument proscrits – on adore on déteste on s'engueule on crie au génie, mais s'il existe des gens qui veulent nous expliquer le monde et ce qu'on doit en penser, ils sont priés de passer la porte.

Laura danse, Laura rit, Laura enlace Jonathan et ébouriffe Paul, Laura est une vitesse, un tempo, un élan, qu'ils suivent dans cet appartement dont ils connaissent à présent le moindre objet, la moindre moulure au plafond, ils se calent sur le tempo de son sang qui bout à toute blinde, ils l'aiment et ils la suivent, elle *sait*, elle a connaissance de quelque chose qu'ils ignorent, elle a un corps et c'est fabuleux de voir ça, avoir un corps et le savoir, s'en servir comme d'une arme létale, une projection dans le temps et dans l'espace, une sonde, l'outil roi, paratonnerre et baguette magique. Elle a un corps et ils le suivent.

— Viens, dit Caroline Meyer d'une voix de fouine. Maintenant je vais t'expliquer comment on fait la caisse. Assieds-toi là.

Paul s'exécute. Il est 10 h 22, ça pourrait être mercredi comme lundi tant les jours de turbin se ressemblent, il apprend encore les rudiments de vendeur dans ce grand magasin, le Printemps boulevard Haussmann sent le talc et le XIXe siècle, la journée commence à peine et il voudrait déjà qu'elle s'achève.

— Tu vois quand tu as fini avec un client tu appuies là, c'est très important.

Caroline Meyer toussote dans sa main, elle se redresse et reprend, tous les gestes sont cruciaux visiblement.

— Ensuite bien sûr, ne pas oublier…

Paul a besoin de liquide, urgemment, il faut qu'il paie sa chambre et ses pâtes, et il ne veut plus dépendre de ses parents, dont il se sent coupable de siphonner les maigres économies pour mener cette vie de poche trouée.

Il ferme la caisse et repart chez lui, à Château d'Eau, dans la piaule de dix mètres carrés où il a emménagé après que sa logeuse lui a gentiment indiqué la porte, à défaut de paiement.

Paul entre dans sa chambre et s'approche de sa guitare. Il en a acheté une, bien sûr, impossible de faire autrement. (C'était le loyer ou la gratte, vite choisi.) Il pose ses doigts dessus, qui hésitent et ricochent, mais le son à ses oreilles est doux.

Il s'allonge finalement dans son lit. Il a froid. La vie est immense et effrayante devant lui. Il allume la radio. L'éteint. Il se tourne vers la vitre. Des lumières éparses saupoudrent le maillage de la ville. Il pense à son frère. Les voiles noires l'emmènent.

Paul est allongé

dans son lit trop étroit pour sa longue carcasse lorsque cela se produit. Son fidèle John Coltrane, l'archange du saxophone, lui susurre dans l'enceinte des mots d'amour. Paul a les deux mains sous la tête, il regarde le plafond. Les sons cuivrés entrent dans ses oreilles, accompagnés des sautillements de batterie et de la trompette de Miles Davis, qui fend en deux ses tympans, aiguë, oblique comme le temps. Le saxo se fait plus rauque, on entre dans les méandres du cuivre. Un décrochage de Coltrane, la basse temporise, et alors la chose advient. Paul sent avec une absolue précision cette musique, dans son corps tout entier, aussi clairement que son sang coule dans ses veines, il comprend ce son et il sait pourquoi, comment et où. Il aurait du mal à le dire autrement : c'est une question de nerfs, de peau, de textures ; il saisit ce que signifie cette note tenue par le saxophone, ce qu'elle charrie de mondes et d'existences, de représentations et de violences, de dieux et de légendes, ce qu'il y a *derrière* le son, pourtant pure abstraction, laquelle brusquement se fend et offre son jus – bien réel, lui. Chaque musique dit quelque chose du monde dans lequel elle est née. À nous de la déchiffrer.

Paul ne pourrait le dessiner ou le décrire avec plus de précision mais il sait que quelque chose s'est joué, et que son existence sera dès lors consacrée à ce mystère et à cette grâce.

Cette révélation se double, quelques semaines plus tard, de la résurgence d'un sentiment diffus, connu depuis longtemps déjà mais qui était demeuré en lui à l'état flottant, comme une évidence dont on ignorerait le nom et le caractère extraordinaire.

L'événement se déroule cette fois-ci dans le temple de la rue des Petits-Champs, où un nouveau groupe venu du centre du monde, l'Angleterre, tourne sur la platine, et qui est si différent de tout le reste qu'ils ne savent pour l'instant quoi en penser. Le groupe porte le nom aérien de Pink Floyd, dont les nappes et les couches de sons rôdent en cercles concentriques entre les meubles, les rideaux, les bouteilles. Laura :

— Comment ils font tout ça ?

— Je sais pas, dit Jonathan, avec des pedal steel peut-être ?

— En tout cas c'est fou d'utiliser autant de verts et de jaunes à la fois dans une seule chanson, dit Paul.

— Pardon ? dit Laura.

— Je dis, enfin tu vois, ces associations de couleurs, c'est dingue quand même.

— De quoi tu parles gars ? lance Jonathan.

Paul les regarde. Ben, des couleurs. Là, quand la guitare repart, et que la basse entame ce riff, tu vois pas ? Il y a des traînées violettes au-dessus du lac et des arbres vert clair. Puis lentement ça tourne au jaune canari. Laura avale une gorgée de bière. Des traînées violettes, elle répète. Et ça va sinon ? Le joint était un peu chargé, Jonathan, faut faire gaffe au petit.

Paul sourit. Alors il leur explique. Ce qu'il voit quand il écoute de la musique, depuis toujours. La manière, chaque fois nouvelle, dont les morceaux s'incarnent physiquement dans des formes, des architectures, des couleurs, des tubes ou des maisons, des rubans ou des mots. Les deux amis se sont tus. Ils froncent les sourcils. Euh gars tu sais que c'est pas vraiment *normal*, ça, dit Laura. Voilà, crie Jonathan, ça y est tu l'as : c'est ton putain de super-pouvoir ! Il se lève et lance un pas de danse compliqué. Pour Paul c'était évident, tout le monde voyait la même chose – eh bien non, visiblement. Laura se jette sur l'encyclopédie aux tranches jaunies dont les quinze tomes s'étalent sur l'étagère du salon, dans le silence des oubliés, elle feuillette le volume *Em-Gi*, le jette à terre, que dalle, en attrape un autre, le *Aa-Ci*, fouille, passe les pages, elle est certaine d'avoir lu ça quelque part, mais où, à *Cerveau* elle tombe finalement sur un renvoi qui l'amène à la fin de cette même entrée, à un certain aparté *phénomènes neurologiques* qu'elle parcourt – et là ça y est elle trouve. Oui c'est bien ça, quelle folie, elle découvre les dysfonctionnements sensoriels et les différents types d'hallucinations, l'étude de ce phénomène qui semble pourtant être tombée en désuétude depuis le début du siècle, elle en ressort la tête à l'envers et court vers Paul, putain t'es un synesthète, tu le savais pas hein, eh ben voilà : t'es un synesthète.

Paul lui sourit. Ah OK, très bien. On peut passer à la face B maintenant ?

Symphonie en *sol* mineur

L'homme aux longs cheveux blancs et à la cicatrice sur la joue roule toujours dans la nuit. La voiture électrique de location, qu'il vient de recharger à une borne, glisse sans le moindre hoquet sur l'autoroute.

Il sait que l'équilibre ne tiendra pas. Février est parcouru de brumes lentes et tenaces, il fait nuit pleine maintenant, il suffira d'un coude certainement, une sortie, une note.

C'était vraiment absurde – il y repense maintenant – de monter dans un avion pour Paris et de louer une bagnole pour aller dans la Drôme, mais dans ces cas-là on prend des décisions insensées, c'est ainsi.

Il roule. Ses mains sont fermes sur le volant. Il essaie de fixer son attention sur le bitume froid devant lui, les bandes blanches qui défilent. Le contact du volant, velours sous ses doigts. Et pourtant il serre brusquement sa main droite, ses ongles s'enfoncent. Il ferme les yeux une seconde, tout est noir partout, pas penser, pas penser, il rouvre les yeux, autoroute, ce sera comme ça toujours à présent. Il est vieux pourtant, on ne devrait plus avoir mal ainsi à cet âge, pas pour ça. Il dépasse une zone industrielle, des alignements de centres commerciaux, qui semblent allongés comme des lions fatigués sur le bas-côté. Paul tient le volant. On doit être dans la Nièvre, peut-être l'Yonne, il n'a jamais bien maîtrisé cette partie-là du territoire.

Toute sa vie Paul a oscillé entre l'ours de guerre et l'oisillon fébrile, la mauviette des petits matins. Sans cesse il s'est efforcé de faire pencher la balance vers la hauteur, il ne sait pas s'il y est parvenu. Grandir, ou plutôt vieillir, n'aura d'ailleurs été qu'une route vers cela, l'apaisement des écorchures, la large plaine. Mais là, ce soir, dans cette obscurité vaste et cette inquiétante quiétude, il n'est plus certain de rien. L'épais silence de la route, des massifs d'épineux, du ciel, qui l'avait bercé, commence à peser sur son corps. Un geste pourrait le briser. Il le retient. L'illusion persiste. Puis il ne résiste plus à la tentation et tend la main droite vers l'écran tactile.

Il appuie sur les flèches, passe plusieurs stations, humoristes ratés, prêches catholiques, zouk et pop en toc, des intellectuels venus penser le monde en direct et à leurs frais ; il passe, il sait où il va. Sa main gauche est posée sur le volant. La fréquence de la radio se fixe sur 101.40 : la chose envahit l'habitacle.

Vague lente et lourde, de tous côtés des violons, des bassons et des cors montent dans l'air et envahissent ses bronches. Il ne cherche pas à nommer ce qui déferle sur lui. Le violoncelle qui surgit au milieu de l'orchestre ravage son corps. Les larmes montent au rythme des cordes, il sent les années déferler en nappes sur son dos, chaque jour, chaque couche. La symphonie s'élève, allegro puis andante, la flûte tourne, les cuivres creusent la teinte que l'alto reprend au vol, traînées noires dans le ciel, c'est elle, la nuée de violons envahit la voiture, les forêts immenses autour. Paul est terrassé. Il parvient à se déporter lentement sur la droite, personne derrière, il n'avait pas regardé avant. Il s'arrête sur la bande d'arrêt d'urgence. Il pose sa tête sur le volant.

La symphonie n° 40 de Mozart poursuit son œuvre dans ses artères.

Paul relève le visage. Il ne veut plus rien entendre d'autre et pourtant il voudrait tout éteindre à jamais. Les larmes montent du bas-ventre. Sa mère est morte il y a deux nuits, emportant avec elle les façades de son être, tous les mots qui avaient contribué à lui donner un corps, une langue, une maison. Tout cela est parti avec son corps à elle, laissant dorénavant la place aux traces, aux souvenirs, aux empreintes, toutes choses qui elles-mêmes s'effaceront. Un type lui avait dit un jour, il y a longtemps, on n'est jamais préparé à la mort de ses parents. Paul avait secoué la tête. À mon âge, tu sais. Son père pourtant est mort déjà mais c'est toujours la première fois. Il ne savait pas. Il ne reste plus que toi, mon frère, toi et moi.

Paul remonte le clignotant. La symphonie s'est apaisée, elle vivote désormais dans les eaux claires du menuet. Par chance ce n'est pas le *Requiem*, il n'aurait pas pu. Sa mère incarnée, tout ce qu'elle avait été. Ton sur ton. Mais la symphonie n° 40, il ne peut pas non plus. Si seulement la radio avait choisi, à cette heure tardive, un petit concerto brandebourgeois ou même la *Missa solemnis* de Beethoven, il aurait pu tenir à distance leur flamboyante et hiératique beauté, au moins en partie. Mais Mozart c'était trop, dans la chair, directement. L'orchestre reprend justement. Violons altos et violoncelle comme un seul essaim, éclats des cordes, constellation voiles blancs et liserés. Paul appuie sur la pédale de droite et s'insère sur la voie.

Die Nacht, Schubert maintenant. C'est la nuit, maman, partout dans mon cœur et sur les plaines. *Die Nacht, überall.*

Schubert repart vers son *Schwanengesang*, le chant du cygne. Sa peau, ta peau qui avait tout vécu, senti, aimé, ta peau sèche déjà, elle disparaîtra. Ça n'a aucun sens. Ça ne peut pas être.

Cette radio veut ma mort, pense-t-il, c'est un chemin de croix. Je vais l'éteindre.

Et pourtant non, il ne l'éteindra pas.

Sa mère vit encore dans ces rondes et ces menuets, ces nocturnes et ces chants. Il la laisse s'élever en nappes devant lui. Le ruban de route s'étend, indifférent.

Il a la nuit pour boire les messes et les symphonies. Au matin, lorsqu'il arrivera, il sera prêt.

Elle s'est endormie dans son lit, ce qu'elle avait toujours voulu. Ils s'étaient peu vus ces derniers temps, mais il gardait toujours un œil sur elle. Je ne veux pas être un poids pour vous, tu sais bien, elle disait, et jamais elle ne l'avait été. Il l'appelait parce qu'il en avait envie. Et puis, une journée comme une autre, sur son île, son appel était tombé dans le vide. L'avion, la voiture maintenant, et il retrouvera tout le monde là-bas, au pied des oliviers.

Il change de station, mais il y a des voix et il n'en veut pas, il ne veut entendre que des cordes, du vent, du souffle ; il revient sur la même fréquence.

La nuit l'avale.

Le centre du monde (juste à côté)

L'air commence à stagner dans cet appartement des Petits-Champs, on a beau ouvrir les fenêtres, l'odeur persiste, il est temps d'aller prendre l'air.

Laura, Jonathan et Paul entrent dans des bars, en ressortent, ils cherchent dans les rues mal éclairées les pulsations dingues qu'ils avaient trouvées dans les disques, en vain.

Ils vont voir des concerts. Beaucoup. Ratés surtout. Ça sonne faux, c'est emprunté, ça se voudrait radical, ça ne l'est pas. Rien n'atteint ce qu'ils ont entendu dans le poste.

Ils décident de fonder leur propre groupe, pour prolonger et dupliquer leurs amours. Laura est à la basse, Jonathan à la batterie, Paul à la guitare, et ils ont fait appel à un ami, Bertrand, parce qu'il semble avoir un brin de voix. Ils s'installent dans le salon et dans un déluge de câbles branchent leurs instruments. Jonathan vibrionne d'un côté à l'autre de la pièce, il connecte son jack, donne une indication là, rajuste la pédale ici, se rassoit derrière sa caisse claire. (Il a déniché tout ce bordel chez son grand frère et il est le seul à y connaître à peu près quelque chose.) Il crie un, deux, un deux trois quatre et on attaque. C'est une horreur. Tout sonne de travers. On repart d'un autre pied. C'est encore pire. Quel bordel d'avoir un groupe, en fait, surtout quand il est aussi branque. Quatre silhouettes à peine démoulées, des instruments qu'on maltraite, la batterie démarre avant le top, la guitare et la basse courent derrière, Bertrand attrape le micro et gueule dans un anglais méconnaissable, c'est pathétique.

Alors on débranche les câbles et on relance les disques.

Et puis Laura arrive un jour, surexcitée, avec la nouvelle. Ce soir les gars, putain ce soir, y a enfin un grand truc. Quoi ? Jimi Hendrix vient à Paris. Jonathan dit je te crois pas. À l'Olympia, continue Laura, hors d'elle. C'est qui déjà, demande Paul. Tu rigoles mec, on a acheté l'album y a deux semaines, on l'a écouté en boucle, dit Jonathan. Un putain de génie. Le truc, c'est que ça doit être plein à craquer déjà. On va trouver une solution, dit Laura.

Des semaines déjà que, dans leur petit cercle de rockeux parisiens, on n'entend parler que de ce type. Même leurs abrutis de collègues guitaristes ne parlent que d'une chose, ce Jimi-je-sais-pas-quoi, miracle apparemment, dieu vaudou, des accents troubles dans la voix, animal chose le bon nègre, rituels sataniques et danger, on se frotte les mains.

Ce 9 octobre 1967, les trois amis enfilent leurs vestes en cuir rapiécées et s'élancent dans le froid. Ils guettent une lumière rouge, qui finit par arriver. Paul voit les hanches de Laura qui ondoient devant lui. Tout semble se mouvoir dans une lenteur de rêve, même au cœur de l'agitation extrême. Jonathan sautille seul sur le pavé. Devant l'Olympia, comme prévu, une file interminable. Chacun connaît son rôle. Ils dépassent la queue et tournent à l'angle de la rue de Sèze. Là, dans le hall d'entrée de l'immeuble, Paul attrape l'échelle qu'ils ont déposée un peu plus tôt. Il la pose contre la façade et Laura s'élance. Au troisième étage, elle ouvre la fenêtre. Paul et Jonathan escaladent l'immeuble à leur tour, puis ils avancent tous les trois en rampant dans le couloir. Là, selon leurs calculs, il y a une porte qui sépare ce bureau d'entreprise de la salle de spectacle. Ce qui les attend exactement de l'autre côté, ils ne le savent pas. Paul se jette contre la porte. Qui ne tremble pas. Jonathan et Laura s'élancent à leur tour. Pas mieux. La porte est plus raide qu'un mort. Ils s'allongent sur le sol, dépités.

Laura tout à coup se lève et dit je reviens. Elle redescend par l'échelle. Jonathan et Paul se lèvent pour essayer d'enfoncer à nouveau la porte, qui s'en fout.

Laura ne réapparaît pas. Les deux amis se dirigent vers la fenêtre quand quelque chose derrière eux s'ébranle. Ils entendent, vite vite !, se ruent dans la petite ouverture et Laura referme la porte. Comment t'as fait ? J'ai fait diversion, ces vigiles sont vraiment trop cons. Allez allez on y va, ça a commencé.

Les trois amis descendent les escaliers, arrivent dans la salle surplombée d'un immense balcon incurvé. La lumière est rare, Paul se faufile derrière Laura et Jonathan, s'assoit sur le premier siège venu. Tout de suite il a perçu l'épaisseur de l'air, il visualise les couches et les vagues qui le forment, et il sent que l'atmosphère a été altérée par l'électricité d'une guitare. Des instruments amplifiés, il en a bien sûr entendu, il a même vainement essayé d'en jouer, mais des machines électrifiées ainsi, branchées sur le secteur et qui hurlent, jamais. Il voit ce fameux Jimi au milieu de la scène. Il porte une Fender en bandoulière, dont on ne le distingue guère. Elle n'est ni un instrument, ni un appendice. Hendrix porte la coupe dont tout le monde rêve, brosse échevelée, masse bouclée en halo, une chemise ouverte tissée de frous-frous violet orangé, il vibre et ondule au rythme de sa guitare. Tout le monde est figé dans la salle. Paul ne quitte pas des yeux l'instrument pour tenter de saisir quelque chose du prodige. La guitare du gaucher, haut perchée, se meut en tentacule de poulpe, Jimi Hendrix ne fait rien, il ne joue pas, il est joué par sa guitare et son corps est une boule de feu, qui va, vient, se frotte, gratte, il s'arrête et reprend son souffle dans un sourire désarmant, d'une timidité qu'on devine extrême, alors qu'il vient de nous dire très clairement avec son corps *je suis en train de faire l'amour avec vous*, il regarde son batteur qui trace sa route sur le côté, le bassiste s'efforce de suivre le rythme sans cesse dévié, et déjà Jimi reprend. La main droite sautille sur les cordes, coulissant sur le manche sans jamais déraper, l'index se pose, l'annulaire pivote et rebondit, le majeur s'étend et empoigne la barrette, jamais d'effort, rien, tout glisse et coule et éclate.

Pour la première fois, Paul voit un corps plus puissant que les autres fendre le réel et passer de l'autre côté.

Dans cette salle, Paul sent une brûlure. Ce ne sont pas des sons. Ce n'est plus de la musique. Il y a de la technique, des cordes, des branchements, il y a de l'électricité et des câbles, des mains et des accords, mais cela n'importe pas, quelque chose se joue au-delà de tout ça.

La pantomime se poursuit sur la large scène, Jimi chante à présent, voix grave et fébrile, fleuve rauque coulant par à-coups, il s'éloigne du micro et sourit, sa chemise laisse entrevoir son torse filiforme, il passe en un instant d'un point à l'autre du manche, sa guitare hurle, Paul attrape la main de Jonathan, Laura est assise devant, qu'est-il en train de se passer ? Jimi repart, s'arrête, swingue, dérape, pique, pointille, pianote, cavale, tous ses gestes tombent juste, la grâce c'est ça, tout brille et fait corps, tout est là.

Beauté folle exubérante pantalon à traits de couleur qui marque ses jambes son sexe il se penche en arrière et ralentit le rythme, blues perdu dans les bayous, douleurs et chaînes qu'il brise tout à coup d'un accord plaqué dur et d'une quinte royale, il actionne la pedal steel et fait hurler un Eb5, l'ensemble de la salle se loge dans cette note qui dure, se tient tout en haut – mais Jimi déjà rompt le rythme et repart ailleurs.

Le concert s'achève. Jimi Hendrix s'incline, plusieurs fois, sourire d'enfant et brusque douceur, il prend ses camarades dans ses bras et ils repartent d'un même pas vers les loges.

Paul a entendu une vibration venue de loin, virtuosité pure à mille lieues de la technique, il ferme les yeux là-dessus pour ne rien laisser s'échapper. Un monde nouveau a été annoncé par un voyant.

Paul ressort sur le pavé sec. Il cherche ses potes du regard. Mais ils sont où ces cons. La nuit est pleine. Il avance.

Paul se lève tard le lendemain, affalé sur le canapé, tout entouré encore des brumes de la veille. Laura est en boule sur le côté, Jonathan les bras en croix sur le tapis.

Paul se lève, traverse la rue et va prendre un café au petit bar d'en face, lorsque cela arrive.

D'abord ce n'est presque rien, un petit éclair, un rayon abrupt de soleil qui lui rentre dans l'œil. Il se détourne de la lumière, ferme les yeux un instant, pris de vertige. Il pose son pied sur le trottoir ; ça y est, c'est bon, c'est passé. Mais alors ça repart et plus fort encore, quelque chose l'attrape et le cloue au sol. Il ferme les yeux à nouveau, tout tremble, des plaques de couleurs et de bruits s'entrechoquent dans sa tête. Il a le souffle coupé, il plonge dans un monde peuplé de voix rauques et de métal. Une boule grandit dans sa poitrine. Impossible d'ouvrir les poumons pour les remplir. Quelqu'un s'approche de lui, pose une main sur son épaule. Tout tourne. Paul serre les mâchoires et appuie fortement entre ses yeux, sur le petit os à la base du nez. Il reprend lentement son souffle. Il ouvre les yeux. Plus personne autour de lui. C'est fini.

— Mon chéri, dit sa mère de l'autre côté du téléphone.

— Qu'est-ce qui s'est passé exactement quand je suis né ? demande Paul.

— Oh tu connais l'histoire… Ç'a été compliqué mais on s'en est sortis.

— Et depuis ?

— Depuis tout va bien mon Paulo – qu'est-ce qui t'arrive ?

— Je sais pas je me sens bizarre parfois.

— Comme quoi ?

— Tout à l'heure j'ai failli tomber. Je sais pas ce qui s'est passé, j'ai senti que tout tournait, ma poitrine s'est serrée, je pouvais plus respirer.

— Mon amour.

— Parfois j'ai le cœur qui s'emballe comme ça, qui ralentit et d'un coup bat de nouveau très fort.

— Ton cœur va très bien. On a fait tous les examens, quand t'es né et puis après, et tu n'as rien, tout est parfait.

— Ça me brûle.

— T'inquiète pas, mon chéri, un cœur ça brûle, c'est fait pour ça. Tu reviens quand voir tes vieux parents ?

— Bientôt maman.

— Ton frère va présenter sa maîtrise, à la fac, dans trois semaines. Il serait content que tu sois là.

— J'y serai.

Mise en bière

Lorsque Paul gare la voiture électrique sur ce parking et pose le pied à terre, un bout de soleil rosit à peine l'horizon. Il passe une main sur son visage, frotte son œil gauche ; il est prêt. Il lui a bien fallu tous ces kilomètres et toutes ces heures pour digérer une vie. Il s'approche du café Les Alouettes dont la terrasse est encore parfaitement vide. Il est prêt à enterrer sa mère.

Il commande un café crème. Ses mains ne tremblent plus. Il a traversé la nuit. De l'autre côté il n'y a qu'une vaste plaine. On y est bien. Le café arrive, porté par des mains peu attentives. Il se souvient des siennes, amples mains de sportive, douces et légèrement bleutées à la fin, ce n'est rien, ce n'est rien maman, je pleurerai peut-être aujourd'hui mais tout est bien, tes mains en place, fermées sur ta poitrine, la musique peut bien retentir, je n'ai plus peur. La mousse caramel du café se dépose sur ses lèvres. Ils ont vécu, tous les deux. Ils ont traversé des territoires, ils ont vu, ils ont senti. La mère a aimé son fils et le fils a aimé sa mère, on ne peut rien demander de plus à la vie. Cette chose est là, indépassable, inatteignable, on peut bien s'agiter ensuite, aller et venir, faire des choses, il n'y aura finalement eu que ça. Ses mains étaient longues, calmes souvent, elles savaient comment aborder un verre, comment caresser une plante, effleurer un destin, sa mère savait faire ces choses-là, on peut bien disparaître après ça. Jusque dans ses boitements, ses incertitudes, les doutes qui pouvaient habiter et déséquilibrer ses gestes, elle conservait cette grâce sans âge qui ne se décide pas, elle demeurait aérienne, en équilibre. Elle pouvait confondre les noms, s'emmêler les pinceaux, dériver, se laisser emporter par les fleuves – car elle était toujours là où était son cœur, et sa sensibilité pouvait déborder sans prévenir, elle ne la retenait pas – elle pouvait faire ces choses-là, cela n'importait pas, ses enfants, son mari, ses amis la regardaient avec bienveillance et amour, le ridicule ou la disgrâce ne concernent pas les oiseaux rares. Bien sûr, les enfants pouvaient être agacés par leur mère, il n'en existe pas qui ne le soient jamais, c'est la condition même de fils, mais toujours avec une caresse sur la main, un sourire au coin de l'œil.

Sarah coupe les tomates avec précision, les oignons en lignes serrées, retenant ses larmes. Elle avance toujours dans un soleil d'été, au bord du gouffre. Elle a vécu au présent, elle y reste. Sarah mange des nectarines à pleines dents, allongée dans le transat du jardin. Sarah marche souveraine dans les allées bordées de mimosas. Les photos d'Antoine ne sont guère utiles pour parfaire le tableau, Paul l'a toujours dans l'œil. Sarah lit tous les livres qui rôdent, polars scandinaves et romans d'aventures, grands et petits livres, Japonais audacieux ou Italien déluré, elle lit le soir et à midi, assise debout couchée. Puis Sarah essaie de dormir mais les choses dansent sous ses yeux. Sa tension s'est toujours située légèrement au-dessus du niveau de flottaison idéal.

Paul finit son café, en commande un autre. Sa fille arrive dans une heure, son fils doit déjà être là, les autres peut-être aussi, disséminés dans le village avant de refluer vers l'endroit redouté, dont ils auront noté l'adresse quelque part. Un cappuccino est déposé cette fois-ci, avec mousse et indélicatesse, sur la table. Pas s'offusquer, surtout ne pas s'offusquer, on ne fait que graviter sur des planètes distinctes, à tout moment et dans tous les cœurs, on ne peut pas attendre des autres qu'ils entendent nos silences. Le cappuccino est bon, et la cuillère de Paul trace des ronds dedans. Il regarde les minutes en face, elles semblent immobiles ainsi, figées dans leur raideur un peu prétentieuse. Il voudrait étirer ce café autant que possible, ne plus en sortir jamais. Et pour autant, ce qui vient après ne lui fait plus peur.

La musique nous parle du même pays que la mère. On écoute avec le bas-ventre, celui qui vibre depuis les premiers pas dans le monde, on écoute depuis l'arrachement d'une peau à l'autre. La musique – et c'est pour cela peut-être qu'elle est si souvent insoutenable, qu'on ne peut l'écouter sans retour, sans être entièrement renversé – vient du fond des artères et des viscères, on peut en parler, on peut l'analyser, mais elle est pure chair, elle est naissance, corps, emportements ; la musique nous donne accès au monde, enfin. La musique, c'est la mère, et Paul l'enterre ce matin sous les cyprès.

Héros

Paul veut être un héros du siècle, il lui faut une vie grandeur nature – il l'a compris tout de suite, et il sait qu'il n'y aura pas de retour possible. C'est marche ou crève, grande épopée ou minable désertion, il n'y aura pas d'entre-deux.

Car ailleurs, partout, le siècle se joue et il veut en faire partie.

Paul se sait petit et immense, son cœur le brûle et il se sent capable de prouesses, c'est un enfant à chaussettes trouées qui se voudrait super-héros. Tout cela est très étrange, il passe du brûlant à la morne plaine en un instant, il perd tous ses moyens dont il était pourtant certain une minute auparavant. Mais l'un n'annule pas l'autre, il fait corps avec tout ce fatras de sensations et il sait qu'il posera toutes ses cartes sur la table. Il ne les aura pas toutes dans les mains, cela n'importe pas, il jouera au-dessus de ses forces et de ses moyens mais il jouera. C'est un enfant de vingt ans mal dégrossi qui veut la place du roi.

Paul retrouve ses amis dans l'appartement des Petits-Champs. L'excitation est retombée après le concert. Un filet de poussière semble stagner en l'air. Paul passe l'après-midi avec Jonathan et Laura, mais il est ailleurs, quelque part, et il redescend bientôt dans les rues blanches.

*

La porte qui s'était entrouverte devant Paul, le soir de l'Olympia, semble se refermer sous son nez. Il zone, il rôde, il n'entre pas. Il n'est pas d'ici. Il a froid le soir dans sa chambre aux jointures lâches, il se sent petit et misérable lorsque les cloches sonnent à l'église Saint-Laurent et qu'il tient un roman aux pages jaunies dans les mains, allongé sous ses deux plaids.

Avec les potes, ils ont réessayé de jouer, mais après le concert de Hendrix tout leur semble fade – alors leur propre musique, n'en parlons pas. Ils persévèrent malgré tout, essaient d'aller au bout d'une chanson. Il semblait difficile de faire pire qu'au début – eh bien si.

Aux yeux de Paul, Paris la grande paraît bien étroite tout à coup, il lui faut plus large, plus trouble, il veut passer la main de l'autre côté du miroir et la retrouver ensanglantée.

Où aller ? Il a une idée bien sûr mais il faut attendre le bon moment, saisir sa chance.

En attendant Paul zone dans les rues à peine dessinées au fusain, baignant le soir dans de troublantes brumes nectarine, il se mêle aux éclopés de la vie, aux chercheurs d'étoiles, aux hurleurs à la lune, il tient la main des ivrognes et en devient un, il avale le rimmel coulé des filles de passage, il claque les dernières pièces qui lui restent, il est dans le tempo qui lui sied et il n'y est pas, quelque chose ici lui résiste, pourtant tout est en place, capitale, filles et trottoirs inclinés, mais c'est dans l'air que cela se joue, dans les façades délavées et le petit son trouble que fait la cuillère sur le comptoir en tombant ; le pressentiment que son ruisseau coule déjà ailleurs.

Il a pourtant trouvé une famille d'élection mais il veut autre chose, il y a une force en lui qui a besoin de plus grands actes encore pour s'accomplir.

Paul est accoudé à la fenêtre. La rue des Petits-Champs bruisse à peine à cette heure avancée de la nuit, quelques silhouettes au loin titubent. Laura se penche à ses côtés.

— Tu penses à quoi.

— À rien. Je regarde. Je fume.

— Ça je vois, dit-elle. Mais t'es plus trop là en ce moment. T'es où ?

— Je sais pas, dit Paul.

— C'est comme si t'étais passé à l'étape suivante. Ce sera quoi ? La même chose, ailleurs, en mieux ?

— Je sais pas, Laura, t'énerve pas. Ce qui me –

Elle lui prend la main et le tire vers elle. Elle sent, depuis les premiers jours, que quelque chose déborde en lui, un élan qui ne tient pas dans les limites de son corps, qu'il méconnaît et qu'elle pressent. Laura a ce don de reconnaître ceux qui ne sont pas à leur place, qui se situent ailleurs, plus loin, toujours un pas devant. C'est peut-être parce qu'elle l'habite aussi, ce décalage avec soi, qu'elle le distingue chez les autres. Elle serre Paul contre elle et l'embrasse.

— Tu fais quoi.

Paul, pris dans sa clope et ses pensées, est décontenancé, il s'attendait à tout mais pas à ça – des mois pourtant qu'il l'attendait, ce geste, cette ouverture possible vers le corps convoité, il l'avait tant désirée cette peau qu'il avait fini par s'en détourner, fatigué de ne rien voir venir.

— Alors tu sens que je pars et tu m'embrasses, c'est ça ?

— Ferme-la.

Et Paul sent la langue de Laura dans sa bouche, pieuvre soudaine se glissant dans les cavités, il y mêle la sienne et quelque chose le soulève de terre, une vague de chaleur lui emplit les poumons, et il comprend précisément, à cet instant, alors que Laura la flamboyante est dans ses bras, qu'il touche enfin sa chair, qu'il passe ses mains sur sa peau chaude et légère comme une pâte à pain, alors qu'il entend s'élever d'elle un si léger chuintement de désir, que sa bouche sur la sienne trace d'inconnues circonvolutions, au moment précis où il parcourt enfin le corps neuf et ardent de Laura, il comprend que c'est déjà la fin.

À l'intérieur de l'appartement, du bruit et des éclats de voix, elle prend sa main et l'entraîne vers la chambre du fond, qui devait appartenir aux parents à l'époque et sert dorénavant de chambre d'amis, de débarras où s'entasse la vie dissolue de Jonathan, et où Laura et Paul se jettent comme deux morts de faim. Les jours et la musique ont déposé en eux tant de couches de désir que la machine s'emballe, leurs mains cherchent la voie, être partout à la fois, enlever ces habits et plonger dedans, comment, par où, Paul ne soupçonnait rien, Laura n'y pensait pas, ils auraient dû, bien sûr, ils se regardaient, riaient, s'adoraient, mais le passage des jours avait fini par distiller une petite ritournelle ronronnante, ils s'y étaient installés, elle avait fait son œuvre, or c'était la symphonie tonitruante que tous deux espéraient et la voilà finalement, elle mord son épaule, il lèche son cou, elle enlève son pantalon, son haut, sa culotte, il est décontenancé par ce tableau tout à coup devant lui, Vénus rousse sortie des eaux, il approche ses deux mains, reprend son souffle en essayant d'oublier qu'il ne sait pas comment s'y prendre, il place une main sur ses fesses, l'autre sur son ventre qui descend, elle en sait davantage visiblement puisqu'elle entame une danse autour de son corps, s'enroulant comme une liane, et alors Paul perd le contrôle, il s'abandonne à ses mains expertes, elle a tout à coup son sexe dans sa main, puis dans sa bouche, il ferme les yeux, il ne savait pas, comment aurait-il pu, elle se relève et ils sont sur le lit, elle le prend et le fait venir en elle, ils crient tous les deux, leurs corps trouvent la cadence, la tête de Laura tombe en arrière, Paul pose sa langue sur son sein droit, il ne sait plus ce qu'il fait, sa main à elle s'écrase sur ses fesses, viens, il veut la manger, il veut entrer encore, et elle crie, et il crie, dans sa bouche un goût de pâte fraîche et de bel aujourd'hui, il voudrait que ça ne s'arrête jamais, il regarde sa peau, son ventre, ses seins sublimement pointés, ses deux yeux en lui, gris-vert poignant, elle pose sa main sur son torse et le plaque contre le matelas, c'est elle amazone sur lui à présent, et il sent son sexe à l'intérieur d'elle, il a chaud partout, elle cabre son cul et se plaque contre lui, elle s'enfonce, il serre sa main et tout revient, toutes les chansons et toutes les nuits, aussitôt englouties par la peau, la peau qui règne partout il n'en peut plus, la vague le submerge, un cri de bête sort de lui, elle le prend dans ses bras, viens, viens là Paul, elle l'embrasse dans le cou et passe une main dans ses cheveux.

Ils s'endorment ainsi, emmêlés de draps et de nuit, leurs corps chauds emboîtés.

La semaine suivante, Paul a disparu.

Sur les docks

Paul descend du train dans la lumière rase. Ah c'est ça le Nord – bon, ça doit faire partie de l'aventure, cet air glacé, ce ciel bas.

Paul est parti à l'aube ce matin de la gare du Nord. Il pose le pied droit sur le sol de Calais. Dans sa main, bien serré, son billet de ferry. Il traverse la ville et arrive sur les docks. De l'autre côté de cette mer ceinte d'un couvercle, il y a son rêve, enfin. Londres, le centre du monde, là où tout se joue. Il s'élance d'un pas qu'il voudrait vif et enlevé, mais pas certain qu'il le soit.

Le ferry ne part que dans deux heures, il va aller boire un verre dans ce petit bar de pêcheurs, juste là, pour essayer d'apaiser son sang. Car l'excitation monte depuis des jours, Paul se sent frais et puissant, aérien, il virevolte.

Après quelques verres, il retourne sur les docks et monte à bord du ferry.

Il est le seul de son âge à bord, les autres sont des hommes d'affaires ou de vieilles dames qui rentrent chez elle. Tout de suite le mal de mer le prend. Pourtant rien ne tangue à bord, si ce n'est lui. La Manche semble enfler sous ses yeux, les vagues le soulèvent, son sac plein d'émotions se perce. Le large, le vide, tout s'ouvre sous ses pieds. Son cœur frappe contre ses côtes, des éclairs palpitent derrière ses arcades. Paul pose une main sur le bastingage. La houle se calme. Il reprend son souffle. Ses organes retrouvent leur place à l'intérieur de lui.

Mais la valse recommence au moment où Paul lève les yeux, et tout à coup le réel déborde de son lit. Paul aperçoit une lumière jaune or à l'horizon. Il inspire un grand coup. Il y a brusquement trop de choses devant lui, autour, partout, trop de mouvements, trop de sens à vif, il est submergé, il suffoque, il y a beaucoup trop de sons dans ses oreilles, il y en a toujours eu trop, depuis l'utérus de sa mère jusqu'à aujourd'hui, ce n'est pas tenable, il l'a toujours su, il sent la chaleur qui monte, la vague qui part du côté gauche et envahit sa poitrine, puis son bras, qui grimpe vers son cou, il s'efforce de respirer lentement et de garder son calme, il y a des techniques pour cela qu'il ne connaît malheureusement pas, il pose un genou sur le sol rouillé, la cheminée du ferry crache sa fumée grise, une femme s'approche de Paul qui tente de maintenir l'équilibre, mais tout tangue et la pieuvre s'étend, son cœur le brûle, il sent une pointe affilée qui le transperce, un grand froid tout à coup le traverse ; son corps s'écroule sur le métal.

DEUXIÈME MOUVEMENT

Lit blanc

Paul s'est réveillé, blanc partout et lui au milieu.

Une main dans la sienne. Il se tourne : ses parents sont là, devant lui. Ils lui disent des choses. Paul observe leurs bouches qui ondulent comme de lointaines voiles.

Une médecin est venue le voir. Elle portait sur elle ce sourire sans sourire et cette calme assurance censés apaiser les patients.

— C'est étrange, jeune homme. Votre cœur va très bien.

— Ah super.

— En revanche, il y a quelques jours, il s'est bel et bien arrêté.

— C'est embêtant.

— Vous êtes parti et vous êtes revenu. C'est pas normal.

— Non, pas vraiment.

— Vous vous sentez comment ?

— J'aime mieux être vivant.

La femme marque une pause.

— Excusez-moi d'y revenir, mais voici ce qui s'est passé : vous êtes mort. Dix-neuf minutes exactement.

— Une jolie sieste.

— Normalement, après une douzaine de minutes, c'est fini.

La médecin, blouse blanche élégante sur sa peau mate et dorée, poursuit en s'adressant aux parents :

— Il n'y a pas d'arythmie, l'arrêt cardiaque n'a pas laissé de séquelles au cerveau, il n'y a pas eu non plus de conséquences sur les autres organes, ce qui est miraculeux. Son cœur est en parfait état. Mais il s'est arrêté.

— On va s'occuper de lui, dit Antoine. Ça va aller.

La médecin se tourne vers Paul, observe la dichotomie joueuse entre les deux yeux du patient, qui lui rappelle vaguement quelqu'un, mais qui – peu importe il faut filer déjà, d'autres patients l'attendent.

— Essayez de le ménager, et tout va bien se –

Paul se rendort.

À son réveil, sa mère lui explique. Il était à bord du ferry pour Portsmouth – ça il s'en souvient – quand il est tombé. Une femme est venue l'aider, les gens se sont affolés, plus de pouls plus rien, le ferry, qui n'était pas très loin des côtes, a fait demi-tour. Avant qu'il n'arrive à quai, le cœur était reparti. On a emmené Paul à l'hôpital le plus proche – celui-ci.

Après quelques jours de repos, Paul se relève. Il a eu chaud mais tout va mieux. Aucun des médecins passés à son chevet n'a pu identifier ce qu'il s'était passé. Il inspire l'air vif du dehors. Il déploie ses bras devant lui, il regarde ses pieds. Il est revenu du bon côté.

Il sait désormais que son cœur saute des notes. Quand ça lui chante, son cœur avale une croche, enjambe une blanche. Faudra faire avec.

Ses parents montent avec lui dans un train pour le Sud. C'est fini, on rentre. Paul est allé trop vite, il s'est pris pour un surhomme ; or il n'est qu'un p'tit gars de la région lyonnaise, faut pas jouer aux super-héros quand on fait pas le poids.

Alors Paul est rentré chez lui,

sur les pentes de la Croix-Rousse. Il est venu s'allonger dans un autre lit, celui de son enfance, que personne n'avait bougé dans l'espoir précis qu'un jour il revienne.

Dans ce doux lit aux montants jaunes, deux années passent.

Deux ans de rêveries, de convalescence, de marches frénétiques dans les rues de Lyon à la recherche de quelque chose, deux ans d'arrêt au cours desquels le désir grandit à nouveau comme une mauvaise fièvre.

— Ça va mon chéri, tu te remets ? demande Sarah.

— Oui, répond Paul.

— Tu récupères et après tu repartiras. C'est un moment, juste un moment, ne t'inquiète pas.

Paul rêve dans son lit mais il ne veut plus partir. Il est dorloté par ses parents (trop, d'ailleurs, il voudrait parfois qu'ils disparaissent du tableau et le laissent reprendre son souffle au lieu de l'abreuver de tisanes aux vertus régénérantes et de gratins de légumes).

Tout à coup il prend peur et redevient un enfant. Il a voulu jouer aux géants, c'était une erreur. Il s'est trop penché sur les pochettes des disques et il est tombé dedans.

Il commence à travailler un peu plus bas, aux Terreaux, dans la boutique de sa tante, il vend des fleurs, en particulier des bégonias et des hortensias, dont il aime les parfums. Ses pas s'alourdissent un peu, il se sent moins élancé.

Certains de ses amis se sont déjà mariés, d'autres sont partis, il en voudrait de nouveaux de toute façon.

Il rencontre Julie, une historienne de bonne famille qui lui plaît un peu. Elle vit sur les quais, à côté du palais de Justice, dans le grand appartement que les Guillot se passent de génération en génération. Paul essaie de se glisser dans son corps mais celui-ci s'y refuse. Il faut du temps pour cela, lui dit-elle, ça peut pas se faire d'un coup. Mais Paul déjà perd patience, il repose sa tasse lors d'un énième thé de fin d'après-midi et redescend dans la rue.

Il pourrait reprendre les études mais il sait qu'elles ne sont pas pour lui. Il préfère tracer des cercles dans la ville jusqu'à ce qu'une ligne de fuite se dessine.

Laquelle arrive finalement mais pas sous la forme escomptée.

Une lettre a été déposée dans leur boîte verte, flanquée de la cocarde tricolore – jamais bon signe. *M. Paul Maleval est convoqué par les autorités nationales afin d'effectuer son service militaire. Le préentretien est fixé au vendredi 6 mars 1970.* Heureusement, souffle Paul, avec ce cœur qui dérape, je serai exempté. Parce que hors de question d'aller moisir dans un camp d'entraînement dans le désert ou d'aller casser des jambes quelque part.

Il prend donc, léger, la route du mont Verdun dans la Coccinelle de son père. On l'accueille d'une main sèche dans l'immense caserne sise au sommet de la colline. Comme prévu, on attaque par l'examen médical. Paul ôte sa chemise. Le médecin officier l'ausculte. Deux minutes plus tard il conclut :

— Vous êtes en excellente santé, monsieur, vous pouvez vous rhabiller.

— Oui, enfin non. J'ai eu un arrêt cardiaque, mon cœur a sauté.

— Votre cœur est en parfait état. Mon collègue vous attend dans la pièce à côté.

Paul renfile sa chemise blanche. Il va falloir changer de tactique. Il avait imaginé des plans, il y a longtemps déjà, lorsque la menace planait pour des camarades plus âgés d'être parachutés en Algérie en plein milieu de la guerre. Alors il boutonne lentement, très lentement sa chemise pour replonger dans le rôle qu'il s'était taillé sur mesure à l'époque.

Il passe dans la deuxième pièce et s'assoit en face d'un officier au visage rectangulaire flanqué de volumineuses mâchoires. Il prend sa respiration.

— Monsieur Maleval.

— Hm.

— Vous avez vingt-deux ans.

— Hm.

— Pouvez-vous répondre par oui ou par non.

— Hm.

L'officier respire largement par les naseaux. Paul a la tête penchée vers l'avant, qui se balance en rythme, dans un léger chuintement.

— Monsieur Maleval, avez-vous des troubles psychologiques ?

— Hm.

— Monsieur Maleval il va falloir faire un petit effort sinon ça va être compliqué.

— Hmmm.

Le visage fermé, le regard au sol, Paul ne répond à aucune question, prostré, le disque vrillé.

Après dix minutes, l'officier conclut naturellement à la dépression et au début de démence. Paul Maleval est envoyé dans un hôpital psychiatrique, *pour soigner ses sérieux troubles psychologiques.*

*

Dans la pièce entièrement nue et aux murs en béton, les journées s'étirent sans fin. Paul louvoie entre les cris des aliénés et l'ennui sidéral qui le prend à l'aube lorsqu'une nouvelle journée s'annonce.

Il vit dans cet asile peuplé essentiellement de schizophrènes à tendance violente, où l'on balance son plateau-repas sur la vitre et où on tape contre les murs à heures fixes. On mange chaque jour à 12 h 15 et 19 heures, on a le droit de marcher dans la cour, d'emprunter des livres à la bibliothèque. Une sortie par mois est autorisée, dans les horaires convenus. Paul tient les yeux fixés au sol.

Son frère lui apporte régulièrement des oranges et des magazines. Et un jour, miracle, il lui tend, dans la pièce réservée aux visites, un objet plat et rectangulaire, strié de barres verticales : une TSF, frangin, t'es le meilleur.

Dès lors, Paul imagine le dehors grâce aux radios pirates qu'il capte. Dans sa couchette aux montants métalliques, en pleine nuit, Paul tourne dans tous les sens la molette de sa TSF. Les cris des fous s'élèvent derrière le béton et Paul danse dans sa turne. Londres, Los Angeles et Buenos Aires surgissent des murs de la caserne en petites vignettes sépia et grésillantes.

Il entend le décollage du moteur Led Zeppelin, apprend, abasourdi, la séparation des Beatles, de chaleureuses voix lui content en français des mondes métissés, Moustaki, Nino Ferrer, Dalida, le timbre grave de Barbara l'ensorcelle, et c'est finalement le globe entier qui s'insinue dans sa cahute. Et ce vaste monde qu'il n'a qu'entrevu, il le veut pour lui.

Deux mois et demi plus tard, Paul obtient enfin son bon de sortie : il est réformé P4, numéro qui indique son *inadaptation et l'exempte de service militaire actif*. Il sort dans la douceur de mai. Son père, en le prenant dans ses bras, sent ses côtes saillir. Ses joues sont creusées, ses cheveux ras, son teint jaune. Il pèse quarante-neuf kilos.

Paul se remet lentement dans l'appartement familial, à coups de bouillons fumants et d'infusions de camomille. Son frère vit quelques rues plus bas, qui lui rend visite dès qu'il peut. Paul repose ses mains sur le piano. Il a eu peur de se perdre, dans cette cage, il en est sorti, il reprend le fil des rues en pente de sa ville. Mais ça ne suffit pas, il le sait, ça ne suffira jamais.

Sarah et Antoine s'efforcent de soutenir leurs enfants dans leurs rêves et leurs tentatives d'émancipation, même si, égoïstement, ils préféreraient qu'il soit ici plutôt qu'au bout de la Terre. Paul s'était déjà élancé, il doit pouvoir le refaire. Le giron familial est douillet mais il faut s'en séparer, sans cesse dénouer ce qui a pu être trop fermement serré. Sarah et Antoine eux-mêmes y étaient arrivés, d'une certaine manière, mais à quel prix. Ils savent que l'on doit tous prendre notre envol un jour, peu importe la quantité de vents contraires qui peuvent bien souffler dans notre dos.

Cette constante bienveillance finit par user les nerfs de Paul, déjà passablement érodés par les mois d'enfermement et la frustration immobile. Ses parents sont trop attentionnés et trop présents, leur soutien appuie sur la gorge de Paul au lieu de lui donner de l'air. Il s'agace de la main tendre de sa mère, de l'allégresse constante de son père, qui se tait dès qu'on aborde le terrain des émotions. Paul s'enlise et ses parents en voulant l'aider le desservent. Il s'enferme dans sa chambre. Dehors, le monde rugit pourtant pour lui, mais il ne sait plus comment contourner les obstacles et les parois pour le rejoindre enfin.

On a eu tort d'entamer l'existence de Paul Maleval par sa naissance. C'était une facilité et une erreur, on s'en rend compte à présent. Son histoire commence, comme toutes les histoires, bien avant lui. Les fils sont déjà tissés, mêlés, dans lesquels nous sommes jetés à notre tour tête-bêche, et dont nous passerons une vie entière à essayer de nous extraire.

On ne pourra rien saisir des doutes, des élans contrariés et des désirs de Paul, ni des fleuves qui parcourent les sous-sols de cette famille des pentes de la Croix-Rousse si on ne plonge pas nos mains plus en amont.

Le tabouret rouge

L'histoire de Paul Maleval commence donc ce jour-là.

Le ciel est affreusement bleu au-dessus de ce 6 juin 1913. Émile Cornevin est assis à côté du maître. Il regarde ses courtes mains courir sur le clavier. Il ne dit rien. Il n'y a rien à dire. Le maître poursuit. Il n'est pourtant pas réputé pour sa virtuosité au piano, on sait qu'il compose comme nul autre, mais l'interprétation, bon. Émile Cornevin se tient droit sur son tabouret rouge. Il a vingt-deux ans, il vit un peu plus haut, à côté de l'avenue des Ternes, au-dessus des Champs-Élysées. Depuis quelques mois déjà, il sait que le maître vit là, dans cet immeuble haussmannien de six étages, d'un beige marbré qu'il détaille à chaque passage, dont il connaît le moindre détail ; la balustrade en fer forgé du troisième notamment le fascine, il reste souvent comme ça figé sur le pavé, avant de repartir vers le quartier Montorgueil et le cabinet de notaires où il fait ses gammes. Mais aujourd'hui le ciel est d'une couleur trop intense pour qu'il puisse penser à autre chose. Émile se tient là, à l'angle, sur ce bout de trottoir où il aime s'arrêter, quand il esquisse le pas décisif. Le jour est arrivé, la lumière ne pourrait être plus claire sur ce point. Il traverse la rue, s'approche du heurtoir. Il sait parfaitement où poser sa main. Sa poitrine se soulève, il inspire tout l'air qu'il peut, ferme les yeux. Il frappe deux coups secs. Un long silence s'installe sous le thorax d'Émile. Une voix le rompt. La porte s'ouvre.

Émile Cornevin ne saura jamais si le maître attendait quelqu'un, s'il s'était trompé, s'il était d'humeur badine et avait décidé (soyons fous) d'ouvrir. Émile s'est engouffré dans le hall, a monté les deux étages, comme si tout cela était parfaitement normal, et son heure enfin arrivée. Les gestes devaient être précis à présent. La porte était entrouverte, il a passé la main. Le maître, tassé comme une pierre, le crâne protubérant et le regard clair, a toisé le gamin qui se tenait dans l'embrasure de la porte. Que voulez-vous, jeune homme ? Le discours d'Émile était bien sûr prêt, depuis des mois il le polissait dans l'ombre, raffermissant une phrase, en condensant le sens, il savait qu'il n'aurait qu'une poignée de secondes pour emporter la mise. Je veux apprendre de vous, dit-il en avalant les mots. Je connais toutes vos pièces, tous vos préludes, je les joue et les rejoue chaque soir. J'ai besoin de vous, il n'y a que vous qui puissiez me dire et me montrer. Je ne vais pas vous voler beaucoup de temps, mais je tenais à vous dire cela. Émile se tait, ne pas trop en faire non plus. Claude Debussy lève les yeux vers ce jeune homme aux bras trop longs ; il voit tout de suite que cela n'ira pas. Il souffle et chuchote venez.

Le maître se retourne dans un craquement de plancher et remonte le couloir.

Notre histoire et le siècle débutent là. Ce que tisse Claude Debussy depuis plus de vingt ans, de quatuors en préludes, de nocturnes en arabesques, ouvre un océan de possibilités pour tous les autres autour de lui. Le petit homme au dos courbé, chétif écureuil nain, a accompli un travail d'Hercule qui bouscule les gammes, les harmonies, les secrètes architectures, les discrets équilibres, et finalement l'ordre du réel. Il n'existe pas de variation dans l'expression artistique qui ne bouleverse à son tour le monde. Ce qu'Émile Cornevin entend chaque soir dans les pièces du maître, qu'il joue et rejoue à s'en user l'âme à la lumière ténue du salon, c'est le crépuscule d'une civilisation. Il pose ses mains sur les touches, détaille la beauté, il danse entre les blanches et les noires, et une quiétude mobile s'élève sous les ors du salon ; tant de précision, de grâce et d'élégance ne peuvent annoncer que la mort.

Le maître se penche sur les doigts du jeune homme, qu'il juge trop empressés à la tâche. Vous devez peser chaque note, aucune n'est indigne de votre temps. La voix flûtée du maître ne pèse pas dans l'air. Émile reprend. Claude Debussy se tait. Il écoute. Son visage n'exprime pas le moindre sentiment. Émile ne sait pas s'il doit s'arrêter. Dans le doute, il continue.

Émile revient plusieurs fois dans l'appartement du maître. Qui le regarde, dubitatif, jouer. Qui à peine lui indique quelque chose du doigt.

Et un jour, finalement, alors qu'il le congédie, Claude Debussy se penche à l'oreille d'Émile et lui susurre quelque chose. Émile n'est pas certain de comprendre – *tisser dans les corps l'envol le contrepoint*, il a dit quelque chose comme ça – et pourtant il y a peut-être là une clef, un mystère à emporter. Le maître reste immobile sur le seuil. Allez, vous pouvez y aller.

Deux mois plus tard, l'Allemagne déclare la guerre aux pays alliés.

Émile Cornevin prépare son fourbi pour partir au front. Il dit adieu au maître et monte un matin de décembre dans un train pour la Champagne.

Après une agonie aussi longue que la guerre, Claude Debussy meurt en mars 1918, emportant avec lui les derniers restes d'harmonie d'un monde englouti.

Quelques mois plus tard, Émile Cornevin, un acouphène en plus et deux doigts en moins, se rassoit sur son tabouret en velours rouge. À côté de lui, un très jeune garçon venu apprendre le piano des mains des meilleurs. Antoine Maleval a le corps frêle mais ferme de ceux qui ont passé la guerre à la campagne, guettant le bétail, traquant le fruit juteux. Il se demande encore comment ses parents, si raides à tous égards, ont bien voulu le laisser *monter à Paris* pour apprendre l'instrument de ses rêves. Une erreur d'inattention sans doute, un moment d'égarement. Il a pris le train pour la première fois, s'est pointé au Conservatoire, où on l'a sèchement rembarré, c'est évidemment trop tard pour s'inscrire cette année, on est en octobre jeune homme, enfin voyons. Antoine a tout de même attrapé au vol la petite annonce, devant l'entrée, *professeur chevronné donne cours de piano au 28 rue de Sèvres*. Il a sorti le petit plan de Paris acheté à la gare, a laissé glisser son doigt jusqu'au S de Sèvres, cherché la case G5, s'est mis en route. Bien sûr Antoine s'est perdu une dizaine de fois, il tournait le plan dans tous les sens, rien ne correspondait, jusqu'à ce qu'une dame à chapeau et voilette, le voyant perdu, lui indique le chemin. Il a frappé à la porte. Un homme jeune à la peau pourtant repliée comme un abricot sec lui a ouvert. Il n'a rien dit, ou peut-être suivez-moi. Ils se sont assis devant le piano. Émile Cornevin a dit à Antoine Maleval d'une voix atone, comme venue du fond des âges, c'est 20 francs la leçon. Antoine a remué très légèrement la tête et souri. Émile a posé ses mains sur le clavier.

Antoine apprend tout entre ces quatre murs. Émile, derrière sa morgue et une tristesse qui semble infinie, s'immerge dans les arcanes du piano, dont il semble connaître la moindre corde, les plus discrets marteaux et chevalets. Il plonge tel Virgile dans les entrailles de la machine et en ressort les mains écorchées mais agiles.

Antoine Maleval reçoit une lettre de ses parents, il faut rentrer maintenant, la ferme nécessite trop de travail, on a besoin de toi. Antoine ne répond pas. Dans la turne sous les toits qu'il loue à Mme Berne pour cent vingt francs par mois, aucune trace d'un piano, bien sûr, alors il pose ses mains sur le petit bureau en bois et il pianote dans le vide, il monte et remonte les octaves comme un athlète les marches d'escalier, sous ses yeux fermés il voit distinctement sur quelles touches ses doigts se posent, il entend le bruit que cela fait, il ralentit, puis accélère car voilà la pente *Variations Goldberg* de Bach, volute aérienne et chant d'oiseau désolé, allegretto véloce, il bute sur la huitième, s'insère sur la douzième, décolle contre toute attente, chute à la suivante. Sous ses pieds le parquet craque.

Auprès d'Émile il apprend les plus grands, Schubert, Chopin, les sonates de Beethoven (en particulier la vingt-huitième sur laquelle il s'épuise), les modernes aussi, Dvořák, Ravel, Debussy.

Après quelques semaines de grand silence, Émile a commencé à lui raconter. Tout ce que je sais, tout ce qu'on travaille ensemble, je l'ai appris des mains du maître lui-même, avait dit Émile. Antoine était resté figé sur son tabouret. La lumière ce matin-là coulait à torrents sur les rebords de fenêtre du 28 rue de Sèvres. Ils avaient repris. On n'en avait plus parlé.

Jusqu'à aujourd'hui.

Antoine Maleval a grandi. Il n'a plus d'argent en poche, il ne peut plus payer ses bailleurs, il est temps pour lui de repartir à la ferme. Il est venu pour sa dernière classe. Émile est accoudé à la fenêtre, peut-être guette-t-il les femmes auxquelles il n'a pas droit.

Ils s'assoient. Aujourd'hui, dit Émile, on ne fera que ça. Il montre la partition du doigt. *Clair de lune* de Claude Debussy. Je n'ai pas besoin de partition, dit Antoine. Il commence. Et alors Émile voit. Le maître, avant de partir. Les doigts d'Antoine courent sur le clavier froid. Tout est en place, la dérive muette entre les nénuphars, le carré de soleil se découpant au-dessus de la mare, les deux amoureux et leurs galurins flottant sur les eaux. Le crépuscule d'un monde. Antoine glisse sur les notes, tout est là. Le maître, avant de partir, avait tissé sa toile dans les corps à venir. Émile regarde les mains de son élève courir sur les touches blanches et noires. C'était peut-être cela qu'il lui avait glissé à l'oreille, le dernier jour. Passez à votre tour ce que je vous ai passé. Le calme, l'envol, le contrepoint. Peut-être l'avait-il dit, peut-être pas. Émile ferme les yeux. C'est fini pour lui à présent, il a accompli son devoir. Le savoir court de mains en mains. Le maître, avant de partir, avait tissé sa toile. Émile laisse tomber ses bras sur les montants de la chaise. Ses yeux se referment sur le monde. Quelques semaines plus tard, son corps, qui avait tenu sur les nerfs, qui savait sa mission, son corps se fracasse contre le sol.

Antoine reprend le train pour Lyon. Ses parents l'attendent sur le quai de la gare de Perrache recouverte d'une fine couche de givre. Leur accueil est aussi glacial que l'air venant griffer leurs peaux. L'oncle Robert a laissé sa voiture pour qu'ils aillent chercher le môme et le ramènent enfin au bercail. La deux-chevaux cahote en silence sur les chemins blanchis. Lorsqu'elle s'arrête, deux heures plus tard, l'odeur de foin et de merde mêlée aux effluves lourds de cochons, qu'il pensait avoir oubliée, reprend Antoine au collet. Il pose un pied dans le purin. Il regarde autour de lui. Rien n'a changé, le ciel bas, la brique rouge épaisse, la ferme engoncée dans la plaine ; cela lui importe peu, il a de grands desseins.

Mais les choses ne se passent pas vraiment comme prévu. Son talent est étouffé sous le poids des porcs qu'on égorge et des vaches écumant dans l'aube, dont le sang et le lait maculent ses rêves. Il n'y a pas de piano à la maison et il n'y en aura jamais. Il ne lui reste qu'à guetter la porte de sortie. Laquelle ne vient pas. Antoine furète, gratte, cherche, un oncle d'Amérique éloigné, une connaissance, quelque chose qui lui permettrait de prendre la fuite. Mais les tâches se multiplient à la ferme et on ne lui laisse guère le loisir d'imaginer un avenir.

Lorsqu'il passe en fin de journée, lessivé, devant le mur de briques qui jouxte la ferme, il se souvient de ce jour d'enfance où

— là contre le mur, tous !

Ils s'étaient exécutés, son frère, sa sœur, sa mère et lui, et s'étaient alignés au milieu des feuilles auburn.

— Putain c'est si compliqué d'écouter ce qu'on dit ? Vous êtes des incapables, tous les quatre, des ingrats et des incapables, moi je me retourne les sangs pour vous donner à becqueter et c'est ça que vous me donnez en échange ?!

La voix du père n'était plus celle d'un homme, ses yeux non plus. Le fusil ne cessait d'aller venir entre ses deux mains, coulissant, menaçant Antoine, puis Monique, puis Serge et Élisabeth, le cran de sûreté levé.

— Des petites putes, voilà ce que vous êtes. Alors voilà ce qui vous attend si vous continuez : bing ! Bing ! crie Anatole en imitant le cri du canon. C'est compris ?

Antoine regarde son père qui gesticule dans l'air vif de cette fin de matinée. Le visage rouge de haine, les yeux exorbités, il tient en joue ses enfants et sa femme. Laquelle demeure droite, imperturbable, elle sait qu'il n'y a rien d'autre à faire que respirer et attendre.

— Et toi, salope ! À part repasser les draps et pondre des gosses, tu sais faire quelque chose de tes dix doigts ? Maintenant tu veux enseigner à l'école, c'est ça ? Et pourquoi pas présidente de la République pendant qu'on y est ?

Antoine dévisage son père. Il serre les dents. Il sent une goutte couler entre ses jambes.

Lorsqu'Antoine repasse aujourd'hui devant le muret, il entend la même phrase s'échapper des briques : pars, pars vite tant qu'il est encore temps.

Lorsque la brèche se présente finalement – sous la forme d'*études à poursuivre*, dit son père, pour ne pas gâcher entièrement ces années d'investissement, ce bougre d'âne qui renverse tout, infoutu de travailler la terre, artiste inverti et certainement sodomite –, quelque chose s'est déjà légèrement fêlé en lui, à peine, à peine, comme une brisure qu'on ne pourrait distinguer à l'œil nu sur un vase mais qui menace son équilibre entier. Antoine est plein d'élan pourtant, mais la puissance de l'atavisme alourdit ses gestes et ses jambes.

Il retrouve Lyon. En lieu et place des bancs d'université, il s'assoit sur le tabouret rapiécé du piano-bar où on lui propose de jouer à heures fixes, 21 heures-minuit, dans une ruelle torve de la presqu'île. Lorsqu'il rentre chez lui dans la nuit bleutée, les doigts rincés, une cigarette aux lèvres, on l'aperçoit qui sourit.

Antoine repart vers Paris, où mille occasions patiemment l'attendent, il le sait.

Le ciel de la gare de Lyon est tacheté de cendres. Des années et un train sont passés devant lui. 1938, l'ambiance est épaisse, poisseuse, les perspectives bloquées. Il croise malgré tout quantité d'instrumentistes, de courants artistiques et de génies en herbe, sans comprendre pour autant par quel côté attaquer. Antoine se sent petit tout à coup, démuni face au vaste monde. Il s'était senti fort sur ce tabouret au velours rouge, à côté de ce jeune cadavre aux doigts de feu, mais le tabouret et le professeur ont disparu – il a eu beau sonner chez lui, rien, plus de traces d'Émile Cornevin –, et la confiance, fugace, a coulé de ses mains, qu'il avait pourtant gardées bien serrées au fond de ses poches.

Antoine se perd entre les différents mouvements qui animent la scène musicale, il titube et hésite entre Bach et Ravel, un puissant classicisme et une modernité railleuse, pas certain que le plus à la page soit celui que l'on croit. Antoine sent parfois, dans les discussions qui le tiennent éveillé tard dans les bars, aux côtés de ses camarades musiciens, qu'il lui manque le vocabulaire, le *joli petit concept* à glisser sous une phrase et qui la teinterait d'un tout autre éclat. La vision ample et lettrée de certains l'écrase. Il ne sait pas où se situer. Il lui manque une clef. En repartant vers sa petite chambre de Montparnasse, trébuchant seul dans la lumière opaque des lampadaires, Antoine se sent comme un péquenaud tiré de son épaisse campagne et lâché parmi les silhouettes raffinées et les chiens.

Il erre dans Paris à la recherche d'une solution qui sans cesse se dérobe.

Il s'immerge entièrement dans l'étude, s'échinant sur le piano tout le jour. La nuit, à la lueur tournante de la lampe d'angle, il joue encore. Il a choisi cette chambre pour ce piano. Il n'y a de place pour rien d'autre, de toute façon. Antoine joue tout le jour mais le jour lui résiste. Son corps tout entier est pourtant engagé dans la bataille. La grande horde des géants s'affronte sous ses doigts, Chopin abat Bizet, Tchaïkovski est au coude à coude avec Liszt, tout le monde est convoqué dans la grande sarabande qui ne cesse de se jouer dans cette chambre de Montparnasse. Antoine en ressort pantelant, les bras en feu, lessivé par ce combat trop grand pour lui.

— Il faut que tu arrêtes de penser que tu n'y arriveras pas, lui dit Roberto, venu du Chili pour conquérir Paris, un soir à une table de la Rotonde. On en est tous là, on lutte, on souffre, c'est normal. Il faut un travail acharné pour y arriver.

— Moi j'avais compris que c'était une histoire de danse et de grâce, dit Antoine.

— Alors tu t'es trompé de porte.

Antoine continue à faire courir ses doigts malgré tout. Le soir il se penche au-dessus des assiettes, qu'il frotte vigoureusement dans la cuisine d'une auberge corse, rue Saint-Louis-en-l'Île, avant de rentrer chez lui se courber sur les notes rétives. Ses muscles s'épuisent plus vite que sa volonté. Ses articulations le brûlent au matin – qui est en cause, des assiettes ou des croches, allez savoir.

Mais d'autres nuits encore il plonge dans la ville pour palper son pouls, et là, dans ses recoins chauds, il entend pour la première fois le sautillement léger qui va renverser sa vie. La vague déferle alors sur Paris, dont il ne perçoit pour l'instant qu'un discret ruisseau.

Jusqu'au jour où il pousse la porte du Chat Rouge, à Saint-Michel. Un 33 tours grince sur la platine. Un rythme véloce s'en élève. Antoine a déjà eu vent de cette musique nouvelle qui est montée comme une brume des fanges, des champs, des églises noires et des bas-côtés de l'Amérique, il a déjà entendu quelques-uns de ces sons sautillants, mais lorsqu'il reçoit pour la première fois l'éclat, la joie et le swing des jazz bands, il ne s'en remet pas.

Dès lors son rythme sur les touches prend un autre cours. Il adopte la syncope comme cavalière. Sa main gauche se soulève cabri sauvage, reste en suspens un instant, avant de reprendre son galop.

Il découvre le swing au millimètre de Duke Ellington, l'ardeur détonante de Louis Armstrong et la délicatesse papier à cigarettes d'Ella Fitzgerald. Billie Holiday en particulier l'émeut. Sa grâce toujours sur le point de se fracasser à terre, sa rage d'opprimée, son chant battu, les couleurs pas fanées encore des notes qu'elle va chercher au bord du précipice. Au moment où le soleil s'incline derrière les ardoises grises de Paris, Billie chante pour Antoine seul. Ses mains s'épuisent aux fenêtres. Il est au milieu de la grande ville, il se sent plein et vide. Billie lui chuchote quelque chose à l'oreille.

Au piano, il se découvre de nouveaux maîtres, comme l'épais Art Tatum et ses mains en chevaux de trait qui cavalent à toute allure sur les quatre-vingt-huit touches. Bien sûr, tout se passe de l'autre côté de l'Atlantique, et il n'en perçoit, de ce côté-ci, que le lointain ploc des gouttes de pluie à la surface de l'eau, mais cela suffit à faire bifurquer ses doigts et sa vie.

Ses amis remarquent ce virage lorsqu'il déroule son répertoire au piano-bar de la Gaîté où il fait ses gammes. La salle étriquée dans laquelle stagne un épais nuage de fumée accueille son métissage en cours. Bientôt, les fantaisies de Mendelssohn lui paraissent bien ternes et les danses de Brahms bien lisses au regard de l'éclat nouveau que les swings de La Nouvelle-Orléans, de Chicago et de New York font tonner dans son cœur comme partout ailleurs. La foule ne se presse pas dans le piano-bar pour écouter ses modestes tentatives. La tenancière ne fait rien pour embellir le cadre, l'air est saturé d'huile de friture et de tabac froid. Le public connaisseur préfère courir au Hot Club ou à la salle Pleyel pour écouter les grands. Antoine ne lui en tient pas rigueur, il ferait de même s'il le pouvait.

Il rêve sa vie en jazzman. Ses doigts ne courent pas assez vite pour cela, mais dans sa tête tout fuse comme à New York.

Antoine rencontre un soir, en prenant une dernière bière dans le bar voisin de la rue de la Gaîté, une jeune étudiante du barreau dont les longs cheveux roux et les fossettes mutines le retiennent un instant au comptoir. Il la revoit la semaine suivante, assise sur la même chaise. Elle passe une main sur sa chemise légèrement humide d'avoir couru au-dessus des touches. Ils s'embrassent. Aux tables voisines on exulte comme chaque soir. Ils couchent finalement ensemble, c'est tendre et délicat, il retient son souffle en ôtant son chemisier blanc en flanelle, en s'endormant sur sa poitrine il pense à la beauté d'être là dans un appartement inconnu, au cœur d'une ville du vaste monde, dans les bras d'une jeune femme.

Quelque chose se dessine entre eux qui ne finit pas d'entièrement se nouer. Hélène est une jeune femme passionnante, d'une grande finesse d'esprit, mais il y a dans sa manière d'être quelque chose qui n'emporte pas le corps entier d'Antoine, le retient au port. Pourtant sa compagnie lui évite bien des tourments, elle le réconforte dans les moments où il sent qu'il fait fausse route, qu'il n'atteint pas le rythme et le swing espérés, que les partitions résistent encore à ses assauts.

Un matin, après une courte nuit ensemble, car tous deux doivent se lever tôt pour rejoindre qui les bancs de l'université, qui les cuisines de la taverne corse, Antoine dit à Hélène qu'il repart. Où, demande-t-elle étonnée. À Lyon, dit-il. Lyon, répète-t-il, sans qu'elle puisse discerner dans ce balbutiement ce qui tient de la damnation, de l'élan ou du dépit. Elle ne rajoute rien. Elle le prend dans ses bras. En bas, dans la rue, ils s'embrassent longuement, sachant tous les deux que c'est sans doute la dernière fois.

Sur le quai de la gare de Perrache, personne n'attend Antoine, si ce n'est un goût amer de déjà-vu. Il trouve un appartement sur la presqu'île, deux pièces donnant sur les berges du Rhône, quai du Docteur-Gailleton, et commence à dessiner les contours de cette nouvelle vie. Il respire mieux ici, les rues ne bourdonnent pas constamment d'un bruit de ruche, les ponts se courbent aériens au-dessus du large Rhône, de l'élégante Saône aux reflets cuivrés, il se sent à la maison. Ses parents viennent partager de temps en temps avec lui un repas, dans son appartement ou à la brasserie Georges, sur les banquettes de laquelle ils se réconcilient devant une omelette norvégienne bardée de pétards. Ni son père ni sa mère ne diront un mot de sa désertion, mais dans un regard bienveillant de l'une, un mouvement du bras de l'autre, Antoine comprend que la guerre est close, que sa décision a été sinon comprise, du moins entendue.

Antoine a vingt ans, il boit des godets le soir à son balcon, il donne des cours de piano ici ou là pour gagner sa vie, il joue le soir dans des cabarets et des pianos-bars, il rencontre de nouveaux amis, il plonge dans sa nouvelle vie.

Et un soir, dans ce même restau-bar du Vieux-Lyon où il avait débuté des années plus tôt, alors qu'il pianote comme chaque nuit sur les touches, Antoine lève un œil et voit un sourire briller là-bas dans l'angle. La fille est assise à une grande tablée bruyante. Antoine n'attrape au vol que des cheveux noirs et un œil de jais, mais cela suffit. Il lui rend son sourire et repart dans la valse.

Paul ne pense plus qu'à une chose,

New York. Il la veut pour lui, la cité aux mille sortilèges, Babylone. Il rêve depuis les premiers jours de ses clubs dans la brume et de ses tours, qui sont faites pour lui, il le sait. S'il a raté le coche de Londres, il prendra celui de la ville-monde. Il doit pouvoir y arriver, c'est pas si compliqué, il suffit de s'extraire des langueurs, du poids des jours, des atavismes familiaux et de se lancer.

Ça semble simple mais ça ne l'est pas, tu te sens petit, un gentil gars d'une banlieue oubliée, personne ne t'attend quelque part, tu ne manqueras à personne si tu ne viens pas.

Parfois le soir Paul observe son père et se dit qu'il ne veut pas rester planté là comme lui, il ne veut pas rêver sa vie. Son père si doué qui avait été englouti, ou dépassé, par le monde de ceux qui savent se déplacer.

Paul se rend compte qu'il a développé, sans même le savoir, une aversion pour l'échec et le mitigé, tout ce qui demeure à mi-chemin. Il ne le supporte pas. Les gestes de ses parents inconsciemment lui faisaient signe : toi tu y arriveras, toi tu feras ce que nous n'avons pas pu tracer jusqu'au bout. Il le comprend maintenant ; tous leurs mots et tous leurs regards lui disaient cela. On a accompli plein de choses mais pas ça. Paul voudrait leur répondre qu'ils se trompent. Le bonheur qui a rayonné dans ce foyer valait mille fois toutes les réussites, illusoires, inutiles. La grande victoire était d'avoir bâti un tel édifice avec cette beauté dedans. Paul voudrait leur dire cela, mais l'écoutera-t-on ?

Alors c'est décidé il part ; il suffit d'attendre l'opportunité, qui toujours arrive.

Paul détaille le contour des fenêtres, dont la peinture légèrement s'écaille. Paul sort avec Justine, puis quitte Justine, rencontre finalement Amélie. Paul vit sa vie dans les disques qui gravitent autour de sa chambre. Mais il étouffe, il veut sortir. L'heure tourne.

Et la ville folle et métallique

Tout s'est passé très vite, il savait qu'il disposait de peu de temps, qu'il fallait agir sinon il tomberait dans un espace qu'il ne voulait pas voir.

Paul s'est levé, il a dit à Amélie je pars, je suis déjà trop resté.

— Comment ça tu pars ?

— Je vais à New York.

— Paul, calme-toi, tout va bien, avait dit Amélie.

— Non non, ça va pas. J'en peux plus de cette ville, de cette vie. Et toi et moi on s'aime bien mais on s'aime pas.

— Allez casse-toi. De toute façon je veux plus voir ta gueule.

Paul a enchaîné les mouvements, pas risquer de revenir sur ses pas.

Il entre dans l'agence Havas des Cordeliers et lance à l'hôtesse, je pars tout de suite dites-moi quand est le prochain avion, sans reprendre son souffle.

Le soir, il dort dans une chambre humide de l'hôtel Au Bon Échiquier, à Paris, misérable et seul. Mais le lendemain, lorsqu'il se lève d'un bond à l'aube pour aller traverser l'Atlantique, il se sent plus fort que jamais.

Et depuis il marche dans son film, comme lorsqu'il avait dix ans et qu'il sortait du cinéma avec son frère.

Paul saute dans tous les coins, euphorique, hors de lui. Comment est-ce possible, comment peut-il *réellement* avancer au milieu de cette folie à ciel ouvert ?

Il passe sa journée à courir entre les tours. Il observe, il croise, il écoute, il ne parle que lorsqu'on lui adresse la parole (et encore), tout occupé à détailler le flux insensé devant lui, la déferlante de trottoirs et d'avenues, de places et de ponts, l'infini maillage de visages, de démarches, de pays et de langues ; il se jette dedans et il se tait, cela bruisse de toutes parts et il a besoin de ses deux oreilles.

Lorsqu'il se trouve à ras bord, gorgé de mille sons, il s'assoit à un bar, puis à un autre, il reprend son souffle, ordonne son chaos mental, classifie, range, avant d'essayer (en vain) de retrouver son chemin dans cette épaisse forêt de rues toutes semblables, avançant à la lueur fébrile de son ivresse, croisant les tapins, les macs, les caïds, les faux poètes et les vrais camés, les boss du quartier, de Times Square à Union Square, il louvoie entre eux, personne ne distingue ce Français égaré, ce passant parmi mille, à la veste élimée, aux pas gris, sa pauvreté et son caractère lui forgent une allure parfaitement anonyme qui lui sied ; il est là pour regarder, il ne veut pas être vu.

Lorsque ses jambes l'abandonnent, Paul retrouve l'hôtel de SoHo où il a posé ses affaires, au quatrième étage, une chambre qui donne sur une cour. Le parquet craque et les murs s'effritent, les cancrelats courent sous les plinthes. Il est le roi du monde.

Paul Maleval est assis à sa table du Bright Star, à l'angle de la 14e Rue, Manhattan, il observe le ballet. Il tourne sa cuillère dans son café et la journée à venir. Emily remplit sa tasse. Il se sent frais, vif, puissant. Ses bras sont déliés, son œil aiguisé. Il se lève. Il n'a pas un billet en poche. Il est heureux comme jamais. Il a vingt-six ans.

Il erre deux semaines entières dans les rues, subjugué, ne rentrant dans sa chambre que lorsque ses pieds ne le portent plus.

Il sait que son fric s'épuise, il s'en fout.

Il vit à l'intérieur du monstre.

Dans les entrailles,

Paul prend lentement ses marques. On s'habitue à tout, même à l'extraordinaire. Après des jours hallucinés, Paul entre véritablement dans la matière et commence à faire corps avec elle.

Surtout, il plonge dans la nuit, qu'il avait imaginée pleine d'ardeur et c'est bien pire encore. Il assiste à tous les concerts qu'il trouve, de tous les genres, il veut tout entendre et se laisse recouvrir par la vague.

À force de le croiser dans toutes les fêtes, des plus crades aux guindées, Vivian Carboneri finit par lui adresser la parole. Elle a l'œil comme Paul a l'oreille, et elle a su tout de suite, à la manière qu'il avait de marquer le rythme de son pied, à peine, oscillant sur une jambe, fronçant les sourcils à l'attaque d'une basse ou souriant bêtement devant l'apparition d'une chanteuse à la voix éraillée, Vivian a su qu'il entendait quelque chose que la plupart ne percevaient pas.

— C'est de la merde, non ?

— Ah ça.

Paul se tourne vers la voix entourée d'un halo de fumée. Une femme d'une quarantaine d'années, à la silhouette fine et ceinte d'une robe noire fendue, enroulée dans sa cigarette, s'est approchée. Il lui tend son verre de bière :

— désolé elle est un peu tiède.

— J'aime aussi.

Ils parlent, devinant les paroles de l'autre recouvertes par l'infâme boucan, et déjà elle sait qu'elle le veut dans son équipe.

Lorsqu'elle le lui propose une heure plus tard, il répond oui sans y penser.

— Tu veux pas savoir ce que t'auras à faire ?

— J'aime les surprises.

Un nouveau groupe prend le relais sur scène, glam et couvert de paillettes, dont le chanteur se démène pour masquer le vide abyssal derrière lui. Vivian et Paul sortent fumer sur le trottoir.

Paul a décidé dès le premier jour de laisser ses mains grandes ouvertes pour que tout les traverse. Y compris la chance – et la voici donc.

La semaine suivante, Paul Maleval pousse la porte tambour du 121 de la 27ᵉ Rue. Free Records n'a pas le faste de Columbia ou les ors de RCA, mais peu importe. Le lieu ressemble plutôt à un garage aménagé en loft foutraque, traversé en cadence par des pantalons entonnoirs, des silhouettes à cigarettes, transportant des dossiers sur talons aiguilles vers des destinations inconnues.

— Voilà voilà, lui dit Vivian Carboneri dans son bureau aux parois vitrées en forme de boîte à chaussures. Un café et on attaque ?

— I'd love to.

Son anglais est encore incertain, il lui manque l'expression qui emporte la phrase et l'adhésion, la touche finale, le bon rythme – parce que vous ne pouvez pas douter du coup de fleuret, il doit venir à temps et sonner fort, sinon l'ensemble de votre phrase s'écroule et vous tombez à terre, les deux pieds en l'air, gesticulant comme un cafard. Ça viendra.

— L'idée est simple, reprend Vivian après avoir apporté les deux tasses : tu as une oreille sûre et nous en avons besoin. Il nous faut dénicher le génie qui subvertira les genres, le son qui renversera l'histoire.

— Vous êtes ambitieuse.

— On est là pour ça. Le label existe depuis vingt-cinq ans et on a découvert des pelletées de génies. Ce boulot consiste à avoir toujours un mètre d'avance sur les autres.

— Alors concrètement je me balade et je tends l'oreille ?

— Exactement.

— Ça me va. C'est ce que je fais déjà.

Vivian observe le grand type assis sur le fauteuil en face d'elle. Paul s'attend à une poignée de main, un verre de whisky, plus peut-être, mais il a dû voir trop de films ; il reprend sa main, l'entretien est fini. Il se lève, un peu embarrassé de son corps, saluant Vivian d'un sourire imbécile.

Paul marche donc dans son rêve à présent : on le paie pour vivre sa vie, pour écouter, entendre, comprendre, décoder.

New York 1974 est un chancre, une plaie à ciel ouvert, c'est une ville au bord du chaos et de la faillite. Les différentes crises économiques l'ont secouée et mise à terre. Lorsque Paul Maleval tente sa chance dans l'East Village, au sud-est de Manhattan, ce qu'il voit défie l'entendement : un champ de guerre se déplie devant lui, immeubles détruits, à l'abandon, fenêtres brisées, graffitis inachevés et criards naissant sur les ruines, des canapés éventrés au milieu des briques et des bris de verre, des silhouettes incertaines zonant autour, des bagnoles sans vitres passant à allure réduite, fantômes hurlants, une *no go zone* flottant dans des colonnes de poussière. Il n'y a rien d'autre que des gravats, des ombres, des dealers, il n'y a rien ni personne et d'ailleurs Paul ne devrait pas être là, guerres de gangs, seringues et crans d'arrêt, rentre chez toi. Avenue A, Bowery, Tompkins Square, on trace sa route. Mais Paul n'est pas là par hasard, il pressent que quelque chose frémit derrière les façades qui tombent, un monde qui creuse son sillon souterrain quand l'ancien se fracasse dans un choc de fumée. Quelques heures plus tard, il fait marche arrière ; il n'a rien trouvé et la nuit monte.

Le lendemain, il s'élance vers Harlem, le quartier dont son père avait tant rêvé, celui de l'Apollo où débuta Billie Holiday, des escaliers en fer et des solos dans la nuit. Et ce que Paul découvre alors est une banqueroute plus chantante que celle de l'East Village. On n'a pas un rond en poche mais le pas est joyeux et digne, les pantalons sont rapiécés et tenus par des pinces, le saxophone de Lester Young a beau ne pas avoir été lustré depuis des années, il trône toujours dans la vitrine du Cotton Club.

Puis viennent Lower Manhattan, Midtown, le Village, Chelsea. Paul leur consacre des jours et des nuits, il guette le son, traque la fête illégale, le souterrain d'où s'échapperait un beat dément, il glisse un œil dans ce bar, une oreille vers cette discothèque oubliée dont un néon rose fuchsia et jaune clignote désespérément, il essaie d'être toujours là où on ne l'attend pas, où il n'est pas le bienvenu. Ce qui lui vaut quantité d'emmerdements : il se fait choper par une bande de gosses qui le dépouillent de haut en bas, jusqu'à ses chaussettes, il se fait frapper dans le Queens, voler dans Brooklyn, il se fait refouler dans des boîtes de Harlem (il est plus blanc qu'un yaourt, on ne voit que lui dans l'obscurité), alpaguer par des tapins et des petites frappes un peu partout, t'as pas dix balles, t'as pas cent balles, les dealers des cinq arrondissements (qu'on appelle boroughs ici et ça sonne mieux) le harcèlent nuit et jour, tu veux du crack, pour toi j'ai de la benzédrine, la poudre c'est mon pote là-haut – Paul s'engouffre dans un tripot et disparaît.

Il doit bien reconnaître parfois qu'il ne comprend rien à New York. Comment pourrait-il. Il joue le jeu, comme tous, il fait semblant, mais en réalité tout est beaucoup trop grand et vaste et complexe pour un p'tit gars comme lui. Étranger, à côté, il le restera toujours, ici comme ailleurs. Peu importe, il reprend sa course comme si de rien n'était.

Lentement, il parvient à se fondre dans la masse.

Il consacre une journée et son premier salaire à se grimer une apparence qui lui permet de se faufiler avec moins de dommages entre les chausse-trapes de Sodome et Gomorrhe. Il ressort d'une suite de boutiques vêtu d'un chapeau percé aux rebords noirs incurvés, posé de travers sur son crâne fraîchement rasé, une boule à zéro qui impose une présence et un regard. Il alterne veste en cuir cintrée et duffle-coat ouvert, mélange d'élégance surannée, de dandysme et d'un air d'indifférence qui planerait sur les choses. Les pantalons en lin gris, à dessein mal repassés, achèvent le tableau. Il se situe dès lors quelque part entre l'artiste sur le retour, le détective et le parfait anonyme, et ne soulève plus que des haussements de sourcils ; ce qu'il cherchait.

Paul poursuit ses trouées dans le labyrinthe, qui jamais ne tempère par la perfection de ses angles droits et de son ordonnancement numérique l'absolu chaos qui y règne.

Dans son bureau, Vivian l'attend.

— Alors ?

— Plein de choses. Écoute ça.

Il lui raconte ses virées, ses découvertes, les sons ultraviolets.

— C'est nul, dit-elle.

— Et ça ?

Un rugissement se fait entendre.

— C'est pas mal.

— Il se passe quelque chose, surtout là où personne ne regarde.

— Je vis ici, Paul, tu vas pas me l'apprendre. Continue à creuser.

Une silhouette fine élancée
traverse la rue

et c'est la sienne.

Observons-la.

On ne l'a pas assez dit : quelle belle allure. Il y a des corps qui se confondent avec le réel, d'autres s'imposent à sa texture jusqu'à le teindre de leurs couleurs ; Paul Maleval appartient clairement à cette deuxième catégorie.

Et pourtant rien en lui ne se distingue à première vue : son visage passe en un instant d'une grâce préraphaélite à un brouillon cubiste, il est frêle et dégingandé, il avance d'un pas légèrement boitillant et porte plus au rire qu'au ravissement – heureusement, il est grand. Et que penser de cet os du poignet qui saille ? Cela pourrait tout aussi bien être l'élégant détail d'un corps svelte que le signe d'un meurt-de-faim. Un peu des deux, sûrement. Et pourtant, contre toute attente, l'assemblage de tous ces éléments crée le mystère et la grâce d'un homme avançant dans la foule et dont on ne peut détourner le regard.

Après trois mois passés exclusivement dehors, Paul commence à reconnaître les visages et les voix.

Il s'est fait des amis aux comptoirs, sur des bords de table, dans des toilettes et des ruelles où il pissait sa bière, il a rencontré des transsexuels, des hindous, des filles un peu molles, il a serré des mains fermes, s'est fait détrousser, il a baisé, mal, dans des loges, il a pris des inconnus dans ses bras.

— Tu sais quoi, Paul, t'as une nouvelle mission, lui a dit Vivian.

— Je t'écoute.

— Tu vas à aller à Detroit.

— Pourquoi ?

— Pour voir Iggy et les Stooges. Ils sont en chute libre mais il y a peut-être encore un dernier album à faire avec eux. Plus personne n'en veut. C'est pas une mission facile, j'avoue, c'est des fous furieux, mais bon comme ça tu prendras l'air.

— Je pars quand ?

— Demain.

L'éclair dans le bas-ventre

L'avion atterrit ce matin-là à Detroit, capitale de l'acier et des ruelles torves, des poivrots et de l'industrie lourde. Paul part allonger ses jambes dans un hôtel branque de la 4e Rue. Un vent froid et humide se glisse dans les jointures de la porte-fenêtre donnant sur un parking et un motel abandonné, lequel a longtemps dû faire office de salle de mariages. Quelques flocons de neige valsent au-dessus – tiens, je vais regarder un peu la télé. Talk-shows, réclames pour shampooing anti-chute, oh et puis merde allons faire un tour. Un souffle métallique prend Paul à la gueule. Ce n'est qu'enchaînement délirant de pharmacies bon marché, grocery stores et receleurs de bagouses, il enfonce ses mains dans ses poches.

Il pénètre trois heures plus tard dans la salle du Grande Ballroom. Les murs s'effritent noir craquelé. Une foule de braillards aux pantalons lâches zonent autour des enceintes. Des canettes de bière craquent sous leurs pieds. Les lumières s'éteignent. Trois chevelus s'installent, à la batterie, à la basse, le dernier, qui semble plus débile encore, à la gratte, un brassard orné d'une croix gammée, des lunettes teintées, OK. Le volume monte, les amplis saturent. Et alors arrive Iggy. Jean moulant, torse nu, silhouette noueuse. Il attrape le pied de micro et s'enroule autour comme un serpent. Il commence à crier. Ce n'est pas un humain, ce n'est pas un animal, son tissu de peau se déplie en feulements de bête enragée, les gars autour balancent la sauce, la vague monte, le corps élastique du chanteur se lance contre les cordes. La chanson s'arrête brutalement, cut, on repart sans transition vers la suivante. Paul est fasciné par ce qu'il voit. Le volume s'élève encore, boule de feu à présent qui déferle sur eux. Bientôt Paul ne distingue plus le son de la basse de la guitare, les attaques d'Apache du batteur des hurlements du leader, c'est un magma indémêlable.

Paul attrape une bière et la vide dans sa bouche. Le batteur explose la caisse claire. Le bassiste balance une bouteille dans la fosse, qui lui revient dans la gueule et explose à terre. Iggy se jette dans les bris de verre. Il se relève en sang et hurle. *So messed up I want you here / In my room I want you here.* Son corps sec, dont les os saillent, est un bâton qu'il plie en tous sens. *Now I wanna be your dog / oh I wanna be your dog / So come on.* Il s'enroule dans le fil du micro et crache sur la foule. Pantomime folle avant arrière les jambes prises dans le jean et les bras qui ondoient pieuvre cinglée. Il s'arrête un instant, reprend son souffle. Les guitares l'entourent d'un mur de son. Iggy toise la foule. Un sourire se dessine au coin de ses lèvres, comme un signe du diable. Il pose sa main sur le collier en cuir noir au cou, se met à quatre pattes et aboie. Les frères Asheton ont lancé la suite et Iggy : *No fun to hang around / Feeling that same old way / No fun to hang around / Freaked out for another day / No fun my babe, no fun.* Il arrive au bord de la fosse et se jette. Des mains le soulèvent. Il parvient à se relever, se tient debout sur les mains tendues, le corps en arrière, le micro en main dans lequel il hurle. Paul ne comprend rien à la tornade devant lui. Jamais il n'aurait imaginé une telle violence contenue dans des corps et des chansons. Il semble exister comme un pacte tacite entre le public et le groupe : aller le plus loin possible dans le plus simple appareil. *The one who's searching / Searching to destroy.* On ne sait pas ce qu'il y a de l'autre côté, peu importe on y va. Derrière le sang, le cri, la crasse, il y a peut-être l'enfer, le paradis. Il faudra se baisser pour le savoir, se rouler dans la fange, il faudra descendre vers l'animal en nous, se défaire de tout ce qui nous a constitués, comme Iggy récolter au passage l'opprobre et la boue, cela n'importe guère.

Paul se demande s'il assiste à la fin ou au début de quelque chose. Lorsque de telles forces débarquent et emportent sur leur passage la bienséance, l'ordre, le tapis velouté sur lequel on avançait, il ne reste plus rien à quoi s'accrocher.

Dans un mélange unique de provocation et de grâce, Iggy Pop tournoie. Il peut bien faire ce qu'il veut, se badigeonner de beurre de cacahouètes, se rouler par terre ou danser derviche tourneur, tout tombe juste, y compris le grotesque et le pathétique.

Gimme danger, little stranger. Paul lui aussi veut basculer. Il est encastré entre trois types qui suent encore plus que lui, cent peaux l'entourent qu'il repousse et qui rebondissent contre lui. Il veut faire basculer son corps de l'autre côté du danger, pour en ressortir neuf et lavé. Le danger est le contraire de la peur, c'est le moteur qui accélère le cœur, la possibilité de tomber. Vivre est un risque qu'il a décidé de prendre, la mort est à ceux qui n'auront rien tenté.

Paul sent parfaitement que le groupe vacille, que les silhouettes sont penchées, les visages creusés. Il découvre les Stooges ce soir et c'est déjà trop tard, ils sont en bout de course, prêts à imploser. Iggy a offert depuis cinq ans son corps en pâture à l'histoire et voilà ce qu'il en reste. Et pourtant, même ainsi, on est renversés par la tornade. Paul entend un cri de rage et d'effroi, et c'est le sien.

— Hey Jim ! Qu'est-ce que tu glandes ici.

Jim Osterberg, dix-neuf ans, traîne comme tous les jours dans les rues pâles. On est à Detroit, en 1966, la ville déborde d'usines de bagnoles et de hauts-fourneaux. Jim s'emmerde, cintré dans un jean de plouc et des mocassins qu'il a chourés pour faire bien. Il vit dans la roulotte là-bas, avec ses parents. Ses cheveux sont plaqués sur le côté. Les jours sont longs.

Jim regarde les frères Asheton qui zonent autour du disquaire chez qui il bosse. Ces imbéciles passent leur journée à zébrer des voitures et à cracher en cercle. Jim veut autre chose, sans savoir quoi. Il traîne avec les gars élégants de l'école, il ne boit pas, il cherche, il guette la brèche.

Un jour il part à Chicago. C'est là que tout se passe visiblement. Il traîne dans les quartiers noirs, entre les gars à casquettes et les filles en longs pantalons bouffants, il est le seul Blanc, les michetons le reluquent, les putains attrapent sa main, mais lui il est venu pour le blues. On lui indique la maison de Sam Lay, un batteur qu'il écoute depuis des mois, il remonte trois blocs et avise une porte peinte en bleu qui grince, la femme de Sam lui dit non, il n'est pas là, mais viens manger le poulet frit avec nous.

La semaine suivante Jim Osterberg joue avec Sam Lay. Il est batteur, lui aussi, mais il peut plaquer les lignes de basse s'il le faut. Il passe ses journées à observer ces grands types qui glandent et rigolent, s'assoient devant leur instrument et jouent comme ils partiraient en balade.

Un soir Jim attrape l'herbe que lui a laissée une amie et part marcher sur les berges du lac. De longues fumées s'échappent des usines qui bordent le Michigan, dont le reflux boueux s'écrase en vaguelettes sur les docks en béton. Jim allume son joint. Il regarde les tours qui percent la brume. Les cuves continuent à déglutir leur fumée. Il tire sur sa tige. Et tout à coup il comprend. Le blues, *mon* blues. Les gars trempent leurs mains dans leurs échecs, leurs rues sales, leur poulet frit, et ils en tressent des chansons de larmes et de joie, de rage et d'ecchymoses. Alors ma voie à moi, la voilà, pense Jim, tisser ma vie de roulotte et ma mère qui peine à étaler la margarine sur la tartine, Ann Arbor, la banlieue du monde, les terrains vagues et les lames qui sortent, ma vie de blanc-bec dans des rythmes noirs, sauf que moi je vais la hurler, je le ferai jusqu'à ce que vous m'entendiez, et me haïssiez. Mon blues il sera sale. Je pillerai ici ou là mais le corps en danger, exposé, nu, vulgaire, sublime, ça je vais l'inventer. Ce sera mon truc. Jim écrase son pétard.

Le lendemain il appelle ces connards d'Asheton. Venez me chercher, je suis à Chicago. Les frangins montent dans une tire pourrie pour aller chercher Jim Osterberg.

— Les gars on va monter un groupe ensemble, dit ce dernier.

— OK.

— Et je m'appelle plus Jim. À partir d'aujourd'hui c'est Iggy, comme un iguane. Iggy Pop.

Scott Asheton allume une clope et Ron accélère.

Iggy et les Stooges donnent leur premier concert quelques mois plus tard. C'est un désastre, personne ne sait jouer. On remballe.

Iggy a vu jouer les Doors quelques jours plus tôt, et Jim Morrison l'a impressionné. Enfin, pas ses chansons de poète à la con mais sa manière de provoquer le public, de se le mettre à dos puis de l'insulter jusqu'à la lie. Il va faire pareil. Sauf que lui il a un corps et il sait s'en servir.

Le numéro des Stooges commence à se rôder et ils écument vite les scènes d'Amérique. Ils s'emploient à être le plus raides, imbéciles et brutaux possible ; ils y parviennent aisément.

Pendant quatre ans, le groupe détruit tout sur son passage, cris, rage et stupre. Les Stooges débarquent et c'est l'irruption de la crasse et du danger dans le rock. *I wanna be your dog.* Et les voilà ce soir, en bout de course, ravagés par leur propre folie.

— Eh gars, prends ça !

Paul se tourne sur le côté : un type lui lance une canette qu'il saisit au vol. La démarche cool, la casquette tombante, une coupe afro en auréole sur la tête, un haut de survêtement violet-noir, un jean foutu et des santiags percées. Il serre le poing et hurle quelque chose, rebondit en rythme sur le sol poisseux, encore un taré. Paul lui tend une clope.

Tout à coup fin de chanson ça s'arrête net, les quatre types laissent tomber leurs instruments et le micro par terre et se cassent. Ne demeurent qu'un rideau de vapeur et le son des enceintes saturées dans l'air.

— Putain quelle folie.

Le type en survêt continue à sautiller.

— Viens on va boire ailleurs.

Paul par réflexe le suit.

Dans le premier bar venu, sorte de taverne des temps anciens, des cornes de bison au mur, ils enquillent les pintes. Le type commence à parler et Paul comprend tout de suite qu'il ne s'arrêtera plus.

— On va chez moi, dit-il finalement. On écoutera autre chose que cette merde qu'ils nous refilent ici. Au fait, moi c'est Casey.

Ils remontent les rues éventrées par les grues jusqu'à un bloc aussi pourri que les autres, c'est là, dit Casey. Au quatrième étage, une grande pièce sens dessus dessous baigne dans une détonante odeur de patchouli et de chien mort. Mets-toi à l'aise. Casey se rue vers la cuisine, revient avec quatre canettes de bière, tiens attrape ça. Paul s'approche des platines. Il y a des centaines de disques étalés partout. Paul ne connaît pas la moitié de ces images, de ces noms, de ces visages.

— Tu sais j'écris des conneries dans *Creem*, dans *Rolling Stone* aussi, j'imagine que tu lis pas ces torchons et t'as raison, je fais ça pour gagner ma croûte et pour recevoir ces putains de disques, je suis toujours fou de joie de les ouvrir mais ça se complique dès que je les écoute, la plupart du temps c'est de la merde en barre, du métal horrifique, du slow jazz de mes couilles, du prétentieux rock à jeter, ah quelle horreur, j'adore le rock et je sais que c'est la pire des choses, c'est vraiment le déversoir de tous les tarés, de tous les salauds, de tous les paumés, ah ces putains de junkies des paillettes et du show, à brûler, des grands malades, les starlettes, les roadies et les cris les rendent heureux, moi ça me file un cafard de tous les diables, même mes héros sont des cons hargneux et imbéciles, Elvis, Iggy, Chuck Berry et surtout Lou, ce vieil enfoiré de Lou Reed, ah celui-ci c'est vraiment le pire et le meilleur de tous, chaque fois il me fait le coup, je vais l'interviewer, il m'accueille dans sa loge de camé parano déviant et là il commence à jouer au chat et à la souris, ah il est imbattable pour vous déverser les pires saloperies du monde (enfin, je suis pas mal non plus), c'est la mauvaise foi incarnée dans un juif à lunettes, jamais il ne reconnaîtra rien, et surtout pas qu'il n'a jamais vécu que pour lui, il est allé trop loin dans la musique, dans la vie, dans ses relations, et dans tout et il fait croire que c'est par grandeur d'âme, pour nous éviter d'avoir à le faire, nous, en réalité ce héros de mes deux transgresse parce qu'il est incapable de faire quoi que ce soit d'autre, c'est un taré, l'égocentrique ultime, c'est un génie. Oui parce qu'écoute ça, mec, écoute ça quand même.

Casey enlève le 33 tours sur la platine et en pose un nouveau. Paul a entendu parler de Lou Reed et du Velvet Underground, le groupe qu'il a fondé avec John Cale, Sterling Morrison et Moe Tucker en 1965, mais en réalité il est passé à côté – il habitait en bordure du monde, à sa décharge. Alors quand ces notes de piano s'élèvent vers lui, le début lunaire de *Sunday Morning* qui ouvre le premier album du groupe, il est immédiatement plongé dans ce dimanche matin de lendemain de fête, légèreté des fins du monde où l'on louvoie entre les bouteilles déchues et les corps entassés sur un canapé, on flotte, on marche entre les tables – Casey s'est allongé par terre et il tourne comme une toupie – et déjà les guitares accélèrent, on descend dans les rues de Manhattan, et Paul entre dans un monde dont il sait déjà qu'il ne sortira plus – il y a bien sûr ces évocations de stupre, de drogue, de sous-mondes, il y a ces crissements de guitare et ce violon qui s'entête, cette violence contrôlée qui alterne avec une inquiétante douceur, sourire en coin de Lou Reed quand il chante, et le pouls de Paul accélère au même rythme que la corde de guitare lacérée, *Heroin*, l'histoire d'un shoot de sept minutes douze – alors ça, crie Casey, c'est la montée la plus sauvage de l'histoire du rock, c'est la déflagration et l'extase, la déchéance et les sommets, la corde tremble, le tempo monte, la caisse claire résonne, *and thank God that I just don't care / And I guess I just don't know / Oh I guess I just don't know*, et je ne sais pas, non, je ne sais rien.

— J'ai fait une connerie, j'aurais pas dû foutre ce disque, dit Casey. Maintenant je suis obligé de le remettre.

Ils refont le voyage d'une côte à l'autre ; après l'inquiétant velours de *Venus in Furs*, Paul voit défiler sa vie future de fêtes et de lendemains troubles dans *All Tomorrow's Parties*, mais déjà une voix glacée de femme lui chuchote quelque chose à l'oreille, *je serai ton miroir*, qui le glace.

Casey se relève et prend ce Français égaré dans ses bras. Paul sent ses membres secs et suants lui coller au corps. Sans un mot, Casey attrape une petite boîte, jette deux bourses et trois pilules sur la table, et, tout en travaillant la poudre sur la pochette d'*Exile on Main Street* de ces "couillons" de Rolling Stones, il dit :

— Ces génies ont commis trois albums. Basta. Avec le Velvet Underground, le rock sort de l'innocence et entre ailleurs.

Paul observe ce type à la peau sombre et au sourire immense dont la pensée mitraille. Il se lève, attrape un disque, puis un autre, ah et celui-là, replaçant encore et encore la tête de lecture à l'embouchure.

— Mais je me tais, y a rien à dire – bordel, qu'est-ce qu'il y a de pire encore que le rock ? Les critiques rock. Des gars en futals noirs qui essaient de t'expliquer ce que tu as parfaitement senti.

— Mais toi t'es bien critique ?

— C'est bien ce que je te dis, il faut l'interdire ! Si en plus on laisse des gars comme moi la pratiquer, c'est qu'on est foutus.

Paul et Casey percent ainsi la nuit. À chaque nouveau disque ils agrandissent le trou. Paul se rend compte qu'il a oublié d'aller parler aux Stooges, ça lui est complètement sorti de la tête après le concert. Il a mangé sa feuille de mission, il est ici, il n'y a que cela qui existe, cette pièce humide, ce soir, ce fou furieux qui danse. Paul tient sa tête entre ses mains. Des larmes coulent à l'intérieur.

Casey est allongé sur le balcon. Il fume en regardant le ciel. Il s'est entièrement vidé de son sac de mots.

Paul tombe finalement, quelques heures plus tard, sur le canapé jeté là-bas au fond de la chambre. La musique poursuit seule sa route. Puis il se relève au bout d'une dizaine d'heures et reprend avec Casey le fil de leur long délire.

Cela dure deux jours, peut-être trois.

Au terme desquels Paul dit finalement :

— J'ai une faim de dingue, et puis il est peut-être temps pour moi de me tirer.

— Tu veux aller où ?

— Je rentre à New York.

— Je te ramène.

Lorsque Casey l'a déposé dans Chinatown, à la suite d'une épique traversée du Nord-Est, Detroit-New York en onze heures, sans pause à peine, des comprimés d'amphèt' à intervalles réguliers pour rendre la nuit plus violette et entendre Sly and the Stone Family résonner sur les autoroutes aériennes (il revoit encore Casey sur ce pont de l'Ohio, le bide dépassant de son jean, en train de pisser dans le fleuve, hurlant *How good is it to be alive*) – après, donc, avoir traversé la Pennsylvanie endormie, fendu Newark et débarqué dans Manhattan, ils se sont embrassés, promis de se revoir bientôt, et Paul a posé sa valise noire pourrie sur le trottoir, regardé autour de lui ; il a souri. Il avait besoin d'un grand café, de deux sans doute, avant d'envisager quoi que ce soit. New York bruissait autour de lui. C'était reparti.

Paul, Chiara et Léo

se sont levés le matin de l'enterrement dans la fraîcheur de la Drôme. On a fait comme on fait dans ces cas-là, on a bu et on a ri, on a pratiqué l'exorcisme. Ce fut chose aisée, Sarah avait laissé dans son sillage tant de rires et de légèreté qu'il suffisait de se pencher pour les recueillir. Et puis c'était une vieille dame après tout, elle avait eu une belle et longue vie. Tout ce qui restait de la famille (pas grand monde) avala l'agneau entier qui avait tourné six heures sur sa broche et but les caisses de côtes-du-rhône. Paul embrassa les uns et les autres, fit un discours émouvant, quelques évocations fugaces de sa mère, son frère Jérémie prit élégamment la suite dans l'église réformée – sur ce point-là, Sarah aurait été inflexible.

Et puis au matin tout ce beau monde repartit dans des directions contraires. Paul embrassa longuement son frère et remonta dans sa voiture de location. À l'arrière, Chiara et Léo. Je vous emmène à la gare, dit-il. Ses deux enfants, deux adultes maintenant, posèrent leur petit sac dans le coffre et montèrent. On roula dans le timide soleil de midi. On avait trop bu sans doute et alors la tristesse remonta. On s'arrête on prend un café ? demanda Paul, et les deux têtes acquiescèrent en silence.

Et alors, devant les trois tasses fumantes, les cheveux blancs attachés, d'une voix qu'il voulait légère, Paul a lancé :

— Je vous emmène pas à la gare en fait.

Léo s'est tourné vers son père, le sourcil droit levé.

— J'ai un train à 13 h 20, dit-il.

— Je vous emmène dans la forêt avec moi, dit Paul.

— C'est quoi ton délire, P'a ? dit Chiara.

— J'ai besoin de vous. Je vous ai pas demandé grand-chose, toutes ces années, mais là les enfants, j'aimerais faire ce voyage avec vous.

— Quel voyage ? dit Chiara.

Paul trempe ses lèvres dans le café allongé, qui lui évoque davantage le jus s'écoulant des poils d'un chien mouillé.

— Il y a une chamane là-bas. Elle peut tous nous aider.

— On n'a pas besoin d'aide, dit Léo.

— Si, mon Léo, on en a tous besoin, dit Paul, tous les trois.

— Je veux pas reparler de ce qui s'est passé, dit Léo.

— On n'en reparlera pas si tu veux pas. Mais on y va.

— C'est où, là-bas ? demande Chiara.

— Entre l'Allemagne et l'Autriche, quelque part dans la forêt.

— C'est n'importe quoi, dit Léo. Allez on se casse.

Chiara reste assise.

— Une chamane ? dit-elle.

— On flanche tous, d'une manière ou d'une autre, dit Paul.

— Moi ça va, dit Chiara.

— On est troués, dit Paul, on l'est toujours de toute façon. Et moi je suis mort dix fois au moins – tu trouves ça normal toi ?

— Voilà c'est ça le problème, t'es pas normal papa, dit Léo. Comment veux-tu qu'après ça on aille bien ?

— Ces gens-là rétablissent les équilibres, ils ouvrent et ferment des portes, ils s'attaquent au fond des choses.

— C'est n'importe quoi ton histoire.

— Bon, on se calme tous ici, dit Chiara. Ramène-nous à la gare, et on en reparle tranquillement dans les jours qui viennent.

Alors Paul a déposé Chiara et Léo devant la grande horloge. On s'est dit au revoir, sèchement, puis la petite main sur l'épaule qui signifie désolé, hein, tu comprends. Chiara et Léo se sont assis sur un banc à l'intérieur en attendant le train. Ils étaient en avance finalement. Ils se sont regardés. Le panneau annonçait sur fond bleu six trains en partance pour des destinations diverses, principalement Paris. Chiara a demandé, tu veux un autre café ?

Paul a reçu l'appel dix minutes plus tard. On veut bien venir mais alors *super* rapide, a dit Chiara dans son Motorola, l'aller-retour et voilà. Oui bien sûr ma chérie, merci beaucoup, a dit Paul en faisant demi-tour.

— Et c'est moi qui conduis, a rajouté Chiara.

— D'accord. On va changer de voiture aussi.

Paul a rendu la si soyeuse voiture électrique à l'agence de la gare avant de récupérer la Toyota de sa mère, qui sans cela allait pourrir dans son garage. Il a arrangé les rétros, soufflé un peu dessus, et ils ont filé sur la départementale puis sur le ruban gris de l'autoroute A7.

— On en a pour combien de temps ?

— Quelques jours, a dit Paul. On fait une halte en Italie, par exemple, je vous invite dans un bon restaurant, on boit du chianti.

— Une chamane, vraiment ? dit Chiara. T'as pété un câble P'a.

Paul s'est retourné, il a souri. Il a pris la main de Léo, qui à l'arrière essayait de déchiffrer le nombre de kilomètres sur le panneau dissimulé par un camion.

— Je vais tout vous expliquer.

Britney Spears a dit quelque chose dans la radio que personne n'a bien saisi. Chiara la voit tournoyer dans sa robe bleu ciel d'hôtesse de l'air.

Devant eux, le continent offert, comme une dame un peu usée sur son transat.

L'oreille bleue

Trois semaines après son épique retour de Detroit, alors qu'il erre *sin rumbo* dans la ville-monde – l'espagnol est venu à lui aussi naturellement qu'une brise d'automne, direct dans les narines –, Paul retombe sur le phénomène, à la sortie d'un bar gay sur la 122e à Harlem. Casey prend Paul dans ses bras.

— Tu sais quoi, Poooooowwwl ?

Casey prononce son prénom comme s'il avait un puits sans fond à la place de la bouche, dont l'écho s'élèverait en cercles concentriques jusqu'à la surface.

— Je me dévoue, dit-il.

— Pour quoi ? demande Paul.

— Je veux bien être ta caution noire. Il t'en faut une.

— Alors j'accepte.

Ils sont ce soir accoudés au comptoir du Greenpoint. Comme d'habitude, Casey (qui s'est réinstallé à New York, "Detroit sentait beaucoup trop la mort") attaque sans préambule, il fait irruption dans la conversation et voilà :

— La musique du XXe siècle, c'est simple, a été écrite par les Noirs. Tu peux prendre ça par quelque bout que ce soit, le blues, le jazz, le rhythm'n'blues, le rock, la soul, le disco, le hip-hop, et jusqu'à ces trucs électroniques bizarres qui sont en train de se tisser à

Chicago, tous les mouvements naissent dans la communauté noire, principalement américaine, avant d'être reprise par les Blancs – qui en deviennent ensuite, évidemment, les têtes de proue. Toutes ces inventions incroyables naissent dans les hangars, les caravanes, les champs de coton, elles jaillissent des mains calleuses et des gorges serrées, les chants et les danses sortent des corps opprimés, rejetés, battus, ils jaillissent de l'humiliation et du dégoût, qu'ils transforment en beauté et en petits nuages.

— Tu parles très bien, dit Paul. Et puis tu as raison.

— Alors donne-moi cent balles, dit Casey en éclatant de son rire tonitruant qui envahit la salle enfumée. En guise de dédommagement.

Paul et Casey deviennent inséparables.

Paul, Casey, Casey, Paul, sans un mot ils se retrouvent et ravagent les dancefloors, ils picolent avec Basquiat et Bowie, ils rentrent avec Nicole et Dorothy, ils vont vite, le soir guitares saturées, le matin soul, que Casey fait découvrir à son pote et qui coule sur lui comme un baume.

Et Paul en a besoin. Sa synesthésie n'a fait que s'accroître depuis son arrivée à New York, et la confusion sonore dans ses oreilles a pris des dimensions épiques. Certains bruits le blessent. Les petits riens et les grandes orgues, tout entre en lui et le renverse.

Paul entend tout, depuis le camion-poubelle d'en bas jusqu'au clapotis des eaux de l'Hudson à quatre kilomètres de là – c'est pas vraiment normal. Les associations qui se forment dans son cerveau atteignent des niveaux de folie jamais vus. Il n'y a plus qu'une distinction très fine entre l'ouïe et la vue, les couleurs et les sons, tous passés au tamis des synapses altérées offrant des connexions et des visions toujours plus aléatoires.

Paul entend dorénavant les chiffres qu'il lit, entrevoit des icebergs géants à l'écoute des trois symphonies de Rachmaninov, il visualise la chaleur d'une cuisse en train de courir en altérations de couleurs, rouge carmin ou bleu pétrole selon l'énergie générée, il discerne sous les poitrines des personnes qu'il croise l'état de leur cœur converti en sifflements de chauffage central.

Ça délire sévère.

Ce n'est pas la diète à base d'alcools distillés et d'excitants divers qui arrange le grand mélange – mais enfin le réel non plus ne fait guère d'efforts.

Le *do* lui rappelle très clairement un sac de jute jaune, le *sol* mineur un saule pleureur vert absinthe. Il n'aime guère le *fa* tarentule, qu'il remplace dès qu'il le peut par un *la* 5 aux teintes mers du Sud. La plupart du temps, les accords mineurs creusent des registres vert-marron-gris, quand les accords majeurs s'élèvent vers l'orange abricot ou le rose piqué. Mais les choses se compliquent lorsque les accords s'enchaînent et qu'il est entraîné à leur suite dans un dédale mouvant de pièces dont les sols s'ouvrent sous ses pieds. Il est parfois obligé de sortir de la pièce ou de la salle et de plonger sa tête sous l'eau froide. Il laisse alors couler longtemps le filet glacé sur son crâne. Il en ressort lavé, neuf, prêt à repartir vers le tumulte.

C'est toute sa vie qui est envahie par ce grand dérèglement, il confond les lieux et les gens, il prend un objet pour un autre, il avance à tâtons sur un vaste magma. Sa synesthésie s'étend bien au-delà d'un mélange de couleurs et de sons, de formes et de lumière, elle gagne sa vie entière, Paul se déplace dans un lave-linge à quatre cents tours minute.

Hier, avec la flamboyante Judy, il a de nouveau senti dans sa chair ce tissage sans fin. Ils étaient en train de s'embrasser quand de sa chair rose tendre se sont envolés des hannetons, puis dans son sexe entrouvert a joué un violon. Les cheveux de Judy pleuvent sur Paul qui fait un pas en arrière. Qu'est-ce qu'il y a ? dit-elle. Rien, dit Paul, en essayant de reprendre pied sur ces sables mouvants.

— En fait, ce que tu as, c'est l'oreille bleue, lui dit Casey quelques jours plus tard à une terrasse du quartier.

— Pardon ? dit Paul.

— C'est ton don à toi. Tu es le seul à entendre toutes ces choses-là.

— Comment tu peux en être si sûr ? dit Paul.

— Y a des choses comme ça qu'on sait, dit Casey.

— L'oreille bleue ?

— Ce qui entre est malaxé, déformé, réinventé, et rendu intelligible.

— Intelligible, c'est ce que tu crois.

— T'es un paratonnerre, mec. Les éclairs, tu les captes et t'en fais autre chose, de l'énergie sur un plateau. Ça je le sais, je suis à côté de toi.

— Et pourquoi bleue ?

— Je sais pas. Comme ça. Pour l'envol et la chute, la mer et l'infini.

— Je t'aime beaucoup, Casey, mais tu racontes vraiment n'importe quoi.

Et Paul détourne la conversation, gêné par la flatteuse caresse. Mais il garde pour autant les phrases de Casey dans le coin de son cortex avant, comme emblème, comme horizon.

Paul, à la fenêtre du

147 est, 27e Rue, fume une clope. Il s'y est remis en arrivant à New York, pas vraiment le choix, tout le monde fait ça ici. Il observe d'en haut l'œuvre de Dieu l'œuvre du diable, tire sur son filtre, le goût fruité de bitume lui remonte dans l'œil, il fait chaud aujourd'hui, il est chez Joan, comme souvent en ce moment, New York City, il dort là-bas avec elle dans l'angle, un matelas éventré recouvert d'un drap violet, il y a toujours des rubans de lumière et de radios pirates qui flottent dans cet appartement du 5e, on s'y sent bien. Joan est un délicieux petit écureuil qui vibrionne d'une pièce à l'autre, d'un bar à l'autre, ensemble ils creusent leur sillon dans la ville livrée aux rapaces et aux fous, ils le savent et l'entendent, mais toujours jusqu'à présent leur œil aux aguets les a sauvés du désastre. Paul est là, à la fenêtre, il fume. Il sait qu'il vit sur un fil, c'est sa joie et sa malédiction, s'il aimait les grands mots il dirait destin mais on sait qu'il ne les aime pas, il leur préfère la vitesse, l'inconscience, la bêtise parfois – qu'il ne rejette pas, elle est à lui aussi, il y tient –, il leur préfère la naïveté qui est un élan, la folle joie de vivre quand on sait la mort partout autour. Il jette son mégot vers le sol lointain, avale

une gorgée de Coors, rallume une clope, sans raison, pour le simple plaisir du geste. Paul sent son cœur qui bat fort, il le sait vacillant, sur la sellette, il vit avec cette pensée depuis les premiers jours, renforcée encore par sa chute sur ce lointain ferry, sans que cela soit un poids qu'il porte, ni une épée de machin, c'est sa danse précieuse et périlleuse à lui, il s'applique à transformer chaque jour la menace en chance. Paul fume à la fenêtre et tout rugit sous lui, il sent encore sous sa peau les tremblements d'hier, le mélange audacieux de poudre et de pilules qu'il a avalé et sniffé au cœur de la nuit, comme c'est souvent le cas en ce moment, que voulez-vous, la nuit est prune ardente et il vit dedans, il veut s'y enfouir, il sait comme tous ici ce qu'elle cache de fulgurances dans le bas-ventre, il connaît ses éclairs et il les veut pour lui, partout dans son corps, alors oui il avale les liqueurs et les accélérateurs, il creuse peut-être son cœur mais dans le même temps il l'emplit, c'est l'histoire de sa vie. Tout ce qui le blesse le fait jouir aussi. Il tire sur sa cigarette et dans son ventre ses poumons entrent les fumées d'hier et d'aujourd'hui, Joan lui dit quelque chose qu'il n'entend pas, il avance la main, il se sent ballon de baudruche, le monde est vaste et dévorant sous ses pieds, il est en vie, infiniment, son cœur bat fort mais sans ça il ne sent rien, Paul veut qu'il batte, encore et encore, il tiendra le coup et puis sinon tant pis.

Son existence new-yorkaise s'est joliment accélérée, il n'a plus souvenir d'avoir jamais habité ailleurs, devant l'Hudson tout s'arrête et tout commence – son arrogance même fait de lui un parfait New-Yorkais d'adoption.

Il habite autant d'amours que de quartiers, l'East Village avec Judy, à SoHo c'est Barbara, figure fantomatique des petits matins ; ils se sont rencontrés sur un de ces trottoirs de fortune que connaissent bien les insomniaques, ils ont échangé des cigarettes et des regards, il est parti avec elle, ses draps étaient légers, toutes ses affaires à terre, il est reparti mais revenu, et sa rue il la reconnaît désormais à l'odeur, Canal Street, courants chauds et sucrés de la pâtisserie yiddish du numéro 23, senteurs de bois frais des jouets du numéro 34, effluves poisseux de l'irish bar attenant, et puis les éternels courants de cloaques, d'eaux stagnantes, de pots d'échappement, la poussière flottante des terrains vagues, l'interminable odeur d'haleines défraîchies, de jambes d'adolescents pendant aux balcons en fer rouillé, frottements de pantalons, aisselles, chewing-gums écrasés, tabac chiqué, bonbons et pop-corn, tous les miasmes et les effluves de la ville magma sans fin.

— Ça y est, lui a dit Vivian sans préambule. T'es promu.

— Promu ? dit Paul.

— Oui, le boss te propose de devenir producteur.

— Un type à lunettes et cigare ?

— C'est ça.

Il sait déjà qu'il devra s'inventer un genre, jouer aux négociants et aux bonimenteurs c'est pas tellement pour lui. Mais la ville crépite de tous côtés et s'il peut participer à l'explosion alors pourquoi pas.

— En quoi ça changera d'avant ?

— Déjà, t'as un bureau. Et puis les artistes tu pourras les signer maintenant. Tu cherches, tu guettes, comme tu faisais déjà, mais à présent tu les embauches.

— La même chose mais avec des emmerdes donc ?

— Si on veut, dit Vivian dans un rire de tabac tiède.

Paul prend possession de son bureau, sorte de cagibi embourbé d'étagères branlantes et aux murs écaillés, il s'assoit sur la chaise molle et déjà se relève – il sait par où commencer.

Il sent depuis des mois que la fièvre épaisse qui rôde et stagne sous la ville, dans les angles, aux lisières, est sur le point de se consolider autour de diamants aux mille reflets, seuls capables de canaliser l'énergie débordante et de la faire jaillir dans de nouvelles directions. Ces diamants n'ont pas encore de noms mais Paul est parvenu à les localiser, il sait à peu près où les tempes battent et comment ; le pourquoi l'indiffère, l'après un peu aussi, il veut le maintenant.

Il a donc tracé des choses sur une carte qu'il a placardée sur le mur du salon, il y a là des flèches, des ronds, des passerelles, il y a des chiffres et des mots illisibles, le tout forme sur la péninsule et ses abords une vaste énigme cryptée, comme l'on voit d'habitude dans les bureaux de flics ou de détectives privés, cartographies des mystères et des courants, des félins et des coupables, de tout ce qui se trame aux angles de rues.

Paul a entouré trois grandes zones qu'il a essayé de définir par des indications provisoires. Dans l'East Side, il a tracé un rond noir, et à défaut de genre musical, dont Paul a tendance à haïr les appellations alambiquées, il a écrit : *souffle rauque de guitares saturées violence métallique chaleur épaisse des sous-sols*. Un peu plus haut dans Manhattan, aux abords de Midtown, on voit une forme bleu foncé, qui n'est pas circulaire et déborde avant de retomber sur ses pattes, rattaché par une flèche à ces quelques mots : *boule à facettes, étuve, rythmes latins et cactus, synthétiques artificiels sautillants, fin de l'école la vie bubble gum soleil californien, danse faussement légère* (ça ne veut absolument rien dire, pense Paul en se relisant, mais ça l'aide à accrocher ses sensations et à s'y retrouver, enfin à peu près). Et puis il y a une boule rouge, tout au nord, dans le quartier du Sud-Bronx, qui s'est lentement répandue vers le nord et l'est, puis a dévalé la Troisième Avenue, passé le pont et envahi Harlem. Ce rond-là porte déjà un nom mais Paul se garde bien de l'écrire pour ne pas risquer d'enfermer la force dans des dénominations (vieux restes de pensée magique qui stagnent en lui et dont il ignore l'origine). Alors il a procédé comme pour les autres, par couleurs et par images : *disques qui crissent basses lourdes fumées entre les tours et beats, cuts, ruptures et mélanges, block parties et cris, rumeur lourde au-dessus des ruines.*

Et justement, c'est là qu'il se rend.

Sud-Bronx

It's like a jungle sometimes
It makes me wonder how I keep from going under

Curtis lui a entrouvert la porte, vite mec, si on te capte t'es mort. Paul s'est faufilé à l'intérieur. Le hall du 1520 Sedgwick Avenue sent les futals mouillés et la poussière, la misère et les flingues, Curtis le tire par la manche, putain tu peux pas venir fringué comme ça, tu crois quoi, que tu vas passer à trav' ? Bon enfile ça, enlève-moi cette veste et fous cette casquette. Pendant que Paul se grime, Curtis martèle le sol de sa basket blanche aux deux trous sur le côté, OK c'est bon on y va. Il pousse la porte de derrière. Paul est happé par une épaisse bouffée de marijuana et de sueur, il y a des basses qui pulsent et se logent dans ses reins, il se glisse derrière Curtis et débarque, capuche et casquette sur la tête, il se cale entre les baraques, lueurs rougeoyantes aux lèvres, et regarde le type qui s'affaire devant les platines. C'est sa deuxième block party, ces fêtes souterraines qui secouent le quartier depuis quelques mois déjà, sous le regard des immenses tours du Sud-Bronx où un monde s'invente. Les gestes sont raides, les silhouettes épaisses, Paul serre les poings.

C'est ici que tout a débuté, un ou deux ans plus tôt, lorsque DJ Herc a commencé à faire tourner ses premières platines et à y jeter du feu, et tous les gars des environs ont rappliqué, et ce furent les premières fêtes dans la cour intérieure, les basses lourdes dans les entrailles des tours, et l'ébauche de ce qu'on appelle maintenant le *hip-hop* (parce que ça *hip* et que ça *hop*, et tout le monde fait hé ! ho ! hé ! ho ! et rebondit en rythme sur les dalles ébréchées). Aujourd'hui, Paul veut rencontrer Grandmaster Flash, le grand, l'unique, celui qui, à la suite de DJ Herc, fait danser le Bronx entier grâce à son coup de génie : l'invention du scratch et du sampling. Flash s'est enfermé des mois, des années peut-être, dans le salon de ses parents. Un jour il en est ressorti, sa trouvaille sous le bras, bien tassée ; il lance les disques sur la platine, il les arrête, les relance, les fait grincer, il dédouble le rythme, il croise les beats, il se sert des disques comme d'outils, ses mains sont d'une incomparable virtuosité, il brusque et relâche, il les fait cracher et il tourne, ses gestes sont déliés et souples, il est *dans* le temps, il ne le subit plus – la clef de tout c'est le tempo, il faut balancer les disques au moment précis sinon tout foire, alors pour ça, Flash trace au crayon un trait sur les disques, là, voilà, c'est là qu'il faudra le lancer, il place le disque sur la platine, dépose l'aiguille sous le trait, et sur la deuxième platine, celle de gauche, il laisse son beat de funk s'envoler, bim, bam, takataka, pendant ce temps ses deux doigts bloquent l'autre disque, il compte un, deux, trois, quatre, et là BAM ! Il relâche la main et le nouveau beat plus massif se surimprime à l'autre, et la foule hystérique devant lui explose.

Deux platines, une caisse de disques, des mains qui jaillissent et glissent, rien de plus.

L'histoire est faite de ces petits tours de vis, de ces changements de rythme, discrètes trouvailles qui se transforment en formidables coups de timon. Grandmaster Flash, dix-huit ans, né dans la tour là-bas au fond, la plus crade de toutes, a posé sa main sur les disques, puis a relâché l'étreinte quinze secondes plus tard, dans le parfait tempo. Ce geste-là de sa main dévie le cours des choses.

C'est un long échalas en survêtement noir à rayures rouges que Paul voit passer la porte, cet après-midi-là, casquette de travers et cool absolu. Flash serre vigoureusement la main de Paul et lui dit de s'asseoir là sur ce petit tabouret pourri.

— Tu veux un coca ?

— Yep.

— C'est quoi ton boulot ?

— Faire enregistrer des disques à des génies comme toi.

— Putain, James, je t'avais dit pas d'emmerdeurs ! dit Grandmaster Flash dans un rire sonore.

— Il a insisté, dit James. Écoute au moins ce qu'il a à dire.

— Je veux pas enregistrer, dit Flash. Ma musique elle se joue, on la fige pas.

— Il te donnera du fric pour vivre pendant dix ans, dit James. C'est quand même pas –

— Je suis pas une pute. Finis le coca et va chercher un autre clampin. Paul boit tranquillement sa canette, laissant les bulles envahir sa bouche. Il observe ce gosse devant lui, traits ronds et harmonieux, des yeux vifs, la peau sombre. Flash n'a pas vraiment l'air de plaisanter et pourtant, Paul sent que sous la cuirasse quelque chose vibre. Peut-être n'est-ce qu'une façade, sans quoi, de toute façon, il serait impossible de survivre ici.

— Alors, vous attendez quoi ? dit-il.

— Je veux te voir jouer, dit Paul.

— T'es un fou toi. Dégage.

— T'es un génie de la musique, Flash. Chuck Berry, Marvin Gaye. Des gars comme ça. Tu te situes là, dit Paul en marquant de la main une hauteur imaginaire.

— Tu racontes vraiment n'importe quoi.

Paul s'est dit que la flatterie pouvait être utile, même outrée – elle l'a été. Le visage de Flash a très légèrement vacillé.

— On veut te lancer.

— J'ai pas besoin d'être lancé je vais déjà à cent mille, tocard.

Un long silence s'installe, à peine troublé par le gazouillement des bulles de coca dans la bouche de Paul.

— Pfff.

Ce n'est qu'un gosse après tout, même s'il joue aux caïds. Flash ne vit pas dans ce trou à rats, il vit dans un autre à côté. Il remonte son survêt au-dessus des mollets.

— Casse-couilles, souffle Flash. Bon, c'est pas moi qui te l'ai dit. Si on me demande, je dirais non. Y a une block party ce samedi. Derrière Harrison Avenue, la tour B. Trouve-toi un meilleur déguisement que ces saloperies que tu portes. Je serai là.

— Merci Flash.

Paul est arrivé dans la cuvette en briques rouges logée entre les tours. C'est une sorte de cour disparate faite de creux, de bancs, de dénivelés divers, on monte et on descend, et on arrive devant une table en lino, deux platines, un type derrière qui scratche, des cartons de disques à côté de lui, des centaines de personnes devant qui sautent et ondulent comme une lame. Il y a quelques filles qui en imposent. Paul se tient légèrement à l'écart de la fosse, dans son absurde accoutrement, survêt baskets casquette, l'important c'est la capuche qui enrobe le tout, pas trop montrer sa gueule – de toute façon il est accompagné de Curtis et Casey, il a donc sa place –, il se laisse porter par le flux vers l'avant, vers l'arrière, dans une sorte d'oscillation indifférente. Les virtuoses qui se succèdent aux platines tracent des labyrinthes sonores dont il n'aurait jamais soupçonné l'existence, couches, après couches, après couches, mille-feuilles de genres et de rythmes, embardées supersoniques.

Puis vient le tour de Grandmaster Flash et tout le monde s'incline devant le roi.

— Alors t'as réfléchi ?

Ils sont assis autour d'une bière tiède, quelques jours plus tard. Le jour de la block party, c'était vraiment pas le moment, tout ce monde autour, pas faire de vagues.

— Ouais, dit Flash. C'est toujours non.

— Comme tu voudras, dit Paul. Je comprends vraiment, et dans le fond je pense que tu as raison. Les labels sont des requins, je le sais aussi bien que toi, je bosse pour eux. Mais le problème c'est ça justement. Ce sont de tels requins qu'ils vont finir par te voler ton truc de toute façon. Alors autant que tu l'enregistres toi, avec ton nom.

— C'est quoi ça, une menace ?

— Non, mec, c'est un conseil.

— Ah parce que ça ressemble quand même plutôt à une menace. Genre, gars, si tu fais pas ce que je te propose, voilà ce qu'on fera dans tous les cas.

— Je volerai pas ton truc, Flash. Même si je le voulais, j'en serais bien incapable. Mais d'autres le feront.

— Qu'ils le fassent. Rien ne m'appartient de toute façon.

Des semaines passent.

Paul est revenu une fois ou deux, il est reparti en rasant les murs.

Flash a raison, il se passe ici quelque chose de si fort et unique qu'on serait bien imprudents de prendre le risque de le faire chanceler. Les rues crans d'arrêt, poubelles à toute heure et bouches d'extincteur, l'euphorie des soirs chaleur extrême et jets d'eau sur les mollets, la mère au balcon qui crie rentrez tout de suite et les gosses baskets de récup qui taillent la route, sous le regard stone des caïds du quartier, la main sur la Bentley.

Mais Paul n'a pas sa place ici, mauvaise herbe et blanc-bec, il abandonne la partie.

Alors, pendant que le hip-hop gagne lentement le sud de la ville, et bientôt le monde, Paul retrouve l'East Side et ses guitares.

*

Trois ans plus tard, Paul est aussi loin qu'on peut l'être des disques scratchés dans le Bronx. Ce matin-là, les yeux encore ensommeillés, il tourne la molette de sa radio et une chanson lui jette, en même temps que son beat ravageur, un seau d'eau glacée à la gueule.

I said-a hip, hop, the hippie, the hippie
To the hip hip hop-a you don't stop the rock
It to the bang-bang boogie, say up jump the boogie

Paul n'en croit pas ses oreilles.

To the rhythm of the boogie, the beat
Now what you hear is not a test: I'm rappin' to the beat

Ça y est, quelqu'un l'a fait.

The beat don't stop until the break of dawn

Quelqu'un l'a fait, et ce n'est pas Grandmaster Flash. Ce sont ses mots, ses rythmes, ses techniques, mais ce n'est pas lui.

Paul prend son téléphone et appelle Casey :

— Ah cette merde… dit son vieux pote au téléphone. C'est même pas un groupe, ce sont trois branleurs qu'un mafieux de producteur est allé chercher dans des salons de coiffure et des gymnases. Enfin c'est ce qu'on dit. Des putains d'amateurs mais la chanson est bonne, va savoir comment ils ont fait.

— Mais t'as reconnu ?

— Oui, ils ont tout pompé sur Grandmaster Flash.

— Tout ! Même les paroles, mot pour mot ! Ce putain de flow qu'il balançait dans les block parties.

— Qu'est-ce que tu croyais, que t'étais le seul gars de la ville à y foutre le nez ?

— Je lui avais pourtant dit. Fais cet album avec moi, parce qu'un jour ou l'autre ils te voleront. Et voilà.

Rapper's Delight est devenu en deux semaines un tube international. Le monde entier tourne la molette comme Paul et découvre enfin ce nouveau genre originaire d'un quartier de New York, le Bronx, comme s'il venait de sortir de l'œuf. L'excitation est à son comble. On se prépare à allonger les billets.

Paul sort de son appartement du centre de Manchester. Il fait quelques pas sous la pâle lumière des lampadaires. À l'angle, il croit voir, entre la petite vieille de l'épicerie et le gosse des rues, le demi-sourire d'un type flottant dans l'air. Une dent en argent brille au milieu. C'est la vie, Flash. Mais tu dois savoir, je crois, que ce n'est pas moi. J'aurais jamais fait un truc pareil. Paul regarde le visage dans la vitre.

A-t-il perdu à jamais l'estime d'un génie ? Il cherche la réponse dans cet étrange sourire, qui finalement lui échappe. Paul ne le reverra plus.

La grande table sous l'acacia

Comme le cerveau et le corps de Paul, nous sommes toujours dans plusieurs lieux et plusieurs temps à la fois. D'hier nous passons à aujourd'hui en un claquement de doigts, un regard, une fausse note, c'est comme ça. Nous voilà donc en 2010, plein été. Ils se sont assis là, dans le jardin sous l'acacia. Depuis quand n'avaient-ils plus été ainsi tous réunis ? Sarah ne saurait le dire. Elle se retient pour ne pas les embêter comme chaque fois avec ses élans, elle se retient mais à quoi bon, de toute façon cela ne devrait plus tarder. Les avoir tous comme ça à sa grande table la remplit d'une joie lourde et épaisse comme le bois d'acacia.

— Mon chéri ? dit-elle.

— Oui, dit Antoine.

— T'es vraiment casse-couilles parfois.

— Je t'aime moi aussi.

Oh elle peut aussi parler comme une tenancière de bar, aucun problème, elle s'adapte.

Une chaleur puissante et aérienne soulève leurs corps. Sarah a le port altier, la silhouette ferme des grandes dames. Elle est toujours dans le mouvement, elle va, elle vient – elle s'arrêtera de marcher quand elle sera bien au frais sous la terre.

— Ah au fait je vous le redis, les enfants, mes amours. Quand je meurs vous-me-brû-lez ! Hein, pas de conneries, de concessions à bichonner, de tombe à aller fleurir, non non, un beau petit feu et on n'en parle plus !

— Oui, maman, on sait, dit Paul, tu nous le répètes depuis cinquante ans. Mais on te brûlera pas. On va t'enterrer gentiment à côté de toute la famille.

— Ah non pas la famille ! Non, un joli calumet, et hop, vers les cieux, la mer, ce que vous voudrez, mais de l'air !

Ils ont cette conversation chaque fois qu'ils se retrouvent, avec certes des variations parfois : la crémation, l'enterrement ici, sous l'acacia, on évoque parfois aussi les bonheurs d'alzheimer, pouvoir goûter à nouveau aux joies intactes de la veille, la démence, la sénilité, creuser comme un pivert l'éternel même trou – vous nous piquez avant, hein ! S'il vous plaît. L'important, pour Sarah, *avant* l'Ehpad, *avant* la maladie, c'est la petite piqûre. Paul et Jérémie répondent toujours la même chose, on ne pourra pas, comment veux-tu, on ne tue pas sa propre mère. Tuer, tuer, comme vous y allez, dit Sarah. Je vous demande de me libérer, c'est tout. Et puis elle se tait, et chuchote finalement, ils ont raison, en regardant Antoine. Les enfants, ils pourront pas, ils sont pas faits pour ça. Alors c'est toi qui me piqueras.

C'est une famille joyeuse qui s'efforce de ne pas trop prendre les choses au sérieux. Ils sont fêlés bien sûr, comme toutes les familles, mais, espèrent-ils, avec une certaine élégance.

— Tiens, M'an, prends un verre.

Jérémie a servi du champagne pour tous. Il est ému lui aussi un peu, si rare finalement de se revoir. Ses deux petits-enfants sont là qui courent dans tous les sens, sa fille aussi, Amandine, brillante journaliste à

Radio France, qu'il écoute tous les soirs interviewer un artiste avec une passion inchangée.

— Quelle famille d'alcooliques.

— Tu voudrais quoi, qu'on regarde le ciel gentiment en attendant la fin ?

Antoine s'est levé. Lui non plus ne fait pas son âge, il ne cesse d'aller et venir, toujours une nouvelle passion, il n'a jamais pu tenir en place – tenir en place, dit-il, c'est bon pour les cadavres. Aujourd'hui il s'adonne aux bateaux, il a construit, avec l'aide de quelques amis, une immense barque, là, dans leur jardin de Drôme provençale, qu'il compte bien :

— transporter chez toi, Paul, et là on la jettera sur les flots.

— Je t'attends. Les rivages sont escarpés en Corse, tu sais.

— Parfait, j'ai pas fait tout ça pour aller barboter dans une flaque.

En juillet on essaie de se retrouver ici, dans cette oasis verte, pour fêter l'été et les anniversaires.

Même Chiara est là, elle qui ne vient pas tous les ans. Son grand-père Antoine l'a prise dans ses bras. Elle avait besoin de ça. Tout va bien pourtant pour elle, elle vit sa vie, DJ star, femme ardente et libre, mais des ombres viennent parfois flotter autour d'elle. D'où jaillissent-elles ainsi, épurées, entêtantes ? Chiara est tentée de chercher dans l'arbre généalogique, d'aller voir dans les recoins familiaux si quelque chose a pu sauter des générations pour venir se loger dans sa nuque, dans ses reins, dans ses gestes, tout à coup entravés.

Et pourtant elle a la puissance et elle a la maîtrise. Elle sait qu'il a fallu pour cela quantité de tentatives, d'échecs, de mises à mal, il a fallu des audaces et des chutes, avant elle, des décennies pour qu'elle puisse ainsi, sans peur, prendre son envol. Pour pouvoir assumer ses désirs et son ambition, il a fallu, avant elle, que des choses meurent. Chiara regarde les visages autour d'elle. Elle rajoute celui de sa mère. Tous ont dû payer leur écot pour que Chiara soit là, aujourd'hui, et qu'elle puisse marcher droit. Elle leur est, peut-être, infiniment reconnaissante. Elle ne le leur dira pas.

Mais il y a autre chose. En dehors de cette force qu'ils lui ont léguée, sans le savoir, il y a quantité d'arêtes, d'entailles dans la peau, de failles ; Chiara sait bien que c'est normal, évidemment, comment faire sans, mais elle aimerait savoir comment et pourquoi, pour pouvoir vivre encore mieux. Elle cherche, elle distingue parfois des choses, mais sont-elles réelles ? Elle observe son petit frère Léo. Elle le sent pris dans un étau si serré qu'il semble vouloir disparaître – c'est ce qu'elle croit voir, en tout cas. D'où viennent ces cordes nouées ?

Chiara regarde Paul. Elle l'adore ; c'est un mystère. Comment ce père, ni meilleur ni pire qu'un autre, traits débonnaires, mains fines et grand sourire, a-t-il pu faire ce qu'il a fait ? Sous son air de grand-père, son pull marin et ce large sourire qui a envahi tout son visage, jusqu'au front et aux pattes-d'oie au coin des yeux, ce type comme tout le monde est un super-héros. Il a vécu sa vie à toute allure et dans tous les sens, il a fait exactement ce qu'il voulait, à tout moment, il s'est trompé il a réussi, peu importe, il a été le plus libre des hommes sans jamais même se poser la question de la liberté.

Chiara, au contraire, ne cesse de revenir sur ses choix, il y a ceci mais il y a aussi cela, comment faire, où aller – et ses doutes finissent par entraver parfois son élan. Elle est sans doute davantage consciente de sa puissance potentielle que son père, qui n'a jamais considéré sa force comme supérieure, et pourtant, par un curieux mécanisme, à force de conscience et d'introspection, elle finit amoindrie. Elle est, au bout du compte, meilleure dans ce qu'elle fait et moins libre. Elle trouve cela détestable – preuve supplémentaire de son inlassable capacité à revenir sur ses pas.

— Reprends un verre cousine, lui dit Amandine. Tu penses à quoi ?

— Oh à rien, dit Chiara.

Elle l'enlace, viens on va faire un tour.

Elles ne se voient pas beaucoup, elles non plus, elles ont eu leurs moments, ça a frotté pendant des années mais tout va mieux maintenant. Elles marchent. Elles ne disent rien. Putain on est quand même des foutus handicapés de la vie dans cette famille.

— Je voulais te parler de Damien, dit Amandine.

— Quoi, parce qu'on est deux meufs, au calme, il faut qu'on parle mecs, sentiments, chiffons ? dit Chiara.

— Oh t'es chiante hein. Faut toujours que tu fasses ton intelligente, celle qui est au-dessus de la mêlée, dans laquelle barbotent les gens comme nous, dit Amandine.

— Désolée cous', je voulais pas dire ça. Je suis pas très bonne pour ces réunions-là, je suis un peu sur les nerfs.

— Oh oui, le cheval qui se cabre, l'animal sauvage blessé.

— C'est bon, on a compris. Donc, Damien.

— Oui. Je vais le quitter. Il est vraiment trop con.

— T'as raison.

Antoine est assis en bout de table. Il observe cette folle équipée en passant lentement sa main sur le bois dont se détachent de petites fendilles qui viennent se glisser dans sa paume, sous les grandes lignes qui la sillonnent. Il y a un vertige du temps dans cette perspective devant lui. Les jours et les années comme mises en quinconce et dépliées sur un plan de table et une nappe à carreaux rouges sur fond blanc. Les amours et les désamours ont engendré tout cela, qui s'agite autour d'une table en érable ; c'est pas grand-chose, finalement, un simple moment à passer.

Il détaille du regard chacun des membres de cette famille. Variations. Oui c'est ça, pense Antoine, nous sommes tous des variations autour d'un même thème. Tous ces corps qui se déplacent autour de la grande table ne sont finalement que des déclinaisons infiniment variées d'une même colonne.

Puis Antoine baisse les yeux vers ses mains tavelées. Cela lui semble toujours aussi intolérable d'être vieux, ça n'a aucun sens, ce n'est pas une sagesse, ce n'est pas un progrès, c'est une descente aux enfers qu'il hait de tout son cœur, mais il a décidé, un jour – c'était encore au XXe siècle –, de ne plus (trop) se préoccuper de ce qu'il ne pouvait contrôler. Depuis il fait, bien sûr, très précisément le contraire, mais ça valait le coup de tenter.

— Padre ! crie Jérémie.

— Oui, niñito.

— Viens me montrer ta barque.

On dirait une valse, quand un couple s'avance un autre se retire, et pendant ce temps, autour de la table, ceux qui demeurent observent ceux qui s'éloignent, se demandant ce qu'ils peuvent bien aller fabriquer, là-bas, comme on regarderait le flux et le reflux de la houle, mystérieux à leurs yeux comme à tous.

On ne regarde jamais les membres de sa famille dans une innocence complète, toujours s'y mêlent des fissures, des esquilles, des éclats de bois qu'on appellera tour à tour affection, tourments, jalousies, inquiétudes, dénis coupables ou banals agacements. On peut dire cela de toutes les personnes que l'on regarde mais pour sa propre famille le mécanisme est démultiplié. C'est pour cette raison que l'on boit beaucoup, dans ces réunions : pour ne plus penser à toutes ces scories et essayer de ne plus sentir que l'amour, brut, intact.

Chiara s'y attelle. Le champagne est un allié idéal pour cela, qui irradie plein feu dans le cerveau, déflagration de bulles carnassières. Chiara n'est pas sceptique, pourtant, elle n'est pas méfiante ni haineuse, mais elle ne peut s'enlever une image de la tête : ma génération est ainsi. Forte, indécise, légèrement fêlée. On est tous pareils, mon frère, mes cousins cousines, tous mes amis, tous faits de la même pâte – et encore, je m'en sors plutôt bien. Plein d'élans et de trous, ceux que nos parents ont dû refouler et colmater, parce qu'ils étaient trop grands pour eux et les auraient empêchés d'avancer. Les trous que nos grands-parents avaient creusés, endurés, avec lesquels, infiniment plus courageux que nous, ils avaient dû vivre, nous les avons repris en pleine gueule, sans jamais comprendre qu'ils venaient de là, de loin, et s'ouvraient sous nos pieds.

— Raconte-moi, cousine, Berlin, la grande vie, tout ça.

Elle a toujours aimé la voix de Baptiste, le frère d'Amandine, rassurante et épaisse comme un dessus-de-lit. Ils partagent un même regard acide et aigu sur le monde.

— Qu'est-ce que tu veux que je te dise.

— Oh merde raconte.

— Dis-moi toi plutôt comment ça se passe à Rennes.

Accoudés à la table, ils reprennent un verre de champagne rosé et alors Baptiste lui raconte les places désertes et la vie de papa à répétition, il la fait rire en lui parlant des BD de Riad Sattouf qu'il s'avale en s'enfermant dans les chiottes pour essayer (en vain) d'avoir la paix deux secondes.

Et Chiara attrape un nouveau verre au vol, et la valse reprend.

Dans leur maison de la Drôme provençale, adossés aux contreforts du Vercors, Antoine et Sarah Maleval filent leur partition légère. Sans le chercher, ils ne dédaigneraient pas le drame qui pourrait pimenter la trame, mais le drame ne veut pas d'eux. Ils ont bien leurs blessures, leur passé lourd parfois et leurs échecs, mais quelque chose de plus puissant et de plus large les entraîne d'une force tranquille vers demain. Ils l'acceptent, disent-ils en riant, omettant de préciser que l'on décide de ces choses-là, et que de tels versants sont le résultat d'une ténacité hors norme et d'un long entraînement à l'oubli.

Sarah prend ses arrière-petites-filles (quelle horreur ce mot) dans ses bras. Elle les adore, mais les choses s'annoncent quand même compliquées pour elles. Sarah ne dit mot et s'amuse à se rouler dans l'herbe avec elles, alors que franchement c'est plus tellement de son âge. Plus compliqué que ce ne le fut pour elle ? Pas sûr. Fonte des glaces, big data, moderne désespoir, oui mais. Sarah a pour elle la perspective des années et elle se souvient. Facile, ça ne l'a jamais vraiment été. Ils ont fait avec. Ils ont serré les mâchoires, ça abîme un peu les dents mais raffermit les muscles. On devient plus vifs, plus habiles peut-être. Sarah secoue l'avant-bras de Luna. Il est ferme. Elle attendait une enfant grandie sous cloche, dans l'air épais du salon, comme d'autres de son âge, et c'est finalement une fille lancée à toute allure sur les chemins, d'une force déjà immense. Sarah est heureuse de s'être trompée. Tu as le monde dans tes mains, souffle Sarah à l'oreille de Luna, et tu en feras bien ce que tu veux. Moi j'ai fait ce que j'ai pu avec le peu que j'avais. Pour toi tout est possible. Sarah l'embrasse sur la tête et se relève.

Jérémie prend le relais auprès de ses trois petits-enfants, tout emmêlés déjà dans leurs bras et leurs jambes trop grands pour eux. Jérémie est un grand-père délicat, qui sait varier les vitesses et les registres, aimant, présent. Manon et lui se complètent admirablement. Sa crainte de ne plus être qu'un père, puis qu'un grand-père, disparaître là-dedans, n'a pas survécu aux années. On forme finalement un tel nœud d'appartenances que personne ne peut plus y déceler grand-chose.

Jérémie a suivi des routes distinctes du reste de la famille, moins escarpées et plus solitaires, plus aventureuses qu'on ne le croirait au premier abord. Il a vécu à Madrid, à Paris, à Nantes, avec Manon et leurs enfants, travaillant comme attaché culturel puis directeur de théâtre, avant de prendre gentiment sa retraite sur les bords de Loire. Si parfois les regards des autres membres de la famille sur son prétendu conformisme peuvent l'agacer, il a l'élégance de n'en jamais dire mot. Il sait qu'ils se trompent mais peu importe. Il assume avec plus de souplesse ses contradictions que ses parents ou sa nièce Chiara, qu'il aime par ailleurs infiniment. Jérémie est pris dans la nasse du monde, son quotidien parfois lisse, souvent vertigineux, ses aspérités et ses plaines. Il parvient – et c'est un exploit aux yeux de sa femme – à embrasser l'existence dans sa totalité, comme un diamant diffracté, qui lui plaît précisément pour cela.

Paul vient s'accroupir à côté de lui. Ils ne se voient pas autant qu'ils le voudraient, cela n'importe guère. Les choses sont là, inchangées. Jérémie pose son bras sur l'épaule de son frère. Son petit frère. Ils se regardent. Chacun sait que l'autre l'aime infiniment, qu'il est son roc. Pas besoin de se le dire. Dans leur œil, cette ancre qu'ils reconnaissent.

Chiara s'approche alors et prend Paul par la main.

— Je peux te parler une seconde papa ?

— Oui oui ma chérie.

— Le frangin.

— Quoi ?

— Je suis inquiète pour lui. Ça a l'air d'aller, mais j'ai l'impression quand je lui parle qu'un iceberg s'écroule en lui.

— Tu crois ?

— Je le sais.

— Léo a toujours marché un peu de travers, dit Paul, c'est sa manière à lui d'avancer. En crabe.

— À force d'avancer en crabe, ça finira en cancer.

— Dis pas ça ma chérie. Je vais lui parler.

Paul reprend un verre, s'approche de la table, de Léo qui plaisante avec Anna à propos d'un acteur mort.

— Ça va mon fiston ?

— Ouais, et toi.
— Viens je vais te montrer la barque du patriarche.
Paul se rapproche et souffle dans l'oreille de Léo : le gars sait pas clouer une planche de bois mais bon.
Ils font quelques pas vers le fond du jardin.
— Ben je le trouve pas si mal ce rafiot, dit Léo.
— Tu sais qu'on dit rafiot pour un bateau, dit Paul.
— On peut le dire pour une coquille de noix comme celle-là aussi.
— Oui on peut.
— Tu sais, P'a, dit Léo, je voulais te dire un truc.
— Quoi.
— Chiara. Je suis inquiet pour elle.
— Ah bon.
— Oui. Sous ses airs de superwoman, elle cache la misère. Je vois bien que ça tremble de partout. Elle dit toujours moi moi moi mais en fait on dirait qu'elle cherche à savoir de quoi elle parle, qui c'est ce moi, et ça la bouffe cette histoire.
— Cette histoire ?
— D'être en vie et d'être soi.
— C'est pas rien.
— J'en suis là aussi, dit Léo. Mais j'assume au moins.
— J'entends ce que tu dis, mais je crois qu'elle est forte Chiara, vraiment. Plus que je ne l'ai jamais été.
— C'est pas vrai et c'est ta fille. Tu vois pas. Moi, si.
— T'es son frère. Personne ne peut bien voir ici.
— Putain t'es le Picasso de la perspective ou quoi ?
— Bon et qu'est-ce qu'on fait alors, dit Paul.
— Tu lui parles, dit Léo. Ou moi. Ou les deux. Il faudra bien qu'elle finisse par faire tomber la cuirasse et qu'elle se confronte à sa colonne absente.

— En fait c'est poète que t'aurais dû faire.
— Et toi t'aurais dû faire père.
— Je vais lui parler.

Le repas sous le grand acacia se poursuit jusqu'au soir. On attendrait des drames, des frictions, des clameurs, on a une tablée calme et étourdie de soleil. Les bouteilles se succèdent, chinon, languedoc, crozes-hermitage. Paul rit fort, ses mouvements de bras ont pris de l'ampleur avec les heures. Amandine vient l'enlacer. Antoine lève son verre à quelqu'un. Sarah rayonne. On attendrait des drames d'une famille réunie sous un tel arbre, mais il faudra s'y faire, cette famille-là, aujourd'hui au moins, semble heureuse d'être là sous le grand acacia.

*

Trois mois et demi plus tard, Paul reçoit un appel tardif dans son château bord de mer.

Il a toujours aimé les appels, ne pas savoir d'où ça vient, quelle surprise et quelle voix l'attendent. Mais il sait par ailleurs que les appels tard dans la nuit annoncent rarement de bonnes nouvelles, alors son vieux cœur rebondit dans sa cage, ses pieds traînent jusqu'au salon, où la main droite attrape le portable. C'est sa mère.

— Maman ?

Des pleurs.

— T'es où ?

— À l'hôpital.

— J'arrive.

Il sait déjà, bien sûr. Et il est si loin qu'il n'arrivera pas à temps, mais il aura les heures pour penser, avaler lentement les mille arêtes, mâcher les années, et arriver au bout de la route un peu plus prêt à affronter la chose qu'il ne l'est à présent.

Un téléphone sonne et coupe l'existence en deux.

Paul a pourtant eu plus de soixante ans pour se préparer à ce moment. Il se lève lentement, il ne va pas penser tout de suite à ce poids de métal qui appuie sur son ventre, il va se concentrer sur ses gestes, les clefs de la voiture, les clefs de la maison, ne pas penser au corps froid, ne pas dire le mot. Il ferme les volets, prend sa veste, ouvre la porte, la ferme, il fait un pas vers la voiture, et alors le mot déferle, avec sa corolle d'images, sa déferlante de peaux, de sourires, de sensations partout dans sa vie, papa, papa, et Paul s'écroule sur le gravier.

Son cœur,

trente-cinq ans plus tôt, va déjà trop vite, il est sa malédiction et son élan, il porte Paul vers l'avant et veut toujours ce qu'il n'aura pas. La vie et le cœur ne s'entendent pas. Ils marchent malgré tout ensemble.

Paul connaît ses petites sautes, sa chaleur délicate et son immense repos. Son cœur ne lui fera pas faux bond. Il goûte à ses frémissements, délicieux petits souffles dans les ventricules, qui le soulèvent, l'envahissent, qui font frissonner tout son corps. De ces frémissements Paul connaît les moindres variations : l'air léger salé qui susurre dans les artères, la grande bourrasque, le léger hoquet qui entraîne, la contraction subite qui saisit l'organe comme une poêle et le rend animal apeuré, avant qu'une brise, délicate pluie d'été, renverse à nouveau la donne. Paul sent – notamment lorsqu'il avale, si ça appuie trop fort, un anxiolytique, sésame pour les hauteurs – les infinies modulations des souffles qui agitent sa poitrine.

Mais aujourd'hui de ces variations il n'est plus question, le maître des horloges veut reprendre son indépendance. Paul l'a chahuté mais il l'a aussi choyé, chaque émotion et chaque virage lui était dédié, comme des offrandes, Paul faisait tout cela pour les joies que son cœur lui procurait en retour, il sentait, à ses galops et ses dilatations subites, que ces électrochocs lui plaisaient. Il se trompait visiblement. En réalité Paul n'en faisait qu'à sa tête et à son culte du présent. Petit insolent. Paul aurait dû se souvenir de la loi intraitable et odieuse : tout se paie. Il l'a oubliée. Et le voilà ce soir, sur ce bout de trottoir, rincé, sans plus rien de lui-même qui ne vaille un poème. Alors en représailles son cœur décide de s'arrêter. Il dit qu'il a assez donné. Il veut faire une pause. Il en a brusquement marre de ce galop endiablé.

Paul dépasse Union Square quand son cœur

Ta da da dam *dim* bam ta da da di di dam *dim* baba dim bam

trébuche sur une double croche mal négociée et s'interrompt.

Le cheval connaît pourtant ses obstacles, il sait le tempo et il sait la distance, mais il n'en fait parfois qu'à sa tête, il recule et piétine devant la haie, il fait ce qui lui plaît.

Paul pensait qu'ils se comprenaient. On croit galoper au même rythme que sa monture ; on court dans des couloirs séparés.

*

Au 230 est, 10e Rue, les mouches volent. Il y en a beaucoup en ce mois de juin 1975, particulièrement ardent, elles stagnent dans l'air et s'insèrent partout, en particulier dans des appartements aux fenêtres ouvertes, où le beurre est offert sur la table, la confiture aussi, que demander de plus, et personne pour les chasser dans l'air.

Lorsque Paul Maleval rouvre sa porte, trois semaines après être tombé à nouveau dans la rue, il se couvre immédiatement la bouche. Il jette tout ce qui pourrit sur la table et allume sept bâtons d'encens.

Les infirmières de la clinique à l'angle d'Union Square ont fait un travail extraordinaire, alors que l'arrêt cardiaque durait depuis sept minutes trente, elles se sont démenées, agilité souplesse, efficacité des intraveineuses et des ponctions : elles sont parvenues à ramener l'animal à la vie.

Le cœur de Paul est reparti, on a dû passer son corps entier par les électrochocs mais la pompe s'est relancée. Diastole, systole, diastole, systole.

— Vous commencez à comprendre ?

— Non, dit Paul.

— Je vous explique à nouveau, dit le médecin en chef de l'unité de cardiologie.

— OK, dit Paul, la peau livide, le regard amusé.

Il entend bien ce que dit ce médecin. C'est pas compliqué : le médecin précédent disait exactement la même chose. Il l'entend mais il n'y croit pas. Ce serait trop facile. Ce qui se passe exactement, Paul ne le sait toujours pas, mais il commence à se faire une idée plus précise. Paul pense que son cœur ne s'arrête pas seul. Il se charge tellement de vies et de mondes qu'il finit par exploser. C'est ainsi, il n'y peut rien, personne n'y peut rien. Son corps accompagne les mondes vers la sortie. Les époques ont besoin de passeurs, que ce soit pour naître ou pour disparaître, elles nécessitent quelqu'un qui leur tienne la main. Mais peut-il vraiment expliquer cela au médecin ? Aujourd'hui, Paul ne trouve plus ça tellement délirant mais cet homme qui se tient droit là dans la lumière métallique ne sera sans doute pas du même avis.

— … la diastole se fait, poursuit le médecin, mais lorsque le sang repart dans les veines vers les organes, il ne repart pas assez vite, et c'est alors que…

S'il ne s'agissait que d'une faille technique, il le saurait. Non, il y a autre chose, mais quoi.

— Vous comprenez ?

— Oui oui.

On nage en pleine folie, qu'on finit par appeler ma vie.

Le médecin continue à parler, Paul ne l'entend plus.

Phénix

Paul sent – avec une netteté presque effrayante, comme un focus qu'on ferait sur les choses avec une puissance tout à coup démesurée – que chaque jour qui passe lui ôte une couche de peau et le laisse toujours plus nu, offert, à vif. C'est précisément le contraire qui devrait se passer ; les humains en vieillissant accumulent sur eux des strates de vie, qui prennent la forme d'entailles, d'apprentissages, de désillusions, ou tout simplement de corne, en tous les cas leur peau se durcit, ils enflent, ils se calcifient ; et on appelle habituellement cela la maturité. Paul a vu le processus à l'œuvre chez tous ses amis, chez ses parents, sur les passants. (Ici, à New York, c'est un peu différent, mais tout est différent ici.) Dans son corps à lui le chemin est inverse, il se sent toujours plus jeune, toujours plus naïf, plus innocent, il en sait chaque jour moins que le précédent. C'est insensé. Et chaque crise – qu'il commence à appeler mort – amplifie et accélère le processus : il en ressort entièrement lavé, neuf, il est un enfant à nouveau, il a tout oublié, il a soif, il goûte et vit pour la première fois.

Paul commence à les appeler morts parce qu'il sait que ce ne sont pas de simples accidents, crochets ou dérapages sur le chemin. C'est la troisième fois déjà qu'il part et qu'il revient, s'il compte sa naissance, dont il ne se souvient guère mais qu'on lui a tant racontée. Il faudrait, pour être juste, rajouter à cela les pertes, les failles et les renaissances quotidiennes, tout prend pour lui ce pli de la mort et du retour, chaque jour, chaque rue qu'il emprunte, chaque minute qui passe est ainsi pour lui ; son corps s'échappe, avant de revenir sous une forme nouvelle, lavé de ses scories et prêt à repartir.

Il s'est penché sur la question, il connaît les symboles, les mythes, scarabée, phénix, afterlife, mais aucun ne le convainc. À ces légendes s'oppose son corps bien réel. Il n'y a aucune explication sensée au fait qu'il se sente chaque jour plus frais, curieux, élancé, quand son corps montre, en toute logique, des signes inverses, des dysfonctionnements qui s'aggravent malgré son jeune âge.

Deux flux contraires le portent : il se sent léger et lesté d'un poids. Tout cela est bien étrange, mais il n'a pas de temps à perdre car il y a :

Marta
et son long cou
penché au-dessus
des tables

Joan
Méconnaissable aujourd'hui
dans sa fourrure Vénus

Judy,
partout,

il suffit de tendre la main, cette ville est un orchestre à mille cordes, les corps sont ardents et offerts, tu vas au Max's Kansas City, tu t'assois sur une banquette, tu observes, lèves la main, commandes, tu avises une blonde androgyne, une drag-queen, tu t'approches, tu parles debout, tu t'assois finalement, une main sur la table, le numéro habituel, elle s'amuse, on parle de la dernière fête, du concert des New York Dolls, t'as vu le Mercer Arts s'est écroulé, normal, c'était une ruine, ils ont fini leur concert et le lendemain bing, fini, à terre, et là tu la regardes, ton verre est presque vide, elle a des mèches auburn, emmêlés dans la bouche, qui te font penser à la fille du Nord de Bob Dylan, tu la regardes et tu lui demandes : t'as le chauffage chez toi ? Elle sourit. Elle dit oui. Tu prends sa main.

Paul aime la texture des peaux, aériennes, chaudes, mais la surface ne le demeure qu'un instant : il plonge instantanément dedans et tombe amoureux presque chaque fois. Une longue chevelure le bouleverse (coupés ras aussi, peut-être plus encore), une main posée sur une poignée de porte, des pieds menus qui s'entortillent autour d'un escalier en fer, de longs cils recourbés, une fossette placée en retrait de la bouche, un mot qu'il n'avait pas vu venir, une vision neuve et tranchante, une histoire dans laquelle Joan se lance, au matin sur un trottoir, et qui l'embarque, alors il part avec elle et s'expose comme toujours au risque de ne pas revenir, Paul sa vie est sur la sellette, il sait que sa main quiconque peut l'enlever à tout moment – il y a aussi, bien sûr, le risque d'un cou si long qu'il s'y jetterait aussitôt, il y a le risque d'un rire, ah les rires, il les connaît tous, certains lui déplaisent et alors l'histoire s'achève avant d'avoir commencé, mais quand les rires lui plaisent, à pic, sautillement d'enfant, une mélancolie qui voudrait traverser la plaine à cheval pour rentrer chez elle, alors tout s'ouvre. Il connaît des rires les moindres variations, il en saisit les tremblements et le désir de vivre, il sait le sourire qui jamais ne déborde, les dents offertes aux choses, la langue qui ponctue l'éclat, piquée comme une rose, tendue vers demain, il prend tout, la fêlure et le venin, le barrage, le torrent. L'humour le renverse, la douceur le saisit, l'ardeur le submerge, la puissance d'une femme d'un homme d'un travesti l'envahit.

Car il y a les corps. Il n'a jamais pensé que c'était un détail, une simple enveloppe superficielle offerte aux vaniteux et aux pervers. De la même manière qu'il a appris à écouter, il a appris à voir et c'est une pratique sans fin ; tout est là, dans chaque mouvement, chaque détail, en regardant de près on voit la blessure, la volonté, la cupidité, sur un front baissé ou une main qui s'élève on peut saisir le fond d'un être plus sûrement qu'en lisant ses écrits ou en écoutant son bavardage. Paul développe l'œil acéré mais garde son pendant délicat, le regard est bienveillant qu'il porte sur les êtres et les choses, il a l'amitié facile et le cœur bondissant.

Il s'éprend de Betty, ses longues jambes et son appétit de vivre, il convole avec Jenny, qui aime autant le reggae naissant que les fuites himalayennes des épigones de Ravi Shankar, il a aperçu Kirsten dans la salle mais alors le pas de danse furieux de Nicole le renverse et il part avec elle, laissant Betty, Amy et Carlos en plan, qui ne s'en offusquent pas.

Son hétérosexualité n'est pas une doctrine, il se laisse facilement séduire par la position d'un passant, accoudé à un poteau électrique, le bras nu, le jean tendu comme une peau de bête. Les angles de cette peau élastique le ravissent, et s'il ne répond finalement pas aux plaisirs sous-tendus dans cette attitude, c'est davantage par habitude que par goût. Les rares fois où il s'est retrouvé emmêlé à un épiderme d'homme, les sensations n'ont pas été à la hauteur de celles qu'il a pu éprouver au contact de peaux de femmes ; c'est ainsi, il ne le déplore ni ne souhaite véritablement le contraire, et il en reste là pour l'instant.

Elle

Paul attendait tout sauf cela ; il pensait vertige, folie, perdre pied dans mille corps enchâssés, et alors elle a franchi la porte et tout a disparu.

Elle.

Elle qui ne porte pas de nom. Elle partout et nulle part, elle sur les murs dans les rues sous les toits, elle sur la scène et dans ses bras.

New York 1976, Eva entre en piste. Elle n'est ni la première, ni la dixième ni la dernière, mais c'est la reine. Elle entre dans une pièce et la pièce en est changée. Elle est le centre de rotation, la toupie, elle danse et on en oublie sa propre existence.

Elle a fait un pas dans cette petite salle du Lower East Side, devant Paul elle virevolte et n'a besoin de rien, ni de nom ni de passeport, elle a un corps comme seul viatique dans le monde et seul vêtement.

Elle est de taille moyenne, elle rebondit sur ses baskets blanches striées de languettes rouges, elle est rock élégante à chaque pas, elle danse dans son jean noir serré, ses épaules ondulent.

Paul comprend immédiatement que c'est elle. C'est absurde et c'est ainsi.

Ils dansent sur cette piste le premier soir, son œil se plante en lui et il part chez elle. Le lendemain matin, le premier sur lequel ils lèvent ensemble les yeux, elle dépose, avant de partir, un jeu de clefs dans sa main, comme ça tu reviens quand tu veux.

Eva Ríos est de sang-mêlé, indienne américaine, brésilienne, mexicaine et espagnole, maillage de gènes et de cultures à peu près indémêlable. Essayons tout de même : son père, originaire d'Amazonie septentrionale, était arrivé à Buenos Aires en 1946, dont il repart pour aller vivre au Mexique. Là, il rencontre Soledad, fille d'un Espagnol exilé et d'une Native américaine, atterrie là par hasard et qui était restée. On l'appellera Eva, lança Soledad devant son enfant né dans la clinique de la Condesa à Mexico DF. Eva, longs cheveux jusqu'au sol et peau *dulce de leche*, grandit en Espagne, puis en Chine, avant de partir pour New York, au gré des affectations de sa mère, employée de l'administration espagnole.

Eva est tour à tour indigène, blanche, noire, *mulata* ou métisse, selon les pays et les yeux qui se posent sur elle, trop blanche pour vous et trop noire pour eux.

Son visage rond, ses yeux fusils, son corps d'ardoise et de silex, vacarmes et silence, son corps en pluie et en tuiles, son corps est une bombe à retardement, une vitesse-lumière, il va trop vite pour tout le monde.

À seize ans elle couche avec un marin de Gibraltar rencontré dans un bar de Grenade, à dix-sept ans elle apprend dans les livres et dans les îles qu'il n'y a pas de paradis et que la mort est la seule vérité tangible, en 1970, à dix-huit ans, elle travaille pour un couturier génial et pervers, qu'elle envoie au tapis un soir après un glissement de main qu'il pensait audacieux, à dix-neuf ans elle déménage à Shanghai où les rubans d'autoroute emmêlés la réveillent, à vingt ans elle devient danseuse de ballet à Mexico DF qu'elle quitte trois mois plus tard dans un claquement de porte, à vingt et un ans elle monte à bord d'une bagnole direction Panamá, traverse le Guatemala, le Costa Rica et le Honduras, en sort vivante, remplie de visions à ras bord, en 1974, à vingt-deux ans, elle est de retour à New York, heureuse de replonger dans cet enfer où elle nage comme une algue, se nourrissant de graffitis et des rythmes fous qui entrent comme ils peuvent dans cet espace ouvert à tous les vents. Eva prend tout ce qui entraîne, les cithares indiennes et les sillons des berges du Congo, et surtout ce qui ne porte pas d'étiquette et vibre quelque part sur un terrain vague, dans les jambes d'un gosse ou les rires d'une gitane.

Eva grandit dans des arrière-salles moites, des bars aux longs comptoirs étroits et des appartements enfumés, elle défait tout ce qui en elle la rapprocherait de la classe moyenne supérieure, à laquelle aspiraient ses parents et qu'ils atteindront finalement.

Eva accueille éruptions et désirs, creux abyssaux aussi qui l'aspirent, elle rencontre Tal, un Suédois espion et menuisier, Maggie une longue tige déchirante, elle les embrasse, couche avec eux mais tourne déjà à l'angle – Eva Ríos a vingt-cinq ans, elle vit à côté de Columbia, étudie l'art moderne et bosse comme serveuse dans un bar de mauvaise vie, on est en juin 1976, le 15 exactement, quand elle entre dans cette salle de la 11e Rue. Un groupe se démène sur scène et Eva s'approche, commence à onduler, di da blam, ba dou laam, et Paul ne regarde plus qu'elle, il se fout bien de la troupe sur scène, il l'a vue, on sent ces choses-là à dix mètres, il sait déjà qu'il fonce droit dans le mur et il y va gaiement.

Ils dansent. Ils s'enroulent autour l'un de l'autre. Le lendemain ils emménagent ensemble. Au mur leurs idoles et leurs rêves. Des visages poupins, rock stars échevelées et actrices reines.

Dix années passent en un tour de reins, nous voilà en 1986, Eva et Paul vivent à Paris avec leur fille Chiara. Ils se réinventent une nouvelle fois. Une grâce singulière règne alors sur Paris, quelque part entre l'innocence retrouvée et une arrogante légèreté. C'est en tout cas en ces termes incertains que Paul perçoit les mouvements qui traversent la ville où il est revenu vivre. Et les voilà, ici, rue du Faubourg-Montmartre, ce soir, ils dansent comme toujours tous les trois.

Paul a glissé sa compil imparable dans le lecteur de cassettes, où sont rassemblés tous les hits des dernières années, de la salsa bon marché et des synthés dégoulinants, ils lancent ça parfois le soir et ils font des tours dans l'appartement du cinquième étage, et les voisins d'en bas les engueulent, et ils s'en foutent, les fenêtres grandes ouvertes ils tournent, et Chiara se dit quelle famille de fous, le soleil entre oblique dans les cheveux d'Eva, qu'elle porte à nouveau longs depuis qu'ils sont ici. Quand la cassette arrive au bout on la rembobine et on relance la machine.

Mais comme Eva nous allons trop vite, revenons à New York, en 1976. Quelques nuits après leur rencontre, Eva virevolte sur la piste. Paul la regarde.

Toupie grenat dans robe fuseau, les formes ondoient.

Elle tient un verre dans une main pendant que l'autre s'élève vers le plafond.

Eva danse et Paul la regarde.

Un creux dans la poitrine

Dix-huit mois avant la fuite européenne de Paul, Chiara et Léo, il y avait eu une autre voiture et une respiration autrement plus entrecoupée.

Paul fait rugir le moteur de sa Citroën pourtant fatigué dans les rues du 10e arrondissement de Paris. Il grille un feu rouge, un deuxième, une boule lui crame l'intérieur, il hurle, insulte le conducteur qui maraude en pleine voie et pleine nuit, double, pique à cent dix sur l'avenue, pile à sec devant le 15 rue d'Hauteville. Il fout les warnings et avale quatre à quatre l'escalier, tape comme un fou à la porte du troisième. Allez putain Léo réponds – il écrase ses poings sur la porte et s'y jette à coups de reins. On entend des pas lourds s'élever dans la cage d'escalier. Les pompiers sont devant la porte déjà, qu'ils enfoncent. Il est où bordel. On se rue dans les pièces. Léo est allongé dans son lit, les pieds enroulés dans la couette. Paul le prend dans ses bras. Les pompiers l'écartent. Pas de pouls OK on intube. On le pose délicatement sur le parquet, deux types se lancent dans la réanimation, un deux, un deux, un deux trois. Rien. On réessaie. Il y a quelque chose, crie l'un, on le tient. Un souffle visiblement allez allez. Les deux types continuent à pomper en disant un deux, un deux, etc. Rien. On pose le corps sur le brancard, l'aluminium doré dessus et on débaroule l'escalier.

Léo avait avalé un tiers de la boîte de Lexomil. Il les avait toujours aimés, ces petits comprimés divisés en quatre quarts, il n'en prenait pas beaucoup, seulement quand il ne pouvait pas dormir le soir, ou quand l'angoisse lui ceinturait la poitrine, mais il disait qu'avec un quart il reprenait vie, que les choses s'ouvraient à nouveau, l'étau se desserrait enfin. Ces Lexo c'était le bonheur, ils lui soufflaient comme une brise au cœur, une embellie dans la poitrine, comme lorsque le vent cingle fort dans la plaine et que vous vous tenez au milieu, léger, heureux. Mais cette nuit-là de novembre 2019, ne voyant aucune éclaircie dans le noir poisseux, agité et oppressé de toutes parts, Léo avait mangé un, deux, puis trois comprimés, entiers, et puis davantage encore jusqu'à perdre connaissance. Au début, une grisante ivresse l'avait pris, il se sentait bien, il se sentait mieux, puis c'était reparti en sens inverse, les vagues étaient revenues et tout à coup elles le submergèrent, la nuit était pleine et appuyait sur lui comme une enclume, autour de son corps rabougri comme une noix Paris se déployait, poulpe aux milles tentacules qui chacun le lacérait, le monde entier se collait à sa poitrine. Il savait qu'avec un Lexomil en plus, peut-être deux, tout cela disparaîtrait. Il les plaça sur sa langue, avala la moitié de la bouteille d'eau, s'allongea dans son lit deux places. Anna était partie à la campagne pour quelques jours. Léo lutta un moment encore avec le drap, passant son temps à enfiler un pied dessus, un pied dessous, ah et merde ! Le sommeil le foudroya soudain. Il tomba longtemps, dépassant de vastes purgatoires, des étendues de sable, puis de roches, puis de sable à nouveau. Lorsqu'il atteignit finalement le sol, l'ensemble de sa machine cessa de fonctionner. La plaine était si vaste qu'il ne fit pas le moindre bruit en s'y effondrant.

L'étendue se fit alors montagne, gouffre, étreinte sale et brûlante. La chute dura des heures. Il sentit quantité de textures détestables, toujours plus visqueuses, se coller à lui. Le grand huit se stabilisa finalement et Léo retomba dans l'herbe. Lorsqu'il ouvrit les yeux, il vit sa sœur et son père, ses mains dans les leurs. Paul par chance était à Paris et lorsque Léo l'avait appelé au milieu de la nuit en répétant des choses incompréhensibles il avait tout de suite senti le danger et couru vers son fils.

Léo se rétablit, son organisme avait souffert de la chute mais rien dont on ne puisse se remettre. Il essaya de reprendre goût aux choses. Une psychiatre l'accompagna dans ce champ teinté de couleurs artificiellement boostées par des cachets bleus avalés à intervalles réguliers. Ça va aller, répétait-elle, ce n'est qu'un mauvais moment à passer. Sa chérie, son père, sa sœur, ses amis, on se relaie à son chevet, mine de rien, comme si ce n'était pas un lit de convalescent, le ton badin, tout est parfaitement normal, tu veux une pomme, une bière, des chips ?

Mais il y a un creux dans sa poitrine et il le sent tout le jour.

Rien, rien de ce qu'il pourra bien y jeter ne comblera jamais le trou, il le sait.

C'est des conneries, Léo, calme-toi, juste une mauvaise passe, ça va aller.

Rien ne comblera ce trou dans sa poitrine. On fera semblant, bien sûr, on essaiera, on y jettera des pelletées, d'ivresse, d'amour, d'amitié, rien n'y fera.

Aujourd'hui, un an et demi plus tard, le 22 mars 2021, Léo est assis à l'arrière d'une voiture qui roule vers l'est. Ça plutôt qu'autre chose. Il regarde une vidéo du glacier Perito Moreno qui s'effondre avec fracas sur Instagram. Son père et sa sœur sont à l'avant. Des choses l'attendent à Paris, un travail, une femme, des enfants qu'il n'aura pas. Il s'est fait séquestrer dans un moment d'inattention et il roule vers nulle part à l'arrière d'une voiture japonaise.

— Je peux allumer une cigarette au moins ?

— Oui bien sûr. Ouvre la fenêtre quand même.

— Florence, deux cent vingt-huit kilomètres.

Rien n'y fera, même les milliers de bornes, même un nouvel amour, plus neuf, plus brillant. On essaiera quand même. On essaiera.

Le bruit des jours

Mais que se passe-t-il vraiment dans le corps de Paul, pourquoi ce tourbillon et ce trouble, pourquoi cette vie enfin dedans lorsque dans l'air un son s'élève, quel qu'il soit, sifflement, tempête, cris de goélands ou de mouettes ? Lorsque les délicats petits pas de Satie dans la neige lui parlent d'un monde qui se brise sur les tranchées de Verdun, Paul comprend pourquoi apparaissent ces notes-ci, sur cette portée, à ce moment précis. L'histoire s'écrit là, dans ces harmonies choisies, qui toutes, dans leurs ruptures et leurs beautés, disent nos failles, nos grandeurs, nos absurdes sillons tracés entre les jours ; si ces musiques jaillissent ici et maintenant, c'est qu'il y a une raison précise et Paul la pressent à défaut de toujours pouvoir la dire. On pense écouter des bluettes ou des symphonies mais non, on écoute le temps plié en boule là-dedans, la grandeur et le sang, les hurlements d'une bête qu'on saigne et qui meurt, et qu'on appellera, par convention, XXe siècle.

à Mademoiselle JEANNE de BRET

1ère GYMNOPÉDIE

Aujourd'hui, par exemple, Paul est allongé sur le sol de son appartement new-yorkais, le parquet aux longues lattes est froid sous ses jambes dénudées. Dans les deux baffles qui encadrent le salon, les tubes des dernières années s'enchaînent et tout fait sens, la rage ici et l'oubli là, les guerres avortées et la démocratie fatiguée, la violence et les rêves, tout cela se meut entre les accords, les harmoniques, et pas besoin de textes pour cela (la plupart, d'une parfaite inanité, sont surtout là pour détourner l'attention des vrais enjeux, dissimulés sous la portée). Et tout se chevauche et se mélange dans sa playlist, les années et les planètes, et chaque fois Paul a l'impression de sentir ce qui s'y joue, les failles d'un monde, les élans d'un autre, les tentatives déçues qui finissent en mineur, les vivants et les morts. Tout est là, caché mais vivace, il suffit de tendre l'oreille. (Et parfois, bien sûr, on n'entend rien du tout.)

Cela il le comprend pendant ces jours de mars 1977, où, tout occupé à quadriller New York sur son plan aux coins froissés pour le bien d'une compagnie de disques qu'il déteste chaque jour davantage, il sent que quelque chose de décisif se déroule là, entre les cercles tracés en rouge. Depuis le premier choc pétrolier de 1973, tout le monde comprend que les plaques tectoniques se meuvent sous les pieds, et qu'un système est sur le point d'en remplacer un autre ; et que ce frottement se joue précisément ici, à New York City, vestige ancien et éternel nouveau navire.

Paul s'assoit ce jour-là à la table de son salon, il se sert un earl grey bouillant, observe à nouveau la carte. Il a tracé des cercles, des couleurs, des tentatives malhabiles de descriptions. Ce qui se joue au milieu de tout cela, ce sont d'infinies bascules de mondes, qu'on ne fait que deviner à l'oreille. Lorsqu'on écrit finalement (comme il l'a fait) *hip-hop* là-haut, *disco* en bas, *punk-rock* sur le côté est de Manhattan (il vient juste de lire ce terme dans un papier de son pote Casey), on ne dit rien du bruit des plaques tectoniques qui s'entrechoquent, des pans de civilisation contenus dans quelques pauvres riffs de guitare.

On ne dit rien, on manque l'essentiel. Et pourtant Paul perçoit, ce jour-là, l'extraordinaire de la situation. Devant ses yeux, des populations sortent de terre et disent : nous voulons exister. Dans le même temps, des arrière-mondes viennent retrouver les profondeurs molles et humides de la terre, dont ils s'étaient un instant échappés et qu'ils rejoignent en protestant, mais d'une voix si faible déjà qu'on ne la perçoit plus, là-bas, au loin. Leur temps est achevé. Et ce sont des navires entiers, des traîneaux sans fin de valeurs et de représentations, de codes politiques et sociaux, d'intimité, de visions qu'ils emportent avec eux dans leur tombe, immenses caveaux collectifs où gisent déjà tant d'autres univers disparus que l'on serait bien en peine de les distinguer du fond.

Car Paul entend tout – c'est sa vie –, du grand au petit, du crissement à la plainte, du ticket de bus que l'on poinçonne à la scie sauteuse qui tranche. S'il veut du calme il pose un casque de chantier sur son crâne, ceux qui, rouge et noir, vous broient les tempes mais éteignent entièrement le bruit du monde, pour un temps, merveille des sous-sols d'où rien ne filtre, Paul ferme les yeux et se laisse entraîner dans l'ivresse du rien – mais déjà ça recommence, il ôte le casque et la valse reprend, carnaval, fusées, sirènes cris phrases tant de phrases orgasmes rires absences – le pire, pense-t-il à sa fenêtre, le pire ce n'est pas d'entendre, ni de visualiser les sons, le pire c'est de n'en pouvoir oublier aucun. Il se souvient de tous, de chaque pavé qu'il a fait claquer sous ses pieds, du bruit de la boue dans laquelle il était tombé enfant, de ce lac glacé en été, du schploc de son plongeon, les tuiles qui craquaient de chaleur sur ce toit de Madrid, un soir de septembre où il s'était senti plus libre que jamais, le camion-poubelle des rues de Paris, le murmure des bars qui s'élève de la place Navona à Rome, la voix de son frère dans son oreille, les rires des gosses dans les rues en pente, à Lyon, les bruits partout, tout le temps.

*

Tout s'est accéléré dans le rythme des pas de Paul sur la terre. Il est devenu un producteur de premier rang, son oreille et son sens du rythme font merveille. Il sent quelque chose que personne d'autre ne parvient à déceler. Comment dire ? lance Vivian à ses collègues. Il sent la mesure. Chaque groupe ou chaque artiste a sa justesse, qui n'est qu'à lui et ne fonctionnera pas pour un autre, et Paul la sent. Pour un producteur, dit Bill Biasio, le chef du département, c'est un peu le minimum, non ? Ça va au-delà, reprend Vivian. Il sent le temps, dit-elle en percevant le schploc que fait sa phrase en tombant par terre. Des yeux rieurs se tournent vers elle. Peu importe, vous verrez bien.

Alors on a donné un studio à Paul Maleval.

Il s'y enferme une grande partie du jour, passant d'un groupe funky californien à du folk country joué par des femmes du Midwest en cuir et bandelettes, pour finir par un quartet cubain classique.

Paul commence aussi à s'intéresser plus sérieusement à la musique contemporaine, en particulier répétitive. Quelques mois plus tôt, il a assisté au concert le plus étrange de son existence. Le type s'appelait Philip Glass, un long oiseau aux plumes en pétard, le regard au loin, plus new-yorkais tu meurs, qui avait martelé deux notes pendant une heure et demie sur son clavier. Paul avait adoré.

Il lui a écrit, et un mois plus tard le même Philip Glass s'est pointé au studio avec tout un orchestre pour enregistrer des nappes aussi infinitésimales que décisives, disait-il, pour achever une œuvre qui ne porterait pas de nom. Paul s'est échiné une semaine sur cette masse indistincte pour en extraire le son juste, la modeler et trouver la fréquence qui satisferait le musicien. Lequel n'a pas prononcé le moindre mot, lorsqu'il est reparti, mais son silence fit office d'approbation.

Jeudi 26 septembre, Paul Maleval est assis dans sa cabine de mixage, il attend un groupe de soul dont il a oublié le nom. Il est 10 h 15, toujours personne. Paul pose ses deux pieds sur le coin de la console, il détaille le plafond composé des éternelles mêmes dalles piquetées de trous. Alors qu'il passe une jambe au-dessus de l'autre, la droite étant sur le point de s'ankyloser, sa chaussure dérape et appuie sur un des faders, ces boutons de commande. Pttiiii ! Un son perçant s'élève. Paul se redresse et baisse le volume, mais le bruit persiste dans l'air, comme un acouphène rieur.

Paul se lève. Il y a là un truc. Il passe dans la salle d'enregistrement, saisit la guitare posée contre le mur, place une suite d'accords. Il court de l'autre côté, attrape le ruban d'harmonies, les tord, les fond et les transforme en autre chose. Lorsque la pâte est suffisamment ardente, Paul repasse le sas et martèle cette fois-ci le clavier électronique, d'un *fa* scandé sans fin. Il détourne ensuite l'obsession, parsème le *fa* d'un bémol et d'une croche en guise de contrepoint, puis pousse la porte et capte la pluie composite et éparse, qu'il relance ailleurs grâce à l'ensemble de la table de mixage. Cet assemblage de boutons, de curseurs, de couleurs clignotantes et de niveaux cesse d'être un tableau abscons et froid pour devenir un sas d'accès à autre chose, une machine à rêves.

La sarabande se poursuit, volage et métallique, pluie d'été sous ses mains. Quelque chose dépasse Paul, il arrive enfin quelque part. Un pays sans adresse et un lieu à soi. Dans ce son – âpre, strident, atonal – qui flotte à la fin de sa danse solitaire, Paul entend son continent à venir.

Lorsque le groupe arrive enfin, avec une heure et demie de retard – on a fait la bringue hier soir désolés – ils trouvent Paul hors d'haleine, les mains ouvertes, en prise avec une matière aérienne et impalpable. Il ne se tourne pas vers eux. Quelque chose flotte dans l'air. Encore un taré, pense la chanteuse, en poussant la porte insonorisée. On s'installe, on se chauffe la voix, puis devant le silence du producteur français, un des choristes repasse de l'autre côté pour lui dire bon, on s'y met ? Alors Paul lève les yeux avec une lenteur infinie vers ce type, qui pourrait être un mur de briques, ce serait pareil, et articule avec précision, les yeux au loin : cassez-vous. Cassez-vous les gars.

Paul sort du studio une heure plus tard, un disque sous le bras. Glissé sous les fines rainures, le son qu'il a façonné. Il ne sait pas ce qu'il en fera, mais il le garde bien serré sous sa veste et se jette dans la foule.

Quelques jours plus tard, Paul dit à Vivian qu'il part. Je suis désolé, mais tes groupes m'épuisent, et j'ai des choses à faire. T'as des choses à faire, répète Vivian. Comme quoi ? Paul lui sourit et l'enlace. J'ai un monde à tailler.

Fantômes

Au début ce ne sont que des brindilles, de fluettes silhouettes entraperçues et vite oubliées. Paul les distingue à peine au milieu du flux. Puis les formes se rapprochent, les contours se précisent, et alors Paul se fige. Lorsqu'on voit son premier fantôme, ça peut se comprendre. Il prend la forme, ce soir d'octobre aussi gris qu'un autre, d'une vieille dame à chapeau comme on les portait au début du siècle. Elle semble s'être égarée, avoir perdu son chemin. Elle marche à l'aveugle, comme si elle se surimprimait au papier du réel. Dans Manhattan fendu par des pluies comme des lames, Paul fait un pas en arrière. Il observe la chose poreuse et opaque. La dame commence à crier. Paul se bouche les oreilles. Elle l'a vu. Elle le dévisage. Paul court sur le côté et disparaît dans une ruelle avant qu'elle ait pu l'attraper.

Dès lors, Paul voit surgir de plus en plus souvent des égarés et des errants. Il les reconnaît sans faute. Ils ne marchent pas sur le même plan. Ils ne sont pas d'ici. Une fois qu'on le sait on ne voit plus qu'eux. Paul semble coincé entre deux niveaux d'existence, deux couches, plus entièrement ici et pas complètement là.

Sa vie tout entière est en train de devenir une masse poreuse traversée de courants et de mers. Tout s'y mêle sans cesse, passé et futur, présent inconditionnel. Les temps en lui ne se différencient pas comme chez ses congénères, il le sent bien. Il passe trop facilement de l'un à l'autre, sans y penser, ni même le chercher. Le futur et le passé ne cessent de refluer en lui, et pourtant, ce présent sans attaches où il finit toujours par revenir jaillit tout à coup beaucoup trop fort, ce n'est pas normal de partir si loin et d'être ensuite tellement là. Paul a parfois la sensation d'être une éponge trouée de micro-points dans lesquels s'infiltrent constamment les mondes, les morts, les vivants. Que lui est-il vraiment arrivé, il y a dix ans, sur ce ferry, en tombant ? A-t-il franchi une porte qui aurait dû rester fermée ?

Et puis – et cela commence à devenir gênant – Paul meurt de plus en plus souvent. Ce sont des morts légères, de celles qui passent inaperçues, qu'on ne remarque guère. Il est peut-être d'ailleurs exagéré de parler de morts, ce serait plutôt des décrochages, de brèves sorties de route vite négociées, des temps ratés sur la mesure ; mais tout de même, le cœur de Paul s'arrête. La dernière fois c'était tout à fait fugace, à peine un petit hoquet. Ça s'est passé chez lui, dans son appartement qu'il ne décore toujours pas, murs nus parquet et lui dessus, il est allongé dans son canapé, et alors douleur aiguë dans la poitrine l'instant se suspend, tout est en l'air, et puis hop le battement reprend, à peine le temps d'avoir eu peur c'est reparti. Paul fait comme son cœur : il se relève d'un bond et reprend sa course. Comme s'il devait tenir la note pour ne plus défaillir.

L'apparition des spectres s'accélérant, Paul décide de s'enquérir d'un passeur, d'un gardien des mondes ou Dieu sait comment s'appelle cet étrange office, car quelque chose ne tourne pas rond dans cette histoire. Mais comment déniche-t-on un chamane ? Y a-t-il un annuaire, des rues spéciales consacrées à ce négoce ? Se passe-t-on les noms de bouche en bouche, de petites annonces en radios ? Paul commence à chercher.

Dans la ville-monde on trouve décidément de tout : voilà Paul assis devant un homme tassé par les années, les yeux à demi clos, de larges sillons au front.

— Oui, monsieur ?

— Je suis venu parce que je meurs trop souvent.

— Très bien. Votre cœur s'arrête ?

— C'est ça. Et repart.

— Pas de dommages ?

— Aucun. Au contraire, je vais de mieux en mieux. En revanche, je vois des fantômes.

— Très bien, dit le petit arbre rabougri. Nous allons pratiquer l'exorcisme classique alors. Vous devez être chargé de morts, cher monsieur. Ils vous rappellent à eux régulièrement. Nous allons vous les enlever.

— Et comment ?

— Fermez les yeux.

Une décoction orties, sureau rouge, champignons et insectes en décomposition plus tard, Paul émerge d'un songe trouble. Plongé dans des vapeurs abjectes, il se lève de son fauteuil.

— Vous allez vomir régulièrement pendant plusieurs heures. Il n'y a pas d'autres manières d'expulser le mal.

— Formidable, dit Paul en s'élançant vers la porte.

— Monsieur, vous oubliez quelque chose.
— Quoi ? demande Paul, la main sur la bouche.
— Ce sera 170 dollars.

Après avoir vidé ses tripes pendant une journée, Paul ne se sent guère mieux. Alors il passe à autre chose, plus de temps pour la sorcellerie. Les fantômes, on verra plus tard, pense-t-il en descendant la 14e Rue – Eva la bien réelle l'attend.

Le colosse

— Et alors, tu l'as vu ?

— Qui ? demande Paul, alors qu'il sait très bien.

— Monk, dit son père de l'autre côté du combiné transatlantique.

— Pas encore, papa, j'ai été bien occupé.

— Occupé à d'autres choses que Monk ! dit Antoine Maleval en riant. Je te rappelle que tu collectionnais ses photos dans *Jazz magazine*. T'en avais presque autant que de Bird.

— Presque. Je l'ai pas vu à l'affiche mais je vais creuser, t'as raison, il doit pas être très loin.

Paul repose lentement le combiné, dans cette cabine à quelques encablures de la fac de Columbia. Il repousse toujours ce moment où les voix s'éteignent. Il se sent fort lorsqu'il marche dans les rues de la ville, il se sent fébrile lorsque les voix, au détour d'un miracle technologique, réapparaissent. Sa mère, ses mains délicates, ses bras dans lesquels il se lovait. Son père, son rire puissant, ses regards droits. Son frère, sa boussole. Alors il craint les cabines téléphoniques et leurs sortilèges, il les guette aussi car il sait les puissances qu'elles recèlent, les éclats de voix tout à coup qui l'emplissent de sève et de joie. Il tourne autour des boîtes noires transparentes.

Il décroche parfois le combiné, écoute le bruit étale, lourd comme une sirène, qui longtemps plane dans son oreille, avant de se diffracter en soubresauts, ricochets métalliques qui invariablement l'entraînent vers le silence des ondes. Il raccroche alors et replonge dans la ruche.

Paul retourne dans les rues de Harlem, puis de Greenwich Village, qu'il avait délaissées ces derniers temps pour de plus ardentes. Le jazz, qu'il a tant aimé enfant, semble végéter dans de confortables limbes, il se repose sur ses lauriers après avoir beaucoup donné, comme un citron bien exprimé trouve sa place dans un coin de l'assiette de fruits. Charlie Parker est mort depuis bien longtemps, Armstrong vivote dans son quartier de Queens, Coltrane a disparu en 1967, et si Miles Davis et Ornette Coleman continuent à souffler, quelque chose est passé.

Paul s'attarde malgré tout dans les caves où des cuivres résonnent toujours, en ressortant à l'aube tout auréolé de fumée et de chorus. Mais pas de trace de Thelonious Monk, le colosse aux doigts d'orfèvre. Non, dit le gros Cubain à l'entrée de l'Apollo, pas aperçu le Monk depuis des mois. Pourtant on le voyait toujours traîner dans le secteur avant. La dernière fois, c'était au Carnegie Hall, je me souviens, dit une dame élégante à chapeau. Il avait été grandiose. Étonnant, comme toujours, un peu emprunté, mais bon. Depuis, plus rien. Le Monk ? Je l'ai tant aimé, dit le proprio d'un petit club à côté, dont l'enseigne grésille comme une mouche fatiguée. Plus de nouvelles. Il doit être mort, quelque part. Ça leur arrive à tous. C'est pas une profession qu'on choisit pour finir dans un pavillon familial, mais bon vous devez le savoir.

Moi je sais, dit une jeune femme aux cheveux courts et noirs, sa trompette en bandoulière. Je sais où il est, Thelonious. De l'autre côté du fleuve, à Weehawken, chez Pannonica. Paul sourit. Il voit déjà son père esquisser son fameux pas de danse dans le salon.

Le lendemain, Paul monte à bord du ferry qui s'élance des docks de Christopher Street, ruminant les effluves de viande fraîche, en lisière des abattoirs. Quelques mètres plus haut, de jeunes hommes enrubannés de cuir en lacets tapinent sous le regard noir des marins et des bouchers dans leurs tabliers maculés de sang de bœuf. Paul se tourne vers l'autre rive de l'Hudson, qui baigne à cette heure dans des brumes violettes, et d'où émergent d'aigus croassements de mouettes – ou est-ce des ricanements, des piaulements ; quel bruit fait la mouette ? Quarante minutes plus tard, il pose un pied sur un tout autre monde. Les froids nuages se sont emparés des maisons à tourelles, des rues montent vers nulle part, on est loin de Babel. Paul s'élance, péquenaud mal équarri, vers le sud du rivage. Impossible de rater l'immense demeure de Pannonica de Koenigswarter. Riche héritière, fleur sauvage ornée de mille atours, Pannonica est une bienfaitrice bien connue de tous les musiciens et amateurs de jazz. L'oreille avertie et le portefeuille alerte, Nica est toujours disposée à aider ces éclopés magnifiques, ces camés virtuoses qui l'éblouissent. Elle y consacre son existence. C'est chez elle, alors qu'elle habitait encore dans Manhattan, à l'hôtel Stanhope à l'année, que Charlie Parker est venu expirer, un énième soir de déroute, exhalant son dernier souffle, non dans le cuivre de son saxophone, mais sur le doux canapé trois places, à la lueur des chandeliers. (Après cet épisode, elle a été priée d'abandonner l'hôtel.) Pannonica continue à hanter de sa silhouette précise et chatoyante les allées du jazz mais elle se réfugie désormais, une fois sa balade achevée, de l'autre côté du fleuve, dans ce château pièce montée à la porte duquel frappe présentement Paul Maleval.

Une domestique lui ouvre. On le fait entrer dans le vestibule. Après plusieurs allers-retours, la maîtresse des lieux, vêtue d'une crème chantilly à étages et d'une voilette vaporeuse, s'approche souriante de Paul en lui tendant une main gantée. Venez donc, cher monsieur. Allons boire le thé.

Alors qu'elle prend des nouvelles de la France, pays qu'elle *a-dore* et dont elle a pu admirer les *fantastiques pelouses* lors d'un récent voyage, elle passe, au milieu de la phrase et sans détour, à l'objet de votre visite, cher monsieur, je ne voudrais pas vous faire perdre votre temps. Je voudrais voir M. Monk, dit Paul d'une voix sûre, Thelonious Monk. Et pour quelle raison, si je puis me permettre ? demande Pannonica. Je suis producteur, je suis fou de musique, dit Paul en souriant, et je voudrais voir le maître. Malheureusement, le maître s'est absenté, dit Pannonica en changeant brusquement de ton.

Paul repart.

Mais Paul revient.

Il sent Pannonica friable, il sent qu'un mystère rôde autour de cette maison et autour du vieux colosse ; il va se charger de l'éclaircir.

Lorsqu'il apparaît pour la quatrième fois dans l'encadrement de la porte, Pannonica ne retient plus les mots pourtant bannis de son dictionnaire et envoie valser ce petit Français de mes deux, tout en sachant déjà qu'elle va finir par reconnaître sa victoire par obstination, qualité qu'elle n'accorde qu'aux personnes supérieures.

Elle est au bout du couloir, se retourne, l'air faussement embêté, et fait signe à Paul d'un geste de la main, allez venez, vous savez bien, ne faites pas de manières. Il la suit. Ils s'enroulent dans un escalier fer forgé et colimaçon vers les hauteurs. Paul en sort exténué et comme ailleurs. Pannonica, à peine décoiffée, poursuit sa route jusqu'au bout du couloir. Là, deux pièces. Elle se retourne. Alors voilà, dit-elle. Il est là. Je m'en veux terriblement de le déranger mais je vois que vous ne reculerez pas, alors. Vous entrez à pas feutrés. Vous ne le dérangez pas. Vous ne lui parlez pas. Dans quinze minutes je reviens vous chercher.

Paul pousse la porte avec infinie précaution. L'homme, épais, massif, se tient assis sur le canapé bleu-noir. Paul s'avance. Il s'assoit en face de lui. Il le regarde. Rien ou presque dans ses yeux. Paul fouille, cherche. Il se souvient de la première phrase de Pannonica. Il comprend à présent. Chapeau sur la tête, veston cintré. Thelonious s'est absenté.

— Hey, gordo ! À toi !

Monk avait lancé au bassiste un regard de fer ; on ne lui donne pas d'indication, non jamais, on ne lui dit pas ce qu'il faut faire.

On est en 1964, à la maison de l'ORTF, à Paris, et le trio qui accompagne Thelonious est dans une belle forme ce soir. Le pianiste est au sommet, tout le monde célèbre son génie, les labels se disputent ses enregistrements. Passé le temps de l'incompréhension face à la nouveauté parfois radicale de son style, oubliés les arrestations et les scandales, qu'il collectionne comme ses autres collègues jazzmen, Thelonious Monk règne.

Le concert file son train, délicate dérive sur des berges connues. Antoine Maleval, assis au seizième rang, voudrait ouvrir les yeux plus grands encore pour tout y faire entrer.

Quand tout à coup Monk s'interrompt. La cadence infernale file sans lui. Il fixe les touches. Il a perdu le fil. Puis lentement, brutalement et comme au hasard, il pose ses mains. Bam, plac. Il s'écrase comme un ours mal léché sur les blanches et les noires. Il décale le tempo. Il avale deux notes en une. Il pose expressément son index à la jointure du *fa* et du *sol* pour chercher l'au-delà, l'entre-deux ; ce qu'Antoine prendra d'abord pour une fausse note s'élève dans l'air moite. Monk est au-delà du faux et du juste, il cherche. Il galope comme au ralenti. Il rate des croches, glisse entre les pointées et les blanches, s'arrête, revient en arrière. On comprend alors, à son regard, à la vitesse inattendue et recouvrée de ses mains, que Monk n'avait pas du tout perdu le rythme et s'attelait à bien plus grand : le reconstruire. Pour cela, arrêt, départ, contretemps, accélération brusque ralentissement. Devant les yeux ébahis d'Antoine resté bien tard ce soir-là (comme il le racontera si souvent, et dès la semaine suivante, à son fils cadet), Monk s'attelle à sa tâche, celle qu'il s'est fixée lui-même et qui est la seule qui vaille à ses yeux ; remodeler le temps. S'il vient s'asseoir là ce soir et demain c'est bien pour cela, sinon l'affaire (concert, fatigue, clopes, dope, mondanités) ne présente pas grand intérêt. Thelonious le premier aurait bien d'autres choses à faire. Alors bien sûr il ne dira pas les grands mots, temps, forme, invention, mais il sait qu'il s'agit bien de cela. Il n'écoute pas la rythmique qui file son train, il l'a dans l'oreille, il voit de quelle manière il peut la renverser, la dupliquer, la fondre en autre chose. La nier serait absurde et contre-productif, autant nier qu'il existe une syntaxe. On doit la connaître avant d'entamer quoi que ce soit, comme l'avaient fait Rimbaud et les autres. Alors les mains épaisses de Thelonious s'écrasent sur le piano. Il fait diversion. Pour s'atteler à la tâche, il rend son corps lourd, infiniment, le transformant ainsi en lent bulldozer auquel rien ne résiste. Sa manière de rompre l'emphase possible et l'ambition folle ce sera cela, sembler toujours pataud, à contretemps, défait, alors qu'il nous offre, sans contrepartie, une nouvelle mesure.

Ce soir-là, comme les suivants, des plaques tectoniques sont déplacées, et Antoine Maleval l'a senti, on ne peut que sentir ces choses-là.

Monk rentre ensuite aux États-Unis, déployant sa force tranquille dans toutes les salles et tous les studios du pays. À sa drôle de vitesse de croisière, comme un doigt qui manquerait un claquement, un cœur un battement, une cadence médium augmenté. Un galop ralenti. Et ainsi il accomplit, Atlas indifférent, son grand œuvre.

Seize ans plus tard, c'est un corps inerte que Paul Maleval découvre dans cette chambre de Weehawken. La silhouette délibérément pataude, pour tromper son monde, s'est faite statue, cercueil. Que s'est-il passé ? Comment les hommes tombent-ils ? Une odeur lourde de sous-bois mêlée de sueur, d'abandon et de défaite règne dans cette chambre au mobilier réduit, aux murs nus, qu'on peine à croire contiguë à la débauche de luxe du reste de la demeure. À peine quelques cartes postales cornées épinglées au-dessus de la table. C'est lui qui voulait cette chambre et qui la voulait ainsi, dira Pannonica plus tard dans le salon.

Sur ce canapé, un géant du siècle, Thelonious Monk, le regard vide, inerte masse d'organes au milieu du vaste monde. C'est impossible, pense Paul, je me suis trompé de lieu, de personne, de chambre. On ne peut pas bâtir de telles choses et en arriver là. (Spoiler, Paul : si.)

Thelonious a les yeux plantés dans la pelouse qui se dévoile derrière la large baie vitrée. Puis il y a la rambarde, le petit chemin, le large fleuve boueux, et, au-dessus, magistrale, plantureuse, la grande ville dressée. Thelonious murmure quelque chose que Paul ne parvient pas à saisir au vol. Il se lève à peine, se rassoit. Paul profite de ce mouvement pour lui adresser la parole. Quelques mots, simples, une tentative de pont. Rien en retour. Thelonious parle à la pelouse.

Paul ressort dix minutes plus tard, terrassé. Que s'est-il passé, demande-t-il à Pannonica. Ce qui arrive chaque fois ou presque, répond-elle. La flamme s'éteint. Il ne reste rien. Et sa femme, ses enfants, demande Paul. Nellie vit là-haut elle aussi. En ce moment elle n'est pas là, mais elle s'occupe de lui, oui. Thelonious se sent bien ici, visiblement, en tout cas il ne veut plus repartir. Pannonica s'arrête un instant. Vous savez, je crois qu'il avait trouvé. S'il ne cherche plus, c'est qu'il avait trouvé, déjà, ce qu'il cherchait. On peut vivre ainsi. On peut continuer aussi, dit Paul. À quoi bon ? lance Pannonica en disparaissant dans sa limousine noire, en partance pour l'autre rive.

Paul revient. Plusieurs fois. Jamais il n'a distingué sur le beau visage marbré de Monk le moindre reflet ou signe d'une vie sous-jacente, de furieux lacs intérieurs qui stagneraient sous l'écorce du colosse. Il revient malgré tout. Là où la tristesse aurait pu le gagner, il trouve force et mystère ; comment du tout passait-on au rien, quelles traces laissaient dans nos corps les contrepoints, les blanches étirées, les temps délibérément ratés, les aplats brusqués par des ricochets soudains, tout ce qui avait fait le sel et le génie de Monk ? On était évidemment tentés de lire dans le silence sans bord du musicien sa quête du rien enfin réalisée, comme si les silences dont il avait abreuvé sa musique avaient fini par déborder sur tout le reste, les tables, les organes. On pouvait, évidemment, mais cela semblait trop facile aux yeux de Paul. Et puis, comment pourrait-il raconter cela à son père ? Il prendrait son histoire pour une fiction inventée de toutes pièces par un fils paresseux et distrait.

Dans sa chambre, Thelonious se levait parfois. Sa femme l'accompagnait dans ses quelques pas sur les tapis bariolés. Il poussait même, certains jours, jusqu'au rez-de-chaussée, s'allongeait dans l'herbe, marchait dans les allées, cueillait une fleur. Son regard le portait ainsi, parfois, vers l'autre rive, celle qu'il avait habitée depuis toujours et qu'il ne rejoignait plus guère.

Lorsque Paul revient ce samedi-là, Monk est assis dans le transat blanc du jardin de Pannonica ; il fume. Un chalutier chante sa chanson solitaire. Les tours de la côte ouest de Manhattan, de Meatpacking jusqu'à la pointe de Battery Park, reflètent les dansants rayons de soleil. Paul s'assoit dans l'herbe à côté de Monk. Qui relâche silencieusement la fumée dans l'air lisse du matin. Puis tout à coup se lève. Paul se tourne, hésite un instant, se redresse finalement. Monk a mis sur la tête son chapeau sans bord qu'il avait traîné dans toutes les salles d'Amérique. Il traverse le salon, pesant à peine sur les dalles grises et blanches, semblant se diriger quelque part. Paul reste debout sur le seuil. Rosita, l'une des domestiques, s'approche de Thelonious, je peux vous aider cher monsieur ? À l'extrémité, tout là-bas vers la porte vitrée, il s'assoit sur le large tabouret. Devant lui, le piano à queue Steinway à côté duquel Charlie Parker s'était écroulé un soir de mars 1955 – de rire, dit-on.

Et alors Monk lève les yeux vers Paul. C'est l'une des premières fois. Celles d'avant, Paul n'avait su distinguer l'intention de l'indifférence ; il avait pris le regard flottant dans l'œil comme une coïncidence. Mais là, rien à voir, le regard lui est clairement destiné. Paul s'approche. Les mains de Thelonious se posent droites sur les touches. Pas un son. Il déplie ses doigts gourds. Et alors il sourit à Paul. Et c'est un sourire si fin, si léger, presque imperceptible, un si déchirant mouvement des lèvres que Paul comprend, submergé par ce qui se déroule sous ses yeux. Les notes suivent. Si peu, si choisies. Presque rien. Mais parfaites. Ce sont les notes de toujours, contrefaites, antidatées, les notes de toujours mais comme passées par mille noyades et mille morts dont elles ressortent entièrement lavées, brillant diadème, immaculées comme le matin d'un nouveau jour.

Monk confie ces quelques notes au piano à queue, puis ses mains se posent avec une infinie douceur sur l'ivoire des touches. Il se lève. Sa hanche effleure

Paul au passage. Il passe sous le cadre blanc de la porte vers une destination connue de lui seul.

— Papa, je l'ai vu, dit Paul quelques jours plus tard au combiné.

— Ah, je savais que t'allais le trouver ! crie Antoine, sautillant dans le grand hall de la poste de Lyon où il vient recevoir et donner ces appels fixés quelques jours plus tôt avec son fils. Alors, comment va le colosse ?

— Bien, dit Paul, il va bien. Il continue à creuser.

— Tu l'as vu à Greenwich Village ?

— Non, à Harlem, pas loin du Cotton Club. Un quartet plutôt bon autour de lui. Il a déroulé les classiques, *Round Midnight*, *Summertime*, tellement neufs qu'on ne les reconnaissait pas. Quelle finesse, pouah. Et puis ces fameux silences, les virages, les accélérations.

— Pas besoin de tambouriner. L'important, c'est ce que l'on retient.

— Putain de génie.

— Il mourra sur son piano.

— Oui.

Paul a raccroché le combiné encore plus lentement que d'habitude, redoutant le *crac* de l'appareil rouge qui, finalement, se fit entendre dans la petite cabine des quais. Clap de fin. Que Paul s'efforça, les deux poings serrés, de transformer en commencement d'autre chose.

Eva en pluie, Eva partout, nulle part. Paul apparaît à l'autre bout de la ville et Eva surgit. Ils s'aiment plus fort et s'écharpent, se ratent et se trouvent, ils vivent comme tous sans reprendre leur souffle, et les fatigues sont vertigineuses, les contrecoups violents, on s'abîme à deux dans des vortex sans fin. Mais le lendemain ils se réveillent ardents et amoureux, et alors le film reprend.

Ils se veulent légers ; ils sont si intenses qu'ils pourraient couler.

Eva n'a besoin de rien pour faire valser les choses, tout danse déjà à son contact. Son instrument majeur est son corps dont elle joue comme personne, et dont Paul ne peut détacher les yeux. Ce matin-là encore, il se lève et il la voit, on ne sait jamais avec elle, elle peut être pliée, furieuse, violemment heureuse, elle glisse d'un état à l'autre en un instant, on ne sait jamais avant, et ce matin-là elle tourne sur elle-même et lance de petits cris comme autant d'abeilles vers le ciel, le café bout derrière elle, Eva sifflote, elle esquisse un pas à trois temps, elle a ce sourire prune qui colore les murs, quelques cheveux coincés dans la bouche, ces deux yeux aigus et ronds fixés sur les choses, et c'est la grâce le saxophone la lumière d'un matin de mai, qui sans sa danse n'existeraient pas.

Ce soir-là, sur le canapé, Eva et Paul observent le monde de loin. Ils avaient envie de s'asseoir pour une fois. Ils ouvrent grandes les fenêtres, ils s'arrêtent un moment dans leur course. Ils ne font rien. Dehors, partout, le grand magma. Ils sont assis, au milieu, sans un geste.

Ils boivent une bouteille d'un vin californien qu'Eva a glissée dans sa veste en sortant de l'épicerie, et les arômes de mûre appuient sur ses cordes lyriques :

— J'y pense souvent tu sais, dit-elle, et je crois finalement que la musique ce n'est que ça, une histoire du sexe, des esclaves noirs, des putains qui dansent dans leurs visons, des gosses qui grandissent dans la rue au milieu des fourrés. La musique c'est ce qui reste aux invisibles, à ceux qui crèvent sur les trottoirs, une sorte d'absurde illumination dans la nuit des hommes, vaine et mal fagotée. Elle ne signifie rien d'autre qu'elle-même, petite pluie éphémère, trois petites notes et puis adieu.

Paul la regarde. Il adore quand elle se lance dans de telles diatribes, il fume et il la suit.

— Il n'y a que dans cet espace que nous soyons autorisés à vivre, continue Eva, le reste est une farce. Ici j'habite enfin mon corps, avec tous ses élans et toutes ses haines. La musique est pure présence, elle ne me transporte pas, ne m'élève pas, c'est une erreur de dire ça. La musique n'est pas une abstraction, elle est la chose la plus matérielle qui soit. (Eva sent qu'elle a un peu forcé sur le vin, elle se ressert.) Mais je me tais, viens embrasse-moi.

Paul obéit. Le canapé se plie.

— Viens.

Eva attrape ses fesses et glisse sa langue dans sa bouche.

— Viens.

Paul plonge sa main dans sa culotte et la plaque contre son sexe.

— J'entends.

Ma rage de t'avoir en moi, de crier dans ton oreille.

— Enlève ces fringues.

Tout est à terre déjà, elle met ses bras autour de son cou et saute.

— Aaaaaargh.

Il prend son cul et le ramène en cadence vers lui.

— Dis-le-moi dans l'oreille dis-le.

La tête penchée en arrière, les cheveux tombants, elle s'empale.

— Toi aussi viens.

Il ouvre grande la bouche et laisse le monde entrer.

— J'ai envie de toi j'ai toujours envie de toi.

Et leurs cris se mêlent par la fenêtre aux autres rugissements.

Un lieu

Paul a sillonné New York, il a tâté ses boyaux ; maintenant, il veut un lieu pour lui. Il ne lui manque plus que cela pour achever sa propre ville.

Il pense plusieurs fois l'avoir trouvé. Parce qu'il faut, il le sait, un lieu où tout converge, où tout s'incarne, où les forces se réunissent et se déchaînent, et entraînent tout avec elles. À chaque époque, pour chaque genre, des coordonnées physiques et des murs ont circonscrit le miracle. L'Apollo à Harlem pour le jazz 1920-1925, la Coupole des Années folles à Paris, le Cavern pour le rock anglais 1960, et tous ceux qui viendront. Mais nous sommes dans New York 1977 où les lieux denses et hantés pullulent littéralement, comme cette boîte de sardines du CBGB, sur Bowery, où le punk est en train de naître, après avoir été annoncé par Iggy et les Stooges.

— J'ai trouvé, dit Paul à Eva.

— Quoi ? dit-elle, indifférente, en mâchant son chewing-gum.

— Suis-moi.

Paul est ainsi du matin au soir, et pour cette raison toutes les forces qui l'approchent sont aimantées par lui ; il s'enflamme, il entraîne, on se laisse envahir par son délire toutes voiles dehors et ses visions ; il pourrait vous vanter les délices d'une méningite ou les merveilles d'une déchetterie et naturellement vous adopteriez son avis ; Paul écarte les mains, baisse la voix, chante alors qu'il ne devrait pas, il vibrionne, il ne craint rien. Son corps vif et sec ensorcelle tous ceux qui s'en approchent.

Paul marchait mains dans les poches dans le Lower East Side lorsqu'au bout d'un énième terrain vague elle est apparue. Svelte, esquintée, dressée vers le ciel. Paul s'est avancé. Sur la porte d'entrée rongée par les mites, une affiche aux motifs psychédéliques pour un concert. À l'intérieur, des types en train de virer les bancs bouffés par la moisissure. Il entre. Vous faites quoi les gars ? On prépare. Dans deux semaines, Dieu et la musique descendront enfin dans cette église.

Paul se glisse dans les travées recouvertes de gravats où s'accumulent des rubans de poussière, observe les vitraux brisés, les sculptures du Christ renversées au sol ; c'est le lieu parfait.

La bande qui s'en empare est composée d'habitués du Lower East Side, Paul les a déjà tous croisés dans les soirées alentour, il se mêle naturellement à la troupe.

L'église datait visiblement du début du siècle, 1907 peut-être, au vu des inscriptions à moitié lisibles sur la paroi ouest de la nef, elle s'était appelée la St George Trinity Church mais personne ne l'appelait plus depuis longtemps déjà. Les ruines l'avaient gagnée comme le quartier entier, la crise économique traversée par la ville depuis le début de la décennie avait encore amplifié le désastre. Plus personne n'approchait la St George Trinity, si ce n'est les quelques vagabonds qui se blottissaient dans ses angles et les rats qui la parcouraient.

— C'est une grande idée, dit Paul. Je veux y participer.

Après trois semaines passées – avec le reste de la bande, dont Eva et Casey – à remodeler, à décharger, à détruire et remplacer, l'église ne ressemble toujours pas à une église mais un peu moins à une ruine. Eva, sceptique au début, a perçu le potentiel du lieu. Sanctuaire ou épave, grandes orgues ou naufrage dantesque, elle ne saurait dire, mais lorsqu'elle lance une pièce dans l'air le son est cristallin – bon augure.

Le 23 novembre 1977, le club Sixtine ouvre grandes ses portes encore recouvertes de lichens. Deux DJ et trois groupes se succèdent devant la centaine de curieux venus se glisser dans la nef. Plus le moindre banc, plus d'autel, plus d'estrade glorieuse ni de prêches, mais une salle d'un seul tenant, où le haut et le bas, le prosaïque et le sacré se mêlent, dès le premier soir, librement.

Tout de suite l'idée prend. On est coutumiers du bar déglingué, du sous-sol interlope, du théâtre reconverti, mais l'église, jamais vue. On doute, on n'est pas partisans du Christ ni de ses affidés, on serait plutôt des tombés du ciel, mais une fois la porte franchie les réserves s'envolent ; Paul, Eva, Casey et les autres ont tout mis en œuvre pour que la musique s'élève, que la liberté soit totale, que le lieu transcende le son, et inversement. L'alchimie fonctionne à tous les coups ou presque ; le punk-rock cru dans un lieu saint, la soul comme un voile déchirant sur les angelets et les femmes en cuir, ou le disco rayonnant au-dessus des travées décadentes jusqu'aux vitraux bleu nuit et rouge carmin : imbattable. Ces mélanges chaud-froid emportent la foule chaque soir plus fournie. Paul participe à la programmation, le cerveau plein de tous les sons recueillis dans les entrailles de la ville, ramenant sur cet autel tous les groupes les plus bizarres, excentriques et stridents de New York.

On se bouscule à la Sixtine pour tremper sa rage dans l'eau des dieux, lâcher les chevaux dans le saint des saints. Les sons libèrent dans l'air un saisissant mélange de crudité et d'élévation. Chacun ressent l'immédiateté, la flamme directe qui flambe en nous comme un venin mystique. Il y a des ailes cachées dans la moindre mélodie, jusqu'à la plus vulgaire, qui cherchent à prendre leur envol en nous. Tous le savent. On trouve alors naturellement à la Sixtine une manière d'assouvir ce désir et cette loi qui rassemblent à chaque instant le mortel et l'éthéré, le profane et le désir de grandeur.

C'est aussi, plus simplement, un vaste tripot. Dans lequel on assouvit ses pulsions et sa soif de corps et d'élan. La Sixtine prend certains soirs l'aspect d'une vaste bacchanale frayant son chemin entre les travées divines et sous le regard des apôtres. Les corps librement s'assemblent, sans souci de genres ni de couleurs, les excitants et les psychotropes volent, les danses les plus excentriques se pratiquent sous les bas-reliefs transformés en néons phosphorescents.

Se façonne quelque chose comme l'esprit d'un lieu ; des bandes d'amis s'y retrouvent, une esthétique se crée ; des intérêts divers naturellement s'y croisent.

Les gangs du quartier commencent à frapper à la porte. La quantité de billets brassés à la Sixtine devient un sujet d'intérêt pour les poids lourds qui contrôlent l'économie souterraine de l'East Side. On leur donne une part des recettes, on se serre la main et on repart dans un crissement de baskets.

*

Et nous voilà le 20 février. Une diva chante. Elle s'appelle Wendy Washington, présence lunaire sur cette scène quadrillée de lumières fauves. Paul se sent frais et léger ce soir, il fait de petits sauts sur les pavés de l'église.

Alors que la chanteuse menace d'éclater les vitraux de son timbre surpuissant, Paul, qui pensait avoir établi une sorte d'armistice avec sa synesthésie, laisse ses yeux monter au plafond, où ils trouvent tout à coup l'incarnation ultime de leur singularité et de leur goût de la libre association. Il n'a pourtant jamais eu besoin des vitraux pour savoir que le *ré* est rouge et le *mi* jaune or, pour autant aujourd'hui il voit et entend :

Le violon vert perroquet de Moloch à cheval sur les démons

Jésus rose fuchsia

longue cymbale dans les airs

orgue tonnerre

chair

chair

colonne en fusion

Paul connaît ce délire, il vit dedans. Pour autant, aujourd'hui, il y a quelque chose en plus. Peut-être n'aurait-il pas dû déposer sur sa langue ce minuscule morceau de carton, il sait qu'il n'y a pas droit, qu'il est tombé dedans quand il était petit ; mais il se sentait frivole et bête, il avait très envie de faire une connerie, d'aller délibérément trop loin.

Il marche d'un bout à l'autre de l'église qui prend pour lui ce soir les dimensions d'une cathédrale. Les spectateurs regardent d'un drôle d'œil ce type qui trace des cercles au milieu de la foule, puis l'oublient vite car Wendy Washington chante. Paul poursuit sa course : *les gars les gars, vous ne comprenez pas, c'est ici que je vis, depuis toujours / L'abside le salon de l'appartement dans les pentes regardez ces reflets regardez ces lumières / c'est ma maison / là-bas vers le chœur le petit chemin qui montait vers la ferme.* Paul a compris qu'il a toujours habité ici, sur ces dalles, sous ces vitraux qui reflètent les quatre coins de son existence ; il est arrivé chez lui, là où les cierges brûlent en silence. *Laura tu continues à grimper les étages et je suis dans tes jambes.* Paul saute d'un coin à l'autre de l'église, comme un chien sans rate. Casey l'observe, un sourire aux lèvres, toujours aussi dingue ce Frenchie, avant d'aller prendre l'air avec une contorsionniste qu'il vient de rencontrer. Eva est quelque part dans un coin en train de causer avec une drag-queen et un charpentier jamaïcain.

Paul reconnaît les figures, c'est bien elle, la cathédrale de sa vie, dans laquelle il était entré un jour d'automne, rue des Petits-Champs. Il n'aura fait que vivre entre ces murs. *Là, dans la nef, mais oui ! C'est Abbey Road des Beatles, la pièce maîtresse.* La diva navigue à vue et Paul la suit, déchiffrant son existence sur les bas-reliefs. *Les ruelles les traboules les champs de blé, la main de mon frère.* Paul comprend que tous les temps, les espaces et les instants de sa vie convergent et se réunissent en un seul, ce 20 février 1978, dans cette église épiscopale de New York. Il vit son épiphanie ce soir-là, tout est rassemblé pour la première fois. Paul s'élance vers l'angle de la nef enguirlandée de bleu pétrole. Il marche *sur* son corps même. Cette église est son territoire et elle a la forme de son cœur. *Oui et tu es dedans, Eva, tu habites là.* Il n'est pas du tout en train de délirer, il voit parfaitement, avec une clarté totale, son cœur qui bat sur les vieilles pierres, en cadence et partout, les ventricules, les oreillettes, les artères, il voit son aorte alimenter en sang neuf l'ensemble des murs de l'église, et là, sous les veines qui étendent leur toile, il y a Eva, son visage, sa peau, il les sent. Alors Paul court pour le lui dire. *Où est-elle bordel de Dieu ?* Il tourne en tous sens, tant de gens qui ne sont pas elle, et il entre de plein fouet dans deux mètres de muscles.

— Eh fais gaffe connard.

— Je dois lui dire quelque chose c'est urgent.

Jay Pullman toise ce type qui essaie en vain de le contourner.

— Putain fais le tour c'est pas si compliqué.

— Mon cœur, la nef, j'ai compris.

— Non mais qui c'est ce type, dit Jay.

Trop de monde, trop de bruits, Paul essaie de passer sur le côté, mais difficile les yeux fermés. Au bout du troisième coup à l'épaule, Jay perd patience : il fout sa droite dans la gueule de Paul. Qui vole contre le mur dans une traînée sublime.

*

Paul est allongé dans un coin, du sang sur son crâne et sur sa chemise. Tout valse dans sa tête et partout. Il voit des formes onduler lentement devant lui. Il cherche Eva et Casey de l'œil mais rien. Personne. D'autres personnes qu'eux. Il voit la foule qui danse. Il est écrasé contre un coin de l'église. Il lance quand même à destination d'Eva : je t'ai vue, tu étais là dans mon cœur qui avait la forme d'une nef. C'était toi, je marchais sur toi. C'était notre territoire. Il lui dit ces mots mais elle n'est pas là pour les entendre. Paul répète, au cas où, mais ses mots restent maintenant coincés dans sa bouche. Il laisse tomber sa tête sur le côté. Il voit encore quelques lueurs, au loin, les vitraux de son église, et puis plus rien.

Le corps troué, mal aux genoux et partout, dans la bouche un goût rouillé de métal.

Ses amis l'ont donc laissé là, dans l'angle, comme un chien battu. Ils l'auront cherché peut-être, auront pensé oh il a dû partir, et seront partis à leur tour.

Paul se relève. Penché, la main sur son ventre ; comme neuf. Il regarde la ville qui s'étend devant lui. C'est fini pour moi, il pense. Léger, il se sent étonnamment léger.

Paul époussette sa veste et s'élance.

TROISIÈME MOUVEMENT

La longue et sinueuse route

Le réveil se fait au chant des éperviers et des petits pas sur les pavés humides. Chiara et Léo ouvrent l'œil en même temps que les ruelles du centre-ville. Turin sent les viennoiseries fraîches et l'amertume du ristretto. Ils n'ont plus l'habitude de dormir dans la même chambre, ça doit faire quoi cinq ans que ce n'est plus arrivé, mais après un sourire gêné pour aller à la douche, on retrouve ses repères, on est à la maison. Paul dort dans la chambre 21, à côté. On descend boire un café ? dit Chiara. Laisse-moi enfiler un pantalon et on y va.

On resterait presque un peu ici, on irait de place en place, dans la quiétude orangée, sous les arcades et le ciel immaculé de Turin, mais Paul semble concentré, à son regard penché sur sa tasse ; il aime cette ville mais on va plutôt repartir vers cette destination connue de lui seul.

Ils reprennent place dans la voiture. Léo s'assoit à l'avant cette fois-ci. Il allonge ses grandes jambes, passe une main dans sa barbe de six jours, celle qu'il traîne habituellement dans la vie. Il a laissé pousser ses cheveux aussi, qui penchent brun clair sur le côté. Son visage est harmonieux, aux traits légèrement anguleux, son corps sec et efflanqué qu'il astreint pourtant à une stricte discipline sportive censée lui éviter les rechutes.

Honnêtement, cette grisaille, cette autoroute vers nulle part, il s'en passerait bien. Il a du boulot à la maison, et il voudrait surtout s'allonger dans son lit et ne plus en sortir. Ça fait six mois à peu près qu'il ne pense qu'à ça, qu'il n'est bien que sur ou sous la couette. Tout le reste l'épuise, l'énerve, le vide. Tout ce qui n'est pas séries en chaîne à l'horizontale, lectures sur canapé ou, dans le meilleur des cas, un verre de languedoc à sa terrasse, ne trouve grâce à ses yeux. Les gens le désespèrent, Anna le fatigue, son boulot est une merde et l'existence une vaste arnaque. Alors une bagnole conduite par son vieux père, qui file vers la *forêt*, avec sa sœur *si cool tellement bien dans ses baskets blanches*, il aurait vraiment choisi une autre option comme ligne de fuite.

— Je sais même plus dans quel pays on est, dit Chiara.

— Moi non plus, dit Léo.

— C'est ce que tu cherchais en nous amenant là ?

— J'imagine, dit Paul.

— Chiara, tu rêves ?

— Qu'est-ce que je pourrais bien faire d'autre ?

— Je dirais la Lombardie, quand même, si je devais choisir.

— C'est pas un pays.

— Je regarde les milans.

— On va où ? dit Chiara.

— Moi j'ai trouvé, dit Léo.

— Alors c'est où ?

— Je peux pas dire, répond Léo.

— Tu peux pas dire, répète Chiara.

— Non.

— T'es super bizarre. On n'a plus quinze ans mec.

— Justement, comme on n'a plus quinze ans, tu m'appelles plus mec.

— Je t'appelle comment ?

— Léo.

— C'est hyper chiant, dit Chiara, je vais pas t'appeler par ton prénom quand même. Je fais ça pour personne.

— Tu veux m'appeler comment, *Leonardo, hermano* ?

— Pourquoi pas c'est moi qui décide.

Il y a des années, dans une autre carlingue – c'est le contact de ses mains sur le volant qui le lui rappelle – Paul s'était enfin décidé. Ses deux enfants avaient alors deux ou trois têtes de moins, ils étaient à l'arrière, attachés, et Charlotte, la mère de Léo, était à ses côtés, quand, après avoir pris son souffle et de l'élan, Paul avait décidé de se jeter à l'eau qu'il savait déjà glacée :

— Bon mes chéris il faut que je vous raconte.

— Oh non, pas encore tes histoires papa.

— Non non, c'est autre chose. Vous allez pas me croire.

— De toute façon on te croit jamais.

— Bon alors peu importe j'y vais. Voilà : je meurs et je revis.

— Oui, oui, dit Chiara, seize ans, en se tournant vers la vitre.

— Et voilà comment ça se passe.

Paul avait essayé, s'était embourbé dans des explications, tours, détours, périphrases, qui n'avaient convaincu personne. Personne ne le croit de toute façon dans cette voiture, il abandonne, il ne fait que s'enfoncer. La radio parle pour lui.

Plus de vingt ans ont passé, les corps ont poussé dans tous les sens, et les revoilà dans une voiture, une Toyota cette fois-ci, ce 23 mars 2021. Paul a depuis longtemps abandonné ses velléités d'expliquer la chose, morts, renaissances ou fantômes, ses enfants savent sans savoir vraiment et c'est très bien comme ça.

La voiture file sans un bruit dans les landes basses. Chacun se pose une même question, sans oser la formuler. On observe ses mains, de la buée se dessine sur la vitre. Jusqu'à ce que Léo finalement s'y risque.

— Après, papa, il faudra peut-être que tu finisses par nous dire ce qu'on fait là.

— Une fois que c'est dit y a plus de voyage, plus de quête, et c'est plus drôle du coup.

— C'est surtout drôle pour toi.

— Je pensais que vous seriez contents de prendre un peu l'air après avoir enterré votre grand-mère.

— Tu peux monter le chauffage d'ailleurs ?

— On pourrait voir des paysages, prendre un peu de temps ensemble.

— J'ai quarante ans, dit Chiara, une vie à moi, un mec, des choses à faire. Ça se prévoit des trucs comme ça.

— Ça s'improvise aussi. Tout est déjà réglé comme du papier à musique.

— T'en as d'autres des phrases toutes faites comme ça ?

— Plein.

— Putain l'enfer.

Paul n'ose pas leur dire quel est le véritable but pour lui.

— On a tous besoin de prendre le large, on a tous besoin d'un remontant, dit-il finalement.

— Toi surtout.

— Moi aussi, oui. Merde j'ai soixante-quatorze ans et mon corps commence à flancher de tous les côtés.

— T'es vieux, c'est un peu normal, dit Chiara.

— Pour moi, non. Même si j'ai eu plein de merdes toute ma vie, j'ai toujours eu une santé de cheval. Mais bon peu importe, c'est pas ça le souci.

— C'est quoi.

— Je suis entouré de fantômes, dit Paul, j'en peux plus. J'ai trop de bruits dans la tête, elle est pleine de sons, de *tout* ce que j'ai entendu, depuis le début. Je peux plus dormir la nuit.

— Qu'est-ce qu'il a ton cerveau, il filtre pas ? dit Léo.

— Non. Il garde tout. Je n'oublie rien.

— Moi j'oublie tout, dit Léo.

Paul se tourne vers son fils. Comment peut-il être si troué et moi si plein ? Comment est-ce possible que les choses s'équilibrent aussi mal dans cette vie ? Il regarde la peau blanche de Léo, son regard dans le vague, il a trente-deux ans et il vogue sur une étroite planche gondolée au milieu de l'océan.

— On va chercher quelque chose qu'on ne connaît pas, dit Paul, mais je vous assure qu'il y sera.

— Tu lis vraiment trop de romans d'aéroport, dit Chiara.

— Voilà ce qui s'est passé, reprend Paul en faisant passer ses cheveux anthracite derrière son oreille. Il y a des années, quand j'habitais à New York –

— Pas d'histoires d'ancien combattant, hein, dit Chiara.

— Non non t'inquiète pas, reprend Paul. J'ai cherché un passeur, un chamane, peu importe comment on l'appelle, pour m'aider à mettre fin à ce qui m'arrivait, toutes ces morts à répétition. Il m'a fait une infâme décoction, ça n'a rien donné bien sûr. J'ai réessayé parfois, dans mes voyages, de trouver quelqu'un, un mage, une femme un homme avec un don. Et je l'ai trouvée finalement, il y a peu. Je ne sais pas si c'est une sorcière ou un génie mais c'est la bonne – enfin je crois.

— Tu l'as déjà rencontrée ?

— Oui. Elle ne m'a pas soigné mais je l'ai vue à l'œuvre. C'est impressionnant.

— Et elle va nous faire quoi ? dit Léo.

— Ça dépend de nous, de ce qu'on est, de ce qu'on veut.

— Depuis quand t'es devenu comme ça ? demande Chiara.

— Comme quoi ?

— Un type qui parle comme un manuel de développement personnel.

Paul esquisse un sourire. Il ne peut pas leur dire qu'il fait ce voyage pour eux. Pour Léo qui est troué, pour Chiara qui fait comme si. Elle est force et mouvement, certes, mais il sait les fêlures et il sait comment elles peuvent à tout moment vous faire passer par-dessus bord.

— On en a pour combien de temps ?

— Demain on y sera.

Ce que Paul ne dit pas non plus, et ne s'avoue pas à lui-même, c'est qu'il aspire un jour à trouver la mort. Il ne lui courra pas éternellement après, il pense dorénavant qu'un jour elle viendra. Il ne la rejettera pas.

Il aspire surtout à l'oubli. Rien ne ressort de ce qui est entré dans cette caisse de résonance sans fond. Ce n'est pas normal. Il n'y a plus de place. Il voudrait la page blanche, sans portée, sans notes, sans rien, du blanc du bleu à l'infini, rien que pour lui.

Et tout à coup, sur cette route sans voitures, dans ce grand rien parsemé de quelques vaches, de granges et d'un champ de luzerne, Paul atteint au moment où il s'y attendait le moins quelque chose qui pourrait s'approcher de cette couleur espérée. Ce n'est pas du bleu, ce n'est pas du blanc, finalement, c'est une teinte surprenante et nouvelle. Il n'appuie pas sur la pédale. Il ne regarde pas dans le rétroviseur le visage de sa fille. Il comprend que tous ses gestes, depuis des mois, tendaient vers ce moment enfin là. Il y a une complétude soudaine dans ses deux mains posées sur le volant, qui ne savent ni où elles vont, ni pourquoi, ni rien. Il est enfin devenu un enfant. Il regarde le champ de luzerne. Tout s'arrête là pour lui. Après ce champ, cet instant, ce virage, il n'y a plus que du temps pur, le but de nos existences, une éternité en acte.

Le bruissement du monde

La Havane, mars 1978.

Comme une fine pellicule, Paul se détache de la musique et des sons enregistrés. Une sorte d'immense fatigue l'a envahi, quelque chose se décolle de lui, il s'épure, il se vide, et rejoint lentement l'essence même du son, ce qui vibre et résonne derrière les choses, et qu'il appellerait volontiers, s'il ne redoutait l'emphase, le bruit du monde. (Or voilà justement sa force et son problème : il craint la grandiloquence et il ne cesse de la manier ; tout ce qui l'attire est fantasque, énorme, pathétique, et il en saisit tout de suite le potentiel grotesque – dès lors que faire ? Aujourd'hui il décide qu'il s'en fout.)

En quittant New York, après cette glorieuse épiphanie et son bec dans l'eau, Paul est revenu au monde différemment, comme passé à travers une lessiveuse, épuré, plus mince, plus élégant et beau aussi, barbe fine et visage émacié. Les années y ont déjà déposé d'élégantes traces de leur passage, qu'il accueille avec bienveillance ; il a raison, elles marquent son front et ses joues d'une délicate patine.

Paul a ramassé ses affaires et il est parti. New York lui avait tout donné, il était temps de se quitter. Il a dit à Eva qu'ils se reverraient bientôt, qu'il lui fallait prendre un peu le large, ils se sont enlacés longuement. Il ne lui a pas dit ce qu'il avait vu sur le sol de la cathédrale, son cœur et elle dedans – s'il l'avait fait, il ne serait plus reparti.

Avec Casey ils se sont dit à bientôt, rejoins-moi quand tu peux.

Et Paul pose le pied, solennel, le soir même à La Havane.

Les premiers jours il marche, il s'enivre du nouveau, il reçoit dans sa chair l'éruption de corps et d'ardeur, l'odeur humide et trouble des ruelles. Il est pris par la ferveur du lieu.

Mais en réalité ce touriste errant a une visée secrète. Son idée est simple (donc complexe) : il va se glisser dans ce territoire entièrement neuf avec un regard d'imbécile heureux pour essayer d'en percevoir la texture sonore. Pour cela, pas besoin de dictaphone ou d'enregistreur (même si ça peut servir) ; il faut parvenir à traverser les différentes épaisseurs qui constituent le mur du son.

Il consacre ses journées, du Malecón aux ruelles de la Habana Vieja, à traquer le ballon qui rebondit sur les lattes en bois émietté, les cris des fillettes, les nuages de cigares, le blé qui coule entre les mains des vendeurs du marché ambulant, s'endormant dans le bruit des glaçons qui s'entrechoquent et des talons sur le pavé. Au bout de quelques semaines, Paul a la vive sensation d'être entré de l'autre côté des choses.

Il se lance dans un grand voyage. Aucune logique, aucune carte, le simple vent qui le guide et le pousse. Ses années comme producteur avaient étoffé son compte en banque, qu'il s'emploie dorénavant à dilapider.

Il laisse des rythmes nouveaux couler sur son corps. Les gammes arabo-persanes et andalouses le lavent. Les pentatoniques lui ouvrent de nouvelles voies. Il sent, en s'enivrant de musiques nouvelles, en veillant bien à ne pas confondre curiosité et exotisme, que son goût et ses années l'ont beaucoup trop centré autour de l'Occident, ses guitares et ses codes, ses gammes étriquées, quand des mondes l'appelaient de toutes parts sans qu'il n'en sache rien. Il prête enfin l'oreille ; il entend les ravins, les sortilèges, les éclairs ; il ne reviendra pas.

Il se berce de rien aussi, de silence sur les routes. Plus il avance dans le monde plus il descend en lui.

Partout où il dépose momentanément son sac, de plus en plus léger, il enregistre sur son gramophone intérieur tout ce qu'il entend.

À Séville, un soir de pluie dans le quartier de Triana, il reçoit la décharge flamenco dans la gueule. Sur une scène étroite, un homme long et une femme électrique se succèdent pour faire trembler les lattes. Le gitan aux cheveux noués lance sa douleur et sa joie mêlées en un vibrato qui parcourt la colonne de Paul. Les mouvements sont vifs, la nuit d'été épaisse, et quelque chose d'immémorial semble se dérouler devant Paul, comme une vigoureuse saignée. Les tripes viennent s'étaler sur la table fendillée. Tout à coup une jeune fille se lève, ses mains s'enroulent autour de son corps, la hanche fière, le regard droit, elle danse. Paul cherche des mains le juste contrepoint, qui comme la lumière tremblée de la nuit ne cesse de muter et de s'échapper. On est tout au bout du temps, dans la fièvre et la douleur d'être vivant.

Que fait cet homme, dans ces villes en lisière, errant à la nuit tombée ?

On le voit souvent déposer de petites enveloppes dans des boîtes postales, en partance pour des pays inconnus. On le voit apprendre à jouer de la kalimba et de l'ehru. On le croise, on le perd. On le retrouve dans les ruelles de Kingston, éberlué de soleil. Il est venu voir, comme tous, le roi Bob Marley. Chacun sait où il vit, Paul louvoie dans le labyrinthe, il a rendez-vous à 16 h 30 avec le maître de l'île. Il sait déjà qu'il n'y aura personne au rendez-vous. Comme hier, comme demain. Peu importe. Le halo de sa présence suffit. Paul écoute le ronron des perroquets et se perd dans le dédale.

Il nous échappe et réapparaît, un jour de novembre, dans la sainte cathédrale de la samba, Rio de Janeiro, ville des saints et des damnés, de l'extravagance et de l'éternel retour ; une ville faite pour lui.

Paul arpente longuement le sous-continent brésilien, inlassable fontaine de cadences et de couleurs mises en portée. Une écume de joie et de mélancolie, ce double pas qui le séduit car c'est le sien.

À vivre sa vie, Paul en oublie de la gagner. On ne peut guère espérer mieux.

Il débarque finalement sur une île au sud de São Paulo. Il pose ses affaires. L'air brûlant l'apaise. Il s'endort dans le bruit du ressac.

Madchester

L'existence de Paul est marquée par une série de coups de téléphone décisifs. Il marche dans les rues de Buenos Aires, arrive à son hôtel de Belgrano où il s'est installé quelques semaines plus tôt. Le maître d'hôtel lui tend une note, monsieur, veuillez rappeler ce numéro. Je peux ? demande Paul en faisant un signe du menton en direction du téléphone bordeaux placé en évidence sur le comptoir. Bien sûr, dit le maître d'hôtel. Il pianote. Il a reconnu l'indicatif de l'Angleterre.

— Paul ?

— Oui, Eva.

— Il faut que tu viennes, il faut absolument que tu viennes.

— Calme-toi. Je vais bien, merci de me demander. Je viens d'arriver à Buenos Aires, c'est merveilleux.

— Il se passe quelque chose ici.

— Il se passe toujours quelque chose quelque part. Je peux pas me –

— Écoute-moi.

Alors Paul se tait et écoute. Difficile de s'y retrouver dans les explications d'Eva qui avale ses mots. Paul émet malgré tout, régulièrement, un petit bruit d'assentiment. Dix minutes plus tard – OK Eva je te rappelle – il raccroche.

Il monte s'allonger sur les draps, dont s'élève une odeur fraîche de savon à la lavande.

Cinq jours plus tard, le 16 janvier 1979, Paul Maleval monte dans un avion d'Aerolineas Argentinas pour l'Angleterre, troquant la chaleur extrême pour des lèvres gercées.

L'air rauque de Londres l'attrape au collet.

Il comprend tout de suite de quoi il s'agit. Il savait bien qu'un jour ou l'autre, le train repartirait dans l'autre sens. Le boomerang n'a cessé d'aller et venir entre les États-Unis et l'Angleterre, et le magma de lave ardente que Paul suit depuis des années repasse aujourd'hui de l'autre côté. La même histoire rebondit et se duplique, la même rage et la même énergie, avec chaque fois quelque chose en plus, comme dans cette Angleterre ravagée par une tempête sociale, chômage usines ouvriers à la rue, la révolution culturelle à l'œuvre prend appui sur la misère et le dégoût d'une société, le soufre et les armes.

— Je suis à Manchester. Je t'attends, lui avait dit Eva.

Quelle horreur, pense Paul en sortant de la gare de Manchester Piccadilly. (Or il a appris à toujours se fier à ses premières impressions.)

Quelle laideur, pense-t-il en explorant les cercles de la ville, son fleuve poisseux, ses ruelles torves, sa brique épaisse, son ciel si bas qu'on s'y cogne, ses manteaux à terre.

Quelle tristesse, pense-t-il en s'endormant dans la chambre humide de son hôtel, sur son lit coincé dans l'angle, devant la fenêtre qui donne sur une impasse.

J'adore, pense-t-il en se levant le matin. C'est horrible, triste et laid, et il y a plus de vie que nulle part ailleurs. Je vais rester un peu. (On est maintenant, vous comme moi, un peu habitués à sa manière de faire : toujours déboussolé – et excité – au début, instable et nostalgique d'un chez-lui – qui a depuis longtemps cessé d'être –, puis dès le lendemain il a tout oublié, son passé, ses attaches – facile : il n'en a pas –, et il se plonge alors à corps perdu dans ce nouvel espace offert. Il a déjà oublié avoir un jour vécu ailleurs.)

Eva n'était pas sur le quai lorsqu'il est arrivé à la gare. Il l'a cherchée au milieu de la foule compacte, rien. Il s'est résigné à aller voir la ville tout seul, puis, n'ayant dans la poche qu'un numéro sonnant dans le vide, il a trouvé cet hôtel périphérique où il a passé la nuit.

Il appelle à nouveau le matin, ça décroche finalement et c'est elle. Arrivée en retard à la gare, elle l'a raté, désespérée. On se retrouve à St Peter's Square dans vingt minutes, dit-elle. Et Eva est là, de noir vêtue sous son parapluie, plus lumineuse que jamais. Ils s'embrassent fougueusement sous les arbres qui ondulent. J'ai tellement pensé à. Chaque jour j'ai. Et ils s'élancent ardents vers le premier café crème.

Là, ils remontent le film des derniers mois. Les voyages de Paul, son silence, sa quête en zigzag. Son départ de New York, elle aussi, quelque chose de cassé dans l'air, ses regrets peut-être de l'avoir laissé là, par terre, jamais j'aurais imaginé que tu partirais après ça, t'es con aussi – on s'en fout ma chérie, on est là, y a plus que ça.

Alors raconte-moi la ville, dit-il. Eva commence. C'est encore plus dingue et féroce qu'à New York. (C'est possible ça ? demande Paul.) Ici le punk-rock est froid, dur, acéré. Des groupes naissent à tous les angles de rue. Dans le sang déjà, les guitares le rythme la présence, ils ont tout ça. Mais tu vas voir toi-même de toute façon. Pour l'instant viens dans mes bras viens.

Ils ont fini leur tarte aux groseilles et ont couru comme des adolescents vers l'appartement, ont avalé les étages et se sont jetés sur le lit morts de faim. Même pas le temps d'enlever ses fringues, les chaussures jetées contre la vitre, ils baisent à la volée sur la table, contre le mur, dans le lit, hors d'haleine, vivants.

Le soir même ils attaquent la ville.

Paul a suivi, même de loin, ce qui s'est passé sur l'île majeure depuis qu'il l'avait frôlée il y a onze ans. L'envolée de Bowie, du glam, de Queen, du pailleté Elton John, le renouveau à chaque virage, puis, au même moment où il le découvrait à New York, l'irruption de la rage et des crans d'arrêt. Paul comprend dès ce premier soir que c'est ici que les choses se passent. À Londres bien sûr les grands titres, la devanture, mais le véritable laboratoire se trouve à Manchester, devenu *Madchester, la folle*, entre les fumées d'usines et un gris à toute épreuve.

Un jour de juin 1976, il s'est passé quelque chose. Les infâmes Sex Pistols, qui jettent de l'essence sur le pays entier, jouent au Lesser Free Trade Hall. Tous ceux qui vont façonner la ville des dix prochaines années sont dans la salle. Le concert est encore plus violent, âpre, incendiaire que prévu. Johnny Rotten éructe pendant une heure dix, insulte le public, hurle sa haine de tout ce qui l'a fait humain, cafard parmi les cafards, le bassiste et le guitariste lâchent les démons, l'Antéchrist prend les commandes. Le concert s'achève ; tout le monde court empoigner une guitare.

Depuis, Manchester a pris son envol. Des dizaines de groupes jaillissent chaque jour de toutes les maisons délabrées et des sous-sols occupés.

Paul assiste le lendemain à son premier concert, un groupe entier de femmes – enfin ! – batterie basse guitare et chant. Les Slits sont brutales, âpres, elles s'arrêtent en plein milieu des chansons et sarclent l'air, leurs cheveux sont jaune-noir dressés, il y a des clous et des corps nus, de l'audace et de la vitesse.

Quel gouffre et quelle merveille, pense Paul en regagnant, avec Eva, l'appartement qu'elle loue depuis deux mois pour 60 pounds à une veuve en plein centre-ville. On dirait le septième cercle de l'enfer, celui où les unijambistes dansent au-dessus des fleuves de vipères. La ville est une plaie à ciel ouvert, immeubles éventrés et gamins des rues courant entre les briques éboulées. J'adore, pense-t-il en s'endormant dans une odeur de moisissure.

Pour autant, Paul commence à sentir poindre en lui quelque chose comme une légère lassitude. A-t-il trop entendu de choses ces dernières années, toujours lancé à cent à l'heure sur des rails de musique ? A-t-il aussi, peut-être, l'impression d'un léger déjà-vu ? Paul a parfois le sentiment de revivre les mêmes scènes qu'à New York, d'être usé d'avance à l'idée d'une *rage incontrôlée*, d'odeurs de pisse et de tympans qui grillent, de pamphlets éclairs guitare-basse-batterie, de revendications politiques et de nihilisme. Le stupre, la décadence, le cuir. Il connaît tout ça. Il n'était pas si mal dans ses mers du Sud.

— On fait quoi ce soir mon loup ? dit Eva.

— J'ai envie d'aller marcher.

Elle le dévisage.

— En fait ce qui te tracasse, c'est que t'es en train de devenir vieux.

Tous les deux ont en partie raison, et Paul s'en aperçoit dans les jours qui suivent. La vie palpite nouvelle et Manchester est un monde à part. Le son qui naît ici, il ne l'a en réalité jamais entendu ailleurs. C'est dans cette ville qu'est née la civilisation industrielle, pléthorique, plastronnante, maculée de sciure et de charbon, au début du XIXe siècle. Elle se meurt aujourd'hui en direct sous les yeux de Paul et d'Eva dans un déluge de tonalités stridentes et une tempête de watts – ce même James Watt qui avait branché la modernité sur le secteur sert aujourd'hui à la dévider dans un tonnerre sans bord.

Eva aussi semble parfois manquer de fraîcheur. Elle est distraite, elle regarde par la fenêtre. Elle se sent lasse parfois de cette existence de chaussettes sales et de plats réchauffés. Elle se prend à rêver d'une maison, d'une cheminée même, devant laquelle elle pourrait étendre les jambes. Elle ouvre les yeux et sait son rêve aussi loin d'elle que possible.

On a proposé un boulot à Paul. Chef dans un restaurant du quartier. Il a accepté ; il s'est en effet lancé dans les délices épicées, et il pourra ainsi donner un peu de fric à Eva, qui paie seule le loyer, la bouffe et les clopes.

Paul se sent finalement bien à Manchester, il croise des visages qui deviennent des amis, il se mêle à la brume et fait corps avec le gris. Comme chaque fois, il se roule en boule dans les lieux et se love en eux.

Et puis le jour arrive, alors qu'il ressemble à n'importe quel autre.

— Ce soir, lui dit Eva, je t'emmène voir *le* groupe.

— Oh non please, j'en peux plus.

— De quoi ?

— Du rock.

Elle s'arrête et le regarde d'un air malicieux.

— Il y a Joy Division à l'Apollo.

— Ah oui, les potes en parlent, tout le monde en parle. Il paraît que ce sont des fous.

— Des génies et des nazis.

— Parfait alors on y va.

Eva et Paul traversent la ville à la nuit tombée. La bruine dépose dans l'air des gouttelettes en suspension. Leurs pieds glissent sur les pavés humides. Ils arrivent devant le hangar. Les regards sont durs. Ils entrent dans la salle.

Paul n'a pas envie d'être là, il voudrait plutôt aujourd'hui de l'eau fraîche sur son visage, des palmiers, qui sait. L'air est électrique. Sur la scène quatre types regardent le sol. Ça commence. Le batteur lance un rythme martial sur ses cymbales et sa grosse caisse. L'écho monte dans la salle humide. Le chanteur lève les yeux. Il porte sur lui son corps immense dont il ne sait que faire. Il se tient raide comme un piquet, le teint hâve, le regard si loin dans les landes. Il n'a rien à faire là. Le bassiste, plongé dans le métal et le cuivre, reprend la mesure. Les trois notes qu'il répète sont plus lourdes et hantées que le temps. Elles tournent en volutes autour des murs de la salle. Le guitariste, chemise blanche cravate noire, reprend la métrique en y glissant son riff, syncopé, abrasif, à contretemps. Eva a entendu des sons dans sa vie, des textures, des éclats de voix, d'instruments, de bois ; elle n'a jamais entendu ça. Le son de ce groupe de jeunes gars perdus et pâles s'échappe comme d'un caveau. Son épaisseur mortuaire pèse sur toutes les épaules du public. Et alors le chanteur prend le micro dans les mains. Comment peut-il être aussi grand, aussi absent. Il dit quelque chose comme *She's lost, She's lost control again*. Le son qui sort de sa voix ne vient pas de sa gorge. Il vient de loin, de bien plus loin que lui-même. C'est un cadavre qui articule des sons. Paul comprendra plus tard l'histoire de cette fille prise de soubresauts épileptiques sur son lieu de travail, l'histoire de la chanson, cette fille qui perd le contrôle *à nouveau*. La basse monte d'un ton, de deux, se fixe au plafond, redescend. Cercles de l'enfer autour de leurs corps vides tout à coup. Eva se tient droite, interdite, saisie par la décharge. Autour d'eux pareil, si ce n'est les ivrognes du fond qui de toute façon remuent dès que ça joue, peu importe quoi. Le chanteur replace le micro sur le pied et brusquement son corps se désarticule de toutes parts comme si dedans le puzzle s'était défait. Ses bras scandent un rythme dément, haut bas haut bas droite gauche, le type est habité, son regard n'est plus bleu ni noir, il traverse la salle, il est ailleurs. Le rythme de sa danse hypnotique militaire accélère encore, sa chemise s'emplit de sueur, il va tomber c'est sûr, la batterie ralentit finalement, le genou du chanteur plie mais ne rompt pas, il poursuit sa route frénétique le long d'une autoroute absente.

Les chansons s'enchaînent à ce rythme. Paul ne dit mot de tout le concert. Quelque chose se serre dans son ventre. Les quatre gars de Manchester poursuivent leur plongée dans les sous-sols. Tout à coup une trouée dans l'air, le pont recouvert de neige s'ouvre. Le chanteur, la peau plus livide encore qu'au début, dit quelque chose comme *l'amour, l'amour nous séparera, encore*, et Paul prend la main d'Eva, et Eva entend les tourbillons derrière les mots et la mort, tout à coup une mélodie s'ouvre vers des notes majeures au-dessus des cumulus.

Le batteur, le visage d'un étudiant aux Beaux-Arts, chevauche les Walkyries. Nous sommes dans une salle du bas Manchester, les murs suintent et la bière coule épaisse, et pourtant Paul se sent plus près d'une scène mythologique que jamais. Des archanges maudits en appellent devant lui à la rédemption et à la miséricorde. Ils ont vingt ans et ils sont tombés du ciel. Ils sont plus pâles que la petite croûte de givre sur les chemins d'hiver.

Ian Curtis – c'est visiblement ainsi que s'appelle le chanteur, a soufflé Eva à Paul – lance une dernière fois sa danse démembrée. L'élégie funèbre monte en nappes au-dessus des enveloppes terrestres dans la fosse. Bim bam frrrtt la batterie martèle le bassiste s'alourdit ; Ian Curtis achève son chant. Ses bras tombent sur le côté. Son corps tremble encore, à peine. Ils repartent tous les quatre sans un regard.

Eva pense, je n'avais jamais vu autant de vie dans un chant de mort. Elle pense, c'est l'adieu à la musique. Elle pense, après ça on ne pourra plus rien faire d'autre. On pense toujours ça quand on entend quelque chose de neuf – et puis on oublie et tout recommence.

À côté d'elle, une jeune fille aux cheveux courts et noirs secoue la tête dans tous les sens. Un gars au fond dit, Joy Division, c'est le nom de la section des camps dédiée à l'exploitation sexuelle des détenues par l'armée allemande. Donc voilà tout est dit, conclut-il.

Paul et Eva sortent dans la rue recouverte d'une fine couche de givre. Ils ne disent pas le moindre mot sur le chemin, passant les ponts métalliques, frottant leurs manches pour ne pas geler sur place. À la maison, ils se préparent un thé, leurs doigts rougis reprennent lentement un aspect normal.

Paul se lève et s'assoit à la petite table dans la chambre. Après un whisky, trois cigarettes, il prend une feuille blanche qui traînait sur le bureau et écrit ceci :

"Ce garçon de vingt-deux ans ne peut pas savoir ce qu'il est en train de faire. Ce cri qui sort de sa bouche, et le jette régulièrement à terre, c'est celui du siècle, c'est celui des camps, de la mort, des ténèbres, qui le dépassent et l'enveloppent, le secouent de spasmes, le laissant tremblant, chancelant, comme ravagé par la violence de l'histoire.

On est toujours en train de faire autre chose que ce que l'on fait. On est toujours dépassé par ce que l'on chante et ce que l'on écrit. Ce Ian Curtis, chanteur de Joy Division, ne peut pas savoir ce qu'il est en train de réaliser. Il est dépassé par les vagues immenses qui le submergent, par les milliers de corps qui parlent à sa place. Ce garçon de vingt-deux ans, pâle et livide, n'habite pas dans son corps, d'autres gens y vivent pour lui et la plupart sont morts. Des courants de rage et de morts – le XXe siècle – soufflent sur lui en rafales.

Lorsqu'il ouvre la bouche en sortent des rubans de suppliciés mêlés à des rêves de neige. La beauté et la mort mêlées.

Il est le dernier de la lignée.

Pourquoi crient dans cet être famélique du Nord de l'Angleterre les vents contraires et glacés du siècle ? C'est incompréhensible et absurde, mais c'est ainsi.

On chante, on écrit, on peint, mais en réalité on est toujours en train de faire autre chose. La musique jaillit hors de la musique. Elle est toujours entièrement elle-même, pure forme aérienne, et tout à fait autre chose – mais quoi ? Elle ne connaît aucune frontière théorique, géographique, physique. Elle ne connaît rien d'autre qu'elle-même et elle est partout.

Tous les artistes sautent constamment d'un art à l'autre. Ils circulent et, ce faisant, ne cessent d'accroître leurs forces. Les grands créateurs ne font jamais *que* ce qu'ils sont en train de faire. On voit bien que Proust trace des formes géométriques sur le papier, que Debussy peint de grandes toiles couleur d'eau, que Bacon crie et que Billie Holiday prie. Kafka susurre des ombres et Kerouac souffle dans un saxophone. Tous les artistes sont synesthètes, ils chantent ce qu'ils voient.

Ici, aujourd'hui, quelque chose s'achève peut-être. Nos corps sont à bout de souffle.

Ou peut-être est-ce l'émotion qui parle en moi et ce n'aura été qu'un passage, un moment, un égarement. Peut-être que cela n'aura été qu'une vision dans la nuit."

Ces minutes d'écriture fébrile et d'alcool fort laissent Paul exsangue, affalé sur son lit.

Il ne se lève pas pendant plusieurs jours, si ce n'est pour expédier à un magazine français ce texte qu'il juge prétentieux et détestable, mais bon.

Il se recouche jusqu'à la semaine suivante. Ian Curtis lui aurait-il jeté un sortilège ? Il a la sensation que quelque chose vient de changer et qu'il n'y aura pas de retour en arrière.

*

Et puis le train reprend, Paul et Eva plongent plus avant dans leur nouvelle vie sans être complètement certains de l'aimer.

Paul se lève finalement un jour aussi gris que les autres. Cette ville est passionnante pour les sons qu'elle sécrète mais la mort y rôde autant que la vie. N'était-il pourtant pas un spécialiste de l'alchimie ? S'il a, chaque fois qu'il est mort, accompagné le passage d'un monde à l'autre, pourquoi s'arrêter maintenant ? Il n'aura jamais devant lui un terrain d'expérimentation aussi idéal.

Il s'assoit à nouveau à son petit bureau et reprend son carnet. Il a des choses à ajouter :

"On peut voir *littéralement*, dans les rues de Manchester, les cendres se transformer en vie. Un siècle entier meurt sous nos yeux, l'infini ruban d'industrialisation, de consommation, de modernisation à marche forcée fonce vers l'abîme, le tapis roulant de Taylor charriant toutes les machines, les pièces, les boulons, toutes nos vies de cons, le tapis tout à coup s'arrête et vole en éclats. Ici, un siècle de violences politiques, de charniers et de bombes vient s'écraser dans ces ruelles sordides, ces arrière-salles poisseuses, des clous plantés dans des cuirs et sur les peaux, dans de longs hurlements de guitare. Un monde entier vient crever là, dans ce dépotoir, un monde d'usines, d'ouvriers sur la paille et de vies de manœuvres, un monde de mendicité et de prostitution, de salaire à la petite semaine et de capital triomphant dans la sciure et l'indigence, l'envers abject de la médaille, le monde des entreprises et des places boursières, des grèves et des syndicats, un monde de frousse, de froid et de mépris vient mourir là, en attendant une autre vie, toujours aussi abjecte, mais ailleurs, et autrement. En attendant, il faut une monture à ce monde moribond pour passer sur l'autre rive. Et ce sera notre phénix, toujours prêt à porter sur son dos nos passions, nos morts, nos mondes, jusqu'à l'autre rive où ils pourront renaître. Ce phénix, on pourrait l'appeler musique. Le monde du capital trouve là son plus fidèle et inventif cavalier, endossant nos métamorphoses collectives pour reprendre son œuvre de destruction sous une forme nouvelle. La musique passe les corps d'une rive à l'autre, elle recueille toutes ces vieilles carnes dont nous ne voulons plus, tous ces plis passés, toutes ces valeurs qui comme des manteaux ne nous vont plus, et elle en fait des rythmes, des airs, des mélodies, qui en douceur nous aident à mourir et à renaître. Douces et fidèles musiques, que nous ne comprenons pas, que nous prenons pour des bluettes, qui nous prennent malgré tout par la main et nous montrent le chemin."

Paul se sert une nouvelle tasse d'earl grey à moitié tiède.

Sa drôle de maladie du cœur a pu lui faire croire un temps qu'il était lui-même le phénix, condamné à faire passer encore et encore les mondes de vie à trépas. C'était bien présomptueux de sa part, il l'a compris à présent – il se voyait comme un parmi mille, une sorte de martyr ou de préposé, occupé à tendre l'oreille pour sentir ce qui se jouait au vu et au su de tous. Comment l'en blâmer ? Il entendait en effet des sons neufs. Il n'était pas le seul.

En réalité, il n'est rien qu'un fétu, il le voit bien aujourd'hui. Le temps et la musique font leur œuvre sans nous, nous sommes leurs jouets, ils font bien ce qu'ils veulent de nos corps-pantins.

Et alors les fantômes reviennent. Paul en a déjà vu de nombreux à New York, on s'en souvient, et après aussi. Des apparitions fugaces mais fermes, des percées dans le rideau. Mais là les choses s'accélèrent. Joy Division, ce groupe infâme et génial, hanté de lames froides, a-t-il ouvert une brèche en lui ? Les spectres rôdent. Paul croise des colonnes de pauvres hères dans les ruelles, des angelots défunts sur les ponts, une jeune femme seule et tatouée au bras flottant à quelques mètres du sol, à l'angle du St Peter Square. Que lui arrive-t-il ? Des bourrasques froides le traversent de part en part. Paul les repousse à coups de draps et de couettes, d'alcool et d'oubli. Mais cela ne suffit pas, elles reviennent en vagues, l'envahissent.

L'épisode de la petite fille à l'angle de Charlotte Street marque pour lui le tournant. Il ne l'avait jamais vue encore. Peut-être vient-elle tout juste d'apparaître. Elle n'émerge qu'à peine d'une masse informe de briques et de nuit. Son regard plonge en Paul et le glace. Il se détourne mais elle l'appelle. Pas avec des mots, pas avec des gestes, elle le fait glisser entièrement vers lui. Paul détourne de toutes ses forces la tête, le corps, tout, mais le vent l'amène à elle. La petite fille n'a plus d'yeux. Dans ses orbites suinte un liquide blanc. Elle oblige Paul à la regarder. Paul retient son cri. La fillette lui dit dans l'oreille d'une voix absente qu'elle a voyagé longtemps pour arriver là, qu'elle n'est pas d'ici et qu'elle doit rentrer chez elle. Aide-moi, lui souffle-t-elle, aide-moi à retrouver mon chemin. Elle lui raconte des histoires de purge, de génocide, de peuples maudits. Paul parvient à s'extraire de son étreinte. Il court longtemps dans les rues pour étouffer sa voix, petit pain de glace. Elle le retrouvera. Il reprend son souffle et sa course. Il disparaît dans les rues. Elle ne disparaît pas.

Les profondeurs

Manchester 1979. La décennie n'a pas encore commencé et Paul se sent déjà plus lourd que le temps. La musique le fatigue. Le rock le fatigue. Le punk l'écœure.

Eva aussi commence à le lasser, ses gestes toujours répétés, ses figures imposées. Ses emportements lui semblent vains tout à coup, ses joies trop criardes. Paul sait, bien sûr, que c'est sa propre fatigue de lui-même qui parle lorsque les autres l'excèdent. Comprendre ce mécanisme n'empêche pas de le vivre.

Pourtant – et c'est peut-être toujours comme ça – alors que Paul semble s'éloigner, quelque chose naît en Eva. Elle l'apprend un matin comme un autre, sous la douche. Elle le dit à Paul, qui ne répond rien. Puis lui saute dans les bras. Ses mains tremblent. Il la regarde.

Au moment même où il se sentait tomber, Paul s'accroche à de nouvelles branches, ténues, qui plient, qui ne craquent pas.

Eva est irritable, Paul insupportable, tous deux se demandent ce qu'ils foutent là, dans ce monde, ici et maintenant, avec en plus une chose naissant dans son ventre à elle.

Ils se séparent, se réconcilient, s'emportent, s'aiment plus fort, un peu moins fort, la même roue encore et encore. Mais une force en eux se refuse à mourir.

La poitrine de Paul se serre chaque jour davantage. Il manque d'espace pour respirer et pour vivre. Il n'écoute plus de musique. Il n'écoute pas le ventre de son amour. Il lutte chaque soir avec l'immense rumeur qui monte des sous-sols et l'envahit. Lorsqu'il s'endort finalement, ses bras pendent sur le côté. Eva l'observe. Cet homme est fou. Merveilleux. Elle se glisse de son côté du lit et ferme les yeux.

Cela dure des semaines. Puis arrive l'embellie. Les formes sont parties. Grand ciel bleu cyan traversé de nuages filaments. Paul respire. L'air pur et frais entre dans ses poumons.

Ce matin-là Paul se réveille léger. Il prend sa douche, prépare une théière d'earl grey, tranche quelques fruits, une pomme, deux pêches, auxquels il rajoute des amandes et des noix de cajou. Il s'assoit à la table du salon recouverte de magazines et de journaux, qu'il parcourt d'un œil distrait en songeant à la journée à venir.

Il voudrait replonger ses mains dans les machines, comme il avait commencé à le faire à New York, mais il ne sait pas par quel bout attaquer le massif. Il entend une telle foule de formes dans sa tête qu'il s'y perd. Il s'assoit malgré tout chaque jour à cette table et s'efforce dans un premier temps de canaliser et de saisir le flux – ensuite, il s'attellera aux instruments et aux machines, quelles qu'elles soient.

Paul avale une deuxième tasse de thé, dont les arômes de bergamote, d'orange amère et de citron vert embaument la pièce jusqu'au plafond. Il ferme à nouveau les yeux, furète dans la masse indistincte qui bruisse dans son corps, et alors il l'entend distinctement. Une porte grince violemment sur ses gonds et s'ouvre en grand. Il sent tout de suite que ce n'est pas comme d'habitude, lorsqu'une apparition vient, lentement, traverser le salon, solitaire, avant de disparaître. Non là c'est une déferlante qui tout entière jaillit sur lui et l'envahit ; Paul n'a pas le temps de distinguer quoi que ce soit, de chercher à comprendre ; c'est une avalanche de bouches édentées, de corps brisés, de jambes et de pieds seuls qui jaillissent sur lui et l'étouffent. Il tombe à terre. Des portes, des centaines de portes entrouvertes récemment sont battues en tous sens par le vent. Paul crie et se protège le visage les yeux mais rien n'arrête la chute ; il voit les tombereaux d'animaux morts entrer dans sa bouche, les ailes séchées de sang lui racler le palais, il sent les pattes des charognards lui écorcher la peau, gicler dans ses artères, défoncer son ventre à coups de griffes ; Paul parvient à écarter de ses deux bras les vautours qui tempêtent dans son oreille, mais alors arrivent les morts. Ils sont grands, debout, dressés, et ils fondent sur lui comme une armée. Dans toute sa chair ils viennent crisser des dents. Paul les reconnaît, il en a déjà vu certains, mais jamais autant à la fois et aussi décidés. Il se tord sur le plancher qui craque, il se replie sur lui-même, chien de fusil affolé, mais rien n'y fait ils déferlent ; vêtus de haillons, les bras ballants, le teint hâve, ils ont traversé les années et ils sont là, partout dans la pièce et sur lui, dans lui, ils crient, ils supplient, nous voulons le repos enfin nous voulons la nuit, mais plus jamais cet entre-deux ces limbes, nous voulons mourir enfin, et Paul sent dans sa colonne dans ses veines dans la moindre parcelle de son corps les morts du siècle appuyer, souffrir, pénétrant ses veines pour s'y faire de la place, pour trouver la sortie. Paul crie et il voit les fantômes en tenue blanche striée de noir, le crâne rasé, les os saillants, qui lui hurlent dans d'insoutenables crissements de dents, laisse-nous entrer, laisse-nous, il voudrait les laisser mais il ne sait pas comment alors il crie d'effroi, mais l'effroi les attire et de nouvelles files arrivent, colonnes infinies à présent des condamnés de tous bords, Paul sent dans sa bouche la sciure et les bouts d'ongles, la pisse et la sueur séchée, il sent le goût insoutenable du sang qui coule, et qui coule dans son affreux jus de métal oxydé, tiède glougloutant, et s'infiltre entre ses dents, et ruisselle dans sa trachée, et s'accumule dans son estomac, bouche ses poumons ses artères, il sent avec une insupportable précision le sang des morts sécher dans tout son corps – pourquoi vit-il ça il n'arrive plus à penser, trouver une manière d'arrêter l'hémorragie, il va mourir à son tour emporté par la – il bouche ses orifices pour que plus rien n'y entre, mais les vagues continuent à déferler ; tous les morts abattus au combat, tranchés sur les batailles, tous les innocents aux membres brisés, gazés dans des réduits, mitraillés dans le dos, recouverts de terre, enterrés vivants, brûlés peau vive et purulente, tous les recrutés de force, les opposants, les juifs, les Tziganes, les civils, les résistants, les simples soldats écrasés du pied, déchiquetés par des bombes, les passants, les anonymes, les poumons remplis de terre, les mains coupées en deux, les ouvriers tombés sous l'enclume, les mineurs ensevelis sous le cuivre et le charbon, les poumons ravagés, la peau parcheminée, tous les damnés des limbes, tous les sacrifiés, par goût ou par distraction, tous ceux qu'on a assassinés et piétinés déferlent sur Paul et leur plainte le ravage, marteau-piqueur qui défonce son cœur, son minuscule petit cœur qui ne peut tenir la cadence, bête de somme pourtant qui a traversé tant d'épreuves mais jamais d'une telle ampleur ; Paul parvient finalement à se relever, il expire tout l'air de ses poumons, inspire lentement par le nez, la tempête se calme, cela n'aura été qu'une hallucination, un mauvais sort, c'est fini il s'en sort ; et alors en inspirant fort tout entre à nouveau en lui, et ils sont plus nombreux encore, et ils marchent vite cette fois-ci, et Paul comprend immédiatement, à sa peau qui éclate, à ses organes broyés, que ce ne sont plus des formes, de simples fantômes de passage, ce sont des morts-vivants qui viennent l'emporter. Il parvient à se mettre debout et à courir vers la salle de bains, mais avant d'atteindre la douche il tombe à nouveau à terre et se fracasse l'angle du crâne contre l'émail des toilettes. Son cri est étouffé par la chute. Le sang gicle, mais c'est le sien et il l'apaise, il le rend à lui-même ; je saigne, donc j'existe. Tout tourne en lui différemment, dans un grincement de train arrivant en gare. Il est à terre mais les morts ont déjà pris possession de son corps. Il les sent qui parcourent tout son être, du crâne aux orteils. Son corps ne tiendra pas, il n'y aura pas la place. Il est envahi. Dans sa bouche s'écoule un liquide grisâtre, épais, qui s'accumule au fond de sa gorge. Il essaie de faire entrer de l'air mais le liquide en lui bloque sa trachée. Son estomac se révulse de ce qui descend en lui, de cette odeur immonde et putride qui envahit sa colonne.

Ses poumons cherchent de l'air. Son cœur pompe à toute allure et tape, animal éperdu contre ses côtes. Paul pose une main contre le mur, l'autre sur la cuvette et parvient à mettre un genou à terre. Il ouvre les yeux. Il ne voit rien. Ni le mur blanc, ni le ciel gris derrière la porte-fenêtre. Dans ses orbites ont commencé à pulluler des bêtes microscopiques, qui rongent sa cornée, puis mâchonnent ses pupilles. Il plonge ses mains dans ses yeux pour les tuer. De ses ongles il arrache la fine couche transparente qui sépare le blanc de l'œil du reste du monde. Il hurle de douleur. Il continue à enfoncer ses doigts dans la matière visqueuse. Les bêtes envahissent les deux iris. Paul ne voit plus que des pattes qui gigotent et des têtes d'insectes qui percent sa cornée. Un dernier cri s'élève, aussi violent que si c'était le premier.

Revenir

Paul cria longtemps. Il se crut mort et il le fut vraiment. Son enveloppe, submergée par l'afflux de corps étrangers, cessa son activité. Elle tomba sur les dalles de cette salle de bains, au 21 George Street. Paul partit. Il traversa de détestables pays, aux parois tapissées de pointes tranchantes, aux sols si mous et spongieux qu'ils lui envahirent à nouveau l'âme. Il croisa des spectres aux visages fendus en deux, dont la peau suppurait. Il pria pour le grand repos qui jamais n'arrivait. Lorsqu'il revint finalement à une sorte de surface, il n'était toujours pas là. Son corps entier continuait de le brûler, ses yeux le faisaient infiniment souffrir. Il avait bel et bien fourragé de tous ses ongles à l'intérieur des cavités, ses pupilles avaient cédé sous les assauts, la cornée s'était fendillée en plusieurs endroits.

Mais Paul n'était plus seul. Ses cris avaient passé les murs, un voisin avait accouru. Devant les hurlements de bête il avait frappé. Pas de réponse il avait continué. Puis Eva avait fini par rentrer de sa longue promenade matinale, elle avait ouvert la porte et découvert le corps gisant de Paul sur les dalles. Le voisin l'avait aidé à le traîner jusqu'au salon. Eva avait appris, au fil des années et des chutes, un minimum de gestes vitaux ; elle eut alors à nouveau l'occasion de les appliquer. Paul était couvert de sang, d'éraflures, il s'était lacéré de haut en bas, elle dut détourner le regard tout en poursuivant le massage cardiaque. Un liquide jaune sable s'écoulait de la bouche de Paul. Les ailettes de ses yeux étaient striées d'épaisses griffures où séchaient des filets de sang. Ce cœur qu'elle essayait de ramener du bon côté, Eva le connaissait, elle le savait robuste et elle l'entendit discrètement revenir, loin, un souffle léger, à peine – elle continua la compression thoracique, il ne fallait surtout pas arrêter –, qui commença tout juste à prendre un peu d'ampleur dans la poitrine. Eva entendit l'écho persister au loin. Elle lui parla – tu peux y arriver mon amour, remonte à la surface, je suis là, on est là, on t'attend. Le pouls s'arrêta à nouveau. Blanc partout sur Paul. Le sang reflua en sens inverse – oui mais vers où ? Eva fut tentée d'accélérer la cadence mais elle tint la note, droite, rythme sec et scandé, un deux trois un deux trois un deux (celui d'une chanson disco classique, lui avait dit le secouriste, comme *Staying Alive*, et ça marchait à merveille), et le tintement lointain finit par réapparaître. Allez tiens, bats-toi merde ! Le rythme prit un peu d'ampleur. Eva lui jeta de l'eau à la gueule. Elle savait que ses yeux le brûleraient. Paul ne les ouvrit pas. Il flotta longtemps dans l'interzone, puis ses membres commencèrent lentement à se mouvoir, à peine, comme de retour d'une longue errance, de fugaces mouvements qui en appelèrent d'autres ; et enfin Paul revint. Il tenta d'ouvrir les yeux et lança un hurlement de douleur. Il était allongé sur un tas de ronces qui lui lacéraient le corps tout entier. Il lança ses bras devant lui, batailla à nouveau mais la blessure était dedans. Il prit la main d'Eva. Elle le calma à l'aide de décoctions et de chiffons tièdes sur le front et la nuque. Il s'endormit, du bon côté cette fois-ci. C'était fini.

Paul récupéra, alternant sommeil profond et veille dans les limbes, à la croisée des mondes. Ses plaies aux yeux finirent par lentement se résorber. Il en garda des points noirs dans l'iris qui, lorsqu'il regardait devant lui, troublaient légèrement sa vue, tachant un peu l'horizon.

Il parla à Eva. Elle ne lui demanda rien, elle savait. Il lui racontait d'autres choses, de vieilles histoires, des nouvelles. Il lui dit surtout qu'il voulait partir, et qu'il voulait rentrer. Ça veut dire quoi rentrer, ça veut dire où ? lui demanda Eva. Il pointa le doigt. Ça veut dire là-bas. Ce n'était pas plus clair. Peut-être eût-il fallu savoir où se situaient les points cardinaux ; Eva l'ignorait, Paul aussi. Elle dit oui, très bien, on ira.

Lorsque Paul récupéra des forces, du moins en partie, ils mirent tout ce qu'ils avaient (pas grand-chose) dans des cartons, ce qui venait de la rue (les enceintes, les matelas, quelques meubles) y retourna, on ne signa pas de fin de bail car il n'y en avait pas, on ferma simplement la porte sans faire de bruit. On repartit. Le cahot du train fut doux à leurs oreilles, qui de Manchester les mena à Londres, puis Portsmouth. Là, un ferry les attendait. Paul crut reconnaître celui qui, douze ans plus tôt, avait signé l'interruption momentanée de son rêve. Il eut cette fois la sensation que la proue cinglant la lame refermait une histoire. Pleine, complète. Il ouvrit grands ses poumons, la Manche entière y entra.

Un train puis un autre, et ils arrivèrent à Paris. Un vent sec les cueillit, un ciel blanc et gris ; ils étaient arrivés.

Le ventre d'Eva s'était largement arrondi, on atteignait le terme de ces limbes-là. Elle accoucha à la clinique Marie-Louise de la cité Malesherbes, dans les cris et la ferveur. Elle n'aima pas particulièrement ça. Elle aima encore moins les phrases définitives de ses nouvelles amies concluant *au plus beau jour de sa vie*.

Chiara Maleval débarqua dans la grande aventure. Dès l'abord droite dans l'épreuve, vaillante et le geste enlevé. C'était de bon augure.

Paul ne s'y attendait pas ; il fut immédiatement conquis. Quelle merveille mon Dieu quelle folie. Il en oublia la fatigue et les emmerdements, l'inlassable répétition du même. Il en oublia sa propre vie, et ce fut un immense soulagement.

Paul regardait sa fille. C'est insensé. Je suis revenu et elle est arrivée.

Ils étaient donc rentrés quelque part, avaient peut-être enfin retrouvé un lieu à eux. Eva se rendit compte aussi qu'ils en avaient besoin. Paul notait son corps épuisé, il avait trop entendu, trop désiré, il s'était senti vide tout à coup, mais le repos le raffermit ; il se releva. Eva posa ses pieds sur le canapé tout en découvrant un nouveau monde. Plus raide et mondain que ce qu'elle connaissait, mais brillant de couleurs vives qui finirent par lui plaire.

Tout allait mieux. Ils avaient besoin de ça en fait, sans se l'être avoué : une maison, du calme, des murs, des gâteaux aux poires et aux amandes qui caramélisent dans le four. Ça arrive. C'est pas si grave finalement.

Ils s'aimèrent à nouveau. Ils étaient trois et c'était le nombre idéal, les pointes dressées d'un triangle. Chiara criait peut-être beaucoup, mais quel enfant ne crie pas. Elle ouvrait aussi des yeux avides sur le monde, posait ses mains, attrapait les choses.

Ils s'installèrent au 36 de la rue du Faubourg-Montmartre, qui bruissait alors de mille trésors, bars et boutiques, antres inconnus.

Ils vécurent euphoriques le début d'une nouvelle ère : le socialisme triomphait enfin en France, on monta sur les lampadaires, tout allait changer. Ce 10 mai 1981, comme des millions de citoyens, Eva et Paul crièrent à pleins poumons, enlacèrent des inconnus, sautèrent de joie en tenant Chiara dans leurs bras. Le 11 mai, ils se réveillèrent la barre au front et une question juste derrière : avait-on rêvé ? L'illusion supporterait-elle la traîne des jours ?

— Allez, me casse pas les ovaires. Viens, viens je te dis.

Eva avait toujours été aussi le nom des vents tournants, des piques soudaines et des prises de bec, elle semblait adorer ça, ou bien c'était plus fort qu'elle, on n'était jamais trop sûr, elle changeait de cap à chaque seconde, elle bifurquait, elle s'emportait. *Ça vaut toujours le coup de s'emporter.*

— On pourrait pas dire qu'on ne s'énerve pas, qu'on marche sur un sol stable ? dit Paul d'une voix qu'il voulait calme mais qui ne l'était déjà plus. Et après on voit ce qu'on peut entreprendre là-dessus ?

— Oh t'es mou, tu sais, et je déteste les mous, dit Eva en singeant quelque chose d'incompréhensible. Les manières, avec toi il est toujours question de *manières*. L'important, c'est ce qu'on dit, putain.

— On a pas mal avancé pour aujourd'hui, je trouve. On va prendre une glace ?

Les virages d'Eva étaient devenus proverbiaux sans perdre de leur vigueur. Paul les redoutait. Il ne savait qu'en faire. Il avait peur du puits sans fond tout à coup devant lui, il avait peur d'elle, c'est dur à dire, de ses réactions, de ses mouvements d'humeur, il tâtonnait dans le noir.

— Qu'est-ce que tu voudrais, une molle ? Genre une Française aux cheveux longs et aux seins lourds ?

— Pourquoi pas.

En réalité bien sûr il n'aime que ça, la vitesse et la danse, la surprise et l'élan, dont les virages font partie prenante, pas de course sans sortie de route – à moins que cette imbrication ne soit elle-même qu'un cliché (on n'est pas obligé d'être casse-couilles quand on est génial).

Eva commença à travailler dans une galerie d'art du Marais, devenu en quelques décennies le quartier où tous voulaient exposer.

Paul, pour gagner du liquide, exerça différents boulots foireux dont il ignorait jusqu'aux appellations. Rien ne lui importait plus que cette œuvre qui grandissait dans sa tête – ça et sa fille. Dès qu'il le pouvait, il s'asseyait à sa table et traçait des notes sur sa portée, qui n'arrivait nulle part mais au moins avançait.

Les fantômes semblaient le laisser en paix. Son cœur battait sa mesure à peu près régulière, ses yeux cessèrent de le faire souffrir.

Paul et Eva vécurent. Ils eurent parfois la sensation d'être arrivés là où ils le voulaient, de vivre leur vie comme ils l'auraient imaginée. Certes ils étaient sans doute moins fous qu'avant, moins volages et audacieux, moins ardents aussi, mais la forme de liberté flottante qu'ils trouvaient dans cette existence, cet appartement, ce noyau augmenté leur semblait finalement enivrante à sa manière. Ils le pensèrent, ou crurent le penser. Les tapis d'Istanbul étaient doux sous leurs pieds.

L'autoroute trouée

Comment les nœuds se sont-ils finalement relâchés ? L'alcool de la veille avait certainement joué un rôle, on n'était plus autant à fleur de peau, et les mots sortirent sans qu'on les attende.

Sur ce banc des Zattere, à Venise, Paul, Chiara et Léo se sont assis. Chiara a allumé un joint de skanka – elle en a toujours un peu sur elle, au cas où – qu'ils ont fumé lentement au rythme des chaluts passant devant eux. Puis Léo s'est levé. Il est revenu dix minutes plus tard avec une barquette de calamars et de pinces de crabe que lui avait préparée un gars du marché, et qu'ils ont avalés en lançant de petits cris de jouissance. Non mais quelle merveille, a dit Paul, les yeux rouges. T'as bien fait d'en prendre autant, a rajouté Chiara en avalant les calamars persillés dans un tourbillon salé.

Venise n'était pas complètement sur le chemin mais ils avaient dévié sans même un mot, comme une évidence. Sur ce banc, devant la face nord du rêve éveillé, la lumière franche et l'air chargé de vase et d'humidité, ils ne le regrettent pas.

En se léchant les doigts, Léo tout à coup a commencé. Je me souviens plus trop de ce qui s'est passé, il a dit. J'avais envie de plonger, je crois, de plonger tout au fond pour voir comment c'était, s'il y avait une sortie, s'il n'y en avait pas. Chiara s'est tournée vers lui. Et tu ravalais un petit cachet blanc chaque fois pour descendre de plus en plus bas ? C'est ça, a dit Léo. Il te reste pas un calamar ? Si, a dit son père, tiens finis les miens.

Et depuis, tu te sens comment ? demande Paul.

Je sais pas, dit Léo. J'ai l'impression d'être soit trop loin soit trop près du sol. J'ai jamais les deux pieds dessus.

Tu continues à prendre tes médicaments ?

J'essaie d'en prendre le minimum. Mais tout est tellement bien quand j'en prends. Et je respire mal quand j'en ai plus.

Léo sent l'herbe appuyer sur ses tempes, appuyer sur son cœur, et il décide de ne retenir ni les mots ni les larmes. Je sais pas pourquoi, je sais pas ce qui pèse. Tout, j'ai l'impression, et rien en particulier. Je me répète vingt fois par jour que la vie est merveilleuse, et j'y crois, parce qu'elle l'est. Mais le poids sur la poitrine revient et j'arrive plus à respirer. Et tout m'angoisse, de la fenêtre d'en face à ma valise à préparer, des grandes manœuvres aux petits riens.

Et quand tu essaies de respirer lentement, dit Paul, de fermer les yeux, de calmer la tempête ?

Ça marche parfois, souvent ça suffit pas.

Chiara prend la main de son frère. Ils ont surmonté mille épreuves, ils y arriveront encore une fois. Elle serre ses doigts fins auxquels elle avait enseigné le monde. Une petite barque au bois vert écaillé passe sous leurs pieds.

Paul regarde son fils. Son visage semble flotter aérien, ses traits sont fins, délicats, comme l'acteur évanescent du film de Pasolini, *Théorème*. Un brun pour un blond vénitien mais c'est la même grâce légère, la même gravité des gestes au bord du vide ou de l'envol.

Paul se demande ce qui a foiré. Quelque chose à un moment donné a dû dévier, pourquoi son fils flotte-t-il ainsi dans les limbes, pourquoi sa fille a-t-elle formé cette insubmersible carapace ? A-t-il fait de mauvais choix, leur a-t-il légué des malles et des poids qu'il avait lui-même récupérés de ses parents, et eux-mêmes des leurs ? De cela il est certain, bien que personne ne soit jamais coupable dans ces affaires-là. Quelque chose a raté, dans la cible et dans l'envoi. Sur ce banc, Paul a les deux pieds droits sur le pavé mais ses mains tremblent.

Pourtant il n'avait jamais existé qu'une chose pour lui et c'était la joie.

Il ne l'avait pas toujours atteinte, évidemment, mais c'était l'horizon et la seule question, la joie, pas le baume des supermarchés, pas la barbe à papa de la fête foraine qui tourne en boucle dans son réduit, pas la délicatesse bourgeoise, non, Paul et ses amis parlaient de cette chose violente et aiguisée qui vous broie le ventre et vous lacère la peau, la joie comme le contraire du bonheur, celle qui vous blesse et vous creuse, qui aiguise vos nerfs et votre corps.

Et dans la musique il n'avait sans doute cherché que cela, si sa mémoire ne le trompe pas, cette chose simple et puissante, être en vie, sans jugement, sans morale, parvenir à exister, enfin. C'est ce que faisaient les airs les mélodies, incarner l'être-en-vie dans un ruban, ils en chantaient les moindres vibrations, les subtilités, ils en disaient toutes les textures – sans pour autant ne rien dire de précis, aucune matière, aucun fait, là était leur génie.

N'ai-je pas réussi à transmettre cela à mes enfants ? Paul regarde ses deux bottines noires plantées dans le pavé. Il brandit la joie comme étendard, avec une certaine arrogance, pense-t-il, mais l'a-t-il vraiment mise en pratique ? S'il ne l'a pas transmise alors peut-être ne l'a-t-il tout simplement jamais éprouvée. Il s'est peut-être trompé. Derrière l'ardeur il n'y avait peut-être toujours eu que le vide et Paul avait été bien inconscient de ne pas le voir.

Et puis c'est si simple de prôner l'élan lorsqu'il nous est naturel, lorsque notre organisme le sécrète aussi facilement que des hormones ou du lait. Alors ferme-la, pense Paul, et prends toi aussi la main de ton fils.

Il n'y arrive pas. Sa main reste au port. S'il y a bien quelque chose qu'on se transmet de corps en corps dans cette famille, c'est l'incapacité d'exprimer entièrement ses sentiments, de les vivre au-delà de son cœur comme des choses partageables. Il faudrait pour cela des gestes et des mots, qu'ils ont tous si souvent retenus. La joie pourtant était là mais elle ne se disait pas.

Léo fouille au fond de sa pince de crabe, la bouche tendue comme s'il allait dire quelque chose. Mais les phrases stagnent au bord des lèvres. Il en a déjà dit beaucoup. Beaucoup plus que d'habitude. Il pourrait parler d'Anna, de leurs éclats, de rire et de peine, de la fille qu'il voudrait avoir mais qu'elle ne veut pas, de sa solitude qu'il voit grandir et qu'elle combat. Il mâche longtemps le dernier morceau, allume le nouveau joint que lui tend sa sœur. On se dit qu'on repart à quelle heure ? Quand on veut, dit Paul, on a le temps.

Les chalutiers passent devant eux. Le ciel est limpide et clair au-dessus de la reine des villes. Paul attrape le pétard que lui tend son fils, avale une taffe, la relâche lentement dans l'air. Il se surprend à arrondir sa bouche pour dessiner des ronds de fumée, comme il le faisait plus jeune. Il ferme les yeux et s'enroule dans les volutes.

Derrière ses orbites il a trente ans à nouveau et il est de retour à Lyon, dans la rue où il a grandi. Ses parents l'ont accueilli, comme toujours, dans de longues embrassades et un fastueux repas, pour cette visite express et surprise de *l'Américain*. Antoine saute dans tous les coins de l'appartement, il veut montrer mille et une choses à son fils, regarde ce disque-là, non mais regarde ce type, et Sarah lève les bras au ciel, elle embrasse Paul, elle sort les coupes à champagne, l'appartement sent la cannelle et l'encens – pourquoi je ne suis pas revenu avant.

Jérémie pousse la porte au moment de la salade, qui a toujours été son plat préféré au monde, et la joie redouble, sa mère ne retient plus ses larmes, mes fils, ah mes fils, et Paul a envie de la prendre dans ses bras, il s'abstient parce qu'il est un adulte à présent – et puis merde il se lève finalement et l'enlace. New York est bien loin tout à coup.

Dans l'après-midi, ils descendent tous les quatre vers le centre-ville. Paul veut profiter de sa présence ici pour acheter des livres, des confitures, des choses qu'il ne peut pas trouver là-bas, de l'autre côté de l'Atlantique. Ils dévalent les pentes, arrivent sur la place des Terreaux, remontent la rue de Brest, ça fait si longtemps qu'ils n'ont pas été côte à côte sur un trottoir, son frère fait claquer ses pieds en l'air, dans la boulangerie de la Cerisaie les croissants rutilent.

Dans les rayons de la librairie Payot, sur la place Antonin-Poncet, Paul laisse traîner ses doigts sur les couvertures. Il voudrait tout prendre avec lui, sa langue lui manque, c'est peut-être ce qui lui manque le plus, il voudrait Hugo et Montaigne, il voudrait Verlaine et Flaubert, il voudrait Borges aussi qui l'intrigue, et ces nouveautés, là, Émile Ajar, René Fallet, Georges Perec, Raphaële Billetdoux, qui trônent et lui font de l'œil. Il attrape *W ou le Souvenir d'enfance*, *La Vie devant soi*, *Les Misérables*, *Poèmes saturniens*. Et puis allez savoir comment ses pas l'emmènent jusqu'à la salle du bas, il ne connaissait pas cette librairie qu'inonde la lumière de la place voisine, il entre dans le rayon philosophie et les reflets ricochent sur une couverture déjà dorée, où est écrit en lettres rouges et noires : *Gilles Deleuze et Claire Parnet. Dialogues.* Il feuillette, le papier est doux, une odeur d'épicéa emplit ses narines. Il ouvre au hasard et lit ceci : "Tout est affaire de sang. Ce n'est pas facile d'être un homme libre : fuir la peste, organiser les rencontres, augmenter la puissance d'agir, s'affecter de joie, multiplier les affects qui expriment un maximum d'affirmation. Faire du corps une puissance qui ne se réduit pas à l'organisme, faire de la pensée une puissance qui ne se réduit pas à la conscience." Ce n'est pas facile, pense Paul, mais il n'y a pas d'autre voie. Il pose le livre sur la pile et prend le chemin de la sortie.

Et cette nuit-là, à Lyon, après avoir dîné avec ses parents, bu de grands vins des côtes du Rhône, Paul était parti avec son frère et de vieux amis boire des verres au bas des pentes. Vas-y raconte la grande ville / mais quelle folie / eh fais pas le snob Paulo / eh oh mollo l'Amerloque / putain il nous prend de haut maintenant / regardez-le avec ses jeans de gringo. Paul répond à contrecœur, il n'aime pas se vanter, il ne sait pas quoi dire, il esquive et paie sa tournée.

La bande d'amis plonge dans la nuit avec fracas, sans retour possible. Leurs bras collent au comptoir, rue Sainte-Catherine les bars alignés, ils passent au suivant, dans L'Entonnoir on crie plus fort, au Perroquet Bourré le rhum et la vodka se mélangent au sirop de caramel ou d'orgeat, on en ressort tout peuplé d'étoiles.

Les deux frères rentrent bras dessus bras dessous sous la lune rousse. Dans la rue Saint-Polycarpe et sa pente à onze degrés, Paul s'écroule. Il y a des pelletées d'alcool et de rires, les retrouvailles, sa ville, et il y a quelque chose de plus large et de plus fort encore qui le cloue à terre.

À 4 heures et demie du matin, sur ce trottoir, Paul est terrassé par une lame qui vient de plus loin que lui-même. Il tombe à terre et il pleure, les larmes retournent son ventre, il hoquette. Il n'est pas fait pour ce monde, il n'y arrive pas, il n'est pas fait de la bonne pâte, il ne peut pas supporter tout ça, il sait que sa mère va mourir, que son père va mourir, que son frère va mourir, que ses enfants, s'il en a un jour, crèveront seuls dans des chambres mal chauffées, que rien n'a de sens et qu'il n'est nulle part chez lui, même pas ici, et il ne peut supporter cette douleur-là, il est à terre sous la lumière sale du lampadaire, Jérémie est accroupi à côté de lui, eh frangin, frangin, je suis là mec t'inquiète pas, je suis là, mais Paul ne l'entend pas, secoué de hoquets, percé son sac de larmes, j'ai pas de maison mec, j'ai plus de maison, dit Paul, j'ai plus rien, et il pose sa tête sur le bitume.

Assis aujourd'hui sur ce banc écaillé, à Venise, ses deux enfants à côté de lui, Paul relâche la fumée en même temps que le souvenir, inattendu, et il comprend que ce soir-là, si lointain, ces larmes sur le trottoir lyonnais, c'était de la tristesse, certes, mais c'était aussi de la joie. Il rallume le joint. Être en vie, c'est peut-être tout cela à la fois, sentir les couteaux dans son ventre et les hoquets de rires, sentir les longs sillons creuser votre peau, comme celui sur sa joue, là, qui la traverse de haut en bas.

Paul tend la main et atteint finalement celle de son fils. Il la serre fort. Léo regarde la rive nord des Zattere, les eaux plates. Paul voudrait refermer la porte qui vient de s'ouvrir, il sent que les larmes remontent comme ce soir d'il y a quarante-cinq ans. Il entend la mélodie et il la reconnaît. C'est elle qui l'avait entraîné vers ces sphères troubles et solaires, coupantes, et toute son existence il l'avait écoutée pour se sentir en vie, davantage encore, pour accroître les sidérations et les creux.

Chiara étire ses jambes sur le petit parapet. Léo lève les bras. Paul regarde ses deux enfants, des adultes depuis longtemps déjà. Il ne sait pas ce qu'il leur a transmis, legs ou fardeau, il ne sait pas s'il aurait pu mieux faire. La joie ou la tristesse coulent pareillement dans leur sang. Ils sont tous les trois forts et troués, élancés, fébriles, à fleur de peau. Ils avanceront comme ça. Ils y arriveront. L'aventure est puissante et effrayante. Ils y arriveront.

Paul tire une dernière latte et passe la fin du joint à Chiara. Il ne pense plus à rien. Il n'a plus froid aux jambes, il n'a plus peur. Il ne pense pas aux eaux troubles sous ses pieds, au passage des choses, à ces conneries de temps qui coule. Les eaux bleu-vert se reflètent sur les flancs du vaporetto qui passe dans un bruissement. Paul est assis sur un banc à Venise. Il tient la main de ses enfants. Le reste n'importe plus.

Et puis, à Paris,

quelque chose s'est fendillé. Au début on n'en voyait rien à l'œil nu, à peine une fêlure sur l'émail du vase. Ce n'était pas à cause de Chiara, petite merveille à quatre pattes, c'eût été trop facile. C'était peut-être plutôt le vague regret de quelque chose qui ne serait plus, une nostalgie de demain. Et puis il y avait un oiseau en chute libre et qui ne le savait pas encore.

Alors Paul repartit en voyage et Eva plongea dans le puits.

*

Paul tourne à l'intérieur de la porte tambour. Il a parfois, comme tout le monde, des manières étranges de manifester sa joie. Ici, à Rio, où il est revenu il y a deux semaines, la joie est humide et légère comme un chant de toucan, elle se glisse dans des endroits inattendus, comme cette porte tambour de l'hôtel Continental, d'une élégance légèrement décadente, dans laquelle il aime faire des tours, et des tours, jusqu'à ce qu'un client plus sérieux ne s'y introduise dans son sillage, l'obligeant à foutre le camp.

Au lieu de remonter alors dans la chambre 213 où il a étalé son bordel, Paul fait volte-face et replonge dans les rues enduites d'un jaune caramel et d'un bleu carioca qui ne cessent de le surprendre. Aujourd'hui encore il s'y perd.

Paul a repris, le 22 juillet 1983, son voyage au long cours, quoiqu'à éclipses, et s'abandonne à nouveau aux éléments.

Sa petite fille gazouille loin de lui, elle lui manque, il l'appelle tous les deux jours. Il a cédé malgré tout à l'attrait des phares, sans comprendre exactement pourquoi. Il s'en veut un peu, d'être cet homme-cliché laissant femme et enfant au port, mais une force l'a dépassé et poussé à repartir. Il sentait que quelque chose se délitait et il avait peur sans doute de l'affronter. Avec Eva ils se sont mis d'accord, ça lui allait aussi d'être seule avec sa fille, loin d'elles ce type toujours hors d'haleine qui crève à tous les coins de rue.

Paul s'arrête un moment dans les Balkans, où il découvre un festival de trompettes et de cuivres effréné, dans un village perdu de Serbie, Guča. Personne ne s'intéresse à cette musique kitsch qu'on croit réservée aux mariages mais Paul se prend d'affection pour ces fêtes endiablées et ce son doré qui éclabousse tout. La musique a une fonction précise ici, faire danser et jouir, ce qui lui semble un programme acceptable.

Ces errances, il les transforme ensuite en longs et vibrants récits pour la radio, qui se plie idéalement à sa manière d'entendre le monde.

Entre ces voyages plus ou moins fructueux, Paul rentre à Paris. L'appartement rue du Faubourg-Montmartre est toujours là, intact, bien que l'agencement des meubles, des armoires et des plantes semble parfois avoir été modifié, et que la présence d'Eva et de Chiara soit, elle aussi, incertaine. Paul se permet de partir quand il veut ? Eh bien moi aussi, dit Eva, et Paul aurait bien du mal à lui donner tort. Elle emmène avec elle Chiara, trois ans révolus, ou bien elle la laisse à des amis. Julie et Arnaud ont toujours aimé les enfants, ils ont même essayé d'en avoir, en vain, alors ils sont heureux de garder la petite quelques jours. Eva les prévient au dernier moment, je pars, ou bien, demain je reviens ; ça les fait marrer au début, au bout d'un moment un peu moins.

Aujourd'hui encore, lorsque Paul pousse la porte de l'appartement, aucun bruit ne s'échappe du salon ou des chambres. Son vol en provenance de Moscou s'est posé trois heures plus tôt à Roissy, il cherche derrière le canapé, sous le lit, visiblement elles sont parties. Il ouvre sa valise, pleine de cassettes pirates, de rock urbain bizarre jailli des souterrains, de chansons tristes en forme de lichens écloses sur des terrains vagues, illégales marchandises de contrebande antisoviétique. Il étale toutes ces trouvailles sur la table, observant le butin aux vapeurs du café du Guatemala.

Le lendemain, il retrouve Eva et Chiara, elles étaient chez Aurélie cette fois-ci. Ils rentrent tous à la maison.

Lorsque Paul revient, il fait une petite visite de routine à ses médecins. (Car oui il en a plusieurs, ça le rassure.) Tout fonctionne, répètent-ils en chœur. Pas d'inquiétude. Vous allez tous nous enterrer. Si c'est vous qui le dites, pense Paul, qui repart à toute blinde s'user à nouveau les mains.

Il ressent assez vite une sorte de répulsion pour la décennie 1980. (Même s'il essaie de ne pas trop se fier à toutes ces bornes qu'on invente pour apprivoiser le temps et tenter – en vain – d'y comprendre quelque chose, il est comme tous, il finit par s'y plier.) Et ce qu'il avait senti monter un peu plus tôt, à New York et ailleurs, se condense et s'amplifie dans ce temps qui s'ouvre : règne du fric, de l'ostentatoire et du vulgaire, du clinquant, abêtissement général, retour aux instincts de cupidité et de domination.

Même – ou peut-être surtout – sous cette nouvelle ère socialiste – si tant est que ce mot convienne à ces dinosaures convertis au capital –, ce qui s'était dessiné, à New York et à Londres, golden boys et spéculation, télés débiles et sacs de riz pour les pauvres, prend dès lors son envol.

Paul place chaque jour son oreille sur l'enceinte de sa radio, là où les jours sécrètent des sons, et voilà ce qu'il entend : dégueulis de synthés, couleurs planantes et sons aplatis, grincements métalliques mous, voix de fausset, carillons funestes, guitares saturées et mal amplifiées, une esthétique bon marché et clinquante s'installe, toupets fluorescents et jeans moulants. Paul est effrayé, tout à coup, or il ne voudrait surtout pas être rétrograde, *c'était mieux avant* très peu pour lui, alors il replonge la gueule dans ce qui jaillit des *Top 50*, des *Hit Machine*, et en ressort éreinté, défait, rendu à l'état de mollusque (et c'est pas sympa pour les mollusques) : mélodies carillonnantes, romantisme de bord de mer, vestes cintrées et paroles d'attardés, mélange audacieux de sous-samba triste, de pop sucrée et de rock garage débraillé. Quelque chose prend son essor qu'on appelle *variétés* et qui concentre tout ce que Paul déteste : prendre les gens pour des cons en leur offrant le pire enrobé d'un papier cadeau aux couleurs criardes.

Alors Paul éteint le son et lève la tête ; c'est pire encore. Une culture de vestes noires et de talk-shows se constitue, de prétendu parler franc et de snobisme trois-pièces. Il n'est pas certain de vraiment saisir l'idée. Peut-être est-il tout simplement en train de devenir con, voire vieux.

Et puis, petit à petit, Paul finit par éprouver une certaine tendresse pour cette légèreté guimauve, ce post-Factory décadent, Ardisson & Dechavanne, les shorts fluos et la voix flottante de Christophe en parfait dandy aux mots bleus. Il part souvent danser aux Bains-Douches et au Palace, avec sa nouvelle bande délirante de jojos à plumes, Frédéric et Léna et Roberto, rentrant au petit matin, rincé, heureux. Il s'attarde alors longuement au balcon. Des gens passent, visiblement affairés. Il se sent étonnamment calme. Il fume en regardant le ciel s'ouvrir comme une mangue.

Chiara, elle, grandit dans ce marais effervescent qu'elle n'analyse pas, comme le crabe ne théorise pas l'eau. C'est un être d'une grande douceur, ses gestes sont étonnamment calmes, qui se déploient dans un rayon réduit. Puis en un éclair elle se cabre et s'exaspère, et dès lors plus rien ne peut l'apaiser.

Paul la regarde d'un air abruti. Tout ce qu'elle fait lui semble fantastique. Qu'elle écrase une compote ou mette ses doigts dans la prise, il demeure fasciné, c'est évidemment l'électricité en elle qui parle, la révolte déjà, l'insoumission.

Eva, elle, s'épuise. Elle n'a jamais vraiment souhaité tout cela, ces jeans ce canapé, elle ne le souhaite toujours pas. Elle adore Chiara, évidemment, comment ne pas, mais toute l'intendance la révolte, un gosse c'est une minute de grâce pour deux heures de basses œuvres, un sourire, un regard, avant un long carnage. Comme il est malheureusement un peu tard pour retourner le produit au service après-vente, elle fait avec, comme on le ferait d'un meuble acheté un peu trop vite pour son aspect sur la photo mais qui prend en fin de compte trop de place dans le salon.

Et puis sa propre fêlure ne s'arrange guère. Elle ne saurait dire si elle est amplifiée par cette arrivée inattendue dans sa vie ou bien si naturellement le passage des ans l'accroît comme une entaille dans une planche de bois, en tous les cas la faille s'ouvre, et ce qu'elle aperçoit derrière l'effraie davantage que les trous noirs du cosmos. Eva sent que tout bout en elle, que ses organes sont concassés par cette brèche qui s'étend et les pousse sur le côté. Et tout se mêle, l'excès et l'indignation, une colère sans nom et sans âge qui la traverse et l'emmène dans des torrents de bris de verre, dont elle ressort écorchée et exsangue au petit matin. Il y a aussi la lassitude d'être en vie ; l'ardeur qui l'avait toujours habitée, et aujourd'hui la déserte, la laisse, en se retirant, comme une coquille vide. Il y a la rage de ne rien sentir face à cette enfant sublime, parfaite, qui tend les mains vers elle et qu'elle ne sait comment prendre dans ses bras. La rage d'être dépassée par cette vague se double de l'incompréhension totale d'une société qui regarde une mère en proie au doute comme le monstre ultime. Eva a la sensation, lorsqu'elle promène Chiara dans sa poussette sur les trottoirs du 9e arrondissement, que les bourgeoises la dévisagent et qu'elles savent. Tu ne ressens rien parce que tu es brisée à l'intérieur, comment peux-tu, fruit de tes entrailles, merveille des merveilles, mystère définitif de l'existence, comment peux-tu, tu mérites de crever en enfer. Eva rentre chez elle et referme la porte à double tour.

Il y a tous ces sentiments mêlés mais il y a autre chose encore, de plus lent, de plus lourd, qui vient de loin et l'emporte. Elle ne sait pas le nommer, elle ne sait pas ce que c'est, mais elle devine une force ancienne et terrifiante, qu'elle tente d'éloigner de ses mains, qui ne cesse de revenir.

Le tourbillon Eva qui avait ensorcelé Paul a dévié. Il est allé ailleurs livrer ses tempêtes. Paul serait bien malavisé de lui en tenir rigueur, Eva est la première à en souffrir. L'élan fastueux s'est transformé en pluie de marteaux sur la gueule. Eva sait bien pourtant que l'existence est longue et retorse et que mille coudes ou virages ne manqueront pas de se présenter. Il lui faut être attentive, et patiente, une opportunité va s'offrir. Elle se relancera. Elle se réinventera.

L'appartement, parquet ciré et murs blancs, se plie sous les pieds d'Eva, Paul et Chiara. Ils s'y sentent bien, ils le désertent, ils l'habitent.

Autour d'eux, Paris s'étend et renaît.

Comme les sons que Paul entend, le goût est douteux mais l'énergie vivace. Le punk que Paul avait vu naître sur la presqu'île aux mille sortilèges secoue dorénavant la France. Les vestes cloutées et l'énergie brutale ont envahi les garages et les entrepôts, réveillant une génération entière qui voit là une chance unique d'échapper au conformisme bourgeois, lequel prend intelligemment le pli socialiste pour survivre et se réinventer.

Le punk jaillit sur les boulevards parisiens, les ruelles de Bordeaux et de Saint-Étienne, Bérurier

Noir et Taxi Girl, verbe sec et corps tailladés, ici aussi on vit la rage, les cris, la révolte.

Les musiques que Paul avait aimées à New York, du hip-hop au disco, soul et rock sale, débarquent enfin en France – après avoir perdu des plumes au passage –, où d'habiles imprésarios s'efforcent d'en faire de l'or.

Mais les expériences passées ont peut-être émoussé Paul, peut-être a-t-il perdu aussi un peu de fraîcheur (même s'il se refuse à le croire), en tous les cas il peine à se passionner pour ce qui se produit ici, là, maintenant. Il devient snob lui aussi. Or il tient à la curiosité plus qu'à tout. Il n'a pas oublié son rêve d'un devenir-vitesse. N'aura-t-il été qu'une fausse promesse ? Il peut éventuellement s'accorder la possibilité d'un passage à vide – en revanche, il est tenu de se ressaisir.

Il veut repartir à nouveau, mais avec une fille de cinq ans et une amoureuse emmêlée dans ses tourments, comment faire ?

— C'est pour le boulot.

— T'as un boulot toi ?

— Eh oui.

Il s'est inventé au fil des années mille petits et grands travaux qui tous tournent autour de son idée fixe. Il est tour à tour homme de radio, musicologue, écrivain, musico-anthropologue, et d'autres noms étranges comme ça. En réalité, et comme toujours, Paul est toujours un peu à côté, jamais entièrement là.

Et puis tout reprit comme avant, Eva et Paul se retrouvèrent. Ils se retrouvaient toujours, en réalité, c'est ce qu'ils savaient faire de mieux. Eva se sentait mieux tout à coup, ça n'avait été qu'une mauvaise passe, un aveuglement passager. Elle reprit goût aux choses, acheta de grands tableaux pour la galerie, se fit de nouveaux amis brillants, qui la surprirent, comme une viande sur une poêle brûlante. Ses missions la passionnaient, elle virevoltait dans Paris comme dans une aventure. Paul à son image retrouva des couleurs. Le week-end ils partaient sur les berges de la Loire faire du vélo tous les trois. Chiara gazouillait sur son siège arrière. Les feuilles orangées filaient au-dessus de ses yeux. Bientôt elle pourrait les attraper.

Le soleil s'écrase sur

le coin de la table en formica. Elle avait appartenu aux anciens locataires, on l'avait gardée finalement. Eva a posé sa tasse, elle boit le café long et filtré, avec des mandarines et trois tartines au miel. Elle a tout aligné, les choses doivent être parallèles ou perpendiculaires, sinon c'est le bordel. Elle a observé le tableau, la petite musique du matin, le soleil oblique des premières minutes. Elle a besoin de forces. Elle mange les tartines, lentement, elle avale les mandarines. La petite va bientôt se réveiller. Son sac est prêt.

Elle se ressert une dernière tasse. Lorsqu'il y a urgence, elle aime ralentir, pour sentir le temps dans sa paume, fébrile tout à coup et prisonnier, avant de le laisser jaillir comme une bête.

Eva écrase les derniers quartiers sous ses dents. Elle se lève, attrape le sac et pousse sa valise. Toujours pas de bruit. Elle ouvre lentement la porte, pas faire grincer. L'odeur d'apothicaire du couloir la cueille. Elle descend l'escalier.

Paul est réveillé vingt minutes plus tard par les hurlements de Chiara. Il se rend dans la chambre, la prend dans ses bras, l'embrasse longuement. Eva ? Eva ? Elle a dû sortir un moment.

Deux jours plus tard, il est obligé de s'y résoudre : Eva est partie.

Paul prend les choses avec pragmatisme. Faisons ce qu'il y a à faire, ceci, cela, l'intendance et après on réfléchira.

On avait prévu de faire de l'existence un joyeux bordel alors continuons.

Qu'on soit un, deux, trois, mille, peu importe, l'idée est la même.

Paul prend Chiara dans ses bras.

Eva a disparu.

Plus de nouvelles, pas de coups de téléphone, rien.

Elle est peut-être morte, elle aura choisi de disparaître comme on le fait au Japon, en Sibérie, ou je ne sais où, quand les corps s'abandonnent naturellement aux brumes et au vide.

Paul cherche longtemps quelque trace d'elle. Elle n'a pas pu aller bien loin, elle doit être là, à côté, elle va réapparaître comme elle faisait tout le temps, surprise les amis, c'est moi. Elle va m'écrire, elle va me dire. On a une fille. On s'aime, ou en tout cas on s'est aimés. Et puis non, rien, pas de message, pas d'appel. Eva a disparu et tout un monde avec elle.

Paul finit par renoncer à chercher. Il vit avec cette absence. Elle réapparaîtra, c'est sûr, mais il ne peut pas passer ses jours à courir derrière une ombre. Il y a des silhouettes bien tracées dont il faut s'occuper.

Avec ou sans toi

Se met alors en place une sorte de danse à deux pas, je te laisse ma chérie je t'emmène, attends que je revienne, viens dans mes bras on part en voyage, aujourd'hui tu restes à quai je reviens vite. Chiara grandit ainsi, comme une plante tropicale elle se plie aux éléments, on part ta valise est prête, tu peux la défaire je dois m'en aller.

Étonnamment, elle semble accepter le marché. Elle a l'impression de l'avoir décidé en accord avec son père, d'en être la coauteure. Rien n'est moins sûr, pourtant, mais laissons-la le croire. (Dans l'ombre grandit, peut-être, une légère amertume, qui pourrait devenir quelque chose de plus – mais là non plus, nous n'en savons rien.)

Chiara se construit, plume légère, aérienne, sans attaches. Elle s'est voulue ainsi. (Laissons-lui, là encore, la possibilité d'y croire.)

Elle adore avoir plusieurs maisons. Parfois elle habite la première chambre à droite chez Vincent et Nathalie, celle avec les stars de tennis au mur, parfois c'est chez son oncle Jérémie, et ses cousins Baptiste et Amandine, avec qui elle rit le soir en regardant les Nuls et les Inconnus à la télé.

Et puis il y a sa maison ambulante, avec son père, lorsqu'ils partent pour des expéditions hasardeuses, souvent joyeuses, pour aller chercher des sons distordus au fin fond du monde. Elle l'appelle *padre*, et son allure d'aventurier à chapeau mou l'emplit d'admiration.

— Ma chérie, prépare tes affaires.

— On va à l'école ?

— Non, on part en Inde.

Ce qu'ils découvrent, après trois vols, deux correspondances et huit heures de transit, les foudroie tous les deux.

Un grand charivari de tous les sens les prend. Tout ça ne peut pas *réellement* exister. C'est trop, beaucoup trop. On y plonge quand même parce que tout cela est sidérant de beauté.

Ils parcourent le Nord du pays, pris dans la fièvre des villes et du temps qui bat sans trêve entre leurs mains, dans tous leurs sens. Chiara découvre alors, de manière encore confuse, que certains lieux sont plus denses que d'autres, que nos nerfs et notre sang s'y développent et se ramifient, et que l'Inde n'est pas un pays mais une manière d'être plus violemment et puissamment au monde.

Tout cela est passionnant mais on est là pour une chose précise, toujours la même et toujours recommencée : la musique, qui est ici d'une orfèvrerie et d'une complexité sans pareilles, comme ces bouquets insensés de fleurs ou ces papiers tressés qu'on trouve sur les bas-côtés des routes, de Madurai à Varanasi.

Paul se prend dans la gueule ce qu'il savait pourtant déjà : des gammes dodécaphoniques en forme de rubans multicolores qui s'ouvrent et se déplient de tous côtés au creux de son pavillon. Il essaie de détricoter cet entrelacs qui ne repose pas sur les harmonies. Paul découvre que les râgas (entièrement différents des gammes qu'il connaît) se déclinent à l'infini en subdivisions, selon un système chromatique où chaque note occupe plusieurs positions (essayez de suivre, Paul lui aussi fait un effort). Vingt-deux intervalles séparent ces notes. Chaque mode possède son humeur, qui, se mêlant à d'autres, compose d'infimes variations, de la nuée légère à l'ouragan. On improvise entièrement ici à partir de ces canevas et des rythmes si raffinés à l'intérieur desquels on dénombre contretemps, sous-unités, légers décalages avant ou après le temps qui ramifient encore l'arbre (si Paul n'est pas plus clair, c'est qu'il n'y parvient pas). En tous les cas, le rythme n'est pas une mesure en Inde, c'est une houle, un cycle, comme le temps, la divinité ou l'enfer. À vous de jouer maintenant.

Lorsqu'ils reviennent tous deux de ce délire éveillé, Chiara reprend, les yeux encore agités, le chemin de l'école, pendant que son père s'enferme des mois dans la chambre qu'il a aménagée (le mot est un peu fort) en studio (le studio s'est aménagé tout seul et la chambre n'a rien dit). Dans cet espace clos, d'où ne filtre du dehors qu'un mince filet de lumière grise, Paul empile, rassemble, ramasse tout ce qu'il a entendu, vu, aimé, détesté, déniché au fil de toutes ces années. L'ensemble s'apparente désormais à une pâte immense et foisonnante qui déborde de tous côtés sur ses tréteaux. Il y a tout, là, depuis les premiers jours jusqu'à aujourd'hui, les solos jazz de son père, les sonates de sa mère, du rock des débuts jusqu'aux rythmes évanescents de Polynésie. Les enregistrements qu'il a faits, les traces et les signes, mais surtout sa mémoire, cet étrange rouleau qu'il déplie sur la table et s'efforce de démêler sur du papier à musique, il réunit tout ici. Pourquoi, d'ailleurs ? Il serait bien en peine de le dire. Il sent pourtant qu'il y a comme une porte, là-dedans, dont il cherche la clef tout le jour.

Paul compile et rassemble mais surtout il compose. Voilà le grand changement : il a empoigné le crayon. Il donne forme à cette masse débordante.

L'idée est de reproduire sur le papier tout le bruit du monde. De parvenir à un morceau qui soit *lui-même* la texture du réel. Si on met tout, absolument tout sur le papier, bruits de moteur toux et cris harmonies palabres souffrances rires et folies, toutes les histoires et toutes les vies, on aura le monde et on aura le mystère, intact, élevé au carré.

Alors évidemment la symphonie s'annonce immense, potentiellement sans fin. (Pour l'instant, elle compte 2 450 pages, environ, et forme sur le bureau de Paul une masse saisissante, un Annapurna de papier.) Il lui faudra plusieurs vies pour y arriver, mais ce n'est pas un problème dans son cas.

Les voyages se poursuivent. À Bali, Chiara et Paul découvrent les gamelans, ces ensembles de gongs et de xylophones, de cymbales et de tambours en peau de buffle qu'on caresse dans toute l'île aux parfums de soie. En Islande, ils traversent main dans la main des plaines comme sorties d'un rêve sous le regard des montagnes pelées par le vent. Ils forment un drôle de duo, plus camarades que père et fille, plus profondément reliés que des amis lancés sac au dos sur les chemins.

L'appartement du 36 Faubourg-Montmartre sent la tartine sèche et le renfermé. Paul ouvre grandes toutes les fenêtres. Il avale l'air du soir, son heure préférée, appelez-la comme vous voulez, *l'heure bleue*, *entre chien et loup*, lui il l'appelle violette, pourpre, l'heure du suspens. Il l'aime pour son côté hors du temps – c'était aussi, et surtout, l'heure préférée d'Eva, elle aurait dit, si elle avait été là, tu me voles mon heure, tu me voles tout, ma vie, mes idées, j'en ai marre – oui mais elle n'est pas là, vraiment pas là, on attend toujours un signe d'elle d'ailleurs, mais rien, même pas un *je suis ici je pense à vous*, que dalle, elle n'aura pas daigné faire un petit, tout petit signe de la main à sa fille alors qu'elle aille se faire foutre, c'est mon heure préférée maintenant.

Paul attrape une 1664 dans le frigo et s'approche du tas de papiers qui s'empilent sur la table. À quoi tout cela sert-il ? Il relève la tête. À force de plonger dans le passé, il va laisser la vie filer. Il est temps de rajeunir encore, et de devenir plus bête, plus sauvage, plus présent. Il jette toute la pile en vrac dans l'armoire, qui était a priori plutôt destinée à accueillir des vêtements, et descend dans les rues pour essayer d'y voir plus clair.

En route vers hier

Après le vertige vénitien et ces mots qui les avaient eux-mêmes surpris, il y a eu un reflux. Chacun s'est retiré sous sa coquille. On était allés un peu trop vite. Léo s'endort, Paul se réveille, Chiara conduit.

La lumière vive du Nord-Est de l'Italie les accompagne dans ces minutes de silence.

Chacun flotte dans ses eaux personnelles.

À ce stade ce n'est plus une lumière, c'est un aveuglement sur les routes nues.

Léo a la sensation de s'être arraché un bout de peau en se livrant autant ; c'était nécessaire mais douloureux. Il est à vif. Heureusement il a toujours ses Ray-Ban avec lui, qui le séparent du monde.

Et alors Paul la reconnaît.

C'est elle. La route qu'ils empruntaient enfants pour aller au pays de sa mère et y passer l'été. Comment a-t-il pu ne pas y penser plus tôt, c'est insensé. Sur cette route s'étaient accumulés tant de couches, tant de voyages, qu'il n'avait pas vu la première, celle qui était à l'origine de toutes. Sa mère, encore tiède dans sa couche pour l'éternité – comment avait-il pu ne pas voir qu'il reprenait le chemin originel avec elle ? Les choses les plus évidentes sont toujours sous nos yeux, tellement proches qu'on ne peut pas les voir, alors on regarde au loin, on cherche, c'est distrayant pour ceux qui nous observent galérer, très peu pour nous. Paul pensait qu'il faisait ce voyage pour son petit corps trop empli de bruits et pour ravauder celui de ses enfants. Il ne voyait pas qu'il était tout simplement en route vers son enfance.

Où l'on a enfin des nouvelles d'elle

Encore une de ces nuits fauves où Paul ne dort que d'un œil, il est ailleurs en ce moment, il voudrait reprendre le train auquel il était solidement attaché jusqu'à présent – il ne peut pas se permettre de ralentir et de se mettre à dos le temps, son seul allié –, encore une de ces nuits où l'image de ce train le hante, quand le silence confus de la ville est brusquement coupé par une sonnerie stridente (songer à la changer). Il n'a rien d'autre à faire ; il se lève. En réalité ce n'est plus la nuit déjà, la lumière pastel de l'aube s'est emparée des murs et des contours du salon, il décroche le téléphone fixe. Le grésillement des appels longue distance entre dans son oreille. Il y a une voix perdue au milieu de la friture. C'est moi, dit-elle. Paul a toujours adoré cette phrase, c'est moi – en effet, qui pourrait-ce bien être sinon ? Il reconnaît la voix évidemment, même diffractée par les ondes. Il ne dit rien. Il ne lui fera pas cet honneur. Ça va ? Tu dis rien ? dit-elle. T'es où ? il demande, simplement pour dire quelque chose, parce que c'est ce qu'on dirait dans les films, mais en réalité il s'en fout. Il ne va pas jouer le rôle de l'homme blessé, du père abandonné, de celui qui est resté au port. Je pense à vous, dit-elle finalement.

Ah c'est sympa, dit-il. Je voudrais parler à Chiara, dit Eva. Ah oui ce serait bien mais elle dort. Y a école tout à l'heure je vais pas la réveiller. Oui bien sûr, dit-elle. Je rappellerai alors. Oui c'est ça, rappelle. On entend un bruit de soufflerie derrière. Elle pourrait être dans le Montana ou à Johannesburg ce serait pareil. Paul raccroche.

La voix tranchante qui a parlé en lui est celle de la tristesse d'avoir perdu le grand amour. Paul a beau être solide, sa carcasse flanche lorsque cette pensée comme un boomerang revient et tourne en lui. Elle, c'était elle, qui d'autre ?

— T'es con, se dit Paul. Il y a des amours, pas de grand et unique, ça n'existe pas.

— Ça existe. C'est tristement romantique mais c'est ainsi. Je n'invente pas les règles ici.

Mais les dialogues, oui.

Alors il faut qu'il sache. Il faut qu'il soit sûr. Il lui écrit. Eva avait donné une adresse la deuxième fois qu'elle a appelé. La lettre tarde à arriver, elle a dû déménager encore. 87 avenida Yucatán, Mexico DF. Une autre missive repart dans l'autre sens. Elle lui répond : oui, ce serait bien. Viens. Viens je t'attends.

Paul veut la voir, il veut lui parler. Tout est encore possible, peut-être, on doit pouvoir y arriver.

Il monte dans un avion Paris-Mexico à Roissy. Le pays à la mangue pimentée qui entre à nouveau dans ses naseaux lui arrache un sourire. Le taxi le mène jusque dans les ruelles aux pavés tordus, odeurs de chiens et de viande grillée, *tacos al pastor* qu'il avale debout, à quelques encablures en retrait de l'hippodrome de la Condesa. Une femme lui ouvre la porte. Elle vous attend, dit-elle. Paul fait quelques pas dans l'étuve qui alourdit les gestes et fait peser les rideaux. Il dépasse le salon, la cuisine, entre dans un patio. Une forme se tient assise sur le petit banc contre le mur. Du lierre semble s'enrouler autour de sa tête. Son corps est tassé, ses bras repliés autour de son torse. Dans son sourire, qu'il distingue déjà depuis les petites marches, plus que de fins bâtons blancs et du noir derrière. C'est elle.

Avant d'arriver jusqu'à ce banc en pierres calcaires mangées par le sel et le soleil, Paul sait déjà qu'il n'y a plus d'espoir. Ils s'enlacent. Dans ses bras, le petit corps, qui avait été si voluptueux, qui avait dansé voltigé aimé si fort, semble plus frêle encore que de loin. Paul retient son étreinte de peur de la briser. Ils s'assoient sous le lierre, la femme leur apporte du thé froid. Eva commence. Elle lui raconte les jours, sa vie ici, elle lui dit les couleurs du ciel le matin. Paul entend ses mots mais aussi le bruit qu'il y a derrière, ce mélange d'abattement absolu et de lumière triste, qui les masque comme le grésillement d'une télé cryptée. La chose l'a mangée. Peu importe qu'on l'appelle dépression, vide ou tourments, bipolarité, schizophrénie ou tempêtes, peu importe le nom qu'on lui donne, elle a redoublé ses assauts, lancé la foudre, elle a broyé l'intérieur d'Eva dont elle n'a laissé que l'écorce. Paul ne peut supporter la vision de cet oiseau chétif et déplumé qu'il a tant aimé. Il boit le thé que la femme leur a servi. Eva lui chuchote, c'est Mercedes, une amie de ma mère, elle s'occupe bien de moi tu sais. Je suis bien ici. J'ai perdu le fil, à un moment donné je l'ai perdu mais je vais mieux, oui, je vais un peu mieux déjà. Je vais revenir bientôt tu sais. Elle lui sourit et Paul détourne le regard. Il la prend dans ses bras, là où il n'aura plus à la voir. Le corps de Paul, lui, se souvient de tout. Il y a dans les courbes du sien – qui ont laissé place à des angles droits – des achoppements, les restes de ce qui a été. Eva lui demande encore et encore des nouvelles de Chiara, dis-moi comment elle est dis-moi, qui sont ses amis elle joue à quoi, ses cheveux sont comment raconte-moi. Sa voix elle-même a été avalée, il n'en reste qu'un filet. Paul soutient son regard cette fois-ci. Il s'efforce de ne pas penser à ce qui a été. Il prend sa main. Que fera-t-elle demain, après-demain, ici, dans cette cour ? Pourquoi ne pas revenir, réessayer ? Il va l'emmener, elle se rétablira, ensemble ils y arriveront. Elle est forte, elle l'a toujours été. Il la regarde. Il ne dira rien. Si elle ne se lève pas pour faire son sac, c'est qu'elle doit en être incapable. Il y a des choses qui ne pourront être dites. D'autres qu'il ne comprendra jamais. Paul a toujours haï les départs, depuis les premiers de son enfance, où les mains de ses parents s'agitaient au loin. Alors pour éviter cet arrachement de la peau, il se lève au milieu de la conversation – et vous faites quoi là-bas en ce moment, continue Eva – et Paul la prend une dernière fois dans ses bras. Il relâche l'étreinte, traverse le patio dans l'autre sens. Il avait décidé qu'il ne se retournerait pas ; il le fait finalement. Elle est debout devant le petit banc, la main levée. Il fait un pas de plus en direction de la petite porte en bois fendillé. Il prend sa tête entre ses mains.

Après avoir pleuré pendant tout le vol retour, Paul décide, en posant son pied sur le sol de Roissy, d'oublier. Depuis les petits pas claquant sur le pavé des pentes de la Croix-Rousse, il s'est toujours efforcé d'avaler les défaites pour en faire des rubans, des rubis, ce que vous voudrez mais qui brille. Toute sa vie a consisté à rajeunir, à oublier, à devenir plus vif, léger, innocent. La souffrance alourdit, elle ne l'intéresse guère. Pour une raison qu'il ignore, et qu'il chérit, son corps est capable de mettre de côté tout ce qui le blesse. Il va à nouveau mettre en branle le mécanisme de la grande roue.

Quelques semaines plus tard, le soleil d'Arles dans le coin de l'œil, Paul sautille sur les trottoirs. Il est venu ici avaler l'éclatante lumière et l'odeur de bois humide des ruelles. Il aime cette ville et y vient dès qu'il le peut, sans but, errant dans le labyrinthe en quête d'une église oubliée ou d'une rencontre inattendue. Il achève ses journées par une pizza à la Mamma, sous les arènes, dans les senteurs d'origan et de Naples lointaine. Il lève encore quelques verres sur la place Voltaire attenante, ou sur celle du Forum, avant de regagner en titubant son hôtel des berges du Rhône, aux motifs variant de chambre en chambre, selon le pays inscrit sur la porte (aujourd'hui : le Viêtnam).

Incapable de mesure, indifférent à la sobriété, Paul s'élance à nouveau sur les grands chemins. On est en 1988, il replonge dans la nuit, il veut à nouveau faire corps avec son temps. S'il a eu un haut-le-cœur il y a quelques années face à un tournant du monde qui lui déplaisait, il s'est repris – jamais de nostalgie – et repart d'un pas vif et léger. Il n'y a pas d'époques plus ou moins stimulantes, il n'y a que des enthousiasmes qui s'épuisent et ne parviennent plus à distinguer la beauté de la fange.

Sa fille grandit, il la regarde. Elle se passionne pour les mangas aux couleurs vives, les fleurs sauvages qu'elle collectionne à chaque voyage, les histoires de détectives plongés dans la brume et les crimes. Chiara achève lentement la primaire, se fait de nouvelles amies pour la vie avec lesquelles elle rompt avec fracas la semaine suivante. Elle préfère largement les mecs, elle voudrait être comme eux et ne pas embrouiller sans fin les choses comme ses copines. Elle se coupe elle-même les cheveux, à la hussarde, lesquels dessinent des zigzags sur son front haut. Elle s'emmerde. Elle rit fort. Elle imagine une vie de sommets abrupts et de chutes vertigineuses. Elle se voudrait unique, elle est la copie conforme de tous ses congénères.

Paul est également incapable de ne pas aimer – vice ou vertu, il ne saurait le dire (il a quand même sa petite idée). Charlotte a trente-six ans, un furieux appétit de vivre et une grâce qui balance entre l'énergie débordante et la charmante petite boiterie. Ils se rencontrent chez des amis au-dessus de

Notre-Dame-de-Lorette, à Paris, ils parlent longuement ce soir-là sur la terrasse en détaillant le camaïeu gris des toits, alors qu'il lui sourit elle l'embrasse, coup de tête qui lui ressemble mais la surprend quand même. Elle a vu dans cet homme quelque chose qui la trouble. Paul a cru distinguer sur son visage à elle des reflets d'un monde à venir. Ils repartent chez lui. Quelques semaines plus tard, une vie commence.

L'appartement de la rue du Faubourg-Montmartre accueille un nouveau trio. Les lattes craquent toujours mais sous d'autres pas. On change les images au mur, on déménage sans bouger un orteil.

Charlotte emplit l'espace d'une tout autre manière, elle ne brusque pas les meubles ni les murs, elle sinue, ses phrases flottent légères dans l'air, à peine jetées, comme esquissées. Paul craignait que cette douceur lui évoque surtout la fadeur, il se trompait. Baume sur sa peau, mains aériennes ; il s'emplit d'elle.

Faire des enfants n'est pas une priorité pour l'un comme pour l'autre, ni nécessairement une passion, mais dans ces années-là on en fait encore sans vraiment y penser, comme on va prendre l'air ou un verre au bistrot.

Léo naît en 1989. Chiara prend son petit frère dans ses bras à la clinique Saint-Louis, crevette bouffie et pleine de plis qui l'émeut. Paul est à nouveau renversé par la vague.

Charlotte est une merveilleuse compagne des jours. Ils s'adorent. Ils s'aiment beaucoup. Ils s'aiment un peu moins. Ils ont du mal parfois. On va persévérer quand même, on va lutter un peu, mais on sait déjà, et c'est pas si grave. Rien ne l'est vraiment à ce stade.

Paul a déjà compris qu'il cherchera dans chaque nouveau corps les reflets de l'ancien. Autour de celui, virevoltant, d'Eva s'est fixé pour longtemps, peut-être pour toujours, le désir de Paul, qui butera à chaque sourire sur ses échos obsédants. Il l'a accepté et il le sait dorénavant, et parle à la même personne séparée en plusieurs corps. C'est toujours elle, toujours une autre. C'est surprenant au début, mais on appelle ça la vie et on s'y fait.

Même si
tout à vivre s'épuise, comme l'écrit un auteur qu'il découvre alors, Hervé Guibert. Paul avait lu son livre d'une traite, pendant une nuit, enveloppé dans le silence de la campagne et ce lit de passage. Il était venu passer quelques jours vers les bords de Loire, dans la maison de Myriam et d'Erwan. Le soir, après d'innombrables bouteilles, Paul s'était allongé sous les couettes épaisses, avait tendu le bras vers la petite bibliothèque mansardée, un livre blanc cassé en était sorti, Hervé Guibert, c'était parti. Une saisissante et radicale succession de scènes pornographiques et d'évanescents souvenirs d'enfance – ah oui ça y est, c'est revenu, le livre s'appelait *La Mort propagande*. Il était sublime et effrayant, Paul en aurait simplement changé le titre. *La Vie propagande* eût été beaucoup plus approprié. Il l'avait déjà adopté, sans le savoir, pour emblème. Il avait oublié le livre mais cette phrase, *tout à vivre s'épuise* (ou était-ce *tout à danser* ? Cela revenait au même), entourée de quelques autres, était restée. Tout s'épuise, les amours, les passions, nos corps-machines, tout s'épuise et pourtant rien, tout en lui est intact, le désir, l'élan,

l'énergie, il se sent toujours prêt à déplacer des montagnes.

Paul s'était levé ce matin-là dans la fraîcheur de la Touraine, les poings levés. Il n'avait dormi que quelques heures à peine, il se sentait capable de soulever cette table sur laquelle il déjeunait fastueusement avec ses amis. Un troisième café, des pêches si juteuses qu'elles éclaboussaient la table. Il s'était levé. Le soleil droit sur sa tête. La Vie propagande.

Grandir

Paul s'installa dans ce nouveau rythme de famille décomposée recomposée. Il creusait chaque jour davantage son studio comme on le ferait d'une sculpture dans la pierre. Tapissé de noir, à peine équilibré de quelques lumières teintées, son antre était dorénavant submergé de documents, de machines, de câbles, d'instruments divers dont il ne se servait guère. Il les regardait surtout. Il s'asseyait à sa petite table devant la fenêtre, se frayait une place dans la masse de partitions, d'articles de journaux et de livres, et fermait les yeux. Son travail commençait toujours par faire le vide. Les sons alors remontaient à la surface. Lentement, un à un, bouchons percés. Au vol il les attrapait, traçait des notes d'une écriture lâche et sauvage qu'il aurait bien du mal à relire ensuite, donnant forme à des morceaux abscons et parfaitement inaudibles.

Paul est aujourd'hui encore traversé par des flux contraires, dehors dedans, élan rapatriement, construire défaire, ardeur quiétude, dont il continue à ne savoir que faire. Il a parfois la sensation de grandir, de devenir peut-être plus tannique, mature ; le lendemain il se sent vin pourri qu'il vide avec fougue dans l'évier.

Il reçoit un soir un appel de Casey. La voix toujours vive, le verbe haut. Jamais, depuis les années new-yorkaises, ils ne se sont perdus de vue, soit c'est l'un qui écrit soit c'est l'autre qui appelle, ils tissent chacun leur toile sur la portée et se jettent de temps en temps un regard de l'autre côté.

— Tu te souviens quand on parlait de l'épopée, tout ça ? dit Casey.

— Je me souviens, dit Paul. On en disait des conneries.

— On en disait, mais cette histoire elle était vraie. Notre épopée ça a été celle-là, le rock. On a suivi les héros, les martyrs et les rois, l'*Iliade* pour nous ça a été les visages et les morts, les dingues et les paumés, toute la comédie humaine déchaînée. Il y avait les guerres au loin, la violence, les drames, mais les vrais on les avait dans notre chanson de geste à nous, sur les scènes, dans ces souterrains, toutes les passions se sont jouées là.

— Parfois tu délirais un peu quand même.

— Pas tellement. Vient l'heure des martyrs. C'est pas ma préférée mais bon. J'ai le sida, mec. Ça devait arriver : ben voilà.

La bouche de Paul est restée ouverte.

— Oh le con.

— C'est pas grave, mon ami. Je vais m'en sortir.

— Viens dans mes bras.

Mais il y a trop de kilomètres entre eux. Ils raccrochent. Un souffle glacé traverse la poitrine de Paul.

Léo prend un peu plus de place dans sa chambre aux murs bleu pâle recouverts de personnages de Dragon Ball Z. C'est un garçon rêveur, qui balance entre la timidité et l'indolence, qui comprend vite les choses et met longtemps à les digérer.

Ses gestes discrets et fragiles se heurtent aux grands moulinets de bras de sa sœur, qui parle fort et se cogne contre les murs. Chiara veut qu'on l'entende. Le monde la révolte, elle le rudoie. Les gens sont des imbéciles, ils sont sinistres et abjects, serviles et dégénérés (elle aime ces mots-là, ils lui semblent renfermer toute la crasse du monde – et la font se sentir intelligente), elle les interpelle, les secoue, comme faisait visiblement sa mère dont elle ne se souvient guère. Elle prend évidemment pour cible son père, coupable de tous les maux, faux aventurier devenu un bourgeois du 9e arrondissement. Puis elle oublie et embrasse Paul, dont la barbe lui rougit les joues.

Léo l'observe, circonspect, admiratif. Ce tourbillon l'impressionne mais il lui demeure hors d'atteinte.

Chiara a quatorze ans à présent, elle se tatoue un visage de dieu maya sur le bras et un étrange entrelacs de lignes et de ronds dans le haut du dos. Elle plonge dans les livres dans l'espoir d'un apaisement ou d'un réconfort, et en sort plus écorchée encore. Elle avale toutes les musiques, indifféremment, qui soufflent sur ses plaies à vif – la tornade l'oblige souvent à éjecter les CD. Et puis c'est le domaine de son père, qui souvent l'exaspère. Est-il obligé de manger si bruyamment ? Pourquoi adopte-t-il ce ton d'ancien combattant quand il se lance dans ses récits du temps jadis, ah moi le rock vous savez, j'ai vu les légendes du jazz je vais vous raconter. Léo ouvre grands alors les yeux, et Chiara ferme les écoutilles.

Elle a quinze ans. Elle se sent mieux. Elle va tout exploser. Elle marche légère. Elle va se casser. Elle a rencontré de vrais frères au lycée où elle vient de rentrer, Steph, JB, Lola, Adèle. Elle veut partir avec eux. Son frère est un souffreteux. Sa mère a déserté, elle ne pourra jamais lui pardonner. Elle déteste cette ville. Elle a des ambitions plus larges qui ne peuvent tenir dans ce réduit. Elle prépare son sac. Elle le défait ; c'était une connerie. On part pas à quinze ans comme ça du lycée et de sa vie. Elle a entendu il y a deux mois des sons nouveaux à la radio. Elle a eu beau résister, elle a été happée. Elle ne pense plus qu'à ça. La présentatrice a dit d'une voix grave et suave, voilà ce qui se passe à Berlin. Une révolution culturelle. Un monde qui renaît. Écoutez maintenant les sons bizarroïdes qui viennent de l'Est (elle avait dit *bizarroïdes*, on dit des choses comme ça sur FIP). Chiara a écouté. Elle a distingué nettement des avenues désertes traversées par le vent. Elle a entrevu des fous, des souterrains, des terrains vagues. La musique était lourde, grave, métallique, chargée de basses et de mélancolie. Chiara a pensé je vais y aller. Je les emmerde je vais y aller. Elle a éteint la radio. Elle s'est préparé une salade et s'est assise sur le balcon, devant la ville qui lentement se teignait de mauve.

Chiara grandit ainsi dans une alternance furieuse de joie et de colères. Cette fille est une beauté brute que personne ne parvient à contrôler. (On n'essaie plus d'ailleurs.) Elle éclabousse tout le monde de son rire avant de les agonir de tonnerres.

Chiara prend tout, le zéro et l'infini, les passions solaires et tristes. Elle veut tout mais elle voit bien que les choses ne fonctionnent pas comme ça, que des murs se dressent partout contre elle et qu'elle n'y parviendra pas.

Léo, contrairement à sa sœur, droite dans ses baskets et lancée comme une flèche, pousse de travers, comme une plante grimpante qui, dans son efflorai-son sauvage, se serait accrochée à la mauvaise paroi. Léo est né fébrile quand Paul avait jailli furieux, quoique violacé, du ventre de sa mère. Il pleure le soir, il se roule en boule, il tombe à terre. Il ne peut écouter de musique sans se mettre à pleurer et à trembler, comme un chien hurle au son d'un violon. Au milieu de ces deux obsédés du son, Léo se réfugie dans le silence.

Surtout, le cœur, battement impérial et grâce aérienne, l'intraitable métronome que son père méconnaît si bien, le cœur de Léo semble bien peu armé pour ce vaste et trépidant monde. Il bat de travers, il avance de côté. Non pas que les médecins distinguent quoi que ce soit d'anormal dans la marche du métronome, non, tout semble aller – ça nous rappelle quelque chose –, mais Léo sent son corps fragile, Paul et Charlotte le voient, ils essaient de l'endurcir par des voyages, des épreuves, de la joie, pas d'apitoiement, mais son père, dont les sensations se sont aiguisées avec les années, sait que quelque chose ne tient pas dans ce tempo-là.

Charlotte observe avec tendresse ses gestes évasifs et son regard bleuté qui flottent entre les plantes et le fauteuil en osier du salon. Léo est sensible aux histoires et toujours partant pour les aventures. Il grandit à l'ombre bienveillante de sa sœur, qui se glisse dans sa main pour l'emmener sur les chemins.

Il pressent déjà qu'il serait capable de grandes choses mais qu'il ne les fera pas. Il a peur de dormir loin de chez lui. Il est d'une intelligence saisissante, il n'a pas le vocabulaire ni les manières de son âge, il est toujours légèrement à côté. Il s'efforce, sans même en prendre conscience, de domestiquer son extrême sensibilité, qu'il discerne déjà comme sa puissance et sa faiblesse. S'il se laisse entraîner, elle le détruira ; s'il la néglige, il n'existe pas. Son père, qui se reconnaît en lui pour cela, notamment, essaie autant qu'il peut, par des gestes simples et affectueux, de lui signifier qu'il est là, qu'il ne part pas, qu'il est le roc contre lequel il pourra s'appuyer.

Léo a toujours mal quelque part, sans ça il ne sent rien.

Il avance ainsi, aimé, sur la sellette. Il sent tour à tour sa mère et son père s'éloigner, l'un de l'autre, puis de lui, comme des marées successives et sans retour. Il n'en prend pas ombrage, s'installant dans cette flottaison légère, allant, venant, comme la bouée rouge ancrée au plancher des mers, qui ondule, au loin, à la surface de l'eau.

Lorsque ses parents se séparent finalement, Léo le prend comme un soulagement.

Il sent de la colère en lui (si c'est bien le nom approprié), mais il ne peut en déterminer ni l'origine ni la direction, et elle demeure en lui à l'état de latence. La rage de sa sœur, sa fébrilité à lui, tout cela semble venir du même puits, mais lequel ?

Léo Maleval se plonge alors dans les étoiles, non pas pour se soustraire au monde mais pour enfin y accéder. Il étudie l'astrophysique, dont la quête de précision à l'intérieur même du mystère l'envoûte. Il se passionne pour la grande carte. Il y trouve un apaisement et une constante exaltation. Il continue à grandir comme une huître accrochée au rocher. En réalité, il est traversé de souffles immenses dont il ne sait que faire. Il entre à l'ENS, se frotte aux meilleurs, quitte finalement *le temple de l'élite républicaine* pour une formation d'ingénieur, où il peut enfin plonger les deux mains dans la matière. Mais brusquement la matière s'échappe et il se retrouve seul, les mains vides, le regard au sol, et tout est à recommencer.

Au bout de la route une maison

Au kilomètre 317 d'une autoroute sans matricule, alors qu'ils pénétraient dans une géographie toujours plus incertaine, quelque part aux confins de l'Autriche, de l'Allemagne et de la République tchèque, Paul a dit je veux bien conduire maintenant. Chiara a répondu, ah OK les choses sérieuses arrivent et l'ancêtre reprend la main. Paul a souri, non c'est pas ça, mais elle m'a expliqué la route à la fin. Qui ça, elle ? Nastassja, dit Paul. Tiens regarde, j'ai cette feuille aussi. Il tend à sa fille un morceau de papier tout gondolé et déchiré aux angles. Dessus un mélange incompréhensible de traits, de cercles, de flèches, annoté de mots illisibles. Ah super ça va nous aider, dit Chiara. Ils s'arrêtent et Paul prend place au volant. L'air glacé du dehors les a secoués. Bon alors tout droit, dit Chiara à Paul en faisant semblant de comprendre quoi que ce soit au bout de papier. Léo, tu te réveilles ? On arrive. Je dormais pas, dit Léo, t'es débile ou quoi.

Ils glissent hors de l'autoroute vers une départementale, puis une route plus discrète encore. Chiara reconnaît un nom de village sur le papier, on suit les indications à moitié claires des panneaux. Une brume épaisse et tenace stagne en blocs au-dessus des toits de chaume. Paul tourne à droite sur un petit chemin de terre. Les arbres se rapprochent, lentement, jusqu'à avaler entièrement la lumière et l'horizon. Des chemins sinuent au milieu comme des ruisseaux de boue.

La route s'est faite plus étroite. C'est à présent un vermisseau humide sur lequel la Toyota peine à avancer. Léo se demande où ils peuvent bien être. Les pins, étroits points d'exclamation, montent vers le ciel. La forêt est tout contre eux qui bat. Il n'y a plus de noms ici ni de cartes. Il n'y a rien d'autre que l'odeur épicée des ormes et des pins. Des scieries peut-être cachées derrière. On approche de quelque chose de neuf et d'incertain. Les lieux et le temps s'épaississent comme un miel de tilleul.

Ils sont tous les trois tendus, aux aguets. On ne parle plus. On pense mais putain qu'est-ce qu'on fait là. Tout s'est rapproché d'eux, les branches, les troncs, les yeux des bêtes qui semblent briller dans l'obscurité.

Ça dure longtemps. On sent le cœur de la forêt qui bat comme une menace – et comme un accueil aussi. On descend dans les limbes battants.

Ils arrivent tout au bout de la vallée, au bout du monde. Après ça il n'y a plus rien. Et là, le chemin s'ouvre sur une maison. Assemblage en quinconce de bouts de bois moisi surmonté d'une tourelle en briques immaculées, comme surgi d'un autre monde. Ils arrêtent la voiture, se garent sur le côté. Ils font un pas dehors. Tout est noir. Seule brille la lumière devant l'entrée. La forêt halète d'un souffle lourd à leurs oreilles.

Paul, Chiara et Léo frappent à la porte.

QUATRIÈME MOUVEMENT

Sur la piste

J'avais prévu, si je me souviens bien, tout autre chose ce samedi-là. J'aurais dû aller voir mon ami dont le second enfant venait de naître, mais peut-être avais-je reporté, je ne sais plus très bien. Il faisait doux à Barcelone, comme c'est souvent le cas en avril. Je m'étais allongé là-haut sur la terrasse, m'étais enveloppé un instant dans la rumeur montante de la calle Blai avant de retrouver mon petit bureau ceint de livres censés me donner de la force et de l'élan. J'avais écrit alors quatre ou cinq pages, pas formidables, un peu boiteuses, mais l'essentiel était d'avancer dans une direction, quelle qu'elle soit.

Alors j'avais descendu les deux étages et étais allé boire des bières ici, des vermouths là, et comme souvent j'avais fini à l'Apolo avec la bande de toujours. C'est ici que nous avions passé notre jeunesse et que nous allions encore parfois épuiser nos samedis soir.

On ne savait pas quelle était la programmation de ce soir-là, mais on était ivres et on s'était dit, pourquoi pas.

On s'est retrouvés tous les cinq dans la fosse, sous les balcons de cet ancien théâtre à l'italienne. On buvait nos gin tonics en esquissant de malhabiles pas de danse quand une silhouette s'est avancée sur la scène pour remplacer le DJ résident à casquette. Je ne la connaissais pas, jamais entendu son nom. Elle a commencé. Son balancement, tout de suite. J'ai vu son corps et j'ai vu ses mains glisser sur la table de mixage et les platines. Un tigre au pelage orange et vert sur sa veste, un demi-sourire flottant sur son visage de peinture. J'ai avalé mon verre en observant la grâce se mouvoir derrière les machines.

Les rythmes syncopés qu'elle ne cessait de mêler me soulevèrent les jambes. Je revisitai sans même y penser toute la gamme d'apprenti danseur que j'avais péniblement mise au point pendant ces années de fêtes, dérobée en grande partie à mon ami Nama, le virtuose de la chose, qui la mettait en pratique en ce moment même à quelques mètres de moi.

Puis elle est repartie comme elle était venue, un petit signe de la main et *adiós*.

J'ai essayé d'oublier ce que je venais de voir à coups de shots de vodka au comptoir avec les amis. Mais le monde ne vous laisse en général que peu de répit : je me suis retourné et elle était là.

Je l'ai regardée. Elle lançait ses pas sans retenue, elle ne dansait pas à vrai dire elle volait. La perfection de ses traits. Ses cheveux blonds en l'air, mêlés de brun aux pointes. Ses mains fines. Il n'y avait aucun espoir.

Je me suis approché quand même, d'un mètre seulement. Je me suis dit, tu n'as peut-être pas vécu trente-six ans en vain, tu as acquis pendant ces années un savoir-faire qu'il s'agit maintenant d'utiliser. Cette boîte à outils ne t'aura finalement servi qu'à ça : être prêt pour ce moment-là. J'ai pris une longue respiration et je me suis rapproché encore. J'ai esquissé un pas de danse à côté d'elle (Dieu que c'était mal parti), elle ne m'a pas jeté le moindre regard – comment lui en vouloir. J'ai fait un pas en arrière. Puis je me suis lancé. Je ne sais plus exactement ce que je lui ai dit mais j'ai senti que l'entame et le ton étaient les bons. À partir de là j'ai pioché dans toute la gamme à disposition : le garçon fragile, le garçon puissant, le type drôle et négligé, l'artiste, la fêlure et l'humour, l'ardeur – et puis surtout les yeux. J'avais pour moi les yeux et je savais qu'il fallait en user à tout prix. Enfin, sans abuser non plus, comme le reste, mais avec eux j'avais un espoir – minime, certes – d'effleurer une corde en elle (légèrement, à peine un pizzicato, mais ce serait déjà ça).

Quelque chose de toute cette panoplie, en tout cas, fit effet ; Chiara (c'était son nom) me sourit (à demi).

Elle repartit finalement mais l'entaille était tracée.

Je m'y accrochai.

Deux jours plus tard, négligemment, comme quelqu'un qui regarde ailleurs, je lui écrivis. Elle me répondit de la même manière, avec une parfaite désinvolture.

Un mois et demi plus tard, je prenais l'avion pour Berlin.

J'avais longtemps été capable de ces coups de tête, mais les derniers mois avaient été rudes et j'avais perdu l'élan. Je le retrouvais tout à coup en arrivant à l'aéroport de Tegel, et j'avançais dans Prenzlauerberg en direction de la Kollwitzplatz.

Chiara était assise là, à la terrasse du Café Anna Blume. Elle faisait semblant de lire un journal, comme une fille du siècle précédent. Ce n'était plus une fille d'ailleurs depuis longtemps mais une femme, j'avais toujours eu du mal à passer d'un mot à l'autre, comme si quelque chose se perdait au passage – alors que non. On s'est fait la bise, je me suis assis en face d'elle. De fins rayons de soleil jouaient avec ses cheveux – entièrement bruns, désormais. Mon café au lait est arrivé et tout a commencé.

Je ne vais pas écrire cette histoire. Elle sera peut-être pour un autre livre, ou peut-être pas. C'est chaque fois unique et toujours identique, ce n'est passionnant que pour ceux qui le vivent. De l'extérieur, c'est simplement une histoire d'amour, encore et encore. Mais dedans tous les meubles chavirent, on perd toute notion du temps et de l'espace et on vit enfin.

On a marché, on a bu, on a parlé, on a bu à nouveau et on a fait l'amour. On pouvait tout imaginer mais il était impossible de savoir à quel point ce serait dense, puissant, fusionnel. Les peaux se trouvent, les odeurs s'assemblent, un peu moins de musc dans ton cou ou de quartiers d'orange entre tes seins et tout s'envolerait, ça se joue à ça près. Et dans Chiara tout sonnait juste pour moi.

On a parlé toute la nuit. On a parlé des jours, on faisait l'amour et on parlait, et je n'avais jamais assez d'elle, j'en voulais plus, je voulais elle sur moi, elle dans moi et moi dans elle, je voulais vivre un peu plus pour voir encore sa petite bouche se tordre aux commissures quand elle essayait de dire quelque chose qui la gênait.

Elle m'a raconté sa vie, ses plongées dans la musique, Berlin, Paris, ses voyages. Elle m'a raconté son père, son frère, ses grands-parents. J'écoutais, pris dans l'entrelacs de récits, dans la fièvre qui l'habitait, dans l'élan qui animait tous ses gestes, dans la beauté folle de cette fille qui me parlait dans la nuit.

Tout de suite, dès ces premiers jours, j'ai su que j'écrirai quelque chose autour d'elle, autour de sa famille peut-être aussi. En réalité, je l'avais pressenti dès que je l'avais vue entrer sur la scène de l'Apolo, de ce pas vif et décidé, lancée à toute blinde au cœur des choses. J'avais eu une sorte de vision. Je n'étais pas d'une intelligence décisive, je le reconnaissais sans peine, mais je pouvais avoir ce genre d'éclairs. J'avais distingué sans le moindre doute, ce soir-là, une force en mouvement, un mystère, une chose que je n'avais jamais vue ailleurs. Serpent sonneur, magma brut. Quelque chose avait dû se passer, dans son corps et dans ceux qui l'avaient précédé, pour en arriver là. Des mois plus tard, allongé à ses côtés dans ce lit auréolé d'une fine lumière orange, à Berlin un après-midi de printemps, je me suis dit, mec, il t'arrive de faire de grandes conneries mais parfois tes intuitions ne sont pas si mauvaises. (Il existe dans la vie de tels moments, un peu gênants, d'autocongratulation – acceptons-les.)

Je raconterai un jour son histoire, mais pour l'instant je me tais et je regarde ses mains qui tracent des dessins dans l'air. Chiara parle dans la nuit et je l'écoute.

Fugue

Elle faisait toujours la même scène, ça suffit moi j'me casse, ce soir je fais mon sac et j'me casse, elle jetait des trucs dedans, les gestes brusques et décidés, la mine renfrognée, mais plus personne n'y croyait vraiment. On faisait comme si, il fallait bien sinon c'était pire, allez Chiara chérie, on est désolés, on va en reparler ça va s'arranger, mais elle, cheveux sauvages et poses dramatiques, continuait à jeter ses fringues dans l'étroit rectangle prévu à cet effet, ça tombait à côté mais peu importe. Son père et son frère avaient fini par s'en lasser. Alors quand elle avait vraiment franchi la porte du 36 rue du Faubourg-Montmartre, ils avaient pensé, c'est simplement le cinéma habituel poussé un peu plus loin. Paul continua à tartiner son pain de seigle de confiture, Léo lapa son bol de cacao, à la radio un penseur docte expliquait des choses décisives sur la marche du monde.

Le sac rebondit sur l'épaule de Chiara, heureusement que sa mère n'est pas là pour la voir remonter la rue, prendre à droite sur les boulevards, entrer dans la première bouche de métro venue – alors qu'elle sait parfaitement qu'il faut choisir la suivante – prendre la ligne 8 puis la 1, sortir à Gare de Lyon. Pour elle, et pour une raison inconnue, la gare de Lyon c'est le grand départ, l'air du large – alors que bon, on est loin des tropiques et des portes de saloon qui claquent.

Elle achète un billet, monte dans le train pour Marseille. C'est absurde, mais elle en a envie. Et l'envie ça vaut autant que, disons, les rendez-vous dans des open spaces ou les engagements familiaux.

Sa colère est reine, et bien qu'elle la sache démesurée, sans objet et sans limites, elle veut se mettre à son service. Chiara a l'intime sensation qu'elle est son carburant secret, son mystère et la seule réalité possible. C'est (à nouveau) absurde, mais c'est ainsi.

Deux jours plus tard, elle rentre à l'appartement. Son père la prend dans ses bras. Son frère lui demande, tu m'as rapporté quelque chose ?

Chiara éclate souvent, c'est ainsi, elle ne s'y oppose pas, elle accueille ce qui vient. C'est pourtant une fille solaire aussi, légère, enjouée, ses angles peuvent être ronds tout à coup, aussi ronds que possible et vous prendre de court. Mais soudain ils se raidissent et alors c'est fini, plus de retour possible, il faudra s'y faire.

Et aujourd'hui elle part à nouveau.

Toute cette farce qu'on appelle vie, ou temps, n'est finalement qu'affaire d'accélérations et d'interminables ralentissements, un fil qu'on tire, qui s'étire et se tend, qui dans un clac se rétracte et se rompt. Il y a du temps long et il y a des accélérations pulsionnelles du temps ; en voici une justement.

Deux mois après cette échappée vers le sud, elle remet ça. Pas d'explosions cette fois-ci, un calme absolu, elle plie son pull et ses culottes, elle traverse le couloir et passe le seuil de l'appartement. Elle fait un pas en arrière, attrape ses clefs au cas où, si elle a besoin de revenir un soir, prendre une douche, un truc à manger dans le frigo, mais a priori elle n'en a guère l'intention. Elle a dix-sept ans, un monde à oublier et une vie devant elle.

Personne n'est là pour entendre la porte qui se referme.

Cette fois ce n'est pas vers la gare de Lyon qu'elle s'élance. Elle marche à pas tranquilles sur l'avenue grise. Elle a pris le gros sac à dos, celui avec les bandes bleu turquoise qui pendent. Il ne pèse pas sur son dos, il n'y a rien dedans. Elle monte dans la ligne 4, descend à Gare du Nord. Elle cherche le nom qu'elle a sur les lèvres dans la liste des trains en partance, elle le fait uniquement pour le geste parce qu'elle connaît déjà le quai et l'heure, elle sait tout ça par cœur. Elle passe par le Relais H, attrape n'importe quel magazine, celui avec des photos de couples volées, histoire d'avoir quelques mots à moudre pendant le voyage. Elle prend une bouteille d'eau. Berlin. Elle fout tout ça dans les grandes poches de sa veste. Elle s'allume une clope dans le hall. Berlin. Le quai est là. Sa vie aussi.

Dans le train de nuit elle ne dort pas. Comment pourrait-elle, toute la cabine tremble et elle avec, les zones industrielles et les lotissements pavillonnaires défilent par la fenêtre, elle serre les poings, allongée sur sa couchette. Elle a ouvert le sac de couchage et se l'est foutu sur les pieds. Personne ne sait qu'elle est là.

Chiara pose un pied sur le sol glacé de la Hauptbahnhof à 9 h 17, ce vendredi 14 mars 1997. Ses poings se sont relâchés, ses mouvements sont fermes et décidés. Elle ne sait pas où elle va.

Elle la connaît pourtant déjà cette ville, de l'avoir tant arpentée en pensée, en films, en musique, elle connaît *Les Ailes du désir* par cœur, elle sait les ombres et les fantômes, elle devine les lumières aussi, elle lit les journaux et elle a entendu les histoires, elle sait que des choses folles s'y tissent dans les angles. Mais les fantasmes, si élaborés soient-ils, ne coïncident jamais avec les murs et les véritables textures, ils se situent ailleurs, dans un troisième lieu, que l'on n'atteint jamais vraiment, mais qui lentement se mêle au réel pour le teinter de ses couleurs.

Chiara s'attaque donc au massif et chaque angle la surprend.

En premier lieu, ce qui l'attrape, c'est la laideur. Les couleurs, les formes, les édifices, tout est affreux. Et pourtant elle perçoit immédiatement le charme sous le béton, l'aventure possible, l'énergie insensée d'un lieu. Toute sa vie elle sentira cela, avant toute autre chose : l'esprit distinct de chaque rue, de chaque maison, aussi chargé ou vide que possible, capable de l'envelopper en un instant de joie ou de larmes. Elle est complètement démunie face à une grande masse de choses dans la vie mais elle a au moins ça pour elle.

À 18 heures, elle retrouve sa fidèle amie Adèle Cara dans un café de Mitte. Elles se sont rencontrées au lycée. Aussi folles et impertinentes toutes les deux, elles se sont immédiatement reconnues. Même sang même peau, on y va. Elles s'évadaient souvent des murs du lycée Lamartine pour explorer la ville, en revenaient peinturlurées et vibrantes, s'asseyant au premier rang en physique pour dissimuler leur manque total d'intérêt.

L'Adèle que Chiara retrouve aujourd'hui est encore plus tranchante. Cheveux courts, les bras tatoués, prise dans un mouvement plus large que la mer. Elle fait semblant d'étudier l'histoire contemporaine et passe ses jours et ses nuits loin des amphis – viens d'ailleurs, on y va.

Chiara explore avec elle les différentes couches de ce nouveau monde. Berlin poursuit alors sa renaissance, les ruines tardent à laisser place à autre chose. Après l'euphorie de la chute du mur et des mois qui ont suivi, on est entrés dans une zone intermédiaire, reprise économique, terrains vagues, et déjà une certaine désillusion. Mais là où se jouent vraiment la transition et la révolution des corps, là où se noue la réunification des deux mondes c'est sous la terre, dans ces clubs fous et interlopes où la rage et l'énergie accumulées se déploient enfin.

Chiara et Adèle prennent de longs cafés crème dans des bars si grands qu'on pourrait y vivre pour toujours. Elles errent dans la ville, elles mangent dans des restaurants turcs sous des cascades fluorescentes, elles embrassent des types dans le noir, elles dorment même parfois. Elles passent des nuits foireuses, elles ont des rendez-vous ratés, elles dansent dans des squats perdus dans la brume, sans adresse, avec des amis de passage qu'elles ne reverront plus. Tout le monde est de passage ici de toute façon. Tout est flottant, décisif, incertain. Elles font le compte chaque lundi du fric qui leur reste. Adèle touche sa bourse d'étudiante en début de mois, Chiara gagne quelques marks dans le Fischladen, le bar squatté du coin où elles passent leurs soirées, devant ou derrière le bar. Elles sentent bien qu'elles font une connerie, que leurs parents doivent être en colère (Paul pour sa désertion, les parents d'Adèle pour son silence radio), elles s'en contrefoutent, elles ont attendu ça toute leur vie. Elles avaient grandi toutes les deux dans de vagues rêves de Chelsea Hotel et de Factory, de transsexuelles évanescentes et d'amours libres dans les champs de Woodstock. La lame froide et métallique de Berlin est peut-être bien éloignée de ce qu'elles avaient imaginé, mais elle leur fouette la gueule.

En partant de chez elle, Chiara a voulu frapper un coup sur la table. Je ne serai pas comme vous, je ne serai pas comme toi papa, conformiste maquillé en rebelle, moi je veux vivre le présent, dur, aiguisé, ardent, il sera violent peut-être mais je le veux sur moi (à cet âge-là on dit de telles phrases et d'une voix péremptoire).

En partant à Berlin, en fuguant, en désertant l'école et l'appartement, sa famille et le grand train, elle entre dans la sédition – elle en a du moins l'impression. Car en y repensant, à son balcon de Prenzlauerberg, vingt-trois ans plus tard, elle rit toute seule, son spritz à la main. Quelle petite conne prétentieuse. Elle s'était bien fourvoyée. En faisant sa supposée *grande révolte*, en partant vers l'origine du nouveau son et les chemins de traverse, elle ne faisait en réalité que suivre celui tracé, longtemps auparavant, par son père – elle le sait aujourd'hui, assise à son balcon, à quelques encablures de là où tout a commencé.

Chiara debout

Elle avance dans son pantalon noir, la ville est pleine de surprises et d'apparitions, dans Kreuzberg se glissent les courants d'air glacé de mars, grande mélancolie qu'elle prend pour de la joie, à dix-sept ans on est comme ça – et elle sait déjà que toujours elle reviendra là, Berlin, sa damnation, son aventure. Elle ne fait finalement que l'entrevoir, mais le parfum de soufre entre dans ses narines à jamais.

Chiara a quand même appelé Paul au bout de deux semaines. On n'est pas des sauvages non plus, et elle commençait à trouver la situation cruelle pour ce père qui l'avait toujours choyée.

— Ah te voilà toi.

— Je suis à Berlin.

— T'as toujours eu du goût. Comment sont les fêtes ?

— Dingues.

— Faut que je vienne voir ça. Tu feras comme si ton vieux père n'était pas là.

— T'es pas en colère.

— Pourquoi je le serais ?

Elle raccroche le téléphone, sort de la cabine. Elle fait quelques pas dans le froid cinglant. Quelle famille, quand même.

Et puis la nuit décisive arrive. Elle ne s'est pas annoncée, on ne la voit pas venir et pourtant quelque chose vous retourne les tripes avant, on se demande pourquoi, puisqu'on va juste boire un coup comme chaque soir – non, dit l'estomac, quelque chose se trame et tu ne le vois pas, alors écoute-moi.

Chiara pose le pied sur le sol poisseux de ce club des berges de la Spree, le Wilde Renate. Elle est venue avec Adèle, Niels et la bande qui tourne autour d'eux, il n'y avait personne ou presque dans le club, il était tôt encore, une heure, mais elles en avaient eu marre du dernier bar et avaient décidé de venir danser déjà. Et Chiara trépigne sur place, elle a faim de quelque chose qu'elle ignore. Alors whisky, vodka, des clopes, les choses s'accélèrent, la nuit se densifie, les mouvements des uns et des autres acquièrent un sens nouveau, mais lequel. Le DJ résident, occupé à lever la sauce, laisse la place à un type aux cheveux mi-longs, casquette sur le côté, qui tout de suite trouve la mesure, un son âpre qui fait se retourner Chiara. Elle s'avance vers sa table qui est au même niveau qu'eux. Ces basses d'une profondeur inconnue arrivent droit sur elle. Elle ferme les yeux. Le type mélange vinyles et analogique avec une précision diabolique, et Chiara sent monter en elle quelque chose de neuf, qu'elle soupçonnait en venant à Berlin mais n'avait pas encore senti couler sur son corps. Elle est secouée par la houle. Elle ne s'est jamais sentie aussi large, aussi bien. Il fait nuit partout sur terre et elle est en vie. La musique et la nuit appuient sur ses cordes lyriques, c'est ainsi, elle s'en fout, ce n'est pas son problème (il n'y en a plus guère dans le pays où elle entre pour la première fois). Elle ferme les yeux, elle serre les poings. Elle danse.

Le type porte un blaze mais peu importe. Elle n'est pas venue pour lui de toute façon. Elle ne sait plus où elle se trouve. Elle reçoit une nouvelle décharge dans les jambes. C'est pas normal ce sont juste des basses. Elle devrait pas ressentir ça. C'est pas normal c'est juste de la musique. Les choses pourtant s'accélèrent. Le club semble descendre encore on doit être sous le niveau du fleuve à présent. La casquette du DJ oscille en cadence. Il passe d'un rythme à l'autre, sans anicroches, sans dérapages. Il mixe comme on marche. Le cœur de Chiara se soulève, ses poumons s'ouvrent. Un air glacé vif y entre. Est-ce de la douleur ou de la joie. C'est violent en tout cas. Elle s'approche des baffles. Elle ne se souvient plus si elle est venue ici avec quelqu'un. Elle ferme les yeux. Elle ondule. Tacacatacatacatac tiiii. Elle ne pense plus à rien. Elle est dans les baffles, elle est dans la matière. Son jean noir, avant, arrière. Elle est à Berlin mais bordel qu'est-ce que tu fous là. T'es une putain de mineure les flics doivent te chercher. Elle s'en fout. Elle a un corps et ne sent plus que ça.

Plus tard, au creux de la nuit, elle parlera avec le type. Il lui dira des choses sans importance. Il était bien plus intéressant quand il ne parlait pas. Pourtant il flottera sur son regard des reflets auburn qui lui plairont, un peu disons. Sous sa casquette, dans sa carcasse trop grande pour lui, peut-être du charme mais on s'en fout, c'est surtout ses mains qui l'intéresseront. Chiara les regardera. Elle pensera tu pourrais me montrer, me dire comment faire. J'apprendrai de toi. Elle préférera se taire. Elle apprendra toute seule ce sera mieux comme ça. Elle prendra son téléphone. Tu me diras pour les prochaines fêtes ? elle demandera. On s'embrassera à l'allemande, de manière lointaine. Odeur salée malgré tout de sueur et de cassis. Ce qu'elle aura vu cette nuit-là, elle le tiendra pour toujours dans sa main bien serré. Chiara repartira avec Adèle (qui était bien là, à quelques mètres derrière elle, un œil sur sa pote en proie aux flammes) et Niels (dont les yeux touchent à présent le plafond) vers l'appartement de Kreuzberg, où, après deux packs de bière et quantité de clopes, on finira par s'allonger sur le sofa. Et alors Chiara, les yeux dans le noir, pensera à demain, où une nouvelle vie commencera.

Et puis elle a repris

le chemin en sens inverse. À petits pas, comptés, comme lorsqu'on revient sur la pointe des pieds de la salle de bains, la nuit, après avoir vomi ses tripes, et qu'on a encore le vague espoir que personne ne nous aura entendus.

Les paysages à rebours n'ont plus rien à voir avec l'aller. On a beau connaître par cœur les tracés – ce qui sera bientôt son cas –, qu'on avance dans un sens ou dans un autre et alors tout change, les bords de route se déforment et se reforment de manière entièrement différente. Dans le train, Chiara s'est blottie contre la fenêtre. Elle a envie de rentrer chez elle. Elle n'est qu'une gamine après tout qui a voulu jouer aux grandes – elle a réussi, elle a tracé une entaille dans sa vie mais il est temps de rentrer maintenant. Avant cela il faudra avaler les kilomètres en sens inverse, recevoir quelques coups sans doute au retour, mais ça semble honnête, presque juste. Elle a exprimé le fruit, maintenant il faut avaler l'écorce.

Or quand elle ouvre la porte du 36 Faubourg-Montmartre, après avoir débarqué à 6 h 52 dans une gare de l'Est déserte, ce sont des embrassades qui l'attendent. Son cœur, tendu, aux aguets, s'envole de gratitude et de surprise. Son père est tout simplement heureux de la voir. Il semble même fier d'elle. Chiara demeure un moment interdite sur le pas de la porte.

— Viens, viens rentre et raconte-moi tout.

Paul veut savoir les fêtes et la techno, il veut savoir les rues dans la nuit et les fous, tous ces nouveaux territoires qu'il avait un jour entrevus, dans un voyage des années 1980, mais ne faisait plus que deviner, il veut tout savoir et vite.

Alors quand même, après tous les récits de sa fille (de mauvaise grâce au début puis rapidement animés), Paul se permet de rajouter :

— Quand même t'aurais pu me dire. Je t'aurais pas interdit, tu le sais. Je t'aurais encouragée.

— Oui mais du coup ç'aurait plus été pareil si j'avais eu l'autorisation.

Son père lui sourit. Tu as sans doute raison.

— Et je suis ton père quand même, aussi. Je suis censé veiller sur toi. Au moins un peu.

— Eh ben regarde comme je reviens, dit Chiara en se levant et en faisant un tour sur elle-même.

— Divine.

Une connivence nouvelle s'installe entre eux, presque une camaraderie – celle qu'ils avaient lorsque Chiara était plus petite et qu'ils partaient ensemble sur les routes.

Elle avait cherché un ennemi à abattre, elle ne trouve qu'un allié. C'est ainsi.

Pour autant, elle s'aperçoit assez vite que de chez-soi elle n'a plus guère. Quelque chose s'est déplacé en elle, de colonne centrale il ne reste qu'un souvenir, on appelle cela parfois grandir – quel étrange paradoxe. Elle accueille cet exaltant vertige à bras ouverts. Elle vient d'avoir dix-huit ans.

Quelques jours de sommeil et d'oubli, puis Chiara, cheveux courts décolorés en blond, reprend le chemin de la fac, un pied derrière l'autre. Ça lui a paru infini mais en réalité elle n'est pas partie plus de trois mois.

Elle a raté les exams de janvier, elle les rattrapera en fin d'année, peu importe.

La directrice du département étonnamment l'a excusée, son père avait pris les devants et inventé d'extravagantes histoires, qu'il suffit à Chiara de prolonger (en ajoutant des détails, de l'hospitalisation, de faux documents, une mine meurtrie, et hop c'est passé).

En début d'année elle avait choisi Vincennes, Paris 8 – ça ou autre chose. De toute façon elle savait déjà qu'elle n'y resterait guère. Elle s'était inscrite en sociologie. Certains intitulés de cours (*Bourdieu ou la Nouvelle Lutte des classes* ; *Durkheim, le suicide et la société*) lui avaient paru sexys et elle s'était décidée sans trop y penser. Aujourd'hui, elle renfile son jean et sa veste, achète du tabac à rouler et se fond dans le moule.

Elle reprend le train en marche mais les rythmes sauvages de Berlin continuent à courir dans ses veines. Elle est revenue avec des éraflures aux bras et de longues plaines au fond des yeux, elle a vu des choses qu'elle aurait peut-être préféré ne pas voir, elle s'est sciemment déréglée, et quelque chose s'est ouvert en elle qu'elle ne peut plus ignorer. Les cours magistraux de sociologie et d'histoire contemporaine paraissent déjà dépassés lorsque l'histoire s'écrit sous vos pieds. Elle se fait quand même quelques amis, juste assez pour récupérer leurs notes et pouvoir se pointer à l'heure aux exams, qu'elle réussit.

Son père ne lui facilite pas la tâche.

— Oh mais la fac ça sert à rien, c'est intéressant mais on n'apprend pas l'essentiel. Pars, ma fille. Si tu aimes il faut partir.

Elle sait que cette phrase est d'un écrivain, son père la répète depuis toujours, mais de qui elle s'en fout pas mal. Elle veut partir évidemment, mais elle préférerait qu'il y ait des obstacles entre elle et les choses, ce serait beaucoup plus excitant.

— Va à Berlin, Londres, Tokyo. J'ai du blé encore je t'en donne. Amuse-toi bordel t'as dix-huit ans. Bientôt on sera tous morts et ce sera fini.

— Mais ça m'amuse la fac !

— Allez, arrête, on ne la fait pas à ton vieux père.

Bon OK, se dit-elle, je termine au moins la première année et après on voit. Faudra bien que j'aie un diplôme, un travail, des trucs comme ça.

— Tu les inventeras, dit Paul.

Et tout ce beau monde entre dans le printemps d'un pas léger.

Alors Chiara se lance à corps perdu

dans deux mots anglais qui, accolés, soulèvent tour à tour le mépris, la ferveur et le rejet : les rave parties.

Pour entrer de l'autre côté et accéder à ces nouveaux territoires, le protocole est le suivant. On se retrouve chez Sandra, avec Thomas, Ju, Élise, Cécile et Manu. On se chauffe. On met de la musique. On guette, fébriles, l'horloge du salon. Quand l'heure arrive, 23 heures, peut-être minuit, on descend dans une cabine, souvent celle de République, côté Grands Boulevards. On tape le numéro qui a été transmis sur la radio pirate 102.4 et que l'on a fébrilement noté sur un bout de journal. Alors viennent les instructions. Tout va très vite, il faut être efficace. La meilleure méthode est celle-ci : Chiara répète à haute voix ce qu'on lui dit dans le combiné, Cécile, dont l'écriture est la plus véloce, le reporte sur un bout de papier. On remonte à l'appart. On se fait une trace. On part dans l'élan.

Ils montent dans une caisse, en général celle des parents de Manu, pas vraiment regardants sur leurs clefs ni sur le compteur. On file vers le sud, ou l'est, on débaroule sur le périph fenêtres ouvertes, le vent chaud de la nuit, les bras dehors, les lumières vives des autoroutes qu'on dépasse. On ferme les yeux, tout semble offert. On ne sait pas où on va. On a des indications de départementales, de nationales, de chemins, qui toutes ensemble dessinent des cartes au trésor. *Vous prenez la R24 vous traversez les champs de betterave attention pas le deuxième chemin il mène à rien.* On dépasse les bretelles. On s'enfonce dans la terre. On ne voudrait être nulle part ailleurs. Les cœurs cognent fort. On avale des bières tièdes. L'air fraîchit. Chiara est assise à l'arrière. Elle passe sa tête par la vitre. Thomas est à côté. Quelque chose crache dans l'autoradio. L'A5 puis la D403. On sort après Fontainebleau. Les vapeurs lourdes de l'Yonne dans les narines. On dépasse un chemin de terre. On perd le bout de papier. On le retrouve sous ses pieds. Il est 1 h 34. *Prendre le petit raidillon sur la droite.* Un raidillon les gars, sérieux ? demande Élise. Ça pourrait être ici comme ça pourrait être là. Manu s'impatiente. On fait demi-tour, on a dû le rater. Voilà c'est là, dit Chiara. *Continuez sur une dizaine de kilomètres.* Thomas ouvre trois nouvelles canettes. Les paumes sont humides. On n'aurait peut-être pas dû faire péter le bout d'ecstasy avant d'arriver. Eh les gars ! Y a du bruit qui vient de là. Chiara par la fenêtre a entendu quelque chose, comme une rumeur au loin, un truc lourd et épais, derrière les champs. Manu roule. Thomas un joint. On tourne à gauche. La rumeur se rapproche. Il faut prendre la pente sur le côté, ça glisse, il y a de la boue, on arrive en bas. On entre à l'intérieur du bruit. Chiara sort de la voiture. Elle distingue des formes dans la forêt. On est arrivés. On laisse la bagnole à côté de quelques autres, sur le replat, on s'élance.

On plonge dans la nuit la lumière. Terrain vague. Basses lourdes. Chiens qui rôdent sur le côté. Des filles à capuche. Manu sourit. On lance les fameux pas d'arrière en avant. On serre les poings. Au seuil de la forêt hors du temps. Les vagues montent dans le ventre de Chiara. Mer chaude agitée dans le bas-ventre. Elle danse. Dans l'air quelque chose de trouble et de violent. Elle se sent libre comme jamais. Son corps sur aucune carte. Le son sort d'on ne sait où, épais ressac, dont le rythme accélère. Les vagues de joie la secouent. Chiara ferme les yeux, laisse tomber sa tête en arrière. Les basses enflent. Dans sa poitrine un souffle aigu qui titille les ventricules de son cœur.

Elle recule et retrouve ses potes. D'autres gars autour d'eux qu'elle enlace. Des mains se serrent dans la nuit. On fume. On recharge la cavalerie. On attrape des canettes tièdes. On se retrouve sur un bout de tronc fendu. Les sens à vif, on parle de moments enfouis tranchants remontés à la surface inopinément. On se dit qu'on s'aime. Chiara prend Thomas dans ses bras, elle l'embrasse. Elle sent sa peau douce et chaude, elle sent sa langue dans sa bouche. Elle se marre et se rapproche des enceintes. Elle regarde autour d'elle : capuches, cheveux longs ou crêtes, jeans noirs, balancement, insurrection décadence. Elle serre les poings et plonge dans les enceintes. Quelle folie d'être en vie.

La suite est un feu d'artifice dont elle savoure chaque déflagration. Elle n'en gardera qu'une traînée de lumières dans l'iris. Tout est noir pourtant à peine un électrogène. Les pieds sont humides, gagnés par les vagues de brume qui coulent de la forêt.

Chiara oublie complètement que les flics peuvent débarquer à tout moment et l'emmener, ça n'a jamais eu la moindre importance.

La musique court jusqu'à l'aube et elle avec.

Chiara est prise dans la grande spirale 1990 des free parties, cette ferveur électrique qui semble ne pas connaître de bords. Chaque jour elle pénètre plus avant dans ce monde, qu'elle sait déjà être le sien. Elle connaît le parfum de soufre qui en émane, les puissants clichés qui s'y agglomèrent comme des kystes, vous vous enivrez de bruit, ceci n'est pas de la musique, vous avez le cerveau troué par les drogues et la bêtise, vous êtes la lie de la société. Ceux qui leur jettent ces phrases au visage avaient pourtant baigné dans toutes les vapeurs sixties, avec le rock comme totem subversif et la musique comme planche d'appel vers le présent, mais non, en l'occurrence, c'est *très différent* ; nous écoutions des harmonies, vous plongez dans le fracas et l'abscons. Chiara passe son chemin devant ces tristes sires.

Elle connaît des lendemains âpres où l'on voudrait disparaître, les redescentes fulgurantes à se crasher par terre, mais elle s'en fout, elle a des ailes, ça ne la touche qu'à peine.

Elle apprend aussi à discerner les plis, les figures, les formes imposées du temps dans lequel elle a été plongée. Elle en vient assez vite à détester ces tournures d'esprit et clichés qui toujours viennent s'enrouler autour d'une époque comme des bandelettes sur une momie. Elle reconnaît l'arrogance de certains, la classe peut-être aussi, elle n'est pas certaine de toujours aimer les clubs, elle adore le Rex quand la sauce prend et elle déteste le Queen à peu près tout le temps, ces statues chemises ouvertes sur un trop-plein de coke et de connerie, elle discerne dans ce qu'elle voit un fascinant mélange de grâce et de bêtise. Visiblement on appelle cela un monde et elle doit commencer à s'y faire.

Mais déjà le Pulp ouvre sur les Grands Boulevards et alors tout change. Chiara retrouve dans ce nouveau club ce qu'elle aime dans les free parties : tout le monde s'y mêle librement et dans le plus joyeux bordel, le fond de l'air est punk et acéré, le son carapate comme un cheval de course, l'atmosphère est saturée de sueur et de désir, et, chose assez rare pour être notée, on sourit, souvent, oui on sourit parce qu'on est heureux d'être là. Il y a Susan la punk lesbienne déchirée au poppers, Virginie l'écrivaine à la voix fendillée et au tee-shirt Metallica manches retroussées, Dorian le peintre épais comme un valet de trèfle qui rebondit dans les coins, Augustin le normalien fou d'électro et des sœurs Brontë, Jennifer la DJ crâne rasé, il y a José, Olivia, Léa, toutes dents sorties. Adèle est là aussi, fidèle compagne des heures tardives et du petit jour, qui vient de Berlin les week-ends et repart le mardi avec la tête au bout d'une pique. Toute une faune tachetée comme une peau de léopard se retrouve au 25 boulevard Poissonnière pour dessiner une ébauche de société idéale qui serait régie par les lois du plaisir et de l'écoute. Évidemment, les bourgeois d'à côté n'y voient que les plumes et le vent qui passe à travers, l'excès du trait, ils ne voient rien, que voulez-vous. Ils ont beau jeu de toujours concevoir la fête comme un pur exutoire, l'utopie comme un agréable *hobby*, les barricades une mascarade et l'hédonisme politique un absurde oxymore. Il est plus aisé d'aller ronger la contradiction possible et l'absence de cohérence. Mais laissons-les où ils sont, ceci n'est pas leur histoire, ils ont déjà la leur, écrite en lettres capitales dans les registres officiels.

Ce que Chiara trouve d'audace et de suffisance au monde de la musique, qui est devenu le sien, s'applique aussi bien à la société qui l'entoure. (C'est d'ailleurs aussi pour cette raison qu'elle se sent bien où elle est : c'est un poste d'observation hors pair.) Ce mélange étonnant, comme une épice thaïlandaise, d'élégance et d'absence d'éthique vaut aussi pour ce monde parisien, qui devient la marque du moment, et de l'époque. On marche *hyper relax*, cool absolu, on est à New York (mais pas vraiment non plus), regarde mes lunettes noires. Chiara est à la fois prise dans le flux – elle ne pense pas à ce qu'elle fait, elle joue à pile ou face – et dans le même mouvement elle a le recul nécessaire pour jeter un œil par-dessus son épaule et regarder comme si elle avait des années de recul le film se dérouler devant elle.

Car une chose se passe sous ses yeux qu'elle va accompagner tout en s'en détournant ; ce moment prend feu en direct, on va l'appeler du nom un peu ridicule d'un label fondé à Manchester sur un bout de trottoir par quelques grenouilles égarées : la French touch (à prononcer, naturellement, à la française, la *Freinche teutch*). Dès le départ, Chiara ne sait pas quoi en penser. Formidable piste de décollage ou musique en toc, audacieux mélange de funk, house et techno ou coquille vide ? Voilà comment son cœur et sa clope balancent, lorsque, assise à une des tables du Sully, une bière dans une main et *Les Inrocks* dans l'autre, elle s'efforce de *penser son monde*. Le reste du temps, lorsqu'elle saute sur les dancefloors des Grands Boulevards ou derrière ses platines, elle danse et elle exulte, renversée par le génial instinct des rythmes métissés de Daft Punk, de leur mitraille ascendante et extatique dans *Rollin' and Scratchin'* ou du groovy *Feeling For You* de Cassius.

Elle sait en tout cas la vague devant elle, et lorsqu'on est sur le rivage on ne veut qu'une chose c'est la prendre. Notre instinct sent qu'un événement est en train d'advenir, bien ou mal peu importe, l'énergie du moment est telle qu'on veut être soulevé nous aussi. Chiara plonge les deux mains dedans.

Thomas Bangalter et Guy-Manuel de Homem-Christo, les deux créateurs de Daft Punk, elle les a vus mixer souvent, ils ont même bu des bières ensemble au Sully il y a quelques mois, bien avant qu'ils n'enfilent leurs casques pour ne plus les enlever. Lorsqu'elle apprendra la nouvelle, quelques années plus tard – *t'as vu, les Daft Punk. Non, quoi ? Ils se sont foutu un casque de robot sur la ganache* –, elle la trouvera tout de suite géniale. L'idée, filée dans le temps, était la parfaite incarnation d'un monde robotisé et anonyme, où les quinze minutes de gloire warholiennes seraient enfin accessibles à tous, c'est-à-dire à personne ; la preuve parfaite que l'absence était plus forte que la présence. Par leur triomphe, les Daft Punk le démontrent : moins on se montre, plus on est là. À partir de cet axiome, le XXIe siècle peut débuter.

Par ailleurs, pense Chiara dans sa piaule de Lamarck-Caulaincourt (où elle vient d'emménager – seule pour la première fois), en écoutant pour la vingtième fois consécutive *Homework*, quel rouleau incongru et génial de trouvailles pop, de tonnerre techno, de groove électronique et de collages punks, rafales et grésillements, feux follets et carnaval, nuages cotonneux et boooooum ghetto blaster tornade métallique. Elle fait passer leur album sur sa platine de gauche pour essayer de le métisser avec autre chose, mais le disque résiste, son propre mélange de house funk électro pop techno forme une pâte si homogène que rien ne peut s'y mêler, ni les sons digitaux de Tokyo, ni les nappes aériennes de Pink Floyd (faut dire que c'était un peu audacieux). La pâte résiste, donc elle existe.

Chiara plonge encore plus avant dans le monde des teufs, où elle apprend le peu qu'elle sait de politique. Elle y fait la rencontre de JD le fou passionné écrivain, de Matthieu le banquier dingue des Beastie Boys, de libertaires, d'entrepreneurs, de militants de SOS Racisme, féministes, punks anars, tous ceux qui s'apprêtent à faire dresser les colonnes de la société.

Et puis il y a Nico. Qui n'est ni beau ni pire, mais qui a quelque chose.

Ce qu'elle découvre sur son épaule, c'est la tendresse des jours, et le fait, inestimable, de pouvoir s'appuyer quelque part. Nico la tempère et Nico l'exaspère. Puis ce qui était doux devient mou, comme il en est visiblement de toute chose. C'est sa damnation, à Chiara, se lasser de tout ; il faudra faire avec.

Chiara se tient devant les platines et la table de mixage basique, la Sony, qu'elle vient d'acheter. Comment s'y prendre bordel. Elle se sent démunie face à tous ces curseurs et ces boutons, tous ces *browse*, *loop*, *cue*, ces *in*, *out*, *sync*, *level* et *shift*. Elle pose un vinyle de dub sur la platine droite. Elle malaxe les curseurs. Sons de crécelle. Elle tente de soulever les basses. Elle pose un autre vinyle sur la gauche. C'est pire. Elle enregistre des boucles, qu'elle efface immédiatement. Elle finit par s'asseoir dans un coin de la pièce, les pieds recroquevillés, et décapsule une Heineken tiède.

Elle observe les autres DJ, qui ont l'air un peu cons à force de sembler à l'aise. (Mais bordel ils maîtrisent leur affaire.) Comme cet après-midi-là, elle est dans un appart du 10e, derrière le canal, où ces deux gars s'échinent sur leurs platines en mode Michel-Ange dans sa Sixtine, ça fume de tous les côtés mais tous les deux sont là, appliqués, et elle voudrait choper au vol cette manière qu'ils ont de plier les disques les uns dans les autres et de tracer des ponts entre les deux rives (enfin, pour être plus simple, elle voudrait voir comment ils procèdent avec leurs putains de doigts). Ils tracent leur route pendant que les voix autour d'eux s'élèvent. Chiara se tient devant le contrôleur. Elle enregistre tout.

Chiara a vingt ans tout à coup et elle tient mieux sur ses deux jambes. Elle arrête la fac, elle n'a pas vraiment l'intention de travailler pour autant mais il lui faut du liquide pour poursuivre le rythme, alors elle entame, de missions intérimaires en vacations de serveuse, une carrière qui s'annonce fascinante. Elle ne demande guère plus qu'un peu d'argent pour pouvoir vivre sa vie sans devoir la gagner.

Elle progresse de jour en jour sur ses platines. Il y a quelque chose, elle le sent. C'est une question de rythme c'est une question de sang. Les rythmes elle sait les tenir battants dans sa main, les concasser et les mordre, les mêler pour en créer de nouveaux. Chiara avance sur son étroit chemin de crête qui lentement s'ouvre et s'évase.

Chiara n'a pas encore trouvé sa phrase, celle qui l'accompagnera toute sa vie et l'emmènera dans son sillage, mais elle la sent à sa portée. La syntaxe est rétive. Chiara ne perd pas la foi et la traque patiemment. Des amours la traversent comme des grippes passagères dont elle finit toujours par se remettre. Les autres sont des adjuvants autant que des poids à ses pieds l'empêchant de prendre son envol. Chiara avance dans cette oscillation certaine entre l'ardeur et l'attente, l'envie et l'ennui.

Une génération étrange et robotique, hésitante, ambivalente, naît, comme elle, entre deux eaux.

Repartir mais où

Paul est quant à lui de plus en plus vif et affûté, et ce n'est pas tellement ce qu'il observe chez ses vieux amis, qui semblent, comme son Jonathan de la rue des Petits-Champs, lentement dépérir après avoir tant brûlé. Casey va mal, mais il est malade, ça ne compte pas. Paul lui se lève chaque matin plus souple et décidé, pour un peu il s'envolerait. Il ne s'agit pas d'un phénomène paranormal, non, c'est dans la logique de son corps, qui a commencé de travers, vieux déjà, et ne cesse de rajeunir. Le processus lui semble parfaitement normal. Chaque être ici-bas possède sa flèche, sa direction qui n'appartient qu'à lui et voici la sienne. Il n'en tire ni mérite ni prestige, c'est ainsi.

Paul passe les années 2000 à s'observer rajeunir.

Charlotte a disparu du tableau. Ils avaient lutté pourtant, leur histoire valait la peine, et puis ils avaient fini par baisser les bras. Paul avait aimé ses dents plantées dans les choses, mais les vents l'emportent ailleurs. Ils restent en bons termes et leur fils vogue d'une maison à l'autre.

Et depuis, Paul navigue de relations fulgurantes en flèches sans lendemain.

2001, des tours tombent devant lui dans une sorte de troublante euphorie, on n'a que rarement la chance de voir s'incarner littéralement, dans la matière même, la chute d'un monde. Paul sait déjà que rien ne meurt complètement ici, que la haine repartira plus fort, mais ces images l'absorbent, quelque chose se boucle et se noue, l'image devient la seule vérité ; voir les flammes de Pompéi ne lui ferait pas plus d'effet.

Et il poursuit sa métamorphose.

— Je t'ai connu beaucoup plus vieux, dit Jérémie.

Paul sourit, s'allume une clope, il aime fumer en buvant.

— T'étais raide à l'époque, comme un petit monsieur cintré dans son costume. T'es un peu plus libre maintenant. Enfin, moins chiant.

Ils se trouvent, son frère et lui, dans un petit village andalou, à Nerja, cité blanche saturée de lumière. Trois jours déjà qu'ils errent dans ces ruelles alanguies par la crémeuse torpeur, les pas sont lents, les bras s'appesantissent. Ils s'allongent dans des criques. Ils boivent du vermouth à partir de midi, font de longues siestes, retournent boire des vins frais et du jerez aux arômes de noix dans la fraîcheur du soir. Ils passent ainsi une petite semaine ronde et parfaite, à reprendre le fil de leurs deux vies, à se regarder, à se taire.

Alors Paul a dit à sa fille, tu es partie de la maison, tu as bien fait, ton frère grandit aussi, mais moi du coup je vais me casser je crois. J'en ai marre de la ville, j'en ai marre du bruit.

— Tu te retires, tu vas jouer à l'ermite ?

— Je veux un château, dit Paul.

— Ah ben oui, dit Chiara.

— Tu vois celui des Stones, dans le Sud, là où ils ont enregistré *Exile on Main Street* ?

— La villa Nellcôte, à Villefranche-sur-Mer ?

— Eh ben pareil.

Paul se met en quête. Où chercher ? La Grèce, la Provence, la Corse, l'Andalousie ? Le soleil devra, en tout cas, jaillir de tous côtés. Il adore les côtes bretonnes, il a simplement peur du froid perçant d'hiver qui s'infiltrerait dans ses pieds qu'il préfère garder nus. Il se lance dans un grand tour, en quête de la lumière idoine, d'une bâtisse qu'il reconnaîtrait pour l'avoir croisée en rêve.

Il ne se sent pas plus d'ici qu'ailleurs, il pourrait habiter en France comme en Espagne ou au Japon, pour autant, quelque chose lui souffle dans l'oreille, trouve ton territoire, pose ton barda, installe-toi. Tu y as droit, toi aussi. Détends-toi, ce n'est pas un problème, tu ne vas pas tout d'un coup faire pousser des racines.

Paul cherche une lumière qui serait la sienne.

Berlin ça continue

Chiara repart en fin d'année à Berlin, les angles sont plus souples là-bas, elle n'a pas à lutter constamment pour son espace vital et le respect de ses pairs. À Berlin elle peut respirer l'air et l'histoire en même temps. Étonnamment, ici, le poids – pourtant conséquent – du siècle ne pèse pas sur sa poitrine.

Elle plonge alors sans retour dans une nasse dont elle n'avait qu'imaginé l'ampleur. Chaque nuit de nouvelles portes s'ouvrent sur de nouveaux labyrinthes, des galeries sur de fascinantes silhouettes, des sons neufs sur des danses inconnues.

Chiara vit, dans le creux de ces nuits sans lune, des rencontres décisives. L'une d'elles s'appelle Violet – ou en tout cas se fait appeler ainsi. Elles se rencontrent au Tresor, cette ancienne salle des coffres d'une famille juive planquée sous terre, immense bunker où tous les agités de la ville se retrouvent pour danser jusqu'à l'aube, puis jusqu'au soir, puis jusqu'à l'aube. Les corps sont comme mêlés les uns aux autres dans ce maelstrom sans chefs ni rois.

Violet a le visage long et émacié, la silhouette fine de celles qui hantent la nuit. Elles se croisent autour de la buvette, là où on peine à commander parce qu'on ne sait plus tellement comment formuler les choses. Elles se retrouvent ensuite dans tous les clubs de la ville, elles échangent leurs téléphones et vont jusqu'à boire des cafés à cette heure étrange où les gens travaillent et où aucun lampadaire ne découpe le moindre carré orange sur les pavés. Elles deviennent amies.

Chiara reprend grâce à elle l'histoire de la ville dans l'ordre.

Pendant des années, il n'y avait rien. Violet et ses quelques compagnons d'infortune cherchaient en vain du grain à moudre. Berlin était le terrain de guerre que tu as dû voir, Chiara, sur les photos ou les films à l'image granuleuse. On errait à l'Ouest, lapins devenus fous dans notre enclos, on marchait au milieu des ruines encore chaudes. Et puis, au début des années 1980, des fleurs troubles ont germé un peu partout. Cela n'empêchait pas le ciel d'être toujours aussi gris, mais le punk est arrivé, des énergumènes ont débarqué, Nick Cave et les Einstürzende Neubauten, une scène s'est construite, dans les recoins et les sous-sols.

On était furieux, seuls au monde et habités.

Moi j'étais née là, dit Violet, à Neukölln, t'imagines pas ce que c'était à l'époque. Une zone franche, des pierres écroulées devant des épiceries antédiluviennes – certaines y sont encore, d'ailleurs, tu as dû les voir. Mes parents avaient poussé comme du chiendent dans les décombres de la guerre, grandi entre les barrières de toutes sortes, leurs corps contraints avaient cherché tant bien que mal à croître sous ce ciel bas et cette géographie dévastée.

On a passé la décennie dans ces peaux de fantômes, entre des nuages de cigarettes et des espoirs troubles. Parfois, avec Mark Reeder – tu sais, cet

Anglais aux yeux de taré et à la mèche hitlérienne qu'on croise parfois au Tresor –, on allait à l'Est laisser traîner une oreille pour voir quels sons nouveaux creusaient la terre. On leur laissait quelques cassettes de groupes américains, anglais ou de Düsseldorf, et parfois on repartait avec les leurs, des trucs inaudibles qui se faisaient là-bas.

Et puis, 1986, 1987, la ville s'épuisait et sa musique avec elle, les punks étaient des déchets, on faisait tourner des tubes pourraves sur des platines dans des bars, la came usait les corps tout autant que cet horizon barré de tours. On s'égarait.

Violet avale une gorgée de bière un peu tiède. Chiara détaille ses fossettes amusées. Une autre musique trace sa route dans ce bar un peu absent de Kreuzberg mais elles ne l'entendent pas. Violet reprend.

1988, c'est comme si Berlin courait après un son qui pourrait enfin dire son ardeur de vivre et sa tristesse, sa texture âpre et métallique.

Et puis un jour quelque chose est arrivé de Chicago et de Detroit. Quand je dis un jour, reprend Violet, c'est bien sûr plus compliqué que ça, il y a eu des vagues, des ratés, des passeurs, mais peu importe comment, la greffe a eu lieu et c'est ce que nous attendions.

Lorsque l'objet rencontre sa fonction, c'est l'explosion et l'amour fou. La house et la techno rencontrent Berlin ; les fiançailles sont immédiates. Comme si cette double matière sonore, imaginée et créée à sept mille kilomètres de là, avait trouvé ici sa véritable raison d'être, son but ultime.

Car d'un même fleuve sont nés deux affluents ; d'un côté, à Chicago, nuée minimale, samples et ligne de basse : la house. De l'autre, à Detroit, une décharge plus métallique et une scansion de cheval au galop. Le son sort brut, sa texture digitale est à la fois évaporée, tenue et sauvage ; on dirait Berlin et elle s'appelle la techno.

Il y a le son mais il y a aussi, peut-être surtout, le dispositif, poursuit Violet, qui se sent dans une belle forme aujourd'hui. Pas de scène, pas de surplomb, pas de chef, pas de direction, la musique est faite par tous et pour tous, dans tous les coins et tout le temps, la house et la techno sont de mini-démocraties ambulantes, le DJ est là au milieu de nous, on ne le voit même pas et on s'en fout, on écarte les bras pour saisir la puissance de l'énergie collective, nos jambes cavalent toutes seules, parfois on se regarde et on se sourit, parfois on oublie totalement qu'on est là, au milieu de tous ces gens, on plonge à l'intérieur de soi. On dessine ensemble un collectif soyeux et brutal. Tout le monde est sur le même plan et dispose d'une liberté sans bord. Respecter celle de l'autre n'a pas à être souligné tant il s'agit d'une évidence. On danse, on crie, on casse les murs, on avale un bout d'ecstasy et on part vers les cieux, on baise si on en a envie, on reçoit et réverbère les mitrailles électriques. On invente, ces jours-là, un monde commun, et c'est pas rien.

Et voilà précisément ce que Chiara découvre dans sa chair chaque semaine, cette démocratie du plaisir, la puissance séditieuse de ces marathons nocturnes où elle se déploie et se réinvente. Elle a bien conscience du parfum de scandale que soulèvent leurs fêtes, et cela lui plaît d'ailleurs. Elle trouve ça elle aussi parfaitement scandaleux de vouloir être aussi libres et insoumis.

— T'es toujours avec moi, Chiara ? dit Violet.

— Oui oui pardon.

Novembre 1989 arrive, et cela ne t'aura pas échappé, un muret tombe. La nuit décisive du siècle, mais tu connais tout ça, je vais pas te refaire le film. Ce qui nous intéresse –

— Parce que ça t'intéresse, non ? Sinon j'arrête hein.

— Ben c'est moi qui t'ai demandé, Violet.

— Oui mais bon je redemande, on sait jamais, dit-elle en humant les vapeurs vanillées de son *Milchkaffee*.

Donc, ce qui nous intéresse, c'est la vague qu'on se prend tous dans la gueule à ce moment-là. Tu te souviens quand tu étais enfant en plein soleil et que tu découvrais les sensations sur ta peau, l'herbe et le vent, quand tout était neuf, et à faire ? Eh bien voilà ce que l'on vit tous cet hiver-là, on court partout dans tous les sens, on enlace les passants dans les rues de l'Est qu'on voit pour la première fois, saisissante Karl-Marx-Allee tendue droite vers le ciel, les bâtiments raides soviétiques, les tourelles rouge brique du pont de Warschauer, les rues désolées les avenues, avec Jonas, Susi et Hannes on arpente le Far East qui était là juste à côté et qu'on ne pouvait toucher. Poussière dans l'air, tout est à terre. On est saisis par l'ampleur de ce territoire raide et coupant d'où émergent, hagards, des fantômes (j'exagère) aux yeux longtemps scellés et aux paumes ouvertes – comme ils sont, eux aussi, stupéfaits de voir nos gueules d'abrutis par le capital, la publicité et les bananes en vente libre. On se touche enfin, Ossis et Wessis, et on se déteste déjà.

Mais ce qui dès le premier jour nous rapproche et nous élève s'appelle la techno. Mille souterrains s'ouvrent sous nos pieds pour étancher nos soifs.

1990, je rencontre Katarina avec qui j'emménage immédiatement vers Hermannplatz. On éventre les draps, on est prises par le démon.

— C'était très différent d'aujourd'hui, dit Chiara.

— On a toujours dit ça, nous les Berlinois. *Avant, c'était quand même autre chose.* C'est une sorte de sport national.

— Mondial.

— Alors oui, c'était quelque chose. Et l'euphorie des premiers jours leur appartient en propre, elle ne se répète pas. Mais aujourd'hui aussi, ça vaut le détour.

— J'adorerais quand même que tu me racontes cette nuit de novembre 1989.

— Tu veux vraiment savoir ?

— Oui.

Violet est allongée dans le sofa. Depuis des jours déjà on sait que quelque chose se trame, mais quoi. Tous les potes sont réunis dans le salon. La télé est allumée et diffuse les premières images. Insensé, voilà ce qu'ils pensent tous. On ouvre sans cesse de nouvelles bouteilles de bière, on fume, on saute sur place. Violet, elle, est exténuée. Elle n'en peut plus, elle n'arrête pas de courir dans la nuit et le contact du coussin contre sa peau est si doux. Des deux côtés du mur les gens débaroulent par centaines. Les soldats de la RDA se tiennent droits mais leurs yeux disent le contraire. On annonce une allocution d'Erich Honecker. Werner lève les bras. Christiane va chercher du champagne dans le frigo : il n'y en a pas. Violet sait le moment décisif. Mais le contact du coussin, ah, est si doux à ses joues qu'elle finit par s'endormir.

Lorsqu'elle se réveille, seule et frigorifiée dans son salon, l'œil poché, l'Histoire a passé.

Ces mois se déroulent ainsi

dans une fièvre inégalée. Chiara pensait que sa première incursion avait été indépassable, mais cette deuxième lui prouve le contraire.

L'attendent une succession de chambres, d'impasses, de matelas, elle descend pas à pas dans les couches de la ville, elle est d'une jeunesse à tomber, elle a l'œil affûté, elle capte les turpitudes et les élans de chacun, elle passe des fêtes garage de Schönefeld aux vastes appartements du Kudamm où elle sait se tenir droite dans son verre de champagne, Berlin 1999, tout persiste à renaître et Chiara se tient là, au milieu du vortex, svelte et élancée, fragile et audacieuse, et si elle tombe parfois, elle accueille la chute avec flegme, elle est venue pour ça aussi.

Elle retrouve le DJ qu'elle avait rencontré le soir déjà lointain de l'épiphanie avec Adèle, au Wilde Renate, là où tout avait commencé. Dani Mannheim est grand, des cheveux blond roux qui ont poussé. Chiara est piquée par son regard. Elle part avec lui, ils couchent ensemble. Le lendemain elle redescend dans la rue et ne le reverra plus.

Elle essaie tout, filles, garçons, jeunes, vieux, toutes les peaux valent alors la peine d'être effleurées et pétries. Elle crie dans le noir, elle rate son métro, emmêlée à un gars croisé deux heures plus tôt, elle embrasse une fille au comptoir, elle glisse sa main dans son sexe, c'est doux et chaud, on y va.

Chiara découvre son corps dans celui des autres. Elle voit bien qu'elle est en roue libre, qu'elle perd le contrôle, elle adore ça.

Un soir elle rencontre Roberto, comme elle sang-mêlé, chilien, italien et français. Il est adossé à ce mur dans cette arrière-salle obscure de Friedrichshain et on ne voit que lui. Quelque chose dans son boitement, dans la force de son regard, la douceur de son accent l'emporte. Leurs mains se trouvent. Ce ne sont pas simplement les vapeurs de la nuit, elle le sait déjà. Ils partent ensemble vers un lit de passage. La suite est délicate, bestiale, sublime. Là où elle attendait de l'ardeur il y a des mains parfaites. Là où elle pensait tendresse tout à coup les choses prennent feu. Elle apprend alors que cela peut aller ensemble.

Elle s'empale sur lui. Il la retourne et la pénètre par-derrière. Elle pose ses deux mains contre le mur et il hurle de bonheur. Elle le repousse et monte à nouveau sur lui. Elle plaque ses mains contre son torse, frotte son sexe d'avant en arrière. Sa tête à lui tombe sur le côté. Elle la récupère dans sa main et lui dit viens. Il fait volte-face et plonge son sexe en elle, entièrement, longuement, elle prend son cul et le soulève, viens là, là plus bas. Il accélère. Elle jouit. Il sort sa queue. Il jouit sur son ventre dans un râle de bête ou de garçon en vie. Elle le prend dans ses bras. Il attrape sa main et la serre comme un bastingage.

Berlin sera donc le nom de la liberté grande et de l'invention de soi. Ce qu'elle aime par-dessus tout ici c'est l'association libre et aléatoire de haut et de bas, de romanesque et de banalité, le sillon que creuse sans cesse la ville entre l'intensité et l'absence.

À Berlin elle revient sans cesse, elle repart. Elle reste quelques semaines, quelques mois. Si elle vivait définitivement ici elle tomberait, c'est sûr, mais elle ne peut pour autant vivre trop loin. Aujourd'hui, Chiara a vingt-six ans et ses jambes frottent contre son vélo haut perché, elle s'extirpe du Tiergarten, traverse la Potsdamer Platz, on l'attend quelque part.

Ici. Chez son grand ami Niels où elle passe ses journées à fouiller la discothèque, à tracer avec lui un chemin singulier dans l'immensité.

Et aujourd'hui, Niels, de vingt ans son aîné, a sorti les boîtes magiques. Il est l'heure de les lui montrer. Huit boîtes à chaussures pleines de cassettes à ras bord. Bordel qu'est-ce que c'est que ce truc, dit Chiara. Alors Niels s'ouvre une Paulaner et lui explique. C'est ça qui m'a formé. J'ai tout appris de ces cassettes-là. Chiara plonge la main dans les boîtes. Des enregistrements de rue, de groupes du monde entier, de fanfares, de DJ inconnus, de bars datant de dix ou vingt ans. Chiara passe ses doigts sur le bord des cassettes. Elle lit *Mix caribéen, mai 1979*. Elle lit *Virée Baltimore house techno, juillet 1984*. Elle lit *Varanasi, Calcutta, Bangkok, Bali, bars rues sous-sols formations traditionnelles dans la jungle*. Mais qui t'a donné ces cassettes, Niels ? C'était un type qui les envoyait, quand on était coincés comme des cons dans Berlin-Est. Un de ses amis, un Américain, était venu s'installer à Friedrichshain. Comment et pourquoi, aucune idée. Casey il s'appelait, je me souviens. Il lui envoyait ces cassettes comme on le ferait de cartes postales, voilà mon ami ce que j'entends. Elles arrivaient tous les mois à peu près et Casey voulait toujours les partager avec nous. On ouvrait le paquet comme des enfants le jour de Noël, on se les répartissait et on repartait vite chez nous pour faire courir les bandes. C'est comme ça que j'ai découvert la cumbia, le reggae, le rock post-industriel. C'est surtout comme ça qu'on a reçu un jour en pleine gueule la techno et la house. Elles sont arrivées par la poste, comme le reste. On les a écoutées tous ensemble ce jour-là, je me souviens, sur le lecteur de cassettes de Wim. On était sur le cul. Putain quelle puissance, avait dit Jonas. On avait trouvé notre musique, notre patrie. On a passé la journée à repasser les bandes. Tous ceux qui étaient présents ce jour-là sont devenus DJ, ou moins pour un temps.

Les envois continuaient. C'était miraculeux pour nous, ces colis qui tombaient de notre ciel voilé, coupé en deux. Parce qu'en plus il ne faisait pas que ça, le type. Il nous envoyait des mix qu'il faisait lui-même, des cassettes pirates folles où il mêlait cent couches, expérimentait des choses nouvelles. Il y avait de tout là-dedans, des préfigurations de la musique électronique, des tentatives sonores, des harmonies et des bruits qu'on n'avait jamais entendus ailleurs. Il cherchait quelque chose. Et il nous l'envoyait.

T'as jamais su comment il s'appelait ? demande Chiara. Non, répond Niels, jamais. Mais si j'étais en face de lui, aujourd'hui, je lui baiserais les pieds. Chiara repasse ses doigts sur l'écriture au stylo bleu qui coule sur les bords. Elle n'arrive pas à prendre la mesure de ce qu'elle vient de découvrir. L'écriture de son père. Ces cassettes qu'il avait toujours envoyées, de tous les pays qu'il avait traversés, certains où ils avaient voyagé ensemble. (En Inde par exemple, et à Bali, elle revoit son père tout excité d'écrire quelques mots sur la petite bande au milieu de la cassette, des références, un nom ou deux, avant de jeter ces bouteilles dans des boîtes aux lettres à l'angle d'une rue.) Chiara regarde son ami. Si seulement on savait où était ce type, dit-elle. On irait le voir tous les deux, dit Niels en soufflant la fumée de la cigarette vers la fenêtre.

Un jour j'ai rencontré Jeff Mills, continue Niels, le maître de la techno. Chiara le dévisage, mec c'est mon idole, tu vas pas m'expliquer qui c'est non plus. J'suis con, pardon, dit Niels. Bref, on buvait un coup et il m'a raconté une autre histoire, mais qui se recoupe peut-être avec celle-là, je sais pas, j'y repense maintenant en te racontant tout ça. Lui c'est un disque qui était venu jusqu'à lui et ses amis apprentis DJ de Detroit.

Il y avait là-dedans une sorte d'invention radicale, m'a dit Jeff entre deux gorgées de bière, une texture sonique si neuve, reposant sur une rythmique tellement dézinguée qu'elle nous avait tous guidés dans nos recherches et notre exploration des nouveaux territoires.

Comment vous étiez tombés sur ce disque ? je lui ai demandé.

Je me souviens plus, a dit Jeff, à l'époque les choses circulaient comme ça, par la bande, en sous-main, sans qu'on sache bien comment. Par quel chemin cette piste – qui avait dû être enregistrée quelque part dans un studio, à New York sans doute, où on avait dans les années 1970 un arsenal de cette qualité-là – était arrivée jusqu'à nous, je ne sais plus, mais je sais qu'elle a été décisive. Il y avait là une manière révolutionnaire d'utiliser la table de mixage, non plus comme un support mais comme une machine à créer. On baignait déjà dans les sons électroniques, Kraftwerk avait tout chamboulé et notre techno était sur les rails, mais ce son, sorti sans doute d'un cerveau illuminé, nous a ouvert les portes.

Et pourquoi tu me racontes ça, demande Chiara. C'est quoi le lien avec les cassettes ? Je sais pas, dit Niels. Il y en a peut-être un. Ou peut-être pas. Niels se lève. Bon qu'est-ce que t'en dis, on va prendre l'air ?

Chiara est rentrée à l'appartement, retournée par ce qu'elle venait d'apprendre. On a passé la soirée à divaguer et à tracer mille conjectures.

Je vivais avec elle depuis des années déjà dans cet appartement de Prenzlauerberg. Depuis notre rencontre à Barcelone et l'embrasement consécutif, le feu avait persisté, s'était amplifié même. Sous nos pieds, un océan sans fond que nous explorions chaque jour. Quand deux corps en se rencontrant sécrètent un tel espace, pas de marche arrière possible, il faut plonger.

J'ai ouvert une bouteille de rouge. Et tu vas en parler à ton père ? je lui ai demandé. (J'imaginais qu'on mènerait une sorte d'enquête, qu'on irait fouiller un peu dans ce passé-là – j'avais, je l'avoue sans peine, une idée claire derrière la tête.) Chiara m'a regardé. Elle m'a dit non. C'était peut-être lui, peut-être pas, on s'en fout. La musique passe de main en main, c'est comme ça. Peu importe que ce soit mon père ou pas qui l'ait créé, ce son, qu'il ait envoyé ces cassettes, elles sont arrivées entre les bonnes mains qui les ont transformées en autre chose, puis d'autres mains ont fait de même, et ainsi vogue l'histoire, long roulis déplié en tous sens. (Elle ne l'a peut-être pas dit en ces termes mais c'était l'idée.)

Chiara a fini son verre, elle a ouvert une nouvelle bouteille.

On s'en fout en fait de la vérité, elle a dit. On garde le flou et la légende, c'est toujours mieux. Je préfère aussi, j'ai dit, sans tout à fait y croire. Elle a remis sa mèche de cheveux derrière l'oreille. La nuit était à nous.

Et pendant ce temps,

Léo continue à pousser de travers. Ce n'est pas toujours visible à l'œil nu, on pourrait croire le contraire, tout semble rouler, ce garçon est brillant et fantasque, élégante bourrasque, mais en réalité tout se craquelle dans l'édifice, bâti de guingois (et difficile de rattraper un truc qui part mal, on le sait).

En apparence pourtant oui les choses avancent : après de fulgurantes études (Normale sup, en roue libre) et un détour réussi par une formation d'ingénieur, Léo Maleval décide de passer le barreau. Le droit le passionne, il sait que le véritable affranchissement se trouve dans la loi.

Il a rencontré Anna sur les bancs de l'ENS, étudiante brillantissime aux doigts fins et précis, délicatesse des mots et de l'esprit. Lorsque ses longs cheveux noirs tombent dans sa nuque, Léo retient son souffle. Ils se regardent longuement. Bientôt ils emménagent ensemble.

La faille que l'on ne distingue guère de l'extérieur, Anna la voit. Elle vit dedans avec lui. Elle s'invente ravaudeuse, elle rafistole, elle essaie d'insuffler dans ce petit appartement, derrière le marché d'Aligre, assez de mouvement et de vie pour emplir ces béances. Et parfois, souvent, on y croit. Ils sont heureux dans leur bulle, faite de crêpes matinales et de jazz, de thrillers le soir et d'amour chaud le matin.

Anna devient aquarelliste, restauratrice de meubles anciens et occasionnellement documentariste, comme tous ses amis elle vogue entre mille tâches avec habileté.

Elle virevolte et Léo se nourrit de ses envolées.

Mais les lignes en lui ne cessent de se fissurer, elle le sent, il le sait.

Léo voudrait un enfant, il pense que ce serait bien pour lui, que ça l'aiderait. Il en a envie. Anna répond que c'est le contraire de ce qu'il faut faire ; un enfant n'est pas une béquille, pas une aide, encore moins un palliatif. Il faut se lancer si on en a envie dans l'absolu, si on est inconscients, si on a envie d'être pieds et poings liés à un être possiblement détestable, toutes choses qu'Anna refuse.

En réalité le problème est ailleurs : trouver un sol stable où s'établir.

Et Anna s'épuise à être le pilier, le menhir, la seule matière qui ne s'effrite pas sous les mains ici (ce qu'elle n'est d'ailleurs pas forcément, mais bon, pas le choix).

Léo évite les films et les romans, il ne supporte plus ce qui alors l'envahit, tout l'or et la boue que charrie la fiction le renversent, il éteint le bruit et essaie de reformer une plate-forme où poser ses pieds.

Les années au barreau de Paris érodent son corps. Des affaires sordides, à la cruauté toujours réinventée, viols en groupe, extorsions, recels, prostitution de mineurs, il faut être solidement accroché au bastingage pour tenir ; il ne l'est pas. Léo veut s'éloigner de sa passion, qui n'était peut-être pas pour lui. Il rêve d'ouvrir un bar, de partir sur une île lointaine et de se convertir aux rites locaux et aux croyances anciennes. Il n'a pas la force d'ouvrir une valise et d'y jeter des affaires, sans parler d'étudier les billets d'avion pour trouver la meilleure correspondance. Il ne partira pas et ne changera pas de boulot. Il va laisser passer l'orage, et alors il trouvera la force de prendre les décisions qui le sortiront de là. En attendant, il s'allonge sur le lit double, glisse ses mains sous son crâne et entame une série télé sur une affreuse famille de nantis qui l'éloigne de lui.

La quête

Et finalement Paul l'a trouvée. Au premier coup d'œil il l'a reconnue. Elle était là, au bout du chemin, sur cette pointe nord de l'île majestueuse qu'on appelle le cap Corse.

Il achète cette maison avec l'argent accumulé depuis des années (pas grand-chose), auquel est venue s'ajouter l'avance sur héritage de ses parents. (Son père est mort, sa mère tient toujours debout, mais l'argent doit déjà voler jusqu'à vous, avait-elle dit, à moi il ne me sert à rien.)

Paul pose ses affaires. Il ouvre grandes les fenêtres. Toute la mer et l'écume y entrent.

Et il est là à présent, debout assis allongé, le regard bleu des mers du Sud, de longs cheveux blancs qui tombent en cascade, ses pieds glissent sur le carrelage frais, il traverse le couloir, nous sommes en juin peut-être, on ne sait plus tellement. Il marche dans les champs à l'herbe rase, il fait le tour du hameau, il salue Tom, embrasse Naomi. Il garde les pieds nus, un pantalon noir bouffant et un tee-shirt blanc, plus simple appareil, au cas où on l'appelle au loin et qu'il doive repartir sur-le-champ, il se tient prêt. Il laisserait avec joie ses guitares et ses enceintes pour rejoindre la ligne jaune qui tremble au loin. Toujours garder de tels mirages devant soi, flottant là-bas, sinon on tombe, même à soixante-sept ans – des fantaisies de pays neufs, de corps désirés, de longues rames et de mers furieuses, bien qu'il ait maintenant la sienne. Paul va la voir soir et matin, il baigne ses pieds dans les eaux claires et les salue, repartant ensuite sur le petit chemin étroit bordé d'une haie en paille pour aller nourrir ses oies. D'où qu'on la regarde, sa vie est là, immense, petite, unique, devant lui, et il la détaille le soir en écoutant le tumulte des oiseaux emplir le tilleul et l'érable du Japon – d'où qu'on la regarde, elle est formidable et minuscule, cette vie d'humain sur la Terre. Quelle forme aura-t-elle finalement prise ? Quel obscur dessin sauvage, quels tracés secrets sur la feuille au vent, bientôt écrasée par les chaussures des passants ? Paul regarde les soixante-sept années écoulées, il détaille les sillons sur ses joues, les jointures enflées de ses mains, il voit les joies, les creux, les errances, il n'en pense rien, il n'y a rien à en dire. Il regarde, c'est tout. S'il pleure parfois un peu (à cause des guitares tournoyantes de *Heroes* de Bowie lui chuchotant qu'il n'a pas su devenir le héros qu'il aurait voulu être, qu'il aura passé sa vie à courir derrière une chimère), ce ne sont que des pleurs automatiques, d'une émotion contenue – ce n'est pas l'âge (il a toujours été à fleur de peau), ce n'est pas l'habitude, c'est quelque chose de plus sec et ample encore dont il méconnaît le nom.

Il continue à se passionner pour tout ce qui résonne dans le présent, hip-hop et électro, pop évanescente et renouveau folk. Sa légère lassitude au milieu des années 1980 n'aura été qu'un passage à vide, il tient à son élan plus que tout.

Et il poursuit surtout son grand dessein, mêler tout ce qui un jour est sorti des humains, des insectes, des oiseaux, tous les instruments et toutes les voix, dans la plus vaste symphonie de l'histoire. Il a conscience de sa mégalomanie et de son obstination, mais que pourrait-il bien faire d'autre ?

Paul se souvient encore de cette chercheuse en histoire qui un jour à Rome lui avait détaillé le moindre bruit des batailles de l'an 1000, les éclats de sabots et les armures percées. Elle avait passé trente ans de sa vie à imaginer des sons dont elle ne pourrait jamais s'assurer de l'existence. Elle avait pourtant reconstitué chaque sonorité de ce monde disparu jusqu'à le rendre ombre aperçue. Lorsque Paul lui avait finalement demandé s'il pourrait un jour écouter ces sons, elle lui avait répondu, devant son verre de spritz vide, non, je ne les ai pas enregistrés. Je n'ai fait que les imaginer, cela m'a déjà pris trente ans. Il me faudrait trente années encore pour pouvoir les recréer. Paul avait souri, ils avaient recommandé un verre.

Voilà comment les choses se passent habituellement, sur sa pointe du cap Corse : lorsque le moment survient – cela peut être à l'aube, en début d'après-midi, lorsque la pastèque est haute dans le ciel et que les lattes du parquet craquent, gorgées de sève, mais le plus souvent c'est en fin de journée, ce moment de bascule qui s'étire et entraîne tout avec lui – lorsque l'heure, donc, arrive, Paul va de pièce en pièce, d'enceinte en enceinte, d'instrument en pupitre, et quand le moment est là, mûr, ardent dans sa main, lorsque la sève monte, Paul balance tous les sons à la fois, qui alors s'élèvent dans les airs en une nuée d'oiseaux, se glissent par les seize fenêtres ouvertes et montent en volutes, et Paul se jette à son tour dehors, sur la terrasse, dans le jardin, il observe les ballons flotter, tournoyer, s'entrechoquer, et chaque fois il y discerne quelque chose de neuf, un poudroiement distinct, une danse particulière. Il sourit. Il entend :

Les cors et les violoncelles de Beethoven qui tonnent

Les klaxons des rickshaws de Bombay dans la pièce du haut

La folie Bangkok dans ses veines

les guitares lacérées des Pixies

la cadence chaloupée légère du raggamuffin

Il entend

Le chant rauque des cormorans

La grâce Monteverdi

Le bâton du garçon traçant des cercles devant la maison

Les rues de La Havane la nuit quand la chaleur monte du macadam comme une sève épaisse et colle aux jambes

Il entend les feux d'artifice de Grenade

Les nuits violacées de Conakry

Le ploc-ploc de la pluie tropicale sur la canopée

Les chansons douces que l'on chante à sa fille
pour l'endormir

Paul regarde longtemps la musique jaillir des fenêtres de son château.

C'est un lancement réussi aujourd'hui.

Il s'allonge dans les herbes hautes qu'il n'a plus tellement envie de tailler en ce moment. La nuit est tout entière devant lui. Il la sent glisser sur sa peau, immensité sexuelle, profondeur orgiaque. Il ferme les yeux.

La musique l'excite, il faut bien l'admettre, et il veut aussi des peaux sur lui pour entrer entièrement dans le pays du désir.

Paul marche ce matin entre les statues à moitié fendues. Une oie blanche vient caqueter à ses pieds. Son peignoir flotte au vent. Le corps mauve et encore tiède de Maud se délasse dans le lit aux duveteuses couettes blanches. Celui de Paul porte en lui les folies de la nuit. Il allume une cigarette. La pluie de perroquets sauvages fond sur lui. Il est 11 h 05 et Paul sirote son bloody mary. Il n'est jamais trop tôt pour entamer la valse.

Les journées passent ainsi, dans un délire excentrique et solaire. Il avance nu dans le jour ou légèrement vêtu. Rien ne doit peser.

Aujourd'hui, Paul reçoit. Il n'y a qu'une règle en vigueur ici : poussez la porte d'entrée quand vous le voulez – d'ailleurs, il n'y en a pas. Tout le monde est toujours la bienvenue (Paul dit que le féminin l'emporte partout, y compris en syntaxe). Après toutes ces errances le long de la zone critique – ces quelques kilomètres d'épaisseur, entre l'écorce terrestre et la fin de la couche d'ozone, sur laquelle tout le monde vivant se déploie –, Paul a rencontré des gens de toutes sortes, il leur a parlé de ce château qui un jour apparaîtrait, et maintenant il existe, et les voilà qui débarquent à toute heure du jour et de la nuit, et ils montent une fête dans la salle du bas, ils s'installent en haut pour écrire ou composer, ils s'amourachent de la voisine et vont occuper ensemble une pièce sous les combles, ils investissent la cuisine et préparent un festin pour le lendemain, ils peignent sur les murs, ils s'endorment dans le hamac.

Hier ont débarqué Gilles, Carolina, Marie, Hugo, et on a lancé les hostilités.

Ils ont fini par baiser tous ensemble dans le salon, en vieux amis, en compagnons des jours. La chose s'est imposée naturellement, au seizième verre (qui peut facilement représenter un tournant) et alors au son d'un fado lent les vêtements sont tombés à terre, les mains ont trouvé les sexes ont trouvé les bouches, l'obscurité à peine troublée de quelques lampes éparses, on a joui lentement sur l'immense canapé du salon, certains se levaient pour se servir un verre, revenaient ou pas, l'accordéon se dépliant au gré du nombre de participants, dans une douceur parcourue d'éclairs. Puis, sans pour autant renfiler de vêtements, la nuit s'est poursuivie dans l'herbe, avec des clopes, de la cocaïne et des verres de whisky japonais, et des conversations sans fin sur la jungle du Costa Rica ou les lumières là-bas au loin – le phare de la Giraglia, a précisé Paul.

Les amis sont finalement repartis et Paul est resté allongé quelques jours dans son lit king size. Il regarde des films, il fume de l'herbe hollandaise, il feuillette des romans américains peuplés de chevaux sauvages et d'aliénés. Il s'endort dans les cris lointains des mouettes, se réveille dans la matinée, enjambe les statues grecques fendues à terre et part se baigner dans l'eau indigo.

Façon puzzle

— Tu dis quoi toi, on se jette ?

— Allez.

Pourtant c'est pas trop son truc, à Chiara, de plonger dans des rivières glacées, mais aujourd'hui elle a eu envie allez savoir pourquoi. C'est pas tous les jours que les deux frangins sont réunis comme ça au bord de l'eau. Ils sont en Ardèche, la rivière coule turquoise et limpide, plein été sur leurs visages aériens, on est bien, on emmerde le monde entier qui peut bien continuer à tourner si ça lui chante.

— T'as vu les meufs de l'autre côté, dit Chiara.

— Ouais, dit Léo.

— Elles sont pas mal, non ?

— Hou là oui.

— Allez vas-y c'est l'été on s'en fout.

Chiara les siffle.

— Mais t'es conne ou quoi, dit Léo.

— Elles attendent que ça.

— T'aimes les meufs en fait ?

— Un peu, oui, parfois. Celles-là sont pas mal. Mais je crois que je préfère quand même les gars.

Chiara étire ses jambes sur les roches, qui impriment leurs marques contre ses mollets. C'est toujours un peu dur les pierres contre la peau mais on s'y fait. Elle a enlevé le haut de son bikini, ça te dérange pas ? Ah ben non tu fais comme tu veux, dit Léo, qui lui, plus pudique, garde son maillot de bain aux motifs de vagues à la Hokusai.

C'est rare qu'ils partent tous les deux en vacances comme ça, en fait c'est presque jamais arrivé. Au début on est toujours un peu gênés, qu'est-ce qu'on fait ce soir, on va quand même pas dîner aux chandelles, et puis on commence à boire et alors tout disparaît.

Encore secoués par la gueule de bois, ils ont décidé, sans même devoir le formuler, de troquer la journée kayak contre une journée allongée à ne rien faire. Ça paraissait beaucoup plus sensé. Et puis en fait, dit Chiara, on s'en fout un peu du kayak, non ? C'est simple, dit Léo, j'ai toujours détesté ça, pagayer comme un con avec les pieds qui flottent dans l'eau tiède. Alors ils se sont étendus sur les pierres, avec deux morceaux de fromage, du jambon et du saucisson, qu'ils n'ont pas eu le temps d'entamer, le soleil était comme du miel sur leurs peaux qu'il fallait immédiatement étaler. On relâche ses pieds. On ferme les yeux.

Et tout à coup, alors qu'ils tentent vainement d'accommoder leurs corps sur les rochers appuyant sur leurs coccyx et leurs bassins, Léo dit :

— Tu te souviens, Chiara…

— Je me souviens de rien.

— … de ces jours où on faisait rien.

— Je fais toujours pas grand-chose.

— Tu sais la fois où on était allés à Dublin avec tes potes, dit Léo, on avait erré toute la journée.

— Ah ça oui étonnamment je me souviens.

— C'était ton anniversaire, et on avait bu des bières jusqu'à tomber par terre.

— J'avais failli y passer.

— Renversée par un bus de nuit.

— Dieu que j'étais bourrée. J'ai jamais fait pire. Ou mieux.

— Et on t'avait retrouvée allongée, ivre morte, dans le hall d'entrée.

— C'est ce que tu m'as raconté, mais pour moi ça s'est passé comme ça : j'évite le bus, je marche, et tout à coup noir complet, plus rien, et finalement j'ouvre les yeux et je suis dans un hall d'immeuble, vous entrez par la porte et me trouvez là.

— Apparemment tu étais tombée vers la station-service, quelqu'un t'a ramassée et t'a ramenée jusque-là.

— J'adore l'odeur de l'essence.

— Je me suis toujours demandé comment il avait trouvé ton adresse, le type. Tu la lui as soufflée, dans un dernier réflexe ? Tu la portais sur toi comme un petit chien ? Il l'a devinée, parce que c'était genre en face ?

— Tout ce que je sais, c'est que j'ai essayé d'ouvrir un œil, j'ai laissé tomber, j'ai essayé d'ouvrir l'autre, et là je t'ai vu.

— Le retour idéal à la vie.

— Et là on était dans le salon du pote de Ben, et vous avez continué à boire, et finalement moi aussi j'ai repris, c'est fou quand même ce qu'une machine humaine peut ingurgiter, dit Chiara.

— C'était tes vingt ans.

— C'était merveilleux.

Chiara ferme les yeux. Comme tous les mois de juillet, depuis qu'elle est petite, elle rejoue l'ensemble de sa vie. D'un jeu de mémoire, les premiers temps, la chose est devenue un rituel. Elle avait lu ça quelque part, ou bien elle l'avait inventé, elle ne sait plus, en tout cas elle procède ainsi : elle part d'un point de sa mémoire, n'importe lequel, un instant suspendu dans le jardin d'une maison quelque part dans le Tarn, un expresso dans une main, Billie Holiday qui lui souffle quelque chose à l'oreille, et de là elle doit passer à un autre, de manière aléatoire et sans chronologie aucune, et ainsi ricocher dans tous les recoins possibles, jusqu'à épuisement. (Elle se souvient maintenant : c'était sa pote Julieta qui lui avait soufflé ce jeu ; elle l'avait fait sien.) L'été se prête à ces dérives hypnotiques et évanescentes dans la ruche des jours passés, toujours réinventés, toujours à venir. L'autre technique, plus bête et méchante, mais qui aiguisait les muscles de l'hippocampe et du néocortex, consistait à repartir de l'été précédent, de le repasser entièrement, dans l'ordre, puis de traverser ainsi l'année écoulée, moments saillants, événements secondaires, instants, tournants, rencontres, méprises, défaites, survolant en vol plané le dédale (ou est-ce une frise, un trait ?) pour ne pas s'y perdre, jusqu'à arriver au bout du cercle (partons finalement là-dessus, c'est à cette forme qu'elle assimile le temps dans sa tête, que ce soit une semaine, un été, une année), qui s'achevait à ses pieds, cet été-ci, ce jour précis, sur lequel elle ouvrait alors les yeux – et retournait généralement se baigner, parce que c'est ce qu'on fait en été.

Ces jeux mentaux lui avaient permis, au fil des années, de se situer dans le monde, de créer son territoire, peut-être même, allez savoir, une identité volontairement flottante, mouvante et malléable, aiguisée comme une pierre et fluide comme une mer intérieure. Dès qu'elle fermait les yeux, elle replongeait dans cette grande matière aquatique et minérale qu'est une vie, et de sauts en gambades, elle tissait et retissait, parvenant peut-être, au bout du compte, à habiter son corps.

Mais aujourd'hui, allez savoir pourquoi, Chiara voudrait expérimenter une nouvelle technique. Le vent chaud se glisse entre ses doigts de pieds, son frère est allongé comme elle sur ce rivage de pierres, dans ce repli de la rivière, sous les massifs ardéchois. Le glouglou la berce. Elle entame alors la descente. Et c'est un riff de guitare qui la cueille :

Tostaky, Noir Désir

— Il faut toujours que tu sautes partout, Chiara, comme une brute, au milieu de tout le monde, alors que merde c'est qu'un apéro, on est *chill*, mon amie, tu vois, *chiiiiill*, et toi t'arrives comme une bourrine et tu pogotes.

— Tu te fous de ma gueule ? On a toujours fait ça avec Noir Dés', c'est pas aujourd'hui qu'on va –

— Si, Chiara, si. C'est fini.

Pour elle ce ne le sera jamais, elle continuera à sauter comme une conne sur *Les Écorchés*, *Un homme pressé*, *Tostaky*, elle a seize ans pour toujours et elle vous emmerde, elle continuera à se tromper d'arrêt de métro, à suivre un gars au hasard dans la rue, à faire demi-tour, à changer d'avis, à manger directement dans les boîtes de conserve, à embrasser un inconnu dans une soirée si elle en a envie, c'est comme ça, elle va continuer à se tromper, à tomber, à hurler de rire comme si on lui écorchait la peau, elle aura toujours seize ans et elle vous emmerde.

Crazy, Aerosmith

Et elle aura toujours un peu quatorze ans aussi, dans ce garage, premières boums, l'émotion lui soulève le ventre, des mains tâtonnent dans le noir, elle préférerait pousser la grille et disparaître à tout jamais que d'être enfermée là avec ces autres corps empotés – mais tout à coup il y a cette chanson qui s'élance des enceintes pourries volées au grand frère de Justine, des guitares qui pleurent et une voix qui hurle et la transperce, tout à coup Chiara pense à un amour immémorial qu'elle ne connaîtra jamais, qui prendra peut-être les noms de Clément, d'Éric ou de Sylvain, là, assis sur ce banc, un coca à la main, lequel rit comme un con avec ses potes, un amour qui jamais n'atteindra la puissance promise par cette chanson. Jamais le réel ne tiendra les promesses de *Crazy* d'Aerosmith.

Crazy
Crazy
Crazy
For you baby

Dix ans plus tard, dans le noir d'un autre monde, lorsqu'elle réécoutera ce slow furieux, cette romance d'un kitsch achevé, c'est autour de la figure de Sylvain, justement, assis ce jour lointain de la boum sur un banc, que viendront s'amalgamer toute sa fièvre et toute sa nostalgie, quand bien même il n'y avait rien en lui. Il n'y avait rien d'autre non plus dans la chanson qu'une coquille vide, rien d'autre que le vertige du temps. Et pourtant *Crazy* continue à lui arracher les tripes, et elle chante avec Steven Tyler, le chanteur aux lèvres plus pulpeuses qu'un fruit, elle crie avec lui, se tord, *cra-zyyyyy*, et elle réinvente comme tout le monde son adolescence, replongeant dans mille sensations en forme de bombes, incommodes, nouvelles, et Chiara tient encore et toujours ce verre en plastique rempli d'Orangina (et peut-être même de grenadine, on appelait ça un Indien), et quelque chose lui soulève le ventre – elle a quatorze ans et elle n'est pas certaine de souhaiter cela à quelqu'un.

L'Orage, Georges Brassens

Son père ou son grand-père paternel (elle n'en est plus sûre, les deux sans doute) lui chantonnait des chansons de Brassens à l'oreille, souvent, et elle adorait ça, les histoires incroyables, les mélodies raffinées, dans lesquelles on pouvait se blottir comme dans des duvets en laine, elle avait ensuite longtemps écouté Brassens elle-même, sa voix rocailleuse et bonhomme, son regard aigu, son verbe haut et tranchant, elle y plongeait comme dans un monde perdu à jamais, où les putains croisaient les fous, les anars et les chats.

Et là il y avait l'orage de la chanson, celui qui se déchaînait au-dessus de la tête du narrateur, et lui donnait la chance de conquérir le cœur de la belle, car il était, par chance, vendeur de paratonnerres.

Pense à cette chanson, Chiara, pense à reconquérir, chaque jour, l'enfance et la grâce de cette chanson, toujours un peu plus loin devant.

— Ça va frangine ? demande Léo.

— Tout va bien, dit Chiara. Je crois que je me suis endormie.

— Moi aussi, dit Léo en avalant une gorgée d'eau. On est pas mal ici. On reste encore un peu ?

— Oh oui.

Chiara ferme les yeux à nouveau, le soleil dessine sur sa peau l'entrelacement de branches qui l'ombragent, sous ses yeux deux grandes boules rouges. Le flux du cours d'eau la reprend. Et alors c'est lui qui apparaît,

le poster,

corné dans les coins, jauni, des taches de bière qui ont fait gondoler les pieds de David ceints d'un collant rose fluo et jaune. Chiara se souvient qu'elle l'avait collé au mur pour la première fois dans sa chambre du Faubourg-Montmartre, elle avait quoi, douze ans peut-être, et elle est restée depuis fascinée par ce type ovni cool et crête orange canari, plante grimpante sans chair sur les os enroulée autour du micro, qu'elle avait si souvent entendu chanter dans le salon. Elle avait déniché un jour ce poster relique dans le débarras du fond, là-bas, et l'avait scotché dans sa chambre au-dessus du lit. Il avait appartenu à son père, qui l'avait punaisé dans le petit atelier qu'il s'était fabriqué, de retour en France, et il s'allongeait déjà liane folle transmutée. David Bowie. Le soir Chiara regardait ce visage famélique, cette silhouette androgyne, parfait mystère pour elle. Pourquoi, comment, elle n'y comprenait rien, mais quelque chose la sidérait. L'œil droit noir, l'œil gauche bleu, pupille dilatée ouverte sur le vide. Un extraterrestre aux jambes sans fin pliées sur une scène. Chiara appuie sur le bouton play de sa radiocassette, et *Life on Mars* s'élève dans les aigus, se transforme en odyssée lyrique des sphères, la voix tonne et les orgues suivent. Chiara part avec l'astronaute.

On s'enroule toute sa vie ici autour des mêmes silhouettes, qui portent à mains nues nos os de mortels, qui reviennent, s'entêtent, qui nous donnent des ailes, et nous, nous les scotchons aux murs.

Et puis il y avait l'autre poster, à côté,

le petit sourire sardonique de Bob Dylan, dont Chiara ne se lassait jamais de détailler les boucles folles formant comme un halo, ses yeux fermés, ses Ray-Ban carrées. Dylan, le phénix des temps modernes, l'homme aux mille visages, qui avait créé sa propre légende à chaque virage.

Et puis la photo mal accrochée au mur :

Les cheveux longs blonds épuisés
de Kurt Cobain, devant lequel elle avait passé
une décennie à crier

Et tout autour dans l'air, ces chansons qui tournent dans votre tête, et n'ont pas plus de sens qu'une figue ou qu'un poteau mais qui vivent ici :

celle de Souchon qui l'avait hantée un été, dans les champs du Viêtnam, allez savoir pourquoi / celle-là elle sait pourquoi, elle l'a écoutée tant de fois, l'album entier en réalité, on le passait toujours d'un bout à l'autre, on partait plein pot vers le sud, Barcelone généralement – notre Far West, disait Adèle, et elle avait raison – on empruntait la bagnole des parents d'un pote et on lançait *Clandestino* de Manu Chao, on ouvrait grandes les fenêtres, juillet partout sur nos peaux, l'autoroute du Sud, *qué hora son mi corazón*, la seule chose qui ne s'améliorait jamais c'étaient les paroles mais il y avait une sorte de grâce, et puis il y avait le Sud, on émergeait à l'aube sur la plaça Reial, une danseuse ondulait sous le ciel ardent, on avait l'œil cerné et le café facile, on avait dix-sept ans et tout était offert, Barcelone, Manu Chao vivait sur cette place, disait-on, la danseuse ondulait devant la fontaine, il suffisait d'avancer la main / et en adepte des cabrioles et des grands écarts, Chiara danse ce soir avec son pote Seb et leur nouvelle idole, cette Américaine en survêt d'écolière et aux nattes tressées, lycéenne hyper sexuée qui les émoustille : *My loneliness is killing me and I / I must confess I still believe, still belieeeeve* (Chiara se chargeait des aigus) / *When I'm not with you I lose my mind / So give me a siiiiign / Hit me baby one more time*, le seul vêtement que Seb porte ce soir est une feuille de vigne, Steph rampe à terre et JB chante ivre, tout est en place.

Chiara pourrait continuer à citer les noms mais peu importe, elle sait à qui elle doit ce vent de liberté indépassable, cette brise fraîche en voyage sur la côte néo-zélandaise, alors qu'elle pensait avoir définitivement perdu le contrôle, qui lui a donné ce sourire, cette larme, qui lui fit raccrocher les wagons. Elle aura finalement passé son existence à courir dans des parcs, des écouteurs dans les oreilles, et à sauter sur des bancs avec un faux micro à la main.

Alors voilà Chiara a traversé des guerres (enfin, de loin), des drames collectifs, un long ruban d'entailles et d'éclats et elle en a gardé ceci, une mixtape sans cohérence, une de ces cassettes qu'on se passait, ado, pleine de surprises et de mystères, sur lesquelles on griffonnait les titres des chansons et des groupes (avec parfois des dessins et de petites notes équivoques) et qui constituaient les plus grandes déclarations qui soient à nos amours passagères. Son histoire à elle, la voilà, une compilation hétéroclite de beautés et de violences dérisoires.

Allongée ce jour d'été au bord de l'eau, Chiara sent sa peau tapissée de ces bulles éphémères, mélodies légères qui constituent les bords de nos hémisphères, les ciments et les murs aussi sûrement qu'une pensée dans la nuit, qu'une phrase définitive de sa mère, qu'une honte ravageuse ou qu'un virage décisif, ces chansons forment la matière même de nos peaux. Nos existences se logent là, dans ces hits bubble gum, ces balades, ces cris, ces histoires, le reste n'est que rodomontades et bêtises des hommes. Qu'on les aime ou non, ce sont bien ces chansons qui auront scandé notre passage sur la Terre.

Chiara déplace son bras et le pose sur sa hanche. Elle n'en peut plus des pierres qui lui collent à la peau, alors elle se téléporte vers une plage de sable fin, sur l'île des Célèbes. Ah oui, c'est mieux. Et là, étonnamment :

Close your eyes, give me your hand, darling
Do you feel my heart beating?
Do you understand? Do you feel the same?

Am I only dreaming?
Is this burning an eternal flame?

Chiara s'était approchée du comptoir collant de ce bar, et sous la lumière criarde la chanson avait jailli :

Say my name
Sun shines through the rain
A whole life so lonely
And then come and ease the pain
I don't want to lose this feeling, ooooh

Chiara a beau revêtir son regard de samouraï japonaise, les parois de sa poitrine sont tapissées de barbe à papa, elle s'effondre devant la moindre ballade midinette, et *Eternal Flame* des Bangles, qui vient tout juste de couler sur ses épaules, est sa chanson préférée de tous les temps – que voulez-vous, elle a grandi dans les années 1980. Comment résister à cette beauté nue, à ces claviers déchirants, la simplicité et la grâce ? Il faut avoir un cœur de pierre pour ne pas être emportée, pense-t-elle, il faut être perdue pour le monde.

Chiara retourne à la table les mains pleines de verres qui s'entrechoquent dans des éclats de mousse. Chaque soir c'est la même histoire, on sculpte et on détruit à grands coups de gueule et de pinte. On finit généralement sur le trottoir à tituber sévère sous la lune ou à se passer des morceaux au discman, comme ce soir :

— Écoute ça, lui dit Arthur, c'est une folie.

Chiara pose le casque sur ses oreilles. Elle ne sait pas si c'est à cause des flots électriques ou des deux litres d'alcool, mais ça tangue.

— C’est quoi ?
— Écoute.

No Surprises, Radiohead

Chiara plonge dans les harmonies, l’audacieux équilibre entre le lyrisme assumé, les courts-circuits électroniques, les guitares lacérées, les fumées planantes, les grandes orgues, messages cryptés et histoires de robots, capital déchaîné et monde en fusion. L’ensemble pourrait être franchement pathétique or ça vole à mille pieds. Une chanson s’achève, Chiara est sur le point de rendre le casque à Arthur lorsqu’un synthé fait irruption. Une vague la soulève. Elle sent les larmes qui montent, elle ne les retient pas. La voix grésille pour atteindre la pointe aiguë de l’iceberg, la vie est soudainement un couteau qui vous ouvre, une lumière d’hiver, et vous n’avez plus peur, vous ne vous dissimulez plus derrière un poteau ou vos sentiments, la houle monte, Chiara ferme les yeux.

Lorsqu’elle les rouvre, elle est allongée sur les pierres, près de son frère. La rivière caresse presque ses pieds.

Léo est assis, il regarde l’autre rive. Tu rêvais ? Oui, dit-elle. On y va si tu veux, dit Léo. Où ça ? dit-elle. Je sais pas, dit-il. Prends ma main.

Après la haute mer

Et puis Léo est tombé.

Il avait dû lâcher la branche à un moment donné, et il s'est abandonné à la chute, grisé peut-être par la vitesse.

Au bout de quelques heures, il est finalement revenu de l'autre côté. À moitié mollusque, certes, mais il est revenu. Sa sœur lui a longtemps tenu la main. Son père et sa mère, aussi. Charlotte était arrivée en retard et s'en était voulu à mort, mais parfois on sent les choses de loin, parfois pas – Paul avait été aidé par l'appel nocturne, aussi, hein, il avait triché.

On s'est succédé ainsi à son chevet.

Léo est sorti de ses limbes. Il a descendu à côté d'Anna les petites marches de l'entrée de l'hôpital Saint-Antoine, qui faisaient aussi office de sortie. Ils sont repartis vers leur appartement de Ménilmontant, dont Anna avait repeint les murs. Léo s'est allongé dans le lit en se disant, ce ne sera que pour un moment. Il y est resté trois semaines, incapable d'en sortir. Mais la proximité des ombres, dans les coins, la nuit, le fit se lever d'un bond, un matin, allez ça suffit, si je veux les chasser ce ne sera pas allongé.

Léo a repris le chemin du boulot. Il avait échangé, quelques mois plus tôt, son cabinet d'avocat pour un important think tank politique et économique, où il pond des rapports à la minute sur la dette publique ou le réchauffement des océans. Ça lui a fait du bien, le contact des peaux contre la sienne, les regards, les mains. Replonger dans les graphiques, les articles, les analyses lui lave la colonne d'air. Il rentre les mains dans les poches le soir, presque léger parfois.

Il fait semblant, mais il sent bien que quelque chose ne colle pas, est-ce lui, la ville, l'air, son cerveau qui ne produit pas suffisamment de sérotonine, le monde et sa chute – sans doute tout cela à la fois. Quelque chose ne colle pas, mais quoi ?

Anna est là pourtant. Ils ont reparlé des enfants. Peut-être oui peut-être non, la discussion reste ouverte, mais plutôt à la manière d'une légère fuite dans une digue – on est loin de l'estuaire. Ça intéresse de moins en moins Léo, de toute façon.

Ils essaient de se voir plus souvent avec sa sœur, d'entretenir ce fil qui s'était enrichi ces derniers temps, en particulier depuis sa chute – les tentatives de suicide et les morts imminentes ont toujours pour vertu de nous réveiller de nos léthargies affectives, tiens, si on s'appelait plus souvent.

Léo voit toujours sa grande bande de potes qui demeure vivace et dont il est un membre fidèle, attentionné, généreux.

Léo part au travail, Léo marche dans la rue, Léo va boire des coups le soir et mater le match de foot, Léo rentre chez lui.

Quelque chose ne colle pas, mais quoi ?

Et puis un soir son portable acheté chez un Indien sonne. C'est son père. Viens. Viens rejoins-moi demain. Je suis en route vers la Drôme. J'ai une mauvaise nouvelle mon chéri.

Dans les machines

Chiara ne cesse d'y voir la plus exaltante des aventures, ces plongées dans les zéros et les un, les câbles jaunes et bleus, les pistes d'enregistrement et les contrôleurs, et cette bibliothèque infinie de sons à disposition dans laquelle elle pioche constamment, donnez-moi un violon, donnez-moi une fusée, ah je sais je vais placer une harpe en équilibre sur cette marche, un tic-tic-tic-bam là en bas, sur la terrasse, des mouettes un peu partout dans l'air, je vais monter une teuf démente les amis, vous verrez, et Chiara disparaît à nouveau dans ces architectures folles, nuit café et jour nicotine, elle tisse, élabore, elle taille, elle rêve de mondes en *la* majeur et *fa* diminué, assemblés en ardoises et en pluie, dans lesquels elle nagerait en tenue de cosmonaute, arrimée à des fleuves las (elle n'est pas certaine de savoir ce que cela signifie mais elle est sûre de le vouloir).

Cette chambre berlinoise a été transformée en un délirant studio à ciel ouvert où s'entassent mille machines, dans lequel elle entre au matin et ressort quand elle en a envie, où elle tente des choses, placer ce câble ici, ce jack là, imaginant sur Live – le logiciel qu'elle utilise depuis 2010 et juge indépassable – d'extravagantes combinaisons de sons, superposant les couches, les instruments, les textures, variant les genres et tissant ainsi une toile qui la dépasse.

Voilà ce qu'elle fait, Chiara, le jour, la nuit, elle essaie de créer un son qui ne soit qu'à elle. Elle ne pourrait pas le décrire, ne le souhaite pas non plus. Chiara a autant d'amour pour les sons que de méfiance pour les phrases articulées. Elle trouve qu'elles ratent constamment leur cible, que jamais elles ne savent. Elles s'entortillent comme des vipères, disent toujours le contraire de l'intention qui les portait, elles sont faibles, couardes, usées. Un son peut être faux, laid, raté, mais jamais il ne dévie de sa route.

Chiara vit de nouveau ici, à Berlin, mais à Prenzlauerberg maintenant – oui, elle s'est un peu embourgeoisée, que voulez-vous, les années souvent nous entraînent vers un certain repos. Où aurait-elle bien pu aller sinon ? Le ciel est si bas qu'on pourrait le toucher, il fait un froid de gueux, la nuit tombe à 15 h 30 en hiver, les murs sont d'une laideur rare, les mains sont froides, hostiles parfois, et pourtant, et pourtant. Il y a quelque chose qui l'ensorcelle ici et qu'elle n'est pas certaine d'aimer. Une mélancolie transparente – qui s'avère épaisse par endroits –, une foulée plus ample qu'ailleurs, une manière bancale de marcher sur un fil qui toujours la ramène dans ces rues où un jour lointain de printemps 1997 elle était née au monde. Et pourtant quelle tristesse parfois dans les os. Et tous ces souvenirs qui tournent en cercle autour d'elle et l'entraînent vers l'arrière.

Elle se remet à sa table en châtaignier – il lui fallait un bois clair pour refléter la lumière rare – sur laquelle elle passe chaque jour sa main, lentement, goûtant le contact chaud, la puissance concassée de la découpe, sentant les légères aspérités sous sa main. Elle est grande cette table, et heureusement, parce qu'un foutoir sans nom s'étale dessus, quatre platines, deux ordinateurs, trois tables de mixage, deux claviers, des enceintes et une infinité de disques jetés là. Au sol, cela se complique encore avec un enchevêtrement de pédales, de câbles en tous sens, de boîtes de biscuits, une guitare, une basse et diverses percussions disséminées selon un ordre qui semble secret mais s'avère parfaitement aléatoire. Le violon lui n'est pas au sol, il repose dans son étui sur l'étagère du fond. Et puis il y a bien sûr les vêtements laissés ici ou là, le pull marinière qu'elle aime enfiler et enlever, les chaussettes trop fines abandonnées en chemin, une culotte qui n'allait pas. Et pourtant. Rien ne semble dépasser, le désordre n'est pas repoussant, il fait partie d'une élégance d'ensemble – il y a des gens comme ça, qui peuvent bien essayer d'être sales ou disgracieux, jamais ils n'y parviendront.

Chiara commence.

L'idée est d'engager un corps dans la bataille.

Alors elle va, elle vient, elle a ses deux ordinateurs allumés devant elle, sur un écran les différentes pistes, elle attrape et branche la guitare, plaque deux accords, retourne à l'ordi, elle enregistre sur Live les sons qu'elle crée sur tous ses instruments – même si on peut les trouver aussi sur la plate-forme avec une qualité parfaite –, elle reprend ensuite cette couche de guitare, l'écoute, la tord un peu, la relance, en boucle, et sur la piste dessous ajoute une ligne rythmique, une batterie teinte blues-rock, ticidam ticidam dadam, daaam, elle balance, reprend, affine, puis se met aux claviers, le Yamaha est souple sous ses doigts, son toucher aérien, l'autre est plus raide mais diffuse un beau son tranchant.

Elle va de l'un à l'autre, place ses arpèges, les oscillations s'affichent sur la piste numérique, elle les écoute, reprend, c'était pas bon, encore une fois, on y est presque.

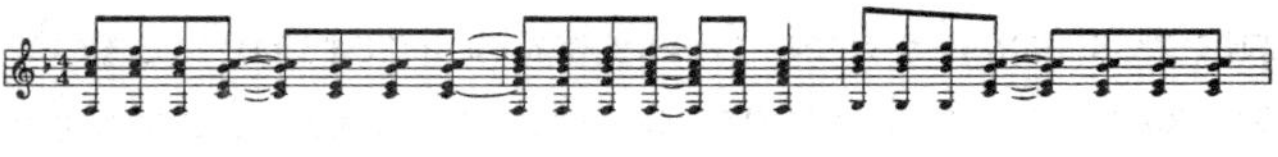

Chiara a décidé un jour qu'elle deviendrait quelqu'un ; les emmerdes commencèrent. Il faudrait ne jamais désirer une telle chose. Rester souffle dans le vent, ne pas peser. Oui mais Chiara veut poser son empreinte. Quelque chose court en elle dont elle ne connaît pas l'origine, mais qu'elle sent violemment dans ses épaules tendues et sous sa peau. Et quand on est un humain de sexe féminin, y compris au début du XXIe siècle, on sait déjà qu'il y aura des obstacles. On est priées de limiter ses attentes, de ne pas *trop en demander non plus*. Et dans la musique comme ailleurs, ce ne sera pas simple. Où que l'on regarde, les femmes ont été reléguées au cours du siècle passé aux rôles de figurantes, de choristes, de muses, au mieux de bassistes, de jolies choses à perruques, d'inspiratrices, d'arrière-plan, de *cruches à tétons*, toute une variété de rôles ignobles dont on les a affublées avec un grand art du raffinement, parce que vraiment, les femmes, ah les femmes, quelle merveille, quelle grâce, quelle beauté. Chiara ne dressera pas la liste, de Tina Turner à Ronnie Spector, toutes sous la houlette d'un ou plusieurs tyrans, le père, le mari, l'ex-amant, livrées en pâture, maltraitées, exploitées. Toujours ? Non, pense Chiara, certaines s'en sont sorties, mais à quel prix, quel effort surhumain pour s'extirper de l'emprise, se couler dans le moule avant de le faire exploser ? Ça la fatigue d'avance. Elle a déjà grandi dans cette révolte sourde et ces postures intenables. Elle en est sortie épuisée – et pourtant ça ne faisait que commencer. Elle se souvient de ce jour de 1998, à Paris, où elle avait pris en quelque sorte la décision de se consacrer à la musique électronique et avait eu un moment de recul. Tu es sûre, vraiment, de vouloir te confronter à toute cette merde qui t'attend ? Elle avait laissé sa main en suspension dans l'air un moment. Vraiment ? Et puis pas le choix ; elle l'avait reposée finalement sur le clavier.

Et aujourd'hui, 17 h 28, Chiara fouille dans sa banque de sons digitaux pour relancer l'élan vers des rythmes technos. Là, elle recherche un truc rond et véloce, elle voudrait trouver une couleur et des textures qui correspondent aux éraflures et aux vertiges de son temps.

Qu'est-ce qui se joue ici, dans ce grand salon de Husemannstrasse, Prenzlauerberg, Berlin ? Lorsque Chiara empile les couches et les genres, n'est-elle pas le mille-feuille typique de son époque, toujours un peu ici et un peu ailleurs au même moment ? Comme ses amis, elle n'est jamais vraiment là. Ils pensent tous à autre chose. Il y a tant de lumières allumées qu'on ne sait où regarder. Les gestes de Chiara sont calés sur l'arborescence de sa pensée, sa main se déplace, elle tend l'œil, l'oreille, enchaîne, elle fait tout à la fois et dans le même mouvement. Internet, le cerveau, la musique ou son corps tout entier : tous sont également réseaux, arborescents, éclatés et reliés. Sa tâche est de les faire coïncider sur un même support.

Chiara a toujours vécu comme ça, dans plusieurs espaces à la fois. L'arrivée foudroyante d'internet dans leur vie à tous n'a fait qu'accentuer l'immense maillage dans lequel ils vivaient déjà. Et, depuis, impossible de séparer ce qui tient de la toile extérieure ou de l'entrelacs intérieur.

Chiara part se préparer un café dans la petite machine italienne, comme elle le fait à peu près toutes les demi-heures, elle varie caféiné, décaféiné (pour ne pas imploser), et puis elle adopte la version *mix-mix*, les deux mêlés, pendant que l'eau bout et envahit le haut de la cafetière, elle chauffe du lait d'avoine dans la petite casserole dont le fond s'effrite, lorsque les deux arrivent en même temps à ébullition elle les mélange dans une tasse en verre blanc crème légèrement ébréchée, qu'elle aime pour sa fêlure et sa manière de tenir dans le creux de la main. Elle interrompt le morceau qu'elle était en train de composer, ce n'est pas le jour, elle a plutôt envie aujourd'hui d'une plage de calme, peut-être une succession de motifs répétés à l'infini, une épure, quelques notes cristallines au piano, rien de plus – elle place cet arpège qu'elle martèle, doucement, et de l'autre main ce trottinement majeur, et la clarté du son dans l'air brusquement la bouleverse.

C'est toujours comme ça que ça se passe, une note se glisse en elle et la broie. Alors elle la répète, elle insiste, le son creuse la même plaie, encore et encore, elle n'a plus peur.

Et pourtant elle est fatiguée que toujours on la prenne pour cette personne ambitieuse et puissante

– elle l'est, mais pas seulement, et elle veut vivre avec ça. Aujourd'hui, si tu n'es pas un roc tu n'existes pas.

— Chiara ?

— Oui.

— Non rien. Je te regarde.

— Et ?

— J'adore quand tu fais ça avec le bras.

Elle sourit.

Je suis dans mon bureau, au bout du couloir, qui donne sur la cour intérieure, j'essaie de tisser mes histoires mais je la vois passer dans un souffle d'ambre et alors je la suis.

Je me demande si on est toujours conscient de la force de son sourire, de l'angle idéal des lèvres, du flottement dans l'œil, de la grâce de ses propres gestes, ou bien si on ne fait que les imaginer. Certains en sont conscients, on le sent, et je soupçonne Chiara de l'être.

Elle me fait signe de la main de me casser, je ne bouge pas. Je veux voir encore ses mains glisser sur la table en châtaignier, pianoter sur le clavier, reprendre les pistes.

Elle se redresse finalement et me sourit.

— Allez, t'es chiant…

Qu'elle en soit consciente ou non, allez résister à ça.

— J'avais compris que tu voulais faire autre chose que ton père, Chiara ?

Elle entend encore la voix de ce type, dans la cuisine d'Adèle, une soirée il y a des années, il portait des pattes légèrement absurdes.

— Je fais pas comme lui. Je compose.

— Il composait pas lui aussi ?

— Tu connais mon père toi ?

— Non, mais j'avais compris que c'était un génie de la musique.

— Passe-moi plutôt une bière au lieu de dire n'importe quoi.

Mais il avait raison, ce con dont elle a oublié le nom.

Chiara avait rêvé, comme tout enfant, de s'écarter du chemin dessiné par les sillons en amont, et la voilà penchée sur sa table à triturer des boutons, comme son père dans sa salle de mixage, comme (enfin presque) sa grand-mère chantait dans sa chorale et son grand-père virevoltait dans les pianos-bars (c'est en tout cas ce qu'on lui a raconté). Que signifie cette malédiction qu'ils se passent comme un virus de génération en génération ?

Je crois être libre, mon cul, pense Chiara, je ne suis qu'un pion, je file le chemin tout tracé par mon père, la musique dans cette famille se transmet comme une plaie, être en vie et l'éprouver, être mortel et ne sentir que ça – la musique dans cette famille est une maladie vénérienne, c'est le cœur mis à nu qui bat trop fort, c'est la peau à découvert qui brûle nuit et jour, la baguette de percussion qui échappe, le souffle au cœur de mon père, la folie de ma mère, la sensibilité sans bornes de ma grand-mère, et la liste court ainsi jusqu'à Mathusalem, toujours la même fêlure au ventre, ce trop-plein, tous mal cousus pour ce foutu monde – oui, cela pourrait être merveilleux, mais on n'est jamais dans la bonne mesure, on est toujours trop ou pas assez, et mon frère en crève et moi aussi, pense Chiara, en bout de piste, j'en crève de sentir que je reproduis ces systèmes, encore et encore, qu'on ne s'éloigne jamais assez de ses gènes et de tous ces héritages lourds d'errances et de défaites. Elle ouvre Spotify (oui, elle devrait pas, c'est l'ennemi, mais que voulez-vous) et elle clique sur play. Les études pour piano de Philip Glass, encore et encore, interprétées par Maki Namekawa. La pureté des notes la bouleverse. Elle passe ensuite à la version dupliquée à l'infini des *Quatre Saisons* de Vivaldi par Max Richter. Elle est condamnée à cette beauté. Elle s'allume une clope, attrape la bouteille de vin. À cette beauté pleine de trous qui vous fend l'âme plus sûrement qu'un cutter. Que pourrait-elle bien y faire. La beauté n'est pas fautive, c'est le réel derrière qui nous tue.

La musique les a choisis pour cela, parce qu'ils sont poreux infiniment et tout disposés à s'imbiber. La moindre vague les emporte, le moindre esquif les emmène au loin. Ils étaient faits pour cette embarcation légère, capricieuse, qui se fendra en deux au premier vent.

Chiara croyait qu'elle ne tiendrait pas la distance. La témérité de son père aurait laissé la place à un tremblement de tout son être, elle n'était pas faite du même bois. Elle pensait cela. Les années sont en train de la démentir.

Chiara pense à sa mère. Elle lui a parlé au téléphone, il y a quelques semaines. Sa voix était si ténue qu'on aurait pu y glisser du tabac pour en faire une cigarette. Paul lui a déconseillé d'aller la voir au Mexique. Chiara voulait pourtant. Reste sur ta dernière impression, je te le jure, c'est mieux. Reste sur l'image de ta mère fraîche et élancée, vraiment, crois-moi. Ce que tu me dis me fait plus flipper qu'autre chose, lui avait lancé Chiara. Je vais trouver quoi là-bas, un déchet, une épave ? Non, avait répondu

Paul, on n'en est pas là, mais elle n'est pas en forme et elle n'en reviendra pas, avait-il dit en prenant sa fille dans ses bras. J'en suis désolé ma chérie, vraiment, mais c'est comme ça. Je suis obligé d'être honnête avec toi.

Chiara pense, ma mère un jour en a eu marre, non pas de moi, non pas de mon père ni de la vie mais de tout ça à la fois et elle est partie tout droit. La légende familiale dit autre chose : Eva a perdu la boule, elle était déjà proche du gouffre, elle l'avait toujours été, elle avait définitivement perdu le contrôle et s'était égarée au loin. Chiara, elle, pense qu'elle a fui parce qu'elle n'a pas pu supporter le réel dont cette famille faisait partie. Elle s'est en allée. Elle ne lui en tient pas rigueur – enfin, un peu moins chaque jour.

On aura eu souvent

l'image d'une famille excentrique et rayonnante, mais l'on sait bien que ces adjectifs ne durent jamais longtemps, qu'il y a des virgules après, d'autres adjectifs et des points et des chutes, et puis des pages blanches et des livres qui s'achèvent. Tous, dans cette famille Maleval qui semble souvent danser, savent que l'existence n'est qu'un enfer auquel on trouve des raisons. Et la musique n'apaise pas l'angoisse, elle creuse au contraire les failles, elle est une accélératrice de particules. En donnant du coffre aux passions, elle vous envoie plus haut que vous n'étiez déjà, vous enfonce si vous couliez. Mais Paul s'est toujours plié à ses règles, sa vitesse et sa violence.

Pour Chiara, c'est une autre histoire. Paul n'a pas eu le choix, il était obligé de se lancer dans le vaste monde, il aurait pourri sur place sinon ; Chiara, elle, a eu l'éventail des possibilités devant elle, il y en avait trop et elle n'a pas toujours su qu'en faire, prise de vertige devant l'ampleur des possibles.

Par ailleurs – le père comme la fille n'étant jamais avares de contradictions –, Chiara est dans la fulgurance. Quand son grand-père tergiversait, quand son père se laissait porter par ses oreilles et le premier vent venu, elle a, elle, foncé tête baissée et la voilà précisément là où elle voulait être. Chiara sait qu'elle marche au-dessus du vide, que rien n'a de valeur ni de sens – elle marche quand même.

Il n'y a finalement qu'une question qui vaille : comment font les gens, chaque matin en se levant, pour ne pas se flinguer ? Qu'est-ce qui les pousse à avancer, encore et encore ? C'est un mystère qu'elle n'éclaircira jamais mais c'est le seul qui vaille vraiment la peine de s'y attarder. Il n'y a aucune bonne raison de tenir debout. On tombe chaque jour un peu plus bas et on s'endort finalement dans le grand roulis, qui, tout au bout de la nuit, là où il ne reste presque plus rien de nous-mêmes, finit par nous emporter.

Malgré tout, Chiara se lèvera bientôt pour relancer son lasso. En attendant, elle observe le lent ballet de la rue. Et moi, du coin de l'œil, en faisant semblant d'être occupé à mille tâches décisives, je la regarde.

Château bord de mer,

c'est le nom que Paul lui avait donné au premier regard.

Quand il l'appelle château, il exagère peut-être un peu, la bâtisse s'approcherait plutôt d'un petit manoir, ou d'une maison à trois étages. Après les premiers mois à ne rien faire, à marcher nu dans l'herbe, Paul a passé une année manches retroussées à tout rénover, de la cuisine au grenier, avec l'aide d'amis de passage, et sa demeure (c'est plus simple et générique) reluit maintenant d'un éclat neuf sous le grand ciel. L'adresse (20233 Pietracorbara, Corse) importe peu ; en revanche la texture de la lumière et l'éclat des pierres, oui.

Un lieu. Il n'avait jamais pensé en vouloir un et puis c'était arrivé. Un lieu à soi où tout réunir, rassembler, ou peut-être démêler, qui sait. Un lieu comme une aventure.

Son frère vient parfois lui rendre visite. Ils passent des heures au bord de l'eau à détailler le ciel, avant d'aller boire des bouteilles au petit restaurant de la plage pour y refaire, comme chaque fois, le match.

2015, 2016, Paul entre toujours davantage dans le paysage, tentant chaque jour d'en percer le mystère et les couleurs.

2017, il sent un léger essoufflement, n'est-ce pas normal après tout, soixante-dix ans de cavale sur la terre.

2018, il accueille Maya, rencontrée en Toscane un jour d'errance, sur une place, un verre de vin blanc dans la lumière d'été ; ils s'étaient revus quelques mois plus tard, elle était venue le voir dans ce fameux château, y avait posé ses bagages.

2019, on invente de nouvelles chambres, le jardin fleurit, les eaux bleu cyan continuent à lécher les roches. On s'aime. On vit dans les saisons, on oublie la grande roue.

Étonnamment Maya choisit de repartir pour un temps en Italie. Sa fille a besoin d'elle, ses plantes aussi. Elle s'éloigne dans la chaleur montante d'une matinée de mai. Paul sait déjà qu'il ne la reverra plus.

*

Les nuits de Paul sont toujours aussi agitées. L'espace auparavant délimité se dilate infiniment, de soir en soir, accueillant en son sein toutes les formes, entités, silhouettes et flottements qui avaient longtemps stagné dans les sous-mondes – avant de lui éclater au visage, comme à Manchester, on s'en souvient. Il y avait eu des rémissions ensuite, mais toujours le ressac revenait.

La nuit, surtout.

Ses rêves s'épanchent, Paul avance dans des cavités sans bord, des oiseaux sans yeux reviennent lui picorer les organes. Il voudrait se réveiller mais il n'y parvient pas. Il avance toujours plus sur cette terre friable de déjections. Lorsqu'il s'éveille enfin, tout au bout du voyage, il est si fatigué qu'il ne peut s'extraire du lit, pris dans ses ombres tenaces.

On ne peut visiblement pas vivre impunément, pense Paul en finissant une deuxième bouteille de corbières pour ne pas sentir le souffle dans son cou. On trimballe son sac de morts. Un vivant se leste chaque jour davantage.

Ses matinées sont au contraire d'une légèreté folle. Il passe des heures à détailler les ormes et les bégonias, à jouer aux oiseaux. Il court dans les sous-bois, un bâton à la main, comme lorsqu'il avait huit ans et qu'il remontait le cours du ruisseau, chez ses grands-parents, pataugeant à la recherche d'un crapaud. Paul sort de la forêt, s'assoit sur un rocher, face à la mer. À force de la regarder, il est devenu comme elle, taiseux et bruissant de mille voix. Ils se comprennent à présent. Paul a soixante-treize ans.

Et la nuit, entraînées sans doute par le roulis des vagues, les formes reviennent. Cabossées, écrasées par le temps, elles lui parlent, lui disent tout ce qui a été, et toutes les visions englouties reviennent couiner sous sa peau.

Le jour, Paul s'efforce de les tracer sur sa partition. Il tente à nouveau l'alchimie, transformer les morts en vivants, comme il l'aura finalement fait toute sa vie. Toutes ces ombres il les voudrait actives, les crissements heurtés qui peuplent ses rêves il les transmute en symphonies.

Son tracé tremblant sur la partition devient le sismographe des sous-sols et des arrière-mondes. Il n'en dira rien, bien sûr, n'en a jamais rien dit, à quoi bon de toute manière, personne ne l'aurait cru. Il sera le seul à savoir toutes les illusions évanouies derrière chaque blanche, tous les désirs latents des doubles croches, les tristesses enfouies dans les silences entre deux mouvements.

Qui aura-t-il emmené de l'autre côté, se demande parfois Paul, le soir devant son verre de vin. Comment cela fonctionne exactement, Paul ne le sait toujours pas. Une vie à ne rien apprendre, c'est tout de même sidérant. Qui sont exactement ces êtres qu'il a dû accompagner de l'autre côté et sont restés coincés ? De combien de couches un monde est-il composé ? Toute cette histoire est bien étrange, tout de même. Il s'y est, avec les années, habitué. Les forces vont et viennent et nous sommes leurs véhicules.

Puis ces questions refluent et le laissent en paix. Paul marche dans le soleil, se baigne dans les flots mousseux. Vieillir n'est pas un processus de démolition. Les eaux coulent bleu cobalt. En vieillissant on s'élève, on s'épure. On meurt aussi mais toujours un peu plus tard. Paul plonge ses longs cheveux blancs dans la Méditerranée.

Paul n'est pas un phénix, cela il l'a compris au bout du chemin, ou bien, s'il l'est, c'est à son insu. Il ne prépare pas comme l'oiseau sauvage un feu follet lorsqu'il sent sa fin venir, l'attisant de ses ailes, le chargeant d'aromates, délicate cannelle et myrrhe aux effluves boisés, avant de se blottir dans l'âtre pour en renaître oisillon. Paul n'a ni ailes ni feu, il est ballotté entre deux mondes, il ne change pas de corps. Mais son enveloppe comme celle de l'oiseau légendaire se régénère chaque hiver.

— Tu continues avec ton délire, dit Chiara.

— Non, ma chérie, justement, j'arrête, dit Paul.

Chiara est venue se réfugier quelques jours au cap Corse comme elle le fait de temps en temps. Ils parlent la même langue tous les deux et même lorsqu'ils s'engueulent c'est d'une seule voix.

Elle vient comme ça au pied levé, en juillet d'autant plus facilement que les jours sont envahis d'une lumière si franche qu'on peut rester des heures entières allongée dans l'herbe à détailler la rotation de la Terre sur son axe.

Paul et Chiara se croisent, se vannent, ils boivent des alcools divers, la boisson étant une passion largement partagée dans cette famille, peut-être même transmise par le sang.

Sa présence éclaire les traits de Paul. Toujours lorsque Chiara entre dans un lieu on ne sent plus qu'elle, sa silhouette découpe une lumière sur les personnes et les objets autour.

Paul a enterré cette idée de grande symphonie, cette illusion d'une totalité. C'était une absurdité, il le voit bien maintenant. La musique lui a appris à vivre : c'est une chose immense, il n'y a pas à chercher plus, à vouloir agencer, à traquer je ne sais quoi d'autre. La musique l'avait fait monter à bord et ensemble ils avaient traversé la plaine. Elle lui avait annoncé dès le départ que le voyage serait ainsi, intense et abrupt, véloce et tragique, que ce serait violent et beau et qu'il n'y aurait pas de filet. Elle ne l'avait pas trompé, ne lui avait pas vendu de fausses illusions. Il l'avait écoutée, et suivie.

À sa grande surprise, au bout du chemin ou presque, son cœur semble s'être apaisé. Il bat moins fort, il ne déborde plus autant. Il s'approche de l'apaisement, peut-être même d'une sorte de lassitude – il faut dire qu'il a bien donné.

Pour l'instant il vit seul mais ça ne durera pas. Il n'a jamais vécu longtemps seul, il n'aime pas tellement ça. Il apprécie sa propre compagnie mais elle finit par le lasser, quand le souffle et l'énergie des autres l'emplissent et le ravissent toujours. Alors bientôt, quelqu'un viendra et il l'accueillera.

Ils ont mangé père et fille sur la grande nappe, sous le ciel clair. Ils ont bu, ils ont ri, Chiara s'est moquée gentiment de son père, son rôle à elle est de déjouer sa grandiloquence et elle le prend à cœur. Elle admire son inlassable course vers l'avant mais il faut parfois, pense-t-elle, percer les roues de quelques trous pour ne pas – et c'est un paradoxe – qu'elles explosent.

Entre la poire au chocolat et la liqueur aux herbes, Chiara se lève dans la lumière ample et s'approche des machines qu'elle a installées depuis quelques jours dans le jardin, devant les grandes portes-fenêtres. Elle actionne les curseurs, pose le casque sur ses oreilles et commence. Lorsqu'elle sent que la chose prend, elle branche les haut-parleurs. Le roulis électronique s'élance vers l'avant et se mêle à son homologue bleu carbone. Les basses s'enroulent dans le plancton. Chiara lance un beat qui vole droit dans les airs. Paul est dans la cuisine qui prépare deux cocktails. Lorsque le rythme installé par Chiara dérive vers un galop électro, ample foulée diurne, Paul s'approche et pose ses mains à côté de celles de sa fille. Sur la console elles se mêlent. L'une glisse là, qui lance deux battements à la fois, l'autre survole les boutons et monte les basses, une autre encore – mais à qui appartient-elle – déplace les couches superposées, et alors la vague décolle.

Tout à coup leurs quatre mains se joignent. Elles ont vécu côte à côte, elles ont marché ensemble, l'une grandissant, l'autre se raidissant, elles ont avancé grâce à l'autre, mais ce qui se passe ce soir-là, dans la lumière de juillet, elles ne l'avaient jamais expérimenté encore, cette alliance, cette même et unique main. Chiara et Paul se mêlent enfin sur les machines et ce qui en sort dépasse leurs deux corps.

L'oreille de Paul, la main de Chiara. L'un écoutait et l'autre faisait. Elles s'entrelaçaient depuis le début sans le savoir.

Ce jour d'été elles créent quelque chose de neuf. Le son d'un futur proche ou lointain, un son qui est devant mais qu'ils trouvent là, sur leur île, sous le grand soleil qui leur fait perler des gouttes au coin des yeux. Ils reconnaissent immédiatement ce son pour ne l'avoir jamais entendu encore. C'est au-delà d'une quelconque totalité, de l'anticipation, c'est autre chose encore – qu'ils laissent flotter dans l'air.

Paul, sentant le moment décisif, a sorti tous ses instruments et toutes ses machines, il les a posés dans l'herbe, et tous deux vont et viennent entre ces pièces du tableau, et on ne sait plus qui est qui et qui fait quoi, et de cette symbiose émerge leur pays.

Ils le sentent. Le son de leur alliance. Ils se sourient mais détournent les yeux, pas de larmoiements et on ne peut pas se permettre de perdre cette cadence, elle est là et on la tient. Paul voit les mains si fluides de Chiara glisser sur la table de mixage, cool à en mourir. Il relève les siennes. Et part préparer deux nouveaux bloody mary. Il revient en lançant ses hanches vers l'avant, tend le cocktail à sa fille, rouge tomate traversé de vert céleri, dont il a parsemé les contours de grains de sel d'insectes broyés. Les glaçons s'entrechoquent dans les verres. La nuit s'accumule en masses fines et translucides autour de la maison. Le phare au loin palpite. Paul et Chiara dansent.

Mais il faut repartir

Tout est étale ce jour-là comme les autres.

Chiara est repartie depuis des mois déjà, Paul a vaqué à ses activités.

Aujourd'hui il ne s'est pas levé. Il regarde le ciel allongé sur son lit. Il lit un livre.

Et puis finalement il fait un pas et se penche à la fenêtre. La rocaille fendille les flots vert pin. Paul prend son téléphone pour appeler sa mère comme il le fait tous les jours en ce moment. Elle a eu une rechute, elle ne veut pas partir à la maison de retraite (il la comprend), il vérifie chaque jour que tout va bien. Mais en cherchant ce matin-là le numéro sur son iPhone, Paul sait déjà. On sent ces choses-là. Les sonneries s'épuisent dans le vide. Il garde son calme et prépare lentement sa valise de contrefaçon chinoise, comme pour déjouer, par ses gestes infiniment lents, l'irrémédiable. Il ferme les volets, éteint les compteurs, range les verres de la cuisine.

Son odyssée marine s'achève.

CINQUIÈME MOUVEMENT

La porte grince, une main apparaît,

tavelée, comme fondue par les années. Chiara voit une femme étonnamment jeune apparaître, malgré sa peau fine aux jointures, ses mains limées. Elle leur sourit. Bienvenue vous êtes arrivés, dit-elle.

Paul et Léo font un pas à l'intérieur. La grande pièce baigne dans des senteurs de fruits pourris et de bois d'épicéa. Chiara est restée sur le seuil, d'où elle distingue le poêle, le fauteuil placé devant, recouvert de couvertures usées, elle voit la bibliothèque branlante derrière, pleine à ras bord, les tapis qui courent sur le parquet fendillé. Elle pose finalement un pied dessus. Ça craque.

Je vous attendais.

La femme n'a rien dit de plus, elle est partie à pas lents vers la cuisine, d'où elle est revenue avec une théière pleine. Elle a servi les quatre tasses sur la table basse. Elle a regardé Paul. Alors ce sont tes enfants. Il a souri. Ils sont beaux, hein ? Allez asseyez-vous, dit-elle, s'il vous plaît, installez-vous. Je ne suis pas la sorcière des bois. Enfin pas tout à fait, dit-elle en partant dans un grand rire.

Léo observe la pièce, les quelques tableaux qui y pendent, celui-là surtout, textures épaisses et rythme lent, sur lequel on distingue vaguement un champ, au milieu peut-être un menhir.

Il ne connaît rien de cette femme, de ce lieu, il se sent loin de tout et étonnamment bien. Peut-être parce que l'absence de repères est son territoire, il y vit déjà.

Nastassja, je m'appelle Nastassja, dit la femme qui aura, quoi, cinquante ans. Je ne sais pas ce que votre père vous a raconté, mais je vous dirai le reste. Le voyage a pas été trop long ?

Ses mouvements sont fluides dans l'air. Le français qu'elle parle est traversé d'arômes lointains, de légères brisures à certaines consonnes qui pointent peut-être vers la Russie, comme son prénom.

Paul sent quelque chose de lourd flotter autour de lui. Il connaît pourtant cette femme, dont la présence l'apaise, mais les lieux, les lieux ont toujours eu une importance centrale pour lui, il les sent dans sa chair, et celui-ci le trouble immédiatement. Depuis une heure déjà et la succession de villages fantômes, la traversée de la forêt-enclume, le chemin se resserrant pour s'achever en fin ruban, tout cela l'a placé dans un inconfort profond. Mais il boit à lentes gorgées le thé bouillant de senteurs fauves, qui lentement le calme.

Chiara s'approche de la table basse, s'assoit par terre. Elle avale une gorgée, se tourne vers Nastassja et tout à coup dit, bon, on n'a pas fait toutes ces bornes pour parler chiffons. Qu'est-ce qu'on fait maintenant ?

Nastassja lui sourit.

Elle souffle lentement sur son thé et leur dit venez, si ça vous va, allons marcher. Vous devez avoir les jambes lourdes.

Les branchages des sous-bois craquent sous leurs pieds. Ils avancent en silence, côte à côte. Les pins se baissent autour d'eux comme pour leur chuchoter quelque chose à l'oreille. Ils marchent sur le petit chemin recouvert de feuilles jaune orangé. La forêt devient de plus en plus dense, épaisse.

Vous habitez là depuis longtemps ?

Oui, dit Nastassja, dix ans peut-être. Je voyage, je reviens.

On est dans quel pays en fait ?

Il n'y a plus de nom ici. On est à la limite de tous les autres.

Léo ramasse une longue branche qu'il effrite en bâton, comme il l'a toujours fait, comme son père avant lui le faisait sur les chemins de son enfance. Il ferme les yeux et inspire tout l'air de la forêt.

S'il en faut un malgré tout, ce serait le Tiefer Wald.

Paul marche droit sur le petit chemin qui louvoie entre les immenses hêtres. Chiara évite une petite mare glauque.

Et alors tout à coup Nastassja s'arrête. Elle est à trois mètres devant eux. Un épervier se pose sur une petite roche derrière le massif. Sans se retourner Nastassja leur dit voilà ce qui va se passer.

Il fallut se réchauffer après cette balade dans le froid nu.

On étendit des couvertures sur ses pieds, on but à nouveau du thé.

Il y eut des résistances à l'idée, évidemment. Chiara ne voyait pas pourquoi. Trop violent comme ça tout à coup de rentrer dans nos peaux nos esprits. Léo fut pris d'un sursaut, son corps comme devant le danger se cabra, sa poitrine se serra, il dut prendre le temps de respirer, lentement, de réfléchir un moment.

Paul lui était d'accord. Après tout c'était son idée et il était venu pour ça. Il avait conscience des risques et il voulait les prendre. Il avait voulu que ses enfants l'apprennent de sa bouche à elle. C'était hasardeux aussi : ils ne la connaissaient pas, comment avoir confiance. Comment y comprendre quelque chose aussi. Mais de sa bouche à lui ils ne l'auraient pas accepté, il en était certain – tu es fou papa tu l'as toujours été.

Peu importe pour l'instant on s'installe, chacun a sa chambre ici, enfin, pas de lit à partager, des lattes qu'on peut faire craquer à sa guise. Chiara fait quelques pas dans la sienne, se jette sur le large matelas qui se plie sous son poids pourtant plume, place ses mains sous sa tête. Elle savait de toute façon depuis le début qu'il s'agissait d'un élégant guet-apens. Elle ne s'y était pas complètement opposée, sinon elle ne serait pas là. Elle comprend à présent qu'elle avait envie, peut-être même besoin, de ce moment avec sa famille. Elle observe que son flux de pensée s'est comme assagi. Elle ferme les yeux et tombe immédiatement sur de délicates et moelleuses étendues, qui, se modelant à sa conscience, l'emportent comme une enfant.

Léo a ouvert la fenêtre de sa pièce. Elle est étroite et sous les toits, remplie de livres et d'objets en bois, qui n'ont plus été manipulés par de petites mains depuis bien longtemps. Léo s'accroupit devant. Il ne pense pas au vide, à l'enfant qu'il voudrait avoir. Il pense comme Anna qu'un enfant venant combler un vide est une chose affreuse à lui offrir. Il fait tourner la petite licorne dans sa main. Quand les creux ne seront plus aussi béants alors oui on verra. Il trouvera peut-être quelqu'un avec qui en faire un, peut-être pas, et il vivra sa vie avec Anna. Mais les mains et les jouets doivent s'animer seuls, sans direction, portés par la simple force du geste.

Léo s'approche de la fenêtre et allume une clope. En réalité il sent bien déjà que les plaies se cautérisent, il n'a plus aussi mal qu'avant. Il ne sent plus autant que ce soir de novembre l'attrait des profondeurs, l'ivresse grisante de la chute. Il a dit non en bas, pour suivre sa sœur, comme il l'a toujours fait, mais à présent, accoudé à ce balcon, il se dit pourquoi pas, après tout. Il a peur aussi, il ne pense pas que ce soit forcément une bonne idée, vu son niveau de flottaison, mais étonnamment il a confiance en cette femme, un sentiment instinctif et sans doute trompeur, et il a aussi confiance en son père, depuis toujours. Les épaules de Paul, même s'il ne les a pas toujours atteintes, même s'il s'en est éloigné souvent, il sait qu'il peut s'appuyer dessus. Alors si cela lui semble, à lui, une bonne idée, il pourra toujours avancer à ses côtés.

En attendant Léo s'allonge un moment sur le lit et ferme les yeux.

C'est normal c'est toujours comme ça. Ils vont comprendre. S'ils sont venus jusqu'ici ils coopèrent déjà, d'une certaine manière.

Oui.

Et puis ce n'est pas dangereux, ce n'est pas une chute. C'est une naissance, un voyage long et sinueux, certes, mais qui peut éclairer.

Je le sais.

Tu veux manger.

Je veux bien.

Paul regarde cette femme se lever, elle doit avoir vingt ans de moins que lui, elle se déplace comme une reine dans une robe de miel et d'eau, c'est étrange il ne l'avait pas vue plus tôt. Lorsqu'ils s'étaient rencontrés, à Vienne, il y a quelques années, il était trop concentré sur ce qu'elle lui racontait des sous-mondes et des fantômes pour la regarder avec attention. Il avait été distrait. Aujourd'hui, il la voit. Ce ne sera pas une histoire d'amour, il le sait déjà, un de ces trucs molletonneux et un peu mous qu'on invente à leurs âges, non, mais il peut au moins la regarder. Ses pieds sont nus sur le parquet. Il se lève et la rejoint dans la cuisine.

Qu'est-ce que tu as à boire.

Hou là de tout. Du schnaps ?

Banco.

Le liquide framboise lui réchauffe les entrailles et lui rappelle la main de sa mère qui si facilement s'élevait à son appel.

Nastassja lui sourit et lui tend une part de tarte réchauffée.

Je ne connais pas le nom de ces légumes en français, ils poussent dans le coin, tu verras c'est bon.

Paul attaque et c'est délicieux en effet. Il reprend du schnaps. Elle se sert aussi et ils lèvent leurs verres.

Alors raconte-moi tout ce qui s'est passé.

En réalité elle n'en a même pas besoin, en quelques minutes elle a vu leurs corps, leurs nœuds, leurs phrases heurtées et leurs silences. Avec de l'entraînement on voit tout cela très vite. Elle n'a pas besoin d'explication, elle a déjà l'histoire, mais elle veut l'entendre quand même.

Et alors Paul commence.

Ils prirent tout le temps.

On était arrivés, on avait besoin de calme, de repos, de couettes lourdes sur les peaux.

On s'écouta, chacun alla marcher longuement dans la forêt, qui inquiétait toujours autant mais finissait par vous caresser l'âme de ses branches.

Chiara remit finalement la chose sur la table. Ce n'était pas de la peur qu'elle avait exprimée, elle avait fait des choses bien plus effrayantes et dangereuses, elle était ouverte à tout, mais ils ne se connaissaient pas, et faire ce genre de voyages avec une inconnue, ça c'était la règle n° 1 : jamais.

Nastassja inspira lentement et commença. On ne sait pas ce qu'on va trouver. Je serai là aussi. On ne sait pas comment mais on reviendra. Des choses auront bougé. Des lignes se seront déplacées. Si on arrive à dompter la peur, la chute, le moi, on reviendra mieux. On ne se connaît pas ? Je n'en suis pas si sûre. Il y a des gens qu'on comprend mieux en quelques heures qu'en une vie. Mais oui, Chiara, tu as raison, on ne sait pas. Un peu comme on ne sait pas de quelle manière on se lèvera demain. On risque un peu plus ici, c'est sûr. Mais on gagne bien plus aussi – si on gagne.

Chiara se servit un nouveau verre de vin rouge. Sans sulfites, si on se fie aux tourbillons aléatoires qu'il traçait sous son palais. Léo plaça un vinyle sur la platine. Un violon léger vif dans l'air pour déjouer le ton raide de sa sœur. Frangine, arrête, on sait tous que tu as déjà décidé de le faire. Tu ne dis tout ça que pour le principe. Même moi, jamais fait de telles choses, terrifié de ne jamais en revenir, de me chier dessus, d'être cloîtré vivant dans mes propres geôles, même moi j'irai. Alors arrête ton char et ressers-toi un verre.

On prend tous le temps, mais la descente approche. Paul est prêt. Il sait pourtant. Il boit lentement son verre de vin. Il a peur de ce qu'il va trouver de l'autre côté. Il sait ce qu'il veut y laisser. Il est déjà descendu tant de fois, de différentes manières, il connaît le chemin. Il a peur, il n'a pas peur. Il regarde Chiara, Léo, assis là, souriants ou presque, ils sont solides et vivants, ils le seront encore plus après.

Nastassja a invité ce soir ses deux voisins les plus proches (quinze kilomètres), elle a pensé que leur présence divertirait et détournerait un moment l'attention de ce qui est sur le point d'arriver. On mange la tendre épaule d'agneau qui a passé l'après-midi dans un bain de miel et de sauge. On ouvre de nouvelles bouteilles. La maison qui de l'extérieur ressemblait à une ruine se plie à leurs creux. On arrive aux desserts et au schnaps. Chiara prend son père dans ses bras. Elle n'a plus besoin de dire oui, elle vient de le faire avec ses mains. Léo lui sourit. Nastassja les regarde. De l'eau maintenant les amis, de l'eau et de la nuit.

Le jour est souple encore lorsqu'ils s'y glissent.

Nastassja s'est levée à l'aube et elle a commencé. Elle s'est rendue dans la petite cabane derrière la pinède, elle a ouvert toutes les fenêtres et a préparé le remède. Elle connaît les mesures et elle connaît l'ordre. D'abord la sauge, toujours, pour embaumer le contenant, puis les herbes sauvages, une à une, lentement. Ensuite vient la levure, si possible de bière, qui une fois travaillée ouvre des voies nouvelles en tombant dans nos corps. Nastassja laisse mijoter l'ensemble. Elle lance le même album, toujours, *Blue* de Joni Mitchell, qu'elle écoute en fumant lentement ses roulées. La lumière qui filtre entre les troncs fendillés est encore fragile. Nastassja rajoute à présent l'élément décisif, mais sans pathos, comme sans y penser : des extraits de belladone, cette petite plante à boules noires et aux mystérieuses vertus qu'elle récolte en juin et laisse patiemment sécher sur l'établi. On arrive justement à la chanson décisive, la plus belle de toutes : *A Case of You*. Elle remue l'ensemble, d'une main ferme, ne pas trembler. *I could drink a case of you, darling / And I will still be on my feet / I will still be on my feet.* Pourtant elle pourrait chavirer, cette chanson renverserait un cèdre. Mais pas elle. Pas elle, elle est déjà passée à travers cette émotion tant de fois, elle ne va pas céder aujourd'hui, elle mesure simplement sa résistance avant le grand départ.

Il n'y a plus qu'à laisser l'ensemble travailler. Elle n'est pas une chamane, elle n'est pas une sorcière. Il y a simplement des règles à respecter et des mesures à tenir. À partir de là, les choses peuvent, éventuellement, s'ouvrir.

En réalité Nastassja ne prépare son breuvage qu'au cas où, ils ne s'en serviront peut-être pas. Dans le cas de cette famille, si puissante et légère, si chargée déjà, ce ne sera sans doute pas nécessaire. Il suffira d'aller vers l'autel, de convoquer les présences, d'attendre, et de voir jusqu'où cela nous mène. Tout est déjà sur le point de déborder. Mais si Nastassja est certaine du déclencheur, elle ne peut prévoir l'ampleur de la déflagration. Pour ça, on verra.

Elle fait quelques pas dehors. Les branches craquent sous ses pieds. Elle a vécu sa vie sous les ormes. Elle va une nouvelle fois se livrer aux ombres. Elle n'a pas peur. Elle ne fait pas cela que pour accompagner des inconnus. Elle aussi va chercher le sang et la sortie. Elle aussi veut se rendre dans les arrière-pays pour y dénouer des choses qu'elle ignore encore.

Chiara et Paul sont debout déjà, assis dans le canapé devant des cafés fumants. On se salue d'un mouvement de la tête. L'air glacé du dehors les prend. Les regards sont droits, aiguisés. L'heure est proche.

Tout commence vers 16 heures. Ils ont mis leurs chaussures, ils se sont lancés sur le petit chemin de terre. Chiara a mis son bonnet sur son crâne. Sa main effleure celle de son frère. Ils marchent ainsi pendant une heure. Ils traversent un champ à la terre craquelée de neige, ils dépassent une colline, redescendent dans le creux de la vallée, au loin une baraque semble trembler dans le vent. Nastassja porte un sac à dos. Paul détaille les plis et les craquelures du paysage. Tout lui revient. Il avait passé des étés d'enfance au milieu de ces mêmes teintes, dans la ferme de ses grands-parents autrichiens, pas si loin d'ici finalement. L'odeur du crottin frais emplit ses narines, le rire haut de sa tante l'enveloppe, comme la grâce de sa grand-mère, qui marche pieds nus dans le jardin et ramasse les fleurs pour la salade de midi, sous le regard impavide des deux chevaux blancs tachetés de gris. Il se souvient du jour où on avait laissé la réplique d'Albert Einstein assis dans le salon, copie conforme de son grand-père, pour simuler une présence dans la maison, avant de partir en vacances. Les rires sans fin dans la voiture. Paul est de retour chez lui.

La grange est devant eux à présent. Nastassja pousse la grande porte en bois qui s'ouvre sur le vide. Dedans, une odeur d'arrière-temps. On y entre comme dans une église oubliée, d'un pas légèrement intimidé. Quelques chaises éparses, de la poussière, un sol en terre. Et au fond, un autel. Des gens sont venus ici, ils se sont agenouillés sur la terre tiédie pour prier, ils sont partis, ont tout laissé. Nastassja s'avance. Elle dépose des objets sur l'autel, déplace les chaises, pose le bocal à côté. Asseyez-vous, si vous voulez. On va pouvoir commencer.

Paul, Chiara et Léo sont assis sur les trois chaises. Nastassja est face à eux. Tous ferment les yeux. Le vent souffle dehors. Elle serre les mains et convoque toutes les forces. Elle visualise la lente descente dans leurs trois corps, jusqu'au sternum, puis au nombril, où là elle ouvre les vannes. Dehors, dedans, plus de distinction à présent. Nastassja se lève. Elle se retourne vers l'autel et ouvre tous les livres qui s'y trouvent. Il y a là les traités de Jacob Böhme, *La Grande Astronomie* de Paracelse, le Bardo Thödol, le livre des morts tibétain. Elle ouvre le *Corpus hermeticum* d'Hermès Trismégiste et en chuchote quelques phrases.

Ayant mis dans ta pensée qu'il n'est pour toi rien d'impossible, estime-toi immortel et capable de tout comprendre, tout art, toute science, le caractère de tout être vivant. Monte plus haut que toute hauteur, descends plus bas que toute profondeur. Rassemble en toi-même les sensations de tout le créé, du feu et de l'eau, du sec et de l'humide, imaginant que tu es à la fois partout, sur la terre, dans la mer, au ciel, que tu n'es pas né encore, que tu es dans le ventre maternel, que tu es adolescent, vieillard, que tu es mort, que tu es par-delà la mort.

Tous les trois ont un verre à leurs pieds. Quand vous aurez soif, dit Nastassja, buvez. Buvez ce que votre corps vous dit de boire, pas plus. Et refermez les yeux ensuite.

Au moment où Léo est sur le point de les rouvrir, déjà lassé de toute cette pharmacopée de mysticisme bon marché, tout commence. Pour lui cela prend la forme d'une danse aérienne, très ancienne, comme de figurines de fêtes foraines. Il se sent tout à coup léger, très léger, il flotte dans d'immenses lacs vert turquoise, au-dessus de lui planent des rapaces au vol bas et lent. Les chaînes une à une se distendent. Des visages lentement se penchent sur lui. Une femme nue lui dit des choses qu'il ne cherche pas à comprendre. Léo nage au milieu du lac. Il a froid mais cela ne compte pas. Son corps épouse la fluidité de l'eau. Sa peau semble traverser des couches d'eau. Puis l'eau disparaît entièrement et Léo flotte au milieu d'un immense vide, suspendu en l'air. Son cœur lui remonte dans la gorge. La vision est violente mais étonnamment il s'y plie, comme si elle lui était consubstantielle. L'eau revient. La montagne envahit toute sa cornée, immense, décisive. Des voix entrent en lui qu'il ne cherche pas à distinguer. Léo nage.

Le corps de Chiara, lui, résiste. Elle préfère le côté brut et métallique des drogues chimiques que cette mascarade New Age tourneuse de tables. Mais elle a dit oui alors maintenant il faut y aller. Laisse-toi aller. Sa tête a dit oui mais le reste se cabre. Chiara s'accroche aux montants. Elle pense à autre chose, à ce qu'elle fera en rentrant, oui j'irai voir l'expo de Turner, c'est pas l'anniversaire d'Arnaud bientôt – et alors, sans qu'elle le voie arriver, les lattes de la grange commencent à trembler. C'est une distorsion lente, mais nette. Et à partir du premier arbre mouvant, le tableau se complique sérieusement.

Dans les deux orbites de Paul, les choses ont immédiatement déferlé. Il était prêt à les accueillir. Les portes n'avaient jamais été fermées. À chaque pas il descend. Son corps tout entier chute d'un étage, la terre s'ouvre, sa fraîcheur l'accueille et entoure sa peau.

Tout le monde est là. Toutes les silhouettes l'attendaient, fendues, émiettées, presque entières encore pour les plus récentes. Elles forment un cercle autour de lui, ou peut-être une danse, qui le glace. Il y est pourtant convié. Il prend son souffle et avance.

Contrairement à ses précédentes incursions dans ces entre-mondes, cette descente semble légère, presque harmonieuse. Il a la sensation d'être chez lui. Et pourtant il pénètre de minute en minute dans des profondeurs nouvelles.

Puis tout à coup le vent change de direction et Paul sent son cœur bondir dans sa cage. Il tonne contre ses barreaux. Il veut sortir. Paul lui-même voudrait le laisser partir. Ils ont toujours cavalé de pair mais il n'en peut plus à présent. Il le sent si fort encore si puissant, ce cœur qui pourrait courir ainsi longtemps, mais il veut le donner.

Alors ils se parlent enfin. Ce soir-là, dans la grange battue à présent par tous les vents, Paul est allongé sur la terre humide, glacée, et il se tord de rage et de douleur. Jusqu'à présent, les hommes ont toujours rendu leur cœur en le brisant. Comment faire pour le sortir entier, encore battant ? Comment fait-on quand on veut vivre encore mais à l'extérieur de soi ? Paul lutte avec ses battements. Il y a de la force encore là-dedans et elle est pour toi. Je te la donne. Je vous la donne. Laisse-moi le faire, petit cœur. Tu as tout donné, tu as été souverain dans l'effort. Tu m'as tout offert, les frémissements et les vagues, les grandes envolées, je n'en veux plus maintenant. Je veux de l'oubli, je veux du blanc. Mais le cœur de Paul le brûle, il place ses deux mains dessus et essaie de l'arracher, et comment faire sans se tuer.

Alors il descend encore, il y a tant d'étages et tant de pays, peut-être trouvera-t-il plus bas la voie et la manière. Les formes se rapprochent. Certaines n'ont pas de bras. Elles se collent à lui comme elles l'ont si souvent fait. Paul les écarte, il sait ce qu'il cherche, cela se trouve derrière elles, tout au bout, derrière cette masse nébuleuse qu'il ne veut plus voir. Il avance. Il tient son souffle. Il les reconnaît pourtant. Il y a là ses amis new-yorkais, vifs encore, il y a là son père qui danse seul d'un pas hystérique, sa mère n'a pas dû encore arriver, il y a là tous ses ancêtres qui titubent en colonnes sans se voir, tous les morts du siècle à nouveau, de retour, ils ne le lâcheront donc jamais, de tous les siècles d'ailleurs et de toutes les mises à mort, ils sont tous là et ils le suivent, ils hurlent à nouveau dans son oreille, ils bavent sur sa joue, ils saignent sur ses mains, mais Paul s'en fout. Lorsqu'il aura refermé la porte, lorsque tout sera fini, il sait qu'il ne les reverra plus. Aujourd'hui, il lui faut simplement soutenir une dernière fois leur regard.

Tout se débat devant Paul comme dans une tranchée ouverte. Sa vie est un champ de ruines. Tous ceux qu'il a croisés ou presque sont morts, qui se tiennent là devant lui ce soir. Tout le monde a défailli, est tombé, et par un miracle inexplicable il est resté debout.

Sur la chaise là-bas est assise Eva. Il a eu des amours, mais il n'y aura peut-être jamais eu qu'elle. Il ne veut pas s'approcher, il a peur de ne voir dans ses orbites que deux trous béants. Il voudrait la prendre dans ses bras, lui dire de ne pas s'en faire. Ses yeux brillent vert-gris comme toujours. Il lui sourit. Il se détourne finalement. À l'intérieur de lui un bloc de parpaing tombe.

Derrière les morts, derrière les ombres, il y a son cœur qui bat et à qui il veut parler.

S'il a appris quelque chose du rythme et de la mesure, des harmonies et des contrepoints, c'est bien maintenant qu'il s'agit de s'en servir. Il fait noir partout en lui mais il doit pouvoir le faire. Toute sa vie ils ont joué ensemble, ils se sont tenu la main, ils ont scandé le tempo. Ils réussiront bien à se séparer aujourd'hui, les rythmes donnés doivent pouvoir être repris.

Il se retourne une dernière fois. Il sait qu'il lui reste une chose à faire. Il s'approche de son père, qui s'est allongé là-bas, à même le sol, usé peut-être d'avoir trop dansé. Toujours sur ses lèvres ce même sourire que Paul lui a connu. Et pourtant ses poings sont serrés, entièrement fermés sur eux-mêmes. Antoine marmonne quelque chose que Paul peine à comprendre. Il approche son oreille. *Jiari, pajiariv...* Qu'est-ce que tu dis papa ? Antoine sourit mais ses poings sont durs comme les roches qu'on s'accroche aux pieds pour se noyer. *Jiariv, j'y arrive pas*, voilà ce que Paul croit comprendre de sa mélopée. Alors il fait ce pour quoi il était venu. Il prend le poing droit de son père et l'ouvre, lentement, doigt après doigt ; il déplie sa main. Papa, il faut que tu laisses passer le vent maintenant. Il faut laisser la place. Tu t'es battu, tu as livré tes batailles, tu as eu tes victoires, tes défaites. Tout est bien, papa. C'est fait. Laisse tes petits-enfants essayer maintenant. Paul prend l'autre main d'Antoine. Il déplie ses doigts avec une tendresse infinie. L'étreinte se desserre. La main est ouverte. Toujours un voile sur son visage mais ça partira. Paul passe ses doigts dans les cheveux épars de son père, dont le regard flotte. Il s'éloigne.

Chiara boit une nouvelle gorgée de son verre. Elle ouvre les yeux et elle part marcher. Les champs ras de maïs se sont effacés au profit d'immenses plantations de plantes grimpantes. Ses mains se sont légèrement détendues. Elle marche au milieu de son chemin. Devant elle tous les jours passés, et derrière, ceux qui viendront. Son pas alterne, avant, arrière, et elle croit saisir enfin quelque chose à ce balancement. Elle marche vers hier et c'est peut-être normal.

Elle avait, elle s'en souvient, aiguisé ses muscles, tendu son corps devant l'effort, au moment d'entrer dans l'âge adulte. Elle pensait passer en force. Elle pensait, et c'était sans doute une erreur, qu'autrement elle n'y arriverait pas ; trop d'obstacles, trop de chausse-trapes, à commencer par l'intérieur d'elle-même. Mais on ne passe nulle part comme ça, on se cogne partout, on se taillade les mains. Ses mâchoires se relâchent légèrement à présent. Est-ce qu'elle arrivera quand même à se glisser entre les choses, en douceur ?

Les épis écorchent ses pieds. Chiara ouvre les bras. Elle entend les craquements du ciel à cent kilomètres de là.

Tout à coup, sous les grands hêtres, elle aperçoit son frère. Il est allongé dans l'herbe, les yeux droits dans le ciel. Elle s'approche, s'allonge à ses côtés. Elle prend sa main.

Comment ça va ?

Ça va très bien.

C'est puissant ?

Hou oui.

Chiara sent que Léo ne veut pas parler davantage, elle respecte ça. Il a sans doute raison. Il reste encore du chemin à parcourir. Il y a une allégresse à être en route. Tout cela est aussi éloigné que possible de tous les voyages, psychédéliques ou non, qu'elle a pu entreprendre dans sa vie. Ce n'est pas une drogue d'ailleurs, cela se rapprocherait davantage de l'exorcisme, d'une renaissance, d'une mort peut-être. On ne le saura qu'à la fin – et encore. Chiara sent les brins d'herbe glacés lui caresser les mollets. Elle vibre fort au milieu de l'instant qui s'ouvre comme une rose trémière.

Léo sent ses organes ballotter et tambouriner contre sa peau. Après un plateau, la descente a repris sévère. Où est Nastassja d'ailleurs, elle devait pas un peu nous accompagner ? Le cœur de Léo tape, son estomac se noue et s'ouvre grand, bouche batracienne, son cou ondule comme le serpent qu'il sent vivre à l'intérieur de lui. Mais surtout, ses poumons se sont resserrés. Il avait oublié cette sensation. Il avait bien connu ça pourtant, les crises d'angoisse, lorsque l'air manque et qu'on se sent étouffer, qu'on pense mourir bientôt, là, tout de suite. Il avait oublié et aujourd'hui ça revient de plein fouet dans sa cage thoracique, ça déferle par vagues, il y a cinq minutes tout voguait sur une lame claire et à présent tout se tend. Impossible de faire entrer de l'air et Léo panique. Chiara le sent et s'approche. Ça va, ça va aller frangin. Laisse aller. Laisse entrer le vent. La structure tient. Les choses peuvent tanguer mais tu tiens. T'as jamais été fait de brindilles mec. T'as cru ça mais c'est pas vrai. T'es en bois frangin, t'es une putain de muraille. Il faut que tu le saches. Une fois que tu sais ça, tu peux tanguer tranquille, tu sais que tu ne tomberas pas. Crois-moi Léo, crois-moi pour une fois.

Elle garde tous ces mots pour elle mais ils passent dans sa main. Elle doit être là pour son frère, elle ne l'a certainement pas assez été ces dernières années, putain d'égoïste de merde, pense-t-elle, alors qu'il plongeait toi tu croyais planer, conquérir les cieux avec tes mix à la con, tu me dégoûtes – mais pas le temps de s'apitoyer, elle continue à valdinguer elle aussi et il faut qu'elle soit là pour son frère, toutes les portes sont ouvertes y compris celles, acides, aigres, du regret et des remords, alors fais gaffe à ce qui rentre. Je ferai les choses mieux, Léo, je te promets. Je vais sortir de mes petites affaires, de mon petit machin, je serai là pour toi, pour les autres. Chiara a froid soudain partout. Ces pays qu'ils traversent sont faits de courants changeants, il faut sans cesse resserrer la ceinture.

Nastassja est demeurée pendant tout ce temps (mais combien ?) assise sur sa chaise. Elle est, elle aussi, assaillie de toutes parts. Tant de choses guettaient aux portes. Elle s'y attendait mais c'est encore plus violent que prévu. Toutes les présences, les formes absconses, les résidus, toutes les entités qui avaient un jour collé à ces trois humains se retrouvent sur elle et c'est un déluge sans fin. Morts fantômes rêves passages défaites virages conquêtes regrets et tout ce qui s'est noué à un pli du temps sans avoir la possibilité d'en sortir : tout s'accroche à elle.

Nastassja est ballottée de toutes parts.

Et Paul poursuit sa descente. Il a peur mais il sait qu'il ira jusqu'au bout cette fois-ci. Il a passé son existence à mourir, à tomber en cadence dans des trous pour en rejaillir déplumé, mais c'est fini à présent, il n'y a plus de retour possible.

Il tient son cœur dans sa main. Il est parvenu à le faire. Il sent son battement poisseux dans le creux de sa paume. Il croise des vestiges, des ruines de villes oubliées, il croise des animaux jamais vus, vingt trompes et carapaces infinies. Il détourne les yeux des trous qui parsèment la peau des morts. Il continue à avancer. Il se sent puissant, invincible. Il sent ses organes plus vifs et neufs que jamais. Il ne doute pas de son courage, il se demande simplement ce qu'il y a tout au bout. La force, quelle qu'elle soit, lui proposera-t-elle un accord, un pacte, un échange ? Que sera-t-il prêt à donner pour le repos et pour les siens, que recevra-t-il en échange de son cœur ? Il a tout donné pour la musique – que donnera-t-il pour la paix et l'oubli ?

Paul referme une à une les portes derrière lui. Il pensait qu'ils étaient troués, ses enfants et lui ; il se rend compte qu'ils étaient puissants. Que la porosité était une arme. Que la musique les protégeait.

Il descend à nouveau. Il la reconnaît tout de suite. Il la voit courir sur tous les murs pourtant inconsistants de cet étage : sa partition, derrière laquelle il a couru toute sa vie. Ce qui lui fut un phare n'aura peut-être été que cela. Elle brille sous les effroyables lampes rococo, de la taille du monde, comme il en a rêvé. Tous les sons qu'il a jamais entendus, enregistrés, saisis sont là, mis bout à bout, sa vie concassée en un infini ruban de bruits. Paul sourit. Cette partition n'a aucun sens. Il n'y a rien à comprendre. Le mystère est le mystère et le restera. Il n'y a rien derrière les choses et c'est très bien comme ça. Le monde sonne, vibre, rougeoie, et c'est tout. Cela ne signifie rien. Paul regarde malgré tout sa toile. Et puis lentement, comme une bande vidéo qu'on étire et qui brûle au soleil, la partition se désagrège. Elle s'effrite paroi de sable et s'évapore. Bientôt il n'y a plus rien de ce qui avait été, plus aucune note, plus le moindre son. Et Paul se demande s'il n'a pas tout simplement rêvé. Toutes ces aventures, ces amours, ces disques, peut-être n'a-t-il fait que les imaginer. Il ne s'était sans doute jamais levé de son lit. Quand bien même. Paul pose un genou à terre.

Léo enfin s'apaise. Les couleurs et les formes redeviennent à peu près harmonieuses, surtout lorsqu'il expulse l'air vicié de ses poumons. Inspirer de l'oxygène frais continue à lui brûler la trachée mais l'emplit par ailleurs d'une certaine quiétude. Lentement il parvient à relâcher un peu le cou, à calmer la tempête.

Chiara s'est levée, elle touche le bleu crème du ciel, lui ôte un peu de blanc.

Léo regarde sa sœur, qui tend le bras. Il détaille sa silhouette. Regarde ce mouvement regarde cette grâce.

Et tout à coup ça lui revient.

Et papa, au fait, il est où ?

Alors bien sûr il faut

tout refaire en sens inverse, et ça semble sans fin. La Toyota fait pourtant son œuvre, fluide, solitaire, sur les routes allemandes.

Pour l'instant, la seule personne qui parle dans l'habitacle est Stevie Wonder, dont la voix d'or filtre les nuages tenaces. Paul, en particulier, n'a pas prononcé le moindre mot depuis qu'ils sont partis ce matin. Lorsqu'ils sont sortis sur le perron, après avoir dormi une douzaine d'heures, exténués, Nastassja les a embrassés, un par un, longuement, elle a laissé sur leurs peaux ce qui leur appartenait, leur déposant un baiser dans le cou ou sur la joue. Ils avaient vécu une grande chose ensemble. On y avait laissé des plumes, on s'en était cousu de nouvelles. Léo l'a regardée. Chiara lui a souri. Merci, elle a dit. Ils ont pris place dans la voiture. Léo a pris le volant. Paul s'est assis à l'arrière. Il a regardé les pins défiler dans leur immuable alignement. Il a allongé les jambes.

On est sortis de la forêt, lentement, arbre après arbre, massif après massif.

On a retrouvé les plaines, le vide autour, le ciel fade tout à coup. On a retrouvé les rubans gris des départementales, puis des nationales, l'indifférence des regards, les barrières de sécurité. On a retrouvé l'autre partie du monde sans effusion ni plaisir.

— Ça va P'a ? demande Chiara.

— Hm hm.

— Tu vas rien nous dire en fait.

Paul jette très lentement un œil vers la bande d'arrêt d'urgence.

Tous les trois flottent dans des zones intermédiaires. On n'est pas revenus encore. On réapprend à se déplacer. Mais Chiara est inquiète : Paul, sur le siège passager, n'esquisse pas le moindre mouvement. Seuls ses cils parfois remuent. Léo pendant ce temps conduit. On avance présentement sur une autoroute bavaroise. On est revenus dans le détail et dans le gris. Il n'y a pas de ligne d'horizon, il y a des petits pots qui crachent leur tuf-tuf en cadence. Leurs trois corps sont épuisés. Il faut rentrer maintenant.

Pas de mots toujours pas de mots mais des sensations plus larges peut-être à présent. Léo étire le bras gauche, Chiara sent le sang remonter dans ses jambes, et Paul ne sent rien. Il pourrait parler bien sûr, mais la possibilité d'entendre le timbre de sa propre voix l'effraie. Il saura, alors. À la tonalité de la fêlure, à l'état de la brisure, il comprendra. Et il préfère repousser ce moment jusqu'au bout, jusqu'à ce qu'il ne soit plus possible de faire marche arrière.

Paul ne bouge pas sur son siège. Il est allé tout au bout. Il a vu des choses qu'il aurait préféré ne pas voir. Ses deux enfants sont assis là près de lui, plus vivants que jamais, il le sent. Ils sont revenus plus forts. Paul a tout fait pour que cela arrive. Il a chassé les fantômes, ceux qu'il a pu atteindre au moins. Il voulait faire place nette pour eux. Il espère y être arrivé. Il peut poser sa tête à présent contre la vitre.

Lui seul sait qu'il a donné son cœur. Lui seul sait à qui et comment. Il ne veut pas parler, il sait que sa voix le trahira. Il regarde devant lui. Il n'y a rien à voir. Il regarde quand même.

Paul toute sa vie a jailli avec ses mains son ventre ses poumons vers le monde. Il veut maintenant offrir les derniers bouts de lui-même avant qu'il n'en reste rien. Ces deux êtres humains le méritent. Paul veut que Léo flambe à son tour, que Chiara continue à jaillir, sans freins ni retenues, les paumes ouvertes, il leur souhaite feux de Bengale et charivaris, il veut répandre ses braises au vent et que tout le monde vienne se servir.

Quand il a compris qu'il perdrait au passage toute sa vie passée, ses souvenirs et ses morts, ça l'a rendu triste. Il savait pourtant qu'il y aurait un prix à payer. Alors voilà il est descendu, il a vu, il a fait son choix. Le pacte a été scellé. Personne n'en saura rien. La porte s'est refermée. Maintenant il peut se taire enfin.

— T'as raison, dit finalement Léo. Cette nuit, on s'est déjà tout dit.

Et la voiture file vers Bolzano.

Le volant changea de mains. Chiara aimait conduire la nuit, elle commença sur ce tronçon lunaire entre la Bavière et la Suisse, plein pot vers l'ouest avant l'appel du sud. Hors de question de penser au nord, on avait déjà assez à faire avec les cieux intérieurs pour y rajouter des nuées. Pas tellement envie non plus de s'arrêter pour une nuit entre deux eaux sur un matelas de passage, dans un hôtel aux abois. Donc elle ferait la nuit et puis voilà, on serait plus vite rentrés comme ça.

Ils ne l'évoquèrent même pas, il était évident qu'ils allaient chez Paul. Au moins un jour ou deux, avaler les morts et les nuits, les kilomètres, avant de reprendre leurs routes. Et puis les flots et le ciel méditerranéens leur feraient le plus grand bien.

Il fallait avant ça gober le grand ruban suisse. Chiara s'en chargea. À l'aube elle tendit le volant, après un troisième café, à son frère aux yeux ouverts, dont les mains s'étaient déjà animées. Chiara s'allongea côté passager, et Léo détailla les reflets naissants du lac Léman.

Paul se réveilla à son tour. Il finit le café froid que sa main droite vint naturellement chercher sur l'accoudoir, se frotta les yeux. La journée s'annonçait un peu mieux. Ce soir, avec un peu de chance, on serait à la maison, demain au pire. Ça dépendrait des ferrys. Et puis ces histoires de voix et de gouffres, de passages, de pacte, c'étaient des conneries. Il avait déliré. Il s'était égaré, lui le cartésien et l'hédoniste, lui le brin léger avait joué au vieux sage, au Dante de supermarché. C'est fini, aujourd'hui on passe à autre chose. Quand on est en vie, on joue et c'est tout.

— Alors les gosses, on rentre au pays ?

Quand on descend sur une carte, tout va toujours plus vite. Ils avalèrent l'autoroute du soleil comme une glace trois parfums. Il n'y avait personne dans ce sens-là, visiblement les gens avaient choisi l'autre – mais où pouvaient-ils bien aller ?

Ils arrivèrent à Marseille avec le soleil en forme de clémentine effleurant la ligne d'eau. Ils embarquèrent dans l'heure. Parfois les choses se déroulent ainsi. Le château d'If et les îles du Frioul s'éloignèrent sous les yeux un peu rouges de Léo, pas mécontent de retrouver la mer. Il appela Anna sur le ponton. Il ne lui dit pas tout mais l'essentiel : tout allait plutôt bien, il raccompagnait son père à la maison et puis il rentrerait. Bien sûr mon chéri bien sûr, prends ton temps. Je suis contente, elle a rajouté. Je sais pas pourquoi mais je suis contente. Je t'embrasse bien fort, elle a dit en raccrochant. Le ferry a glissé vers le bleu-noir naissant et le sud.

Ils retrouvèrent le château bord de mer, tout était en place, rien n'avait bougé. Léo enleva ses chaussures, ses chaussettes humides, qu'il jeta vers la petite chaise du jardin. On fit quelques pas dans l'herbe. Le vent léger siffla à leurs oreilles. Paul se sentait de mieux en mieux. Il prit Léo dans ses bras. Chiara les regarda, puis elle fit un pas à l'intérieur. Une odeur de bois de chêne et de peinture l'emplit. Oh les gars j'ai une de ces faims je boufferais un âne. Je vous prépare quoi ?

Sur mon vélo

J'étais parti sur mon vélo faire un grand tour dans la ville. J'ai descendu Kastanienallee, dépassé Rosenthaler Platz, en essayant de ne pas regarder la *Currywurst* qui me faisait comme chaque fois de l'œil, quand j'ai reçu l'appel de Chiara. Je l'attendais un peu, mais d'un air détaché, hein. Je suis monté sur le trottoir, j'ai failli renverser une poussette, me suis appuyé in extremis sur un poteau et j'ai réussi à décrocher.

Chiara m'a dit je suis en Suisse, de retour d'Autriche, et on roule vers la Corse. J'étais habitué à ces zigzags inopinés, c'est ce qu'elle faisait à peu près toute l'année. (Moi aussi à vrai dire.) Elle m'a dit ils dorment tous les deux à côté de moi, ces feignasses. Sacré voyage, je te raconterai. Là aussi j'étais habitué à ses folles histoires, je lui ai dit oui, j'imagine. Puis elle a chuchoté quelque chose. Sur Rosenthaler Strasse le concours de poussettes et de chiens prenait de l'ampleur. J'ai repris ma route vers le sud, dans l'air frais, un sourire en bandoulière.

En rentrant, en fin de journée, j'ai préparé mes affaires. Le livre avait bien avancé de toute façon, je pouvais me permettre une petite pause. L'année avait été dure pour toute une suite de raisons, j'avais lutté contre les ombres, l'angoisse, la peur (n'en fais pas trop non plus), et ce livre en était finalement sorti, beaucoup plus intime que je ne l'avais imaginé. Écrire sur la famille de Chiara m'avait redonné de la force – en réalité, j'avais surtout écrit sur la mienne. Dans ses parents, son frère, ses grands-parents, c'était ma propre famille que j'avais réinventée, et cette autobiographie rêvée m'avait confronté à mes failles, à mes élans, à nos liens puissants et secrets, à ma course effrénée derrière je ne sais quoi. Ce livre m'avait creusé, taillé, porté à bout de bras au milieu de cette mauvaise passe. L'écriture est tissée de ces étranges vases communicants. J'en ressortais lavé, et vivant. Pouvait-on en demander plus à un roman ?

Je préparais mon petit sac. Rien, trop fois rien, un livre, des lunettes de soleil, un pull et un maillot de bain – je l'emportais toujours, de toute façon, hiver comme été, au cas où une piscine ou une mer se présentent.

Ça me ferait du bien de prendre l'air. Je laisserais le roman sur la table et le reprendrais en rentrant. Il ne me manquait plus que la fin, elle découlerait naturellement du reste. J'ai fermé la porte sur notre appartement aux poutres épaisses et aux grandes baies vitrées et je suis allé prendre le S-Bahn. Je me suis assis sur la banquette défraîchie. Au loin, quelques lumières pâles, des terrains vagues, et, au-delà, la Fernsehturm plongée dans les nuages.

Il y eut des bouteilles, tout ce qu'il restait dans le frigo ou ce qu'on avait acheté sur la route (saucisson, nougat, pâtes fraîches – allez savoir pourquoi Chiara avait acheté tout ça sur l'aire de Montélimar), tout finit sur la table, étalé ; ils bâfrèrent.

Une nouvelle bouteille de languedoc, puis le sommeil naturellement les prit. La grâce de cette maison reposait en partie sur le fait qu'on pouvait choisir sa chambre et en changer à sa guise. On finissait bien sûr souvent dans la même, celle autour de laquelle son enveloppe s'était modelée au fil des jours ou des visites. Paul occupa la rose, où il avait ses habitudes et ses livres aimés, Léo l'orangée, et Chiara étonnamment s'installa dans la bleue, dont les poutres basses lui semblèrent tout à coup une évidence.

On dormit longtemps. Les muscles se relâchèrent, le cerveau fit son œuvre avec l'ampleur du matériel accumulé les derniers jours, les nœuds se défirent, les pieds ondulèrent un peu comme des palmes au vent en signe de contentement.

Au réveil, tout s'éclaira.

La journée passa ainsi, entre lente rêverie et retour sur terre.

Ils parlèrent aussi. Il était temps. Paul leur dit ce qu'ils savaient déjà : il avait voulu défaire les sortilèges, qu'ils repartent tous d'un bon pied, aérien, léger, délesté de ces poids immémoriaux que le temps nous lègue sans que nous le sachions. On sera portés par autant de mystère, maintenant, mais peut-être moins de questions. Il avait aussi imaginé découvrir dans les arrière-pays quelque chose comme un enseignement. Et alors, demande Léo. Tu l'as trouvé ? J'espère, oui, dit Paul. Je ne sais pas encore quoi, mais j'ai bien dû apprendre quelque chose.

Chiara se consacre essentiellement à la baignoire. Il y a une dizaine d'années, quand son paternel cherchait une maison, elle lui avait dit ceci : tu fais ce que tu veux, tu achètes la baraque qui te plaît, où tu veux, j'ai pas mon mot à dire, mais il faut qu'il y ait une baignoire. Sinon c'est pas une maison, c'est autre chose. Son père s'était évidemment exécuté. Depuis, dès qu'elle vient le voir elle passe la moitié du temps allongée dans ce temple des délices, au milieu de la mousse et des vapeurs de lavande, avec une pile de magazines et de livres qu'elle oublie bien sûr d'ouvrir, tout affairée à rêvasser. Deux bougies font trembler leurs flammes orangées à ses deux pieds, lesquels reposent sur les deux bords, légèrement hors de l'eau pour prendre un peu l'air. Car elle a évidemment comme chaque fois fait couler un bain trop chaud dans lequel elle a mis une dizaine de minutes à se glisser, usant de mille positions et stratagèmes (le pied gauche au bout, la main droite en équilibre, puis le cul en l'air s'abaissant lentement dans l'eau, elle souffle par le nez, putain que c'est brûlant, les fesses entrent finalement, puis les jambes, il reste le bassin, tout doucement, Dieu que c'est bon). Maintenant elle est entièrement immergée et elle ne pense plus à rien. Elle écoute son cœur battre puissamment, l'écho en traverse tout son corps, lancé par la chaleur sublime vers les hauteurs. Chiara ne pense plus à la forêt, à ce qu'elle y a vu. Elle ne pense plus à hier. Elle ne pense plus aux sommets à franchir demain, à cette exigence de réussite et d'excellence qui la poursuit et la tend tel un cheval de course vers l'avant, ses poings se sont desserrés, ses mâchoires se relâchent (elle dort avec une gouttière depuis sept ans parce qu'elle serre les dents nuit et jour), elle ne pense plus à moi. Elle flotte dans l'eau brûlante, au milieu de la mousse. Elle ne pense plus à la musique, à la politique, à sa mère, elle ne sent que l'air chaud qui sort de ses naseaux, se glisse à la surface de l'eau, à l'air bouillonnant d'arômes et d'oxygène qui entre en elle, qui descend. Chiara nage dans l'eau brûlante, les mains posées sur son ventre.

Le lendemain, tous les trois ont retrouvé une forme humaine.

Et vous restez jusqu'à quand, demande Paul sans vouloir connaître la réponse, comme on ferait une offrande au vent. Après-demain peut-être, dit Chiara. Ou même mardi en fait, je suis pas tellement pressée. Il fait 6 °C à Berlin, donc tu vois. Moi oui je repartirai demain je crois, dit Léo. Faut que je reprenne le taf. Ah oui c'est vrai t'as un boulot, dit Chiara.

On ne compte pas se brusquer pour autant. Léo lit une BD dans le canapé. Paul va et vient, un truc à arranger ici, une bricole dans le jardin. Chiara regarde la mer qui se glisse dans la crique dans un murmure discret.

Et le soir des choses étranges commencèrent à arriver.

Paul était allongé dans l'herbe, tranquillement, à souffler sans y croire dans son petit saxophone trouvé il y a quelques mois chez un chineur d'Ajaccio, quand il vit une silhouette se dessiner au bout du chemin. Puis une autre derrière. Il se leva et reconnut tout de suite le sourire hilare d'Aurélie, le chapeau de Fred, son allure de grand fauve déboîté. Mais qu'est-ce que vous foutez là, dit Paul à ses vieux amis d'enfance. Le sang avait reflué dans tout son corps avant de regagner son cœur. Ben rien on vient te voir. Ils tombent dans les bras les uns des autres. T'as toujours aimé ça, les apparitions, non ? T'es beau, mec, dit Fred. Allez viens embrasser encore ton vieux pote.

Passé la surprise, Paul ouvrit un magnum de champagne rosé. Juste avant le schplac, dans ce silence tendu qui le précède, on entendit distinctement la petite porte de l'entrée (pourtant discrète) grincer à nouveau (note pour plus tard : penser à la graisser). Paul se pencha à la fenêtre. Cette fois-ci, c'était l'allure toujours aussi chaloupée et souveraine de son vieux frangin, Jérémie, qui avançait dans l'herbe et dans sa direction. Alors Paul se tourna vers Chiara et Léo. Bordel mais qu'est-ce qui se passe ? C'est une blague ? Non, couillon, dit Chiara, c'est juste une fête surprise. Fais pas cette tête, on s'était dit que ça te ferait plaisir.

Dans les voitures, on a toujours du temps à perdre. Cela peut entraîner de grands desseins mirifiques ou des plans foireux – ça dépend de la route et du moment. Devant la mine décomposée de son père, façon Arcimboldo ou Picasso, comprenant que quelque chose s'était passé, mais quoi, Chiara avait agité son WhatsApp dans tous les sens. Ça lui était venu comme ça – le lac Léman scintillait sous ses yeux, elle se sentait d'humeur joueuse et elle n'avait pas sommeil. Elle avait envoyé un message à tout le monde, absolument tous les potes de Paul, les anciens, les nouveaux, la famille, tous ses amis à elle, venez, venez sur l'île on prépare la plus grande fête de l'année. Paul en a bien besoin. Et nous aussi. Je vous raconterai mais venez. Et puis on l'a bien mérité, non, avec cette putain de pandémie ? (La pandémie avait bon dos, le vieux aussi en réalité, Chiara avait surtout envie d'une fête en trois dimensions dans laquelle se jeter entièrement.)

À la station-service suivante, elle en parla à son frère. Qui trouva l'idée belle. Je fais pareil de mon côté. En quelques jours, tu crois qu'ils pourront s'arranger pour venir ? Ceux qui comptent, oui, dit Chiara.

Et comme souvent t'avais raison, dit Léo à présent en se resservant du champagne. Ça fait longtemps que je t'avais pas vu sourire deux fois d'affilée, lui souffle sa sœur. Ça m'arrive souvent figure-toi, dit-il. Tout dépend de la qualité du champagne. Il faut croire que celui que je te servais n'était pas assez bon alors, lance Chiara en se rapprochant de la large table en pin d'Écosse où elle a commencé à étaler son bazar.

Parce que oui si on fait une fête il faut qu'elle soit grande, belle, dingue, avait-elle pensé dans la voiture. Genre avec des animaux sauvages, des hommes nus, des bouées en forme de flamants roses. De l'alcool en tonneau et du son. Ils ont eu trois jours avec son frère pour gérer tout ça, en loucedé. (Paul était si distrait que cela ne leur demanda pas tellement d'efforts.) Le ballet de voitures s'accélère à présent devant la maison. Il y a là Théo, Ada, les totems, les vieux amis de Paname et ceux de l'île, il y a même des Lyonnais de la grande époque des pentes, comment peuvent-ils être encore vivants et debout, plus fringants que les quadragénaires c'est dingue – lesquels débarquent eux aussi en masse dans le jardin – les comparses d'études de Léo, les amis d'enfance de Chiara, Adèle et les autres, et tous sont chargés de bouteilles et de cadeaux, pour quelle occasion d'ailleurs on ne sait pas et on s'en fout, chacun s'est acquitté d'une mission particulière, les bouées flamants roses pour la piscine, des vinyles que Chiara n'avait pas sur elle, des excitants modernes, des invités surprises – Chiara avait rêvé de stripteaseurs abondamment huilés puis elle s'était ravisée, elle se demande bien pourquoi maintenant. Mais bon les potes sont là c'est l'essentiel. Elle finit de brancher tout son matos, les macro-enceintes de son père sont déjà bien en place aux deux coins de la pièce, elle en rajoute une dehors et ouvre grandes les portes-fenêtres. Et alors elle balance. Une onde traverse immédiatement les corps fraîchement débarqués sur l'île. C'est le galop électrique hypnotique de LCD Soundsystem, *Someone Great*, avec lequel elle ouvre souvent ses sets et pour lequel elle a inventé un pas de danse spécial, qui ne peut se reproduire que sur cette chanson et sur ce beat. Elle l'esquisse. Elle se sent aérienne. *Someone Great*. Quelqu'un de grand. Elle lève les yeux. Son père danse.

Avec cet émouvant et entraînant délice, la ligne est tout de suite fixée. Il s'agit ensuite de la tenir.

Je suis arrivé à ce moment-là. J'adorais cette chanson et je l'ai prise au vol, droit dans les jambes. J'ai répondu au pas de danse de Chiara depuis le fond du jardin. Elle m'a vu. Je me suis approché et on est tombés dans les bras l'un de l'autre. Je ne lui ai pas raconté mon voyage rocambolesque jusqu'ici, on s'en foutait un peu. Elle m'a lancé une ou deux conneries, elle m'a tendu son verre et s'est remise aux platines. On avait tout le temps du monde pour le reste. Chaque fois que je la retrouvais c'était pareil, j'oubliais tout, les doutes, les vagues, le monde extérieur, tout ce qu'il pourrait m'offrir, le désir et les chemins parallèles, je la retrouvais et elle reprenait tout l'espace, qui n'avait jamais été qu'à elle.

Je lui ai dit, regarde qui est venu dans ma valise. Chiara a levé la tête et sa bouche est restée grande ouverte. Niels ! Waouh… Ils se sont enlacés. Tout le monde est là ce soir, c'est incroyable. Elle m'a regardé. Elle savait parfaitement pourquoi je l'avais fait venir. Elle n'a pas dit un mot, et dans un sourire a rattrapé son mix au vol.

Jérémie a pris son frère dans ses bras. Le visage de Paul est à présent parcouru de rouge orangé. Il ne fait qu'embrasser des amis et ouvrir des bouteilles. Une sorte de condensé de sa vie. Tout à coup un voile traverse ses yeux. Derrière vient de passer son vieux camarade Casey, un de ceux qui ne viendront pas ce soir. Ses jambes n'ont pas tenu la distance. Elle est pour toi celle-là, pense Paul. Un léger acouphène tinte à son oreille, qui disparaît aussitôt. Il se rapproche des amis de Chiara, la vieille garde du Faubourg-Montmartre qu'il connaît depuis qu'ils sont bambins. C'est donc toi qui as eu cette idée, sourit-il à sa fille. C'est possible, répond-elle. T'en as eu des pires, dit-il.

Après avoir chaleureusement salué les uns et les autres, je fais un pas en direction de Chiara quand la rencontre a finalement lieu. Paul et Niels sont côte à côte, devant la piscine, leurs verres tintent. On entend d'ici leur conversation animée, sans pour autant saisir d'autres mots que *hallucinant* et *t'as entendu leur dernier ?* Chiara me prend la main. Bien joué, me chuchote-t-elle. Leurs quatre mains tracent des dessins dans l'air. Aucun des deux ne sait qui est vraiment l'autre. Nous ne serons pas ceux qui le leur diront. Les voir réunis, tout au bout du chemin, nous suffit largement.

Léo monte lentement les marches. Avec l'aide d'Anna (qui, lorsqu'il l'a appelée depuis le ferry, était déjà en route vers le sud, cette fausse conversation les avait fait marrer), il voudrait descendre toutes les caisses de disques de son paternel. On a tout le temps devant nous, on va tous les passer, ces 33 et 45 tours, même s'il faut une semaine pour ça on s'en fout. Anna l'embrasse à la volée dans l'escalier. T'es beau. T'es magnifique ce soir. Qu'est-ce qui t'est arrivé. Léo lui sourit. Je sais pas. Je sais pas mais je t'aime.

En bas les choses s'accélèrent. Violet est arrivée de Lisbonne où elle habite maintenant, les cousins Baptiste et Amandine sont là aussi, de grands sourires aux lèvres. Dans le jardin on a ouvert des caisses de mezcal et de tequila, on commence déjà à tournoyer sous le grand ciel. Il y a des enfants, des vieux, des trentenaires, des gens venus des cinq continents. Toutes ces personnes se connaissent depuis tant d'années. Il y a cent groupes d'amis distincts qui ne se mêlent et ne se revoient que dans ces occasions-là, lors *des fêtes Maleval*, comme ils les appellent, souvent imitées, jamais égalées. Adèle adore Tomski, par exemple, qu'elle n'a pas vu depuis sept ans, Anna admire Jérémie, Pédy en a toujours pincé pour Justine, Roland et Cécile ont même eu une histoire, il y a quelques années, dans la salle de bains du Faubourg-Montmartre où l'un avait maquillé l'autre, mais dans quel sens, ils ont tenu à garder le secret – et ainsi de suite, alors on se masse autour de la piscine et on fume et on boit, certains se jettent à l'eau, comme ça, pour le simple plaisir du geste, et la musique pulse, et les cœurs battent, et tout le monde reprend vie.

Chiara passe des Strokes à la cumbia, de Metronomy à *A far l'amore comincia tu*, la kitschissime danse italienne qui ouvre *La Grande Bellezza* ; quelle meilleure définition de ce moment. Elle envoie ensuite un missile aigu de techno avant de rebondir sur une bluette soul acidulée, qui donne des papillons dans les jambes et fait flancher les cœurs.

Puis, lorsqu'elle pense leur avoir donné ce qu'ils attendaient, Chiara bifurque entièrement. Elle veut entendre couler sur elle son propre son. Il sera âpre peut-être, il sera cotonneux ou violent, peu importe, il faut qu'il rugisse maintenant. Elle ouvre une à une les pistes qui lui permettront, couche après couche, de le façonner. Ce son existait déjà depuis longtemps. Il était là, en elle, sous sa peau. Qu'elle tranche alors en direct, sous les yeux de son gin tonic, dans un grand jaillissement.

Paul, lui, file d'un endroit à l'autre comme il l'a toujours fait dans les fêtes, qui restent à ce jour le lieu et le moment qu'il préfère au monde. Je crois que je suis bon en fêtes, disait-il tout le temps, je voltige, j'ai le mot juste et le verre plein, je danse, je me balade, je suis heureux, entièrement, je suis dans mon élément. J'avance à mon rythme. J'entends *Hey Jude* des Beatles et je marche pieds nus dans ma cathédrale. Et aujourd'hui, alors qu'il a passé le Styx et en est revenu plus libéré que jamais, il retrouve tout à coup ce goût primitif de la bacchanale. Se laisser aller aux reflux de l'alcool et de l'amour, à la houle des heures et de la musique, lente puis vive, tourbillonnante tout à coup, qui toujours l'a entraîné et grisé.

Il n'a donc pas perdu la main. Il est vivant et c'est pas rien. Il peut encore faire valser les nuits – enfin, au moins celle-ci.

Au milieu de la foule, qui a encore grandi – mais d'où viennent tous ces gens ? Le village entier a dû rappliquer aussi – au milieu de la grande houle à présent, mélange aléatoire d'alcools dont il a perdu le compte et la mesure depuis des heures déjà, Paul sent quelque chose qui n'avait encore jamais effleuré son corps – et pourtant des années ont passé sur lui, soixante-quatorze précisément. Sa fille continue à composer avec une fluidité et une grâce qui jamais ne pèsent (l'élégance dans le sang, pense Paul en souriant), elle poursuit ses sinuosités à plein volume lorsque brusquement Paul atteint ce palier et ce moment. Ce n'est plus une note, ce n'est pas une mélodie. Ce que Paul entend pour la première fois de sa vie avec tant de précision, une acuité presque effrayante, au milieu de la nuit folle et de tous ses amis, plongé dans toutes les musiques qui ont fait sa vie, ce que Paul entend enfin, c'est le silence. Il l'entend véritablement pour la première fois – en tout cas, un silence de cette puissance et de cette densité. C'est un vertige profond qui le prend. Il est monté dans les sommets himalayens, il a plongé au fond des mers, il est allé loin dans le sommeil et les forêts, dans les espaces où il n'y a rien, mais jamais il n'avait entendu une chose pareille. Il aura donc dû faire toute cette route, emprunter tous ces virages, descendre tous ces étages, pour enfin toucher ce qu'il avait peut-être toujours cherché. Il avait pensé le contraire bien sûr. Il avait pensé qu'il voulait le tout, le plein, ce qui déborde, la grande vie épileptique. En réalité, il le comprend à cette heure pourtant tardive, il n'avait peut-être cherché que cela. Cette immense plage de silence qui emplit brusquement tout son être, qui tourne et tourne dans ses oreilles, qui vous grise comme jamais. (L'alcool aide peut-être mais ce n'est pas tout, non, ça n'a jamais été tout.) Brusquement, plongé dans la plus grande fête et la beauté d'être entouré de toutes les choses et les êtres qui ont compté, Paul entend le son du silence. Ce n'est pas l'acouphène blanc qui vous prend sous les baffles et vous martèle l'oreille. Ce n'est pas le grésillement, le rien effrayant, l'absence. Le silence qu'il atteint alors, c'est l'ampleur absolue, c'est le tout, il en est certain tout à coup. Quel con, quand même, comment j'ai pu croire si longtemps le contraire. Paul fait quelques pas dans le jardin. Il est pieds nus. Derrière lui le cœur battant de la fête, qu'il sent déferler en vagues sur son ventre et sa poitrine. Et pourtant. Il y a dans le cœur de l'homme un vide qu'il ne pourra jamais remplir. Qu'il ne *faut* pas remplir, il le comprend ce soir. Toute sa vie il aura fait l'inverse, et enfin il atteint le moment. Tout est calme à présent en lui. Paul fait encore quelques pas vers la petite barrière bleue qui sépare son jardin des rocailles et du chemin qui sinue vers le bas. Il devine là-bas la lumière du phare, les vagues qui lèchent les galets. Paul ferme les yeux. Il entre dans un nouveau lieu.

Lorsque le soleil pointe tout au bout du cap Corse, la fête est encore debout. Chiara a passé le relais à Adèle, qui a rapporté des vinyles furieux de San Francisco où elle a vécu quelques mois. Les plus vaillants sont encore là dans le jardin, ils dansent, ils fument, ils sont assis et regardent l'horizon rosir.

Chiara est debout vers la piscine, à côté de Léo, Anna et Marco, qu'elle avait connu à Rome il y a des années et qui vit maintenant à Marseille. Elle s'approche de moi, me glisse quelque chose à l'oreille, je l'embrasse dans le cou, je sens son odeur de mûre.

Elle s'approche de son frère. Elle a envie de le serrer dans ses bras. C'est la fatigue peut-être et les gin tonics, mais merde elle l'aime ce couillon, et elle voudrait qu'il le sache. Elle voudrait qu'il arrête ses conneries et ne lui fasse plus jamais peur comme il l'a fait. Elle le regarde. Il danse. Elle y croit aujourd'hui.

— Et il est où P'a ? lui demande Léo en tournant la tête, et le son de sa propre voix le ramène à ce soir-là dans la grange, où il avait fini, après mille révolutions sur lui-même, par prononcer cette même phrase.

— Tu le connais, dit Chiara, il doit être en train d'emballer la voisine ou de fouiller dans ses putains de vinyles à la recherche de la *perle rare, les gars, je vous en ai déjà parlé non ?*

— Oui, un truc comme ça, dit Léo. Tiens file-moi une bière.

Ils reprennent le fil de leur conversation, mélange de potins décisifs sur les amis d'enfance et les ovnis.

Léo finit sa bière et se lève. Il monte lentement l'escalier. Il passe un œil dans la chambre bleue (le sac de Chiara sur le côté, Jérémie et Manon étalés dans le lit), l'orange (les enfants de Marco et ceux d'Adèle imbriqués en quinconce), la jaune (Charlie et Lucie en train de forniquer à une allure si lente qu'ils pourraient tout aussi bien être en train de dormir), la verte (où je suis venu allonger un instant mes jambes et reprendre des forces pour la suite – je commence à connaître les marathons des fêtes Maleval, alors je fais une petite pause ravitaillement).

Léo monte sous les toits. Dans la petite turne qu'il a toujours aimée, il retrouve Fred et Tomski, au son de la voix de Damon Albarn. Viens l'ami ! lance Fred. Tu dois pouvoir nous aider. On était en train de résoudre le problème de la relativité. Ah parfait alors je m'assois, dit Léo en pliant ses jambes.

Vingt minutes ou une heure plus tard, le problème n'est toujours pas résolu et il se souvient qu'il était en train de faire un état des lieux ; il se relève.

Il passe jeter un œil dans la cave, la partie arrière du jardin, il fait quelques pas sur le petit chemin en rocaille. Puis il retourne dans le jardin.

— Alors, demande Chiara. C'est la folie dedans ?

— C'est comme ici. Certains tombent, d'autres se lèvent.

— Et tu l'as vu ?

— Non, dit Léo. Il est pas là.

Chiara se lève, l'œil circonflexe.

Elle balaie le jardin, la maison, l'horizon, la petite plage sise entre les falaises.

— Il sera allé faire un tour. Il a toujours aimé s'échapper à un moment comme ça.

*

Le jour est haut déjà, et les bouteilles à terre. Paul n'a pas réapparu. Chiara et Léo sont allongés dans l'herbe. Des vents contraires les traversent tour à tour, il y a de l'inquiétude peut-être mais discrète, de l'amour, une sorte d'apaisement aussi. Ils sont allongés sous le grand ciel. Léo a pris la main de Chiara. La musique s'est éteinte. On n'a pas songé à la relancer, elle avait déjà bien donné, elle avait droit à une pause elle aussi. Le ciel est d'une violence immaculée au-dessus de leurs têtes, bleu cyan turquoise, seulement traversé parfois de fines traînes d'avions. Léo pense à toutes les années passées, condensées en un bloc ténu et vivace. Ce qui s'ouvre sera puissant, coloré, il le sait déjà. Chiara pense à la fête sublime qu'ils viennent d'offrir au monde sans demander de contrepartie. Elle trouve qu'ils sont bien magnanimes de donner ainsi tant de beauté sans rien attendre en retour. Elle pense aux voyages qui l'attendent, aux chemins de traverse. Elle pense peut-être à moi, et aux aventures qu'on mènera ensemble.

Dans le jardin, un frère et une sœur se tiennent la main. Paul reviendra. Lavé d'écume, le corps élancé et nu, chargé d'eaux vives. Il ne reviendra peut-être pas. Il aura pris la tangente, traversé l'île de part en part, il aura pris un bateau pour le Maroc. Il se sera jeté à la mer, l'aura embrassé jusqu'à tomber à pic en elle. Il aura fait une chute imbécile, on retrouvera son corps, on l'enterrera près de sa mère, de son père, sous le grand acacia. On pleurera, on se serrera dans nos bras. Et on reprendra la route, chargés de toutes les forces et des mystères qu'il nous aura légués. Il poussera la petite porte du jardin dans une heure, les pieds nus, oh les enfants je suis heureux, si vous savez comme je suis heureux, je suis allé au village regardez les croissants que je vous rapporte, ils sont pas sublimes ? Je suis revenu des limbes. Je suis en vie. On rira, jamais en manque de réapparitions et de surprises, le vieux chêne. Il aura passé sa vie à mourir et à renaître, ce con. Alors cette fête, *viejo*, elle était comment ? Paul sourira. C'était la plus belle je crois. J'ai dû filer un moment parce que c'était trop fort pour moi. Léo lui dira, si moi j'ai pu tenir, alors toi aussi. Allez viens là, viens dans mes bras. Merci pour tout, dira Léo. Tu as fait ce que tu avais à faire. Tu t'es tenu droit dans l'épreuve. Bravo pour ça, papa. Paul retiendra ses larmes. Il passera sa main dans les cheveux de son fils, sur la joue de sa fille. Bon allez ça suffit les chouineries maintenant, on attaque. Et alors on étalera les croissants le thé les confitures dans l'herbe, et on mangera au soleil, tous les trois, comme toujours.

Le frère et la sœur sont là sous le grand ciel. Tout est possible. Paul reviendra, il ne reviendra pas, on verra. Les vagues chuchotent comme chaque jour leur mélodie secrète, connue d'elles seules. Chiara et Léo se tiennent la main, allongés dans l'herbe. Ils écoutent le silence.

PLAYLIST

Voici la bande sonore qui résonne dans le roman : ce qu'Antoine joue à Paris et à Lyon, ce que Paul écoute à New York et ailleurs, ce que Chiara mixe à Berlin et en Corse. C'est aussi la musique qui retentit en arrière-fond du livre, qui fait danser et vivre les personnages, que l'on pressent entre les lignes.

Par ordre d'apparition :

FRANZ XAVER GRUBER, JOSEPH MOHR, *Stille Nacht, Heilige Nacht*, 1818.
WOLFGANG AMADEUS MOZART, *Concerto pour piano n° 19*, 1784.
FRÉDÉRIC CHOPIN, *Nocturnes*, 1827-1846.
LOUIS ARMSTRONG, *Heebie Jeebies*, Okeh Records, 1926.
BUDDY HOLLY, *Everyday*, Coral Records, 1957.
ELVIS PRESLEY, *That's All Right (Mama)*, Sun Records, 1954.
THE BEATLES, *You've Got to Hide Your Love Away*, Parlophone, 1965.
THE BEATLES, *Help!*, Parlophone, 1965.
JOHN COLTRANE, *A Love Supreme*, Impulse!, 1965.
PINK FLOYD, *Astronomy Domine*, Columbia/Tower, 1967.
WOLFGANG AMADEUS MOZART, *Symphonie n° 40 en sol mineur*, 1788.
FRANZ SCHUBERT, *Die Nacht*, D.983, 1822.
FRANZ SCHUBERT, *Schwanengesang*, 1828.

JIMI HENDRIX, *Purple Haze*, Studios Olympic, 1967.
BARBARA, *Vienne*, Philips, 1972.
CLAUDE DEBUSSY, *Les Deux Arabesques*, 1890-1891.
CLAUDE DEBUSSY, *Suite bergamasque*, 1905.
JOHANN SEBASTIAN BACH, *Variations Goldberg*, 1740, interprétées par Glenn Gould, Columbia, 1955.
BILLIE HOLIDAY, *Without Your Love*, Vocalion, 1937.
ART TATUM, *Tea for Two*, 1933.
LESTER YOUNG, OSCAR PETERSON, *Ad Lib Blues*, Verve Records, 1956.
DUKE ELLINGTON, BILLY STRAYHORN, *Take the A Train*, RCA Records, 1941.
THE STOOGES, *I Wanna Be Your Dog*, Elektra Records, 1969.
THE STOOGES, *Search and Destroy*, Columbia, 1973.
THE VELVET UNDERGROUND, *Sunday Morning*, Verve Records, 1967.
THE VELVET UNDERGROUND, *Heroin*, Verve Records, 1967.
SLY AND THE FAMILY STONE, *Everyday People*, Epic, 1968.
GRANDMASTER FLASH AND THE FURIOUS FIVE, *The Message*, Sugar Hill Records, 1982.
THE SUGARHILL GANG, *Rapper's Delight*, 1979, Sugar Hill Records.
KURTIS BLOW, *The Breaks*, Mercury Records, 1980.
WU-TANG CLAN, *C.R.E.A.M.*, Loud Records, 1993.
A TRIBE CALLED QUEST, *Can I Kick It?*, Jive Records, 1990.
ERIK SATIE, *Les Gymnopédies*, 1888.
PHILIP GLASS, *Music in Twelve Parts*, Nonesuch Records, 1974.
THELONIOUS MONK, *'Round Midnight*, Blue Note, 1944.
THELONIOUS MONK, *Straight, No Chaser*, Blue Note, 1951.
CHARLIE PARKER, *Ornithology*, Dial, 1946.
TELEVISION, *Marquee Moon*, Elektra Records, 1977.
THE RAMONES, *Blietzkrieg Bop*, Sire Records, 1976.
DONNA SUMMER, GIORGIO MORODER, *I Feel Love*, Casablanca Records, 1977.
MARVIN GAYE, *Ain't No Mountain High Enough*, Tamla, 1967.
SUICIDE, *Dream Baby Dream*, Island Records, 1979.
TALKING HEADS, *Once in a Lifetime*, Sire Records, 1980.

THE BEATLES, *Abbey Road*, Apple, 1969.
ISOLINA CARRILLO, *Dos gardenias*, 1947.
COMPAY SEGUNDO, *Chan Chan*, 1986.
BOB MARLEY, *Easy Skanking*, Island Records, 1978.
PACO DE LUCÍA, *Entre dos aguas*, Phonogram, 1975.
ANTÔNIO CARLOS JOBIM, *Águas de março*, Columbia, 1973.
SEX PISTOLS, *Anarchy in the UK*, EMI, 1976.
THE CLASH, *London Calling*, CBS Records, 1979.
THE SLITS, *I Heard It Through the Grapevine*, Island Records, 1979 (reprise de MARVIN GAYE, Motown, 1966).
JOY DIVISION, *She's Lost Control Again*, Factory Records, 1979.
JOY DIVISION, *Love Will Tear Us Apart*, Factory Records, 1980.
THE SMITHS, *There Is a Light That Never Goes Out*, Rough Trade, 1986.
NEW ORDER, *Age of Consent*, Qwest Records, 1983.
BÉRURIER NOIR, *Salut à toi*, Bondage, 1985.
RAVI SHANKAR, *Dhun*, Warner, 1999.
DAFT PUNK, *Da Funk ; Rollin' and Scratchin'*, Parlophone, 1997.
CASSIUS, *Feeling For You*, Virgin, 1999.
BEASTIE BOYS, *Sabotage*, Capitol, 1994.
JEFF MILLS, *The Bells*, Axis, 1996.
WESTBAM, *The Wall*, 1990.
DAVID BOWIE, *Heroes*, RCA, 1977 ; *Modern Love*, EMI, 1983.
PIXIES, *Debaser*, 4AD, 1989.
LUDWIG VAN BEETHOVEN, *Symphonie n° 7 en la majeur*, 1812.
NOIR DÉSIR, *Tostaky*, Barclay, 1992.
AEROSMITH, *Crazy*, Geffen, 1993.
GEORGES BRASSENS, *L'Orage*, Philips, 1960.
DAVID BOWIE, *Life on Mars?*, RCA, 1971.
BOB DYLAN, *I Want You*, Columbia, 1966.
NIRVANA, *Smells Like Teen Spirit*, DGC, 1991.
ALAIN SOUCHON, *18 ans que je t'ai à l'œil*, RCA Victor, 1977.
JEAN RENÉ, *On se ressemble pas*, Crayon Bleu, 1987.
MANU CHAO, *Clandestino*, Virgin Records, 1998.

BRITNEY SPEARS, *...Baby One More Time*, Jive, 1998.
THE BANGLES, *Eternal Flame*, Columbia, 1988.
RADIOHEAD, *No Surprises* ; *Let Down*, Parlophone, 1997.
MODERAT, *A New Error*, Monkeytown Records, 2013.
ENRICO SANGIULIANO, *Symbiosis*, Drumcode, 2018.
PACHANGA BOYS, *Time*, Hippie Dance, 2011.
THOM YORKE, *Analyse*, XL Recordings, 2006.
PHILIP GLASS, *Études n° 6, n° 8* et *n° 16*, interprétées par Maki Namekawa, OMM, 2014.
MAX RICHTER, *Quatre Saisons* d'Antonio Vivaldi, Deutsche Grammophon, 2012.
JONI MITCHELL, *A Case Of You*, Reprise Records, 1971.
STEVIE WONDER, *Sir Duke*, Tamla Records, 1976.
LCD SOUNDSYSTEM, *Someone Great* ; *All My Friends*, DFA Records, 2007.
SOULWAX, *NY Excuse*, [PIAS] Recordings, 2005.
MACEO PLEX, *Conjure Dreams*, Drumcode, 2014.
SLEAFORD MODS, *Nudge It*, Rough Trade, 2021.
ARCADE FIRE, *Neighborhood #1 (Tunnels)* ; *Rebellion (Lies)*, Merge 2004.
THE STROKES, *Under Cover of Darkness*, RCA, 2011 ; *Last Nite*, RCA, 2001.
THE LIBERTINES, *Death on the Stairs*, Rough Trade, 2002.
THE WALKMEN, *We've Been Had*, Startime International, 2002.
THE JESUS AND MARY CHAIN, *Sometimes Always*, Blanco y Negro, 1994.
JAY-Z, *Hard Knock Life (Ghetto Anthem)*, Def Jam, 1998.
EMINEM, *Lose Yourself*, Shady, 2002.
SUFJAN STEVENS, *Death With Dignity*, Asthmatic Kitty, 2015 ; *From The Mouth of Gabriel*, Asthmatic Kitty, 2010.
THE NATIONAL, *Terrible Love*, 4AD, 2010.
QUEEN, *Don't Stop Me Now*, EMI, 1979.
METRONOMY, *The Look*, Because Music, 2011.
OASIS, *She's Electric*, Creation Records, 1995.

THE RAPTURE, *In the Grace of Your Love*, DFA Records, 2011.
ADRIANO CELENTANO, LITTLE TONY, RAFFAELLA CARRÀ, *A Far l'amore comincia tu*, Columbia Records, 1976.
THE BEATLES, *Hey Jude*, Apple, 1968.
GORILLAZ, *On Melancholy Hill*, Parlophone, 2010.

Spotify :

urlr.me/jNT87

Deezer :

urlr.me/J82rM

Youtube :

urlr.me/L6ZQ3

OUVRAGE RÉALISÉ
PAR L'ATELIER GRAPHIQUE ACTES SUD
ACHEVÉ D'IMPRIMER
SUR ROTO-PAGE
EN JUILLET 2022
PAR L'IMPRIMERIE FLOCH
À MAYENNE
POUR LE COMPTE DES ÉDITIONS
ACTES SUD
LE MÉJAN
PLACE NINA-BERBEROVA
13200 ARLES

DÉPÔT LÉGAL
1re ÉDITION : AOÛT 2022
N° impr. : 100805
(Imprimé en France)